Sarah Jio

Schmetterlinge im Winter

Sarah Jio

Schmetterlinge im Winter

Roman

Aus dem Amerikanischen
von Charlotte Breuer und Norbert Möllemann

DIANA

Von Sarah Jio sind im Diana Verlag erschienen:
Irgendwo für immer
An einem Tag mit dir
Brombeerwinter
Der Kameliengarten
Zimtsommer
Schmetterlinge im Winter

MIX
Papier aus verantwortungsvollen Quellen
FSC® C014496

Verlagsgruppe Random House FSC® N001967

Deutsche Erstausgabe 10/2018

Die Originalausgabe erschien 2017 unter dem Titel *Always* bei
Ballantine, an imprint of Random House,
a division of Penguin Random House LLC, New York

Redaktion: Heiko Arntz
Umschlaggestaltung: t. mutzenbach design, München
Umschlagmotiv: © Trevillion/Shutterstock/Ron Dale; art_of_sun;
starkova marina
Satz: Leingärtner, Nabburg
Druck und Bindung: GGP Media GmbH, Pößneck

Printed in Germany
ISBN 978-3-453-35955-0

www.diana-verlag.de
Besuchen Sie uns auch auf www.herzenszeilen.de
Dieses Buch ist auch als E-Book lieferbar.

Auf die Liebe, die alte und die neue,
und auf die vor allem,
die *für immer* hält

Habe den Mut, der Liebe noch einmal
und immer wieder zu vertrauen.

Maya Angelou

Eins

15. November 2008

O nein! Warum passiert mir das immer wieder?«, sage ich zu meinem Verlobten, als wir das Restaurant betreten.

»Was ist los, Baby?«, fragt Ryan.

»Ich hab meine Handtasche im Auto liegen lassen.«

Wir haben gerade die Wagenschlüssel beim Parkservice abgegeben, und als wir aus dem Fenster schauen, sehen wir, wie Ryans weißer BMW weggefahren wird. »Wo bist du nur immer mit deinen Gedanken! Ich hol sie dir«, sagt Ryan und gibt mir einen Kuss auf die Wange. »Setz dich schon mal an unseren Tisch, ich bin gleich wieder da.«

Vor vier Jahren waren wir zum ersten Mal im Le Marché, dem französischen Restaurant in der Fourth Avenue, wo die Warteliste so lang ist, dass man einen Tisch fünf Monate im Voraus bestellen muss. Auch damals hatte Ryan irgendwie einen Tisch ergattert, genau wie heute Abend. Sieht so aus, als könnte mein Verlobter Berge versetzen.

»Es soll der perfekte Abend für dich werden«, meinte er, als er mich mit der Reservierung überrascht hat. Dann hat er meine Hand genommen, als wollte er sie nie wieder loslassen, und der Diamant, viel größer, als ich es mir hätte träumen lassen, funkelte an meinem Ringfinger. Wir werden im Juli heiraten, im Fairmont.

»Haben Sie reserviert?«, fragt mich der Empfangschef und nimmt mir den Mantel ab.

»Ja«, sage ich. »Für zwei Personen. Auf den Namen Winston.« Kaum zu glauben, aber in wenigen Monaten werde ich Mrs. Ryan Winston sein. Das heißt, wenn ich Ryans Namen annehme. Er möchte das gern, und einerseits möchte ich es auch. Immerhin heirate ich in die Familie *Winston* ein, die eng verbandelt ist mit den Gates und den Nordstroms. Einen solchen Familiennamen lehnt man nicht ab.

Andererseits bin ich mein Leben lang Kailey Crain gewesen. *KC.* Auch wenn mich seit der Grundschule niemand mehr so nennt. Aber es fällt mir schwer, das einfach so aufzugeben. Ich schließe die Augen ganz fest, mache sie wieder auf und versuche, eine Erinnerung zu verscheuchen, die an die Oberfläche drängt.

»Hier entlang, bitte«, sagt der Empfangschef und führt mich zu einem kleinen Tisch am Fenster. Ich schaue hinaus. Der Regen lässt die Lichter draußen wie Edelsteine glänzen. Seattle mag eine alte, graue Dame sein, aber unter der Wolkendecke glitzert sie bunt. Ich zupfe nervös am rechten Ärmel meines Kleids, wie immer, wenn ich mich unter die Leute begebe, mit denen Ryan aufgewachsen ist. Er ist kein großer Fan von dem Tattoo auf meiner Schulter, und ich bin eigentlich auch nicht mehr sonderlich begeistert davon. Es ist zehn Jahre her, dass ich es mir habe stechen lassen – eine unübersehbare Erinnerung an eine Vergangenheit, aus der keine Zukunft geworden ist, an Träume, die sich in Luft aufgelöst haben. Ich konnte meine Träume nicht verwirklichen, aber das Wort *toujours,* »immer«, ist in meine Haut eingebrannt. Ich reibe mir die Schulter und wünsche mir einen magischen Radiergummi.

Ich setze mich, lege mein Handy vor mich auf den Tisch und schaue aus dem Fenster. Draußen eilen Leute vorbei, einzeln und in Paaren, mit hochgezogenen Kapuzen oder aufgespannten Regenschirmen. Eine Frau von ungefähr Anfang zwanzig klammert sich an ihren Begleiter, und die beiden lachen, als sie im letzten Moment einer Pfütze ausweichen. Die Szene erinnert mich an meine erste Zeit in Seattle. Ich war zweiundzwanzig, als ich zusammen mit Tracy hierhergezogen bin. Damals waren wir blauäugig und idealistisch. Wir glaubten an die wahre Liebe und an glückliche Zeiten.

Komisch, wie es immer anders kommt, als man denkt.

Ich sehe mein Spiegelbild in der Fensterscheibe. Mein schulterlanges braunes Haar ist voller Spliss, was mal wieder beweist, dass die Mühe, die ich mir mache, meine Locken mit einem Glätteisen glatt zu ziehen, reine Zeitverschwendung ist. Warum mache ich das überhaupt? Sagt Ryan mir nicht immer, dass er meine Locken mag? Und meine grünen Augen? Und die Sommersprossen auf meiner Nase? Ich muss lächeln. Ich habe jetzt ein erfülltes Leben, ich habe einen guten Job beim *Herald* und aufregende Pläne für den Umbau des Craftsman-Bungalows, den Ryan und ich gekauft haben.

Ich lächle ihn an, als er mit meiner Handtasche an unseren Tisch kommt.

»Das ist der reinste Monsun da draußen«, sagt er, reicht mir die schwarze Michael-Kors-Handtasche, die er mir letztes Jahr zu Weihnachten geschenkt hat, und glättet sich das vom Regen nasse Haar. *Stattlich* ist das beste Wort, um ihn zu beschreiben. Er ist ein stattlicher Mann, auf klassische

Weise gut aussehend. Auf der Toilette des Restaurants, in dem ich ihn Tracy vorgestellt hatte, meinte sie kichernd, er sähe aus wie ein Prinz aus einem Zeichentrickfilm. Und damit hatte sie recht. Er ist groß und muskulös und hat dichtes, dunkles Haar. Mit einem Schwert in der Hand und auf dem Rücken eines weißen Pferds wäre er das Inbild des Prinzen, der Cinderellas Herz erobert hat. Ich bin ein echter Glückspilz.

Er langt über den Tisch und nimmt meine Hand. »Ich habe mich telefonisch erkundigt, ob sie deinen Lieblingsbordeaux dahaben. Dein perfekter Abend fängt gerade erst an.«

Ich strahle ihn an, als er meine Hand an seine Lippen führt.

»Es kommt auf jedes Detail an«, sagt er. »Du bist in letzter Zeit ein bisschen abwesend, und du sollst wissen, dass ich immer für dich da bin.«

Ich drehe meinen Verlobungsring hin und her und nicke. Von Anfang an hat er mich durchschaut, er weiß immer, was in mir vorgeht, vielleicht besser als ich selbst. »Auf der Arbeit ist die Hölle los, seit ich meine Reportagen über das Leben in Seattle mit den neuesten Wirtschaftsnachrichten ergänze«, sage ich. »Der Teil über Pioneer Square hat ziemlich an meinen Kräften gezehrt.«

Der erste von drei Teilen stand heute im *Herald*. Ich bin mir sicher, dass Ryan ihn gelesen hat, aber wir haben uns darauf geeinigt, unterschiedlicher Meinung sein zu dürfen in Bezug auf Themen, bei denen unsere beruflichen Interessen sich nicht decken. Er ist ein kluger Kopf und weiß genau, dass er mit einer Kritik meines Artikels den Abend ruinieren würde.

Aber ganz kann er es nicht sein lassen, also zitiert er die

Meinung von Leuten, die nicht mit uns an diesem gemütlichen Tisch für zwei sitzen. »Viele meiner Kollegen sind der Ansicht, man sollte die ganze Gegend abreißen.«

Ich schüttle den Kopf. »Ist das deine Ansicht oder die deines Risikomanagementteams?«

»Tatsache ist doch, dass es dort von Drogensüchtigen und Pennern nur so wimmelt. Man kann keine zwei Schritte gehen, ohne in menschliche Exkremente zu treten.«

»Na ja«, sage ich und bringe mit Genugtuung meine Argumente gegen Ryans romantische Pläne für diesen Abend in Stellung, »die Leute dort brauchen Hilfe, und die Hope Gospel Mission ist die einzige Organisation, die diese Hilfe anbietet. Ehrenamtliches Engagement ist für mich ein wesentlicher Maßstab für das Funktionieren eines Stadtviertels. Du wirst mir also nicht übel nehmen, dass ich die Organisation dabei unterstützen will, ihre Türen weiterhin geöffnet zu halten.«

Der Sommelier kommt an den Tisch, entkorkt den von Ryan schon vorher ausgewählten Rotwein und schenkt uns ein.

»Weißt du was, Liebes«, sagt Ryan zärtlich, als ich einen Schluck trinke, »du hast das größte Herz auf der Welt. Wie sollte ich dir irgendetwas übel nehmen?«

Ich denke an den heiklen Inhalt der Serie, daran, wie schwer es mir fällt, nicht emotional zu werden, sondern so objektiv zu bleiben, wie es sich für eine gute Reporterin gehört. Heute Nachmittag habe ich die Leiterin der Hope Gospel Mission interviewt, eine stämmige Frau namens Melissa. Sie hat mir in die Augen gesehen und mich regelrecht angefleht, ihre Organisation vor den Bauträgern zu schützen, mit denen Ryan zusammenarbeitet – Unternehmern, die darauf brennen, schicke Wohnblocks hochzuziehen, ohne

Rücksicht darauf, dass Hunderte von Obdachlosen verdrängt und ohne Versorgung bleiben würden.

Sicher, das Pioneer-Square-Viertel von Seattle ist ein bisschen heruntergekommen, und ein gewisses Maß an Stadtsanierung könnte neues Leben in die Straßen bringen, aber Ryan malt ein Horrorszenario des Viertels, an dem von jeher mein Herz hängt. Und jedem, der ein Herz für die Obdachlosen hat, muss klar sein, dass eine Sanierung des Viertels nicht nur das Aus für die Hope Gospel Mission bedeuten würde, sondern auch billigen Wohnraum für Tausende von Familien zerstören und zwei Notunterkünfte vernichten würde. Und so liegen die Bauträger, für deren Finanzprognosen Ryan verantwortlich ist, seit Langem mit der Stadtverwaltung von Seattle im Clinch.

»Mir gefällt es einfach, wie es ist«, sage ich. »Das Viertel ist für mich ein Teil des alten Seattle. Okay, es ist ein bisschen heruntergekommen, aber es gehört hierher. Und so viele Leute sind dort zu Hause.«

»Hast du nicht früher mal da gewohnt?«

Es ist eine Frage, die ich lieber nicht beantworten möchte, und ich versuche Zeit zu schinden, indem ich umständlich die Serviette auf meinem Schoß falte.

»Nein«, antworte ich schließlich. »Aber ich kannte mal jemanden, der da gewohnt hat.«

Ich sage ihm nicht, dass ich jahrelang fast krankhaft fixiert auf diesen *Jemand* war. Ich habe gegoogelt wie eine Blöde. Anscheinend hatte Cade nicht nur mich verlassen, sondern war vom Erdboden verschwunden. Aber das alles ist Vergangenheit.

Ryans Augen werden schmal. »Und wer war dieser Jemand?«

»Ach, niemand«, sage ich, um möglichst schnell das Thema zu wechseln. Weder möchte ich mit ihm über mein vergangenes Liebesleben sprechen, noch etwas von seinem hören, vor allem nicht von der Frau, mit der er vor mir zusammen war: Vanessa, eine Südstaatenschönheit, deren Vater und Ryans Vater beste Freunde und wohlhabende Geschäftspartner waren, zwei Immobilienmogule mit besten Verbindungen sowohl an der Ost- als auch an der Westküste. Sie war die zukünftige Mrs. Ryan Winston gewesen, bis ich in Ryans Leben trat und die Pläne der beiden Alten zunichtemachte. Man stelle sich ihre Gesichter vor, als er mich ihnen vorstellte: »Mom, Dad, das ist Kailey. Ich liebe sie. Und sie hat ein Tattoo.«

Als ich zu Beginn unserer Beziehung versuchte, mir Klarheit über die Situation zu verschaffen, war Ryan sehr direkt. »Du weißt doch, dass Vanessa und ich einfach nur beste Freunde waren«, sagte er. »Wir sind zusammen aufgewachsen.«

»Und sie liebt dich immer noch«, antwortete ich impulsiv.

Ryan schüttelte den Kopf. »Nein, das tut sie nicht.«

»Ryan«, sagte ich. »Ich bin eine Frau. Mir ist nicht entgangen, wie sie dich in West Virginia angesehen hat.« Sie war mit ihrer Familie bei dem jährlichen Empfang im Hotel Greenbrier gewesen, an dem Ryans Familie samt Freunden schon seit Generationen teilnimmt. Die Männer golfen, und die Frauen lunchen. Ich habe die qualvolle Veranstaltung überlebt, indem ich einen verständnisvollen Kellner beschwatzen konnte, meinen süßen Tee mit einem Schuss Whiskey aufzupeppen.

Tracy sagt, eine alte Liebe ist wie ein Geist. Man darf nicht zulassen, dass sie einen verfolgt.

Ich schaue meinen gut aussehenden Verlobten an, der sich

auf seinem Stuhl aufrichtet. Ja, wir stammen aus verschiedenen Verhältnissen und sehen die Welt mit unterschiedlichen Augen. Er fordert mich zu Kritik heraus, und genau das gefällt mir an ihm. Aber Vergangenheit ist Vergangenheit. Ryan ist meine Gegenwart. Ich bin froh, dass unsere Wege sich gekreuzt und uns zusammengeführt haben. Dass sie uns hierhergeführt haben. Heute Abend. Für immer.

»Ich liebe dich so sehr«, flüstere ich, schiebe meinen Arm über die weiße Tischdecke und nehme seine Hand.

»Ich liebe dich auch«, sagt er mit einer Eindringlichkeit, die ich bis in die Tiefen meiner Seele spüre.

Der Regen prasselt gegen das Fenster. Der Vollmond lugt durch eine winzige Lücke in der dichten Wolkendecke. Ein sogenannter »Supermond«, wie Tracy betont hat. Als Ärztin mit einem seltsamen Hang zum Mystischen hat sie den ganzen Tag von nichts anderem geredet als diesem astrologischen Phänomen, das sich anscheinend heute Nacht ereignet. Ich interessiere mich eigentlich nicht für Astrologie, aber ich mag es, wenn Tracy davon spricht. Irgendwie kann ich diesen Aberglauben ganz gut verdauen, wenn er mir von meiner besten Freundin in gut aufbereiteten Häppchen serviert wird.

Und jetzt frage ich mich, ob Ryans Gereiztheit etwa auf ein außernatürliches Phänomen zurückzuführen ist. Ich trinke einen Schluck Wein, der weich und würzig zugleich schmeckt. Ich höre das moussierende Knistern im Glas, und eine Erinnerung kommt hoch. Wie immer schiebe ich sie fort, in die hinterste Ecke, wo sie hingehört. Schon lange spüre ich nicht mehr den Herzschmerz, mit dem ich so viele Jahre gelebt habe.

Ich mag meine Geschichte vielleicht nicht zum Abschluss gebracht haben, aber ich habe immerhin an der

Weisheit geschnuppert. Jeder, dem schon einmal das Herz gebrochen oder der auch nur verletzt wurde, weiß, dass Tatsachen etwas Endgültiges haben. Er ist gegangen. Und wenn jemand gehen will, muss man ihn gehen lassen, das habe ich begriffen.

Ryan schenkt Wein nach und erzählt mir von seinem Tag. Bescheiden schildert er, wie ein Mitarbeiter während einer Besprechung im Konferenzraum des Firmenchefs eingeschlafen ist. Das hätte für den Mann ziemlich übel enden können, wenn Ryan nicht unauffällig seinen Handywecker ausgelöst und den Kollegen so in letzter Minute geweckt hätte. Ich bin gerührt von seiner rücksichtsvollen Art und lächle ihn liebevoll an.

»Ich bin so glücklich«, seufze ich. Die Worte rutschen mir einfach raus, ich kann sie nicht zurückhalten. »Du machst mich so glücklich.«

»Du mich auch, Baby«, sagt er.

Mein Handy vibriert, um eine Voicemail anzuzeigen, aber anstatt sie abzuhören, stecke ich das Handy in meine Handtasche.

Ryan zwinkert mir zu, dann macht er der Kellnerin ein Zeichen. Sie eilt an unseren Tisch. »Einen Negroni, bitte.«

»Kommt sofort, Sir«, sagt sie und geht zum Tresen.

Wir teilen uns den Lachs mit in Entenfett gebratenen Kartoffeln und eine Portion Garnelen. »Die sind ein bisschen scharf«, sagt Ryan kauend. »Findest du nicht?«

Was Essen angeht, ist Ryan abenteuerlustig, ein Muss für den Verlobten einer Feinschmeckerin, aber im Gegensatz zu mir mag er nichts Scharfes. Das erste Frühstück, das ich für ihn zubereitet habe, hätte beinahe Verbrennungen dritten Grades an seiner Zunge verursacht. Der Spritzer Tabascosoße, den ich ins Rührei gegeben hatte, ist nicht besonders gut angekommen. Ich habe meine Lektion gelernt.

»Möchtest du etwas anderes bestellen?«, frage ich ihn, aber Ryan meint, er freut sich, wenn ich das Essen genieße. Wir reden über die Hochzeit. In den Gesprächspausen, wenn wir über Einzelheiten nachdenken, die der andere vorgeschlagen hat, Details, auf die wir selbst nie gekommen wären, wandern unsere Blicke durchs Restaurant. Wir sind ein Paar, das sich gut ergänzt. Ich fühle mich entspannt in Ryans Gegenwart, ein Wohlgefühl, das von jetzt an mein Leben bestimmen wird. Voller Behagen trinke ich noch einen Schluck Wein.

Gut eine Stunde später hat Ryan die Rechnung bezahlt, und wir holen unsere Mäntel an der Garderobe ab. »Warte hier, ich fahre den Wagen vor«, sagt er, während die Kellnerin mir eine Schachtel mit dem Rest des Kuchens reicht, eine Aufmerksamkeit des Kochs.

Es hat zwar mittlerweile aufgehört zu regnen, aber es ist ziemlich kalt geworden. »Wie lieb von dir, mein Herz«, sage ich.

Ich schaue ihm nach, als er in seinem maßgeschneiderten Anzug die Straße hinuntergeht. Was für ein Glück ich doch habe. So ein gut aussehender Mann. Er ist so erfolgreich und so humorvoll, und doch hat er nur Augen für mich. Ryan ist der perfekte Mann. Ich hole tief Luft und nicke zufrieden.

Draußen nähert sich ein bärtiger Obdachloser einem Paar, das ebenfalls auf sein Auto wartet. Sichtlich genervt wenden die beiden sich ab und entfernen sich ein paar Schritte weit, während der Obdachlose sich auf die Bordsteinkante setzt.

Der Empfangschef schüttelt den Kopf. »Tut mir leid«,

sagt er, »wenn die sich erst einmal vor einem Restaurant herumtreiben, wird man sie nicht mehr los.«

»Vielleicht hat er einfach nur Hunger«, sage ich. »Haben Sie denn in der Küche keine Reste, die Sie ihm geben könnten?«

Der Mann schüttelt erneut den Kopf. »Mit Verlaub, Miss, aber wir sind keine Suppenküche. Außerdem wollen die sowieso nur Geld, wahrscheinlich für Drogen.«

Bei meinen Recherchen für meine Reportage habe ich herausgefunden, dass das mit den Drogen ein Vorurteil ist. Drogenmissbrauch ist beileibe nicht der Hauptgrund für Obdachlosigkeit. Es gibt alle möglichen Gründe, warum Menschen auf der Straße landen. Aber ich kann mehr für diese Leute tun, indem ich über sie schreibe, als wenn ich mich mit einem Empfangschef anlege.

Ich trete auf den Gehweg und schaue vorsichtig zu dem Obdachlosen hinüber. Der Mann ist dünn, regelrecht abgemagert, seine Kleider hängen ihm an den Knochen. Ich betrachte die Schachtel in meiner Hand und mache einen Schritt auf den Mann zu. Ich wünschte, ich hätte ihm etwas Besseres zu bieten als einen Dessert, aber Kuchen enthält immerhin Ei.

»Verzeihung«, sage ich. Er scheint mich nicht zu hören. »Verzeihung«, sage ich etwas lauter. »Ich habe hier etwas Kuchen. Möchten Sie den?«

Er schaut auf, und als unsere Blicke sich begegnen, kommt mir sein Gesicht plötzlich sehr vertraut vor. Die Schachtel mit dem Kuchen rutscht mir aus der Hand und fällt auf den regennassen Gehweg. Meine Gedanken rasen, Erinnerungsfetzen wirbeln durcheinander wie ein Stoß Papier, der vom Schreibtisch rutscht. Falls dieser Mann mich erkennt, lässt er es sich nicht anmerken. Scheinwerfer huschen vorbei, und ich höre Reifen auf dem nassen Asphalt langsamer werden. Ich drehe mich um und sehe, wie Ryan anhält. In dem Augenblick streckt der Mann seine knochige Hand nach der Schachtel mit dem Kuchen aus. Einen Moment lang betrachtet er die Schachtel, dann öffnet er sie zögernd. Ich sehe den Hunger in seinen Augen, dann nimmt er den Kuchen und stopft sich das ganze Stück auf einmal in den Mund, wobei lauter Krümel in seinem Bart kleben bleiben.

Ryan kurbelt sein Fenster herunter. »Alles in Ordnung, Kailey?«

Ich nicke, mache einen Schritt rückwärts und gehe wie benommen zum Auto.

Ich sage Ryan nicht, dass überhaupt nichts in Ordnung ist.

Ich sage Ryan nicht, dass ich diesen Mann kenne.

Ich sage Ryan nicht, dass der Mann Cade heißt und einmal meine große Liebe war.

Zwei

19. April 1996

»Glaubst du an Seelenverwandtschaft?«, fragt Tracy und blickt von ihrem Buch auf, mit dem sie in unserer gemeinsamen Wohnung in Seattle auf dem Futon liegt. Wir hatten uns augenblicklich in das Studio mit der einen Wand aus nicht verputzten Ziegelsteinen und den raumhohen Fenstern verliebt, auch wenn es kleiner war als mein früheres Kinderzimmer. Fünfunddreißig Quadratmeter – eindeutig zu klein für zwei Menschen, aber Hochschulabsolventen, die im coolsten Gebäude der First Avenue von Seattle mit Blick auf die Elliott Bay wohnen wollen, müssen Kompromisse eingehen. Zum Glück schnarcht Tracy nicht.

»Nein«, antworte ich, während ich zusehe, wie sie mit ein paar geübten Handbewegungen ihr Haar zu einem Pferdeschwanz zusammenbindet. Mit ihren hohen Wangenknochen, der schlanken Figur und der angeborenen Eleganz ist sie eine natürliche Schönheit, die als Model viel Geld verdienen könnte, aber Tracey würde sich eher die Augen ausstechen, als vor einer Kamera zu posieren.

Wir hatten uns in Chicago ein Zimmer im Studentenwohnheim geteilt, und nach Abschluss unseres College-Studiums haben wir uns die Karte der USA gründlich angesehen und uns schließlich für Seattle entschieden. Eine Woche später haben wir unsere Habseligkeiten in den Kofferraum des alten Subaru von Traceys Vater gepackt und uns auf den Weg in die regenreichste Stadt Amerikas gemacht – und auf der langen Fahrt ziemlich schief, aber begeistert gesungen, weil die Stereoanlage kaputt war. Gleich im ersten Monat bekam ich einen Job als Lokaljournalistin beim *Seattle Herald*, während Tracy für die Aufnahmeprüfung an der medizinischen Fakultät büffelte. Wir lebten unsere Jugendträume aus.

»Jeden Abend zu Hause rumhocken geht gar nicht«, sagt Tracy, legt ihr Buch weg und schiebt sich die Brille höher auf die Nase.

Ich schenke mir eine Tasse Kaffee aus der Kaffeemaschine ein, die meine Großmutter mir gekauft hat, eine Woche bevor ich ans College gegangen bin. Dann lasse ich mich auf den abgewetzten roten, eiförmigen Ikea-Sessel am Fenster fallen. Wir beide könnten glatt für Ikea Reklame machen.

»Hast du dein Horoskop heute schon gelesen?«, fragt Tracy.

»Du weißt doch, dass ich an den Kram nicht glaube, Tracy.«

»Okay«, erwidert sie, »dann lese ich es dir eben vor.« Sie nimmt die Zeitung vom Sofatisch, schlägt sie auf und liest. »Oha«, sagt sie schließlich. »Neue Liebe wartet auf dich.« Sie nickt. »Aber hier steht: ›Du musst dich dafür öffnen. Anstatt dich zu Hause zu verkriechen, solltest du spontane und überraschende Dinge tun. Wer weiß, wem du begegnest.‹«

Ich verdrehe die Augen.

»Geh heute Abend mit uns aus!«, sagt Tracy.

Sie hat einen neuen Freund namens Mark, der am Uniklinikum seine Facharztausbildung zum Chirurgen macht. Er ist groß, hat schütteres Haar und lacht laut. Wenn sie beide mal einen freien Abend haben, was selten vorkommt, lädt er sie zu Konzerten oder ins Theater ein, oder sie gehen am Green Lake spazieren. Manchmal denke ich, ich brauche auch einen Mark in meinem Leben. Manchmal fände ich es schön, wenn mich jemand ins Theater oder auf den Wochenmarkt oder in ein Symphoniekonzert begleiten würde. »Mark hat Tickets für Mazzy Star im Crocodile.«

»Und wenn ich mitkomme«, frage ich und hebe fragend die Brauen, »muss ich dann mit einem Blind Date rechnen?«

»Na ja«, sagt Tracy verschmitzt, »Marks Freund Eric kommt auch mit.«

»Ich weiß nicht«, sage ich und schaue hinaus auf die Bucht, wo gerade eine Fähre ablegt.

»Komm einfach mit«, sagt Tracy. »Du stehst doch auf Mazzy Star.«

»Stimmt«, sage ich erfreut.

Sie nickt. »Also abgemacht.«

Es hat angefangen zu regnen, und Tracy, Mark und ich drängeln uns unter die Markise des Klubs, wo eine Frau mit kurzem Pony und Nasenring unsere Tickets kontrolliert. Drinnen ist es schummrig, irgendeine düstere Musik, die ich nicht kenne, tönt aus den Lautsprechern. Die Luft ist zum Schneiden dick vom Zigarettenrauch, und jeder Dritte in dem Laden trägt ausgetretene Doc Martens. Ich liebe Seattle.

»Eric kommt gleich«, sagt Mark. »Was trinkt ihr beiden denn?«

»Ich nehme einen Wodka Soda«, sagt Tracy.

»Für mich das Gleiche«, sage ich.

Als Mark sich an der Bar anstellt, knufft Tracy mich in die Rippen. »Mark sagt, Eric ist einer der besten Assistenzärzte in der Chirurgie.«

Ich zucke die Schultern.

Tracy lächelt. »Amüsier dich einfach. Wer weiß, vielleicht gefällt er dir ja. Außerdem ...«

Ich mache einen Schritt rückwärts, als jemand mich anrempelt. Er hält eine Kamera mit einem riesigen Objektiv hoch, die er sinken lässt, nachdem er ein Foto geschossen hat. »Sorry«, sagt er. »Ich hab euch nicht gesehen.« Er ist ein bisschen älter als ich, hat dunkles Haar und einen Bartschatten. Seine Stiefel und das verwaschene karierte Hemd deuten darauf hin, dass er irgendwie mit der Musikszene zu tun hat, doch gleichzeitig wirkt er irgendwie – anders. Ich weiß nicht, ob sein Grinsen selbstbewusst ist oder nur dreist. Oder beides.

»Abgefahrene Bühnenbeleuchtung«, sagt er und hebt die Kamera wieder ans Auge. Es blitzt mehrmals. »Hope hat echt 'ne geile Stimme. Dabei ist sie kein bisschen eingebildet, nicht so 'ne Diva, die sich für die Größte hält.«

Ich kneife die Augen zusammen. »Du redest ja, als würdest du sie kennen.«

»Tu ich auch«, sagt er und lächelt nur mich an.

Also doch dreist.

»Ich hab sie vor fünf Jahren unter meinem Label rausgebracht«, sagt er. »Nur ein Soloalbum, aber ich glaub, es hat sie ins Geschäft gehievt.«

»Dein Label?«

Er zwinkert mir zu. »Ich bin im Musikbiz.«

Biz.

»Du hättest mal ihr Demoband hören sollen«, fährt er fort. »Der reine Wahnsinn.« Er klopft sich auf die Brust. »So was geht unter die Haut.«

»Wie meinst du das?«, frage ich vorsichtig und neugierig zugleich.

Er kommt ein bisschen näher. »Gute Musik *bewegt*. Sie kann dein Leben verändern.« Er nimmt meine Hand und drückt sie mir auf die Brust. Ich bekomme eine Gänsehaut. »Genau hier. Gute Musik geht zu Herzen.« Er lässt meine Hand wieder los, aber ich lasse sie auf meiner Brust liegen. »Nach solchen Musikern bin ich immer auf der Suche.«

Mark kommt mit unseren Drinks.

»Ich bin Cade«, sagt der Mann mit der Kamera, während er mir in die Augen sieht. Als er mir die Hand entgegenstreckt, kommt es mir vor, als wären wir beide die Einzigen im Raum.

Ich schüttle ihm lahm die Hand. »Kailey Crain.«

»KC«, sagt er grinsend.

Mark räuspert sich, dann sehe ich, dass ein ziemlich großer Typ mit lockigem braunen Haar neben ihm steht. Er trägt sein Hemd in der Jeans, die ein paar Zentimeter zu kurz ist. »Kailey, das ist Eric.«

»Tja«, sagt Cade mit einer angedeuteten Verbeugung. »War nett, dich kennenzulernen. Viel Spaß.«

Ich spüre Erics Blick auf mir. »Mark sagt, du schreibst«, sagt er eifrig.

»Na ja«, erwidere ich und trinke einen Schluck von meinem Drink. Er ist verdammt stark und riecht nach Franzbranntwein. Ich schüttle mich, als er mir durch die Kehle rinnt. »Ich arbeite als Reporterin beim *Herald*. Aber mein Lieblingsthema sind Lebensmittel.«

Unwillkürlich wandert mein Blick zum anderen Ende des Raums, wo Cade gerade einer attraktiven Blondine eine Hand auf die Schulter legt. »Und du?«, frage ich Eric, reiße mich von der Szene los und schaue Eric an. »Was ist dein chirurgisches Spezialgebiet?«

»Füße«, sagt er.

Ich lache, dann reiße ich mich zusammen, als ich sehe, dass sein Gesicht unbewegt bleibt, nicht einmal den Ansatz eines Lächelns zeigt.

»Soll das heißen, das ist kein Witz? Du ... du spezialisierst dich auf ... Füße?«

»Ja«, sagt er, ohne eine Miene zu verziehen. »Ich bin da vielleicht voreingenommen, aber ich finde, die Zehen, die Fußgelenke, die Fersen und so weiter gehören zu unseren faszinierendsten Körperteilen. Meinst du nicht auch?«

»Na ja«, sage ich und muss mich nun wirklich anstrengen, nicht loszuprusten, »ich muss zugeben, dass ich noch nie über ... äh, meine Füße nachgedacht habe. Aber wahrscheinlich sind sie ziemlich ... cool? Immerhin bringen sie uns dahin, wo wir hinwollen.«

Er betrachtet meine Füße. Im selben Moment kommt die Vorgruppe auf die Bühne und stimmt ein Stück an, das ich nicht kenne. Begeisterter Applaus. Nach zwei Stücken beugt der Fußchirurg sich vor. »Das mag vielleicht ein bisschen direkt klingen«, sagt er lächelnd, »aber ich wette, du hast sehr schöne Füße. Die würde ich mir gern irgendwann mal ansehen.«

Ich verschlucke mich fast an meinem Wodka. »Weißt du was«, sage ich und schiebe mich Richtung Tresen vor, »ich glaub, ich brauch noch einen Cocktail.«

»Ich gebe dir einen aus«, sagt der Fußchirurg.

»Nein, nein«, erwidere ich hastig. »Die Schlange ist endlos. Ich ... ich mach das schon.«

Er nickt und trinkt einen Schluck von seinem Bier. Dann sagt er etwas zu Mark, dem ich in dem Moment am liebsten den Hals umdrehen würde. Und Tracy ebenfalls. Ich schaffe es zum Tresen und bestelle mir noch einen Wodka Soda, diesmal einen doppelten.

»Für mich das Gleiche«, sagt Cade, der plötzlich neben mir steht.

Ich schenke ihm ein nervöses Lächeln, dann wende ich mich der Bühne zu.

»Wie läuft's mit deinem Date?«

»Das ist nicht mein Date!«

»Sah aber ganz danach aus«, erwidert er mit einem amüsierten Grinsen.

»Also, wenn du's genau wissen willst«, entgegne ich, »es ist ein Date, das über meinen Kopf hinweg arrangiert wurde.«

»Und deswegen hast du dich an die Bar geflüchtet.«

»Genau.«

»Was macht der Typ?«

»Er ist Chirurg. Spezialist für Füße.«

»Nein!«

»Doch! Er hat mich gefragt, ob er meine Füße sehen darf.«

»Tragisch.«

»In der Tat.«

Der Barmann kommt mit zwei Wodka Sodas, und ehe ich protestieren kann, sagt Cade, er soll sie auf seine Rechnung schreiben.

»Hey«, sagt Cade und hebt sein Glas. »Ich hab eine Idee.«

»Und die wäre?«

»Ich sabotiere dein Date.«

Ich hebe die Brauen.

»Also, dein Nicht-Date.« Er grinst. »Hast du Lust, mit in den Backstagebereich zu kommen?«

»Backstagebereich?«

»Ja«, sagt er. »Dann kannst du dir das Konzert vom besten Platz aus anhören und bist vor dem Chirurgen in der kurzen Hose in Sicherheit.«

»Die ist echt kurz, oder?«

»Ja. Solche Hosen sind bestimmt in manchen Ländern verboten.«

Ich lache.

»Also, was sagst du?«

Ich schürze die Lippen und überlege kurz. »Warum nicht«, sage ich dann.

Er nimmt meine Hand und führt mich durch die Menge zu einer dunklen Tür, die in der schwarzen Wand kaum auszumachen ist. Wir gehen einen langen Flur hinunter und setzen uns schließlich auf ein Sofa seitlich der Bühne.

»Nicht schlecht, was?«

Die Vorband spielt noch ein paar Stücke, dann kommen Mazzy Star auf die Bühne und spielen »Fade Into You«.

»Ich liebe dieses Stück«, flüstere ich.

»Ich auch«, sagt Cade.

Er bewegt die Hände zur Musik, als würde er ein imaginäres Instrument spielen. »Das Tamburin«, sagt er. »Eine Superidee, das mit reinzunehmen.«

»Ich kann mir Mazzy Star gar nicht ohne das Tamburin vorstellen«, sage ich. »Das gehört doch unbedingt zu deren Sound.«

Cade nickt, dann hebt er die Hand, in dem Moment, als das Klavier zu spielen beginnt, als würde er den Einsatz geben. »Super Überleitung«, sagt er.

»Bist du Musiker?«, frage ich.

Er schüttelt den Kopf. »Nein, ich kann nicht mal Noten lesen. Aber ich kenne mich mit Musik aus.« Er klopft sich aufs Herz. »Wie gesagt, ich spüre sie.« Er schließt die Augen und horcht in sich hinein. »Hier drin.«

Eigentlich sollte ich der Band zusehen, aber ich kann den Blick nicht von Cade losreißen.

»Hör dir die Textzeile an«, sagt er leise. »›I want to hold the hand inside you.‹ Das ist Poesie. Ich kriege jedes Mal ’ne Gänsehaut.«

Ich nicke. »Den Song kenne ich seit dem College. Ich hab den in Endlosschleife gehört.«

»Was bedeutet er dir?«

Ich überlege. Ich fühle mich ein bisschen schwerelos nach dem zweiten Wodka. Ich schließe die Augen und erinnere mich einen kurzen Moment lang an meine naiven Vorstellungen von der Liebe.

»Ich glaube, er handelt von der Sehnsucht danach, mit jemandem, den man liebt, ganz und gar zu verschmelzen. So sehr, dass man ihn schon vermisst, wenn er nur im Nebenzimmer ist, oder dass man neben ihm sitzt und nur noch eins will ...«

»... ihm noch näher zu sein«, sagen wir wie aus einem Mund.

Ich lächle und schaue weg. Cade wendet sich wieder der Bühne zu. Er nimmt meine Hand. Ich lasse es geschehen.

Drei

15. November 2008

Mein Herz rast, während das Telefon klingelt. Ich schaue auf die Küchenuhr: 23.34 Uhr. *Los, wach auf, Tracy. Wach auf, wach auf!*

»Hallo?« Sie klingt verschlafen.

»Gott sei Dank bist du rangegangen«, flüstere ich.

»Kailey«, sagt sie missmutig. »Wehe, das ist nichts total Wichtiges. Ich hab eine ganze Woche Bereitschaft hinter mir. Ich hatte gerade die Augen zugemacht.«

»Tut mir leid«, sage ich.

»Wieso flüsterst du?«

»Ich will Ryan nicht wecken. Du glaubst nicht, wen ich heute Abend gesehen hab.«

Sie gähnt. »Ich geb's auf.«

»Tracy, hör zu. Ich hab *Cade* gesehen.«

»Cade?«

»Ja, Cade.«

»Bist du sicher?«

Ich höre ein Knarzen oben auf der Treppe und schleiche auf Zehenspitzen um die Ecke, um zu sehen, ob Ryan aufgewacht ist. Aber es ist nur Eddie, mein alter schwarzer Labrador, der oben auf dem Treppenabsatz steht. Er ist schon elf, aber im Grunde seines Herzens immer noch ein Welpe.

»Ja, ich bin ganz sicher«, flüstere ich. »Aber er war verändert, Tracy. Er ... er hat mich nicht mal erkannt.«

»Wie meinst du das?«

»Vor dem Restaurant, heute Abend, da saß ... da saß ...« Ich bringe es fast nicht fertig, es auszusprechen. »Da saß ein Obdachloser, und das war Cade.«

»Ich verstehe nur Bahnhof«, sagt Tracy.

»Ich hab ihn mit Bart fast nicht erkannt«, fahre ich fort. »Und er war total zerlumpt. Ich wusste nicht, was ich tun oder sagen sollte, nach all den Jahren. Nachdem er damals einfach verschwunden ist. Ich hatte gedacht, er wäre irgendwo in Australien oder so, verheiratet vielleicht.« Tränen brennen mir in den Augen. »Aber ich glaube, es geht ihm schlecht, Tracy. Irgendwas Schlimmes muss ihm passiert sein.«

»Mein lieber Schwan«, stöhnt sie. »Hast du's Ryan gesagt?«

»Nein«, erwidere ich. »Noch nicht. Ich war viel zu geschockt. Ich hab's ... einfach nicht über mich gebracht.«

»Was hast du jetzt vor?«

»Ich muss ihm helfen«, flüstere ich und schüttle den Kopf angesichts des Unfassbaren.

»Gott, Kailey. Was ist, wenn er auf Droge ist? Was, wenn er aggressiv wird? Was ist, wenn ...«

»Nein«, falle ich ihr ins Wort. »Cade tut niemandem etwas.«

Tracy schweigt einen Moment lang. »Soll ich mitkommen?«

»Ja«, sage ich und wische mir eine Träne von der Wange. »Würdest du das tun?«

»Klar«, sagt Tracy.

»Ich habe ihn geliebt, Tracy«, flüstere ich. »Ich habe ihn so sehr geliebt.«

»Das weiß ich doch. Ich erinnere mich noch an alles.«

Als ich aufwache, strömt Licht durchs Fenster. Ich drehe mich um und vergrabe das Gesicht im Kopfkissen.

»Guten Morgen«, ruft Ryan gut gelaunt. Er steht in der Badezimmertür, ein Handtuch um die Hüften.

»Wie spät ist es?«, frage ich verschlafen.

»Halb zehn«, sagt er. »So lange hast du schon ewig nicht mehr geschlafen. Ich freue mich. Das hattest du nötig.«

Als ich mich strecke, verzieht sich der Nebel in meinem Kopf, und die Ereignisse des gestrigen Abends fallen mir wieder ein. Cade vor dem Restaurant. Ryan zieht sich Jeans und ein T-Shirt an und lässt sich auf die Bettkante fallen. Ich setze mich nervös auf. »Was steht heute an, Mrs. Winston in spe?«

Ich ziehe die Nase kraus. »Ryan, du weißt doch, dass ich mich noch nicht entschieden habe, ob ich deinen Namen annehme.«

Einen Moment lang wirkt er gekränkt, erholt sich aber schnell wieder. »Ich weiß, dass das eine der wichtigsten Entscheidungen ist, die du je treffen wirst. Ich bin stolz auf dich, und ich wünsche mir, dass wir denselben Namen tragen, zum Zeichen, dass wir einander gewählt haben.«

»Wenn du das so siehst«, antworte ich, wieder einmal erstaunt über seine romantische Ader, »bleibt mir ja fast keine andere Wahl ... Ich werde mich bald entscheiden, versprochen.«

Er reibt mir den Nacken. »Darf ich dich zum Frühstück ausführen?«

»Es gibt nichts Schöneres, als mit dir an einem faulen Sonntagmorgen zu frühstücken«, sage ich, »aber ich habe im Moment zu viel im Kopf, um mich zu entspannen. Der zweite Teil der Serie ist bald fällig, und ich bin noch nicht mal fertig mit den Recherchen. Der Wirtschaftsteil ist neu für mich, und ich kann mir keine Anfängerfehler leisten.« Es ist keine richtige Lüge, sondern eher eine Halbwahrheit. Ich habe vor, Leute zu interviewen, die regelmäßig in den Occidental Park gehen.

»Also gut«, sagt er. »Soll ich dir was mitbringen?«

»Nein, danke«, sage ich. »Ehrlich gesagt bin ich noch satt vom Abendessen. Außerdem muss ich auch noch ein bisschen Zeit für Tracy abzwacken, die lässt bestimmt nicht locker, bis ich mich mit ihr auf einen Kaffee treffe.«

Er nickt, küsst mich auf die Stirn und macht sich auf den Weg. Nachdem die Haustür ins Schloss gefallen ist, nehme ich mein Handy und rufe Tracy an.

»Kannst du rüberkommen?«

Sie stöhnt. »Kannst du mir nicht noch eine Stunde Schlaf gönnen?«

»Nein«, erwidere ich bestimmt, wie es nur unter guten Freundinnen möglich ist. »Ich brauch dich jetzt, Tracy.«

»Okay«, sagt sie und gähnt laut. »Ich zieh mich schnell an und mach mir einen Kaffee. In einer halben Stunde bin ich da.«

»Danke«, sage ich.

»Kailey, du klingst nicht wie du selbst.«

»Das bin ich auch nicht«, erwidere ich ehrlich. »Mein Leben wird gerade auf den Kopf gestellt.«

Ich drücke den Stempel meiner Cafetière herunter, fülle eine große Henkeltasse mit Kaffee, gehe niedergeschlagen ins

Wohnzimmer und lasse mich aufs Sofa sinken. Eddie kommt angetapst und legt seinen Kopf in meinen Schoß, so wie er es schon als Welpe immer gemacht hat. Wie er es auch bei Cade immer gemacht hat. Ich blicke auf, als ich die Haustür quietschen höre.

»Kailey?«

»Komm rein!«, rufe ich. »Gott sei Dank bist du da.«

Tracy verschwendet keine Zeit. »Erzähl mir alles.«

»Also«, sage ich und stelle meine Tasse ab. »Wie gesagt, ich war mit Ryan im Le Marché, und als wir rauskamen, saß er auf der Bordsteinkante. Direkt vor dem Restaurant.«

Tracy nickt bedächtig. »Bist du dir ganz sicher, dass er es war?«

»Ganz sicher. Fast ganz sicher.«

»Es ist lange her, Kailey«, sagt sie. »Vielleicht hat der Typ Cade nur ähnlich gesehen? Oder du hast an Cade gedacht und geglaubt, sein Gesicht im Gesicht von diesem Obdachlosen zu erkennen? Das gibt's, weißt du. Hellseher reden dauernd von so was.«

Ich seufze. »Ich weiß nicht.«

»Wie wahrscheinlich ist es, dass er die ganzen Jahre vor unserer Nase gelebt hat, ohne dass wir das mitbekommen haben?«, fragt sie.

»Ich weiß, dass es nicht sehr wahrscheinlich klingt«, sage ich. »Aber ich hab seine Augen gesehen. Ich kenne diese Augen.«

Tracy nickt. »Also gut. Wir gehen in die Stadt und sehen, was wir für ihn tun können.«

»Was denn zum Beispiel?«

»Hilfe für ihn organisieren. Staatliche Sozialleistungen zum Beispiel.«

Ich denke an die Kontakte, die ich geknüpft habe, während

ich für meine Artikelserie über das Pioneer-Square-Viertel recherchiert habe, aber gleichzeitig fühle ich mich wie gelähmt. »Ich weiß überhaupt nicht, wo ich anfangen soll, Tracy.«

»Als Erstes«, antwortet sie, »reden wir mit ihm. Hören uns an, was er erzählt. Finden raus, ob er unsere Hilfe überhaupt will.«

»Und wenn nicht?«

»Dann ist das seine Entscheidung. Wir können nicht mehr tun, als ihm unsere Hilfe anbieten.«

Ich vergrabe das Gesicht in den Händen. »Was glaubst du, was mit ihm passiert ist?«

Sie zuckt die Schultern. »Schwer zu sagen, warum jemand obdachlos wird, ich bin nur Lungenärztin. Es ist aber ziemlich bekannt, dass psychische Erkrankungen die häufigste Ursache sind.«

Ich schüttle den Kopf. »Cade hatte seine Probleme, aber er war nicht psychisch krank.«

»Dann war es eben was anderes«, sagt Tracy in einem professionellen Tonfall, den ich sehr selten bei ihr zu hören bekomme.

»Und was zum Beispiel?«

»Was weiß ich? Vielleicht hat er bei einem Unfall eine Amnesie erlitten. Es gibt Leute, die sich davon nie wieder erholen.«

»Du glaubst also nicht, dass er eine Chance hat?«

»Das sage ich doch überhaupt nicht. Ob er an einer Amnesie leidet, kann man nur mit einer gründlichen Untersuchung herausfinden. Außerdem glaube ich ehrlich gesagt sowieso nicht, dass der Typ, den du gesehen hast, Cade ist.«

Ich räuspere mich. Es widerstrebt mir, ihre Zweifel zu akzeptieren. »Und wenn er sich doch erholt ...« Plötzlich wird mir das Ausmaß der Situation bewusst. All die Jahre habe ich geglaubt, er wäre für immer verschwunden. Und jetzt ist er vielleicht wieder da. »Tracy ... ich heirate demnächst!«

»Ich weiß, Süße«, sagt sie mitfühlend. »Das muss der Hammer für dich sein. Aber lass uns keine voreiligen Schlüsse ziehen. Bleib ganz ruhig. Wir werden ihn finden. Und wenn er es tatsächlich ist, sehen wir weiter.« Sie drückt meine Hand. »Es ist viel Zeit vergangen. Wir sind nicht mehr dieselben wie damals.«

Ich lasse ihre Worte erst einmal sacken. Eddie leckt mir die Hand, und ich belohne ihn für seine Zuwendung, indem ich ihm das rechte Ohr kraule.

»Vielleicht hast du recht«, sage ich und schaue mich in dem schönen Haus um, das ich zusammen mit meinem Verlobten bewohne. Auf dem Kaminsims stehen lauter Erinnerungsstücke von unseren gemeinsamen Reisen. Die Gemälde an den Wänden hat Ryan bei einem befreundeten Maler in Auftrag gegeben. Ich betrachte den Esstisch, an dem wir schon mit so vielen Freunden gesessen haben und an dem wir noch mit vielen weiteren sitzen werden. Mein Leben scheint mir perfekt zu sein. Wie kann ich es zulassen, dass meine Vergangenheit einen Schatten auf meine Gegenwart wirft, für die ich so hart gearbeitet habe? Ich winde mich innerlich.

»Apropos Vergangenheit«, sagt Tracy, während sie in der neuesten Ausgabe von *Dwell* blättert, die auf dem Sofatisch liegt. Ich habe mehrere Seiten darin mit einem Knick markiert, um Ryan ein paar Ideen für unseren Umbau zu zeigen. »Rate mal, wen ich neulich im Supermarkt getroffen hab?«

»Wen denn?«

»Eine Cheerleaderin von meiner Highschool«, sagt Tracy. »Chrissie Gearheart.« Sie schüttelt ungläubig den Kopf. »Sie wohnt mit ihrem Mann und ihren zwei Kindern hier in Seattle. Und ich muss gestehen, dass es mich tröstet, dass das hübscheste Mädchen von der ganzen Schule keinen besonders guten Eindruck macht. Chrissie Gearheart. Von der hat damals jeder Junge geträumt.«

»Komisch«, sage ich kichernd, »wie kommt es, dass man sich immer an die vollständigen Namen der Cheerleaderinnen erinnert?«

»Stimmt«, sagt Tracy. »Ich kann mich nicht mal an die Nachnamen der Mädchen erinnern, mit denen ich im neunten Schuljahr jeden Tag an einem Tisch in der Cafeteria gesessen hab, aber ›Chrissie Gearheart‹ fällt mir auf Anhieb ein.«

»Sheena Thompson«, füge ich hinzu. »Die beliebteste Cheerleaderin an der Roosevelt Highschool.«

»Komisch, wie die Vergangenheit sich einem ins Gedächtnis einbrennt«, sagt Tracy, steht auf und wirft die Zeitschrift auf den Sofatisch, wo sich Brautmagazine stapeln, die darauf warten, dass ich die Zeit finde, sie durchzusehen. Sie knöpft ihren Mantel zu und holt tief Luft. »Bist du bereit, dich der Gegenwart zu stellen?«

Ich nicke, reibe meine Nase liebevoll an Eddies Schnauze und stehe auf. »Ich glaube ja.«

Vier

18. Mai 1996

Tracy und ich packen unsere Wäschesäcke und machen uns auf den Weg zu Sit&Spin. Es gibt natürlich näher gelegene Waschsalons, aber die sind nicht so kultig wie das Café auf der Fourth Avenue, wo man gemütlich Kaffee trinken kann, während die Wäsche im Trockner umherpurzelt.

»Sieh mal«, sagt Tracy, als wir in eine von rosa blühenden Kirschbäumen gesäumte Straße einbiegen.

»Wunderschön«, sage ich.

»Ja«, sagt Tracy, »aber ich meine das da.« Sie zeigt auf eine Baumkrone. Als wir näher kommen, sehen wir eine rote Schleife an einem der oberen Äste.

»Was soll das sein?«

»Vielleicht so was Ähnliches wie diese gelben Schleifen, die die Leute in Bäume hängen zum Andenken an Soldaten, die in den Krieg ziehen mussten«, meint Tracy. »Rot ist vielleicht für eine verlorene Liebe.«

»Du bringst mich um, Tracy«, sage ich lachend.

»Nein, echt«, sagt sie. »Das hat bestimmt was zu bedeuten. Binde eine rote Schleife an einen Ast für deine große Liebe.«

Ich verdrehe die Augen.

Im Sit&Spin riecht es nach Waschpulver und Kaffee. Wir suchen uns einen Tisch in der Ecke und sehen uns nach zwei leeren Waschmaschinen um. Tracy zieht ein Lehrbuch aus ihrer Tasche. Anatomie. Keine besonders unterhaltsame Lektüre, aber so was liest man eben, wenn man für die Aufnahmeprüfung an der medizinischen Fakultät paukt. Ich lasse mich auf einem orangefarbenen Sessel nieder und trinke einen Schluck von meinem schaumigen Macadamia-Latte in einer riesigen orangefarbenen Tasse. Nur in Seattle kann ein schmuddeliges Waschsalon-Café einen solchen Charme besitzen.

»Ich glaub, das ist der Typ von Soundgarden«, flüstert Tracy.

Ich drehe mich schamlos um und sehe den bärtigen Kim Thayil mit einem Bier in der Hand am Tresen, wo er sich mit einem Typen unterhält, der genauso kräftig gebaut ist wie er.

»Mark steht total auf Soundgarden«, sagt Tracy verträumt. »Ich weiß nicht. Ich find die auch ganz gut. Aber ausflippen würde ich eher, wenn Eddie Vedder hier reinkäme.«

»Wenn ich jemals einen Hund haben sollte, nenne ich ihn Eddie.«

Tracy grinst. »Jetzt wohnst du gerade mal ein Jahr in Seattle, und schon willst du deinen imaginären Hund nach Seattles beliebtestem Rockmusiker benennen!«

»Eddie«, sage ich und nicke. »Ein Golden Retriever – nein, ein schwarzer Labrador.« Als ich meinen Wäschekorb hochhebe, fällt mir eine Unterhose mit einem deutlich sichtbaren Loch auf den Boden.

»Gott, ich brauch neue Unterwäsche«, stöhne ich.

Plötzlich weiten sich Tracys Augen. »Nicht hingucken«, zischt sie, legt ihr Buch weg und schaut in ihre Tasse. »Ich glaub, der Typ, der bei dem Mazzy-Star-Konzert war, ist gerade reingekommen.«

Ohne meine Erlaubnis fängt mein Herz an zu pochen. Ich habe an dem Abend meine Telefonnummer auf eine Serviette gekritzelt, aber das ist inzwischen einen Monat her, und seitdem habe ich von Cade keinen Pieps gehört. *Ob er die Nummer verloren hat? Oder bin ich stärker auf ihn angesprungen als er auf mich?* Ich weiß es einfach nicht.

»Geh hin und red mit ihm!«, flüstert Tracy.

»Auf keinen Fall«, entgegne ich cool, obwohl ich in Wirklichkeit die ganze Zeit gehofft habe, ihm zufällig über den Weg zu laufen. Einmal hab ich sogar nach der Arbeit ins Crocodile gelinst, um zu sehen, ob er dort war.

»Moment«, sagt Tracy, während sie so tut, als würde sie sich in ihr Buch vertiefen. »Er hat grade hier rüber geguckt.«

»Wirklich?« Plötzlich wird mir bewusst, dass ich mein ältestes T-Shirt anhabe und kein bisschen geschminkt bin. Dass ich ausgerechnet an so einem Tag Cade über den Weg laufen muss ...

Hastig streiche ich meinen Pony gerade und wünschte, ich hätte mir wenigstens die Wimpern getuscht.

»Kailey?«

»Ach, hallo«, sage ich, als unsere Blicke sich begegnen. »Cade, richtig?«

Tracy verschluckt sich fast an ihrem Latte.

»Genau«, sagt er. »Schön, dich zu sehen.« Seine Augen sind liebenswürdig und selbstsicher.

»Ja, finde ich auch«, sage ich, werfe einen Blick auf meinen Wäschekorb und gerate kurzzeitig in Panik, als ich sehe, dass die Unterhose mit dem Loch ganz obenauf liegt.

»Es gibt in ganz Seattle keinen besseren Ort, um seine

Wäsche zu waschen«, bemerkt er grinsend. *Er hat die Unterhose gesehen. Garantiert hat er sie gesehen.*

»Könnt ihr euch vorstellen, dass Kurt Cobain hier seine Boxershorts gefaltet hat, bevor er berühmt wurde?«, fragt Tracy. Obwohl schon zwei Jahre vergangen sind seit dem tragischen Tod des berühmten Sohns der Stadt, trauert Seattle immer noch um ihn.

»Tja«, sagt Cade mit einer respektvollen Pause, »ich hab's tatsächlich gesehen.«

Tracy räuspert sich. »Nie im Leben.«

Cade nickt und zeigt auf einen schwindsüchtigen Ficus benjamina in der Ecke. »Da hat er mit einem Riesenstapel Wäsche gestanden und eine Münze in die Jukebox geworfen. Das war lange bevor Nirvana ihren ersten Auftritt hatten.« Er zuckt die Schultern. »Danach hat er sich ziemlich verändert. Der Ruhm hat ihm die Lebensfreude geraubt, und das hat er genau gewusst. Es ist echt traurig, aber das passiert vielen Künstlern.«

Ehe ich darauf etwas entgegnen kann, kommt eine coole rothaarige Frau an unseren Tisch. Sie ist höchstens Anfang zwanzig.

»Verzeihung«, sagt sie mit einem nervösen Lächeln zu Tracy und mir, ehe sie sich an Cade wendet. »Sind Sie ... Sind Sie Cade McAllister von Element Records?«

»Ja«, erwidert Cade lächelnd.

»Wow«, stößt sie hervor. »Ich bin ein Fan von Ihnen. Ich liebe alle Ihre Bands. Ihr Plattenlabel ist wahrscheinlich der einzige Grund, warum ich überhaupt noch lebe. Die Musik, die Sie produzieren, hat mir über verdammt harte Zeiten hinweggeholfen, wissen Sie. Gott, ist das irre, Sie hier zu treffen.«

»Danke«, sagt Cade lässig, und irgendwie bekomme ich das Gefühl, dass ihm so was öfter passiert.

»Ich bin Jenna«, plappert die Frau weiter und fasst sich ans Herz. »Ich bin Ihnen echt dankbar.« Sie schaut Tracy und mich an. »Tut mir leid, aber das musste einfach sein. Ich will dann nicht weiter stören.«

Als sie weg ist, schaue ich Cade an. »Du scheinst ja 'ne richtig große Nummer zu sein.«

Er hebt die Schultern. »Ich hab einfach das Glück, dass ich mein Geld mit dem verdiene, was ich am liebsten mache«, sagt er. »Und du, Kailey? Was ist deine Leidenschaft? Wäschewaschen scheint es jedenfalls nicht zu sein«, sagt er augenzwinkernd mit einem Blick in Richtung meines Wäschekorbs.

»Sie würde ihren letzten Dollar für die seltenste Ziegenkäsespezialität auf dem Pike Place Market ausgeben«, sagt Tracy.

»Ach ja? Dann könntest du mich ja mal zum Abendessen einladen, oder?«

Tracy tut so, als würde sie sich auf ihr Buch konzentrieren, aber wenn sich über ihrem Kopf eine Sprechblase befände, wäre sie voller Ausrufezeichen.

»Äh ...«, mir fällt nichts ein, was ich antworten soll.

»Sorry, das war wohl ein bisschen forsch von mir.«

Ich lächle. »Ja, ein bisschen.«

»Was hältst du davon: Ich führe dich zum Abendessen aus, und wenn du hinterher findest, dass du einen schönen Abend verbracht hast, kochst du mal für mich.«

Ich lächle kokett, um den Moment auszukosten, dann sage ich: »Abgemacht.«

»Schön«, sagt er und dreht sich zur Tür um, um einem Typen mit Bart und tätowierten Armen zuzuwinken. Dann wendet er sich mir wieder zu. »Apropos Wäsche, du hast mir an dem Abend, an dem wir uns kennengelernt haben, deine Telefonnummer auf eine Serviette geschrieben. Ich hab sie in die Hosentasche gesteckt und dann zusammen mit der Hose gewaschen.« Er grinst. »Also, äh ... Kannst du mir die Nummer noch mal geben?«

»Klar«, sage ich strahlend und krame einen Stift aus meiner Handtasche.

Cade streckt eine Hand aus. »Diesmal schreibst du sie mir besser auf die Hand. Das ist sicherer.«

»Okay«, sage ich lachend, nehme seine Hand und schreibe meine Telefonnummer darauf. »Und nicht abwaschen.«

»Versprochen«, erwidert er mit einem Augenzwinkern.

Nachdem Cade gegangen ist, sagt Tracy eindringlich: »Weißt du, was ich glaube?«

»Was denn?«

»Der da«, sagt sie kopfschüttelnd, »der da wird dir unter die Haut gehen.«

Ich sage ihr nicht, dass das schon passiert ist.

An dem Abend rühre ich in der Küche Teig für eine Zimtrolle an. »Meine Großmutter hat immer gesagt, dass es in einem glücklichen Haushalt nach Zimt duftet«, sage ich lächelnd zu Tracy. »Das hat mir gefallen.«

»Zimt?« Tracy blickt vom Sofatisch auf, der mit Büchern und Heften übersät ist.

»Ja«, sage ich. »Sie hat die seltsame Theorie vertreten, dass Menschen, die viel Zimt konsumieren, immer Glück in der Liebe haben.« Ich fülle den Teig in eine Backform und lecke den Holzlöffel ab. »Süß, oder?«

Tracy nickt. »Als deine Großmutter jung war, war die Welt noch viel romantischer. Meine hat meinen Großvater geheiratet, zwei Wochen nachdem sie sich kennengelernt hatten. Zwei Wochen!«

Ich lächle. »Meine Großeltern haben sich während des Kriegs auf einem Ball kennengelernt. Mein Großvater hat meine Großmutter zum Tanzen aufgefordert, und das war's. Liebe zur Musik von Glenn Miller.«

Tracy legt sich theatralisch eine Hand aufs Herz. »Moonlight Serenade«, sagt sie mit verklärtem Blick. In dem Moment klingelt das Telefon. Während sie das Gespräch annimmt, schiebe ich den Kuchen in den Ofen.

»Hallo«, sagt Tracy, dann breitet sich ein Lächeln auf ihrem Gesicht aus. »Ja, sie ist hier. Moment.« Sie zeigt auf das Telefon und reißt vielsagend die Augen auf.

Mit pochendem Herzen wische ich mir die Hände ab und nehme das Telefon entgegen. »Hallo«, sage ich, bemüht, möglichst entspannt zu klingen, aber ich bringe nur ein Krächzen zustande.

»Hi, hier ist Cade.« Seine Stimme klingt am Telefon tiefer als in natura. Sie gefällt mir. Ich habe Schmetterlinge im Bauch.

»Hi«, sage ich.

»Hat mich gefreut, dich neulich zu treffen«, sagt er. »Ich dachte, wir könnten vielleicht am Samstag zusammen essen gehen. Also, ich meine, wenn du Zeit hast.«

»Ja, gute Idee«, sage ich.

»Warst du schon mal im Wild Ginger?«

»Nein, aber meine Chefin schwärmt davon. Da wollte ich schon länger mal hin.«

»Schön. Also um sieben?«

Tracy fuchtelt wie verrückt mit den Armen.

»Perfekt«, sage ich und schaue zu Tracy hinüber.

»Frag ihn, was sein Sternzeichen ist!«, flüstert sie.

Ich schüttle heftig den Kopf.

»Bitte«, flüstert sie. »Mir zuliebe. Ich muss es wissen.«

»Äh«, sage ich zu Cade, »meine beste Freundin hat ’ne Meise, und sie will unbedingt wissen, was dein Sternzeichen ist.«

»Mein *Sternzeichen?*« Er lacht.

Ich sehe Tracy Augen rollend an und wünschte, ich hätte den Mund gehalten. »Im Gegensatz zu mir steht sie total auf Astrologie. Aber ich hab sie trotzdem lieb.«

Cade lacht wieder. »Ich verstehe nichts davon, aber ich weiß, dass ich Stier bin.«

»Stier«, wiederhole ich, und Tracy nickt beifällig.

»Sag ihr, sie kann mir gern irgendwann mal die Zukunft vorhersagen.«

Ich grinse. »Mach ihr keine falschen Hoffnungen.«

»Okay«, sagt er, immer noch lachend. »Also, bis Samstag dann.«

»Ja, bis Samstag«, sage ich und lege auf.

Tracy quiekt vor Vergnügen, als ich mich auf das Sofa sinken lasse. »Du hast ein Da-ate!«

Ich muss lächeln. »Ja, hab ich.«

»Mit einem Stier«, sagt Tracy verträumt.

Ich zucke die Schultern.

»Das ist gut, Kailey, *echt.* Stiere sind gute Liebhaber. Die sind von der Venus bestimmt, die für Schönheit und Genuss steht.« Sie lächelt in sich hinein. »Jetzt brauchst du ihm nur noch eins von deinen sagenhaften Menüs zu kochen, und der Rest kommt ganz von allein.«

»Du glaubst also, dass das so einfach ist?«

»Klar.« Sie wischt ein bisschen Mehl von meinem T-Shirt. »Ich hab dir ja gleich gesagt, dass das der Anfang von was ganz Großem ist.«

Eine Fähre durchquert die nächtliche Bucht, und ich denke, vielleicht, ganz vielleicht hat sie ja recht.

Fünf

16. November 2008

Regen klatscht gegen die Windschutzscheibe von Tracys Auto, als wir über die Stadtautobahn brettern. Die Scheibenwischer bewegen sich quietschend hin und her, im Takt mit meinem Herzschlag.

»Ich erinnere mich noch an dein erstes Date mit ihm«, sagt Tracy ein bisschen wehmütig.

»Wirklich?« Ich schaue sie an.

»Du warst total nervös. Du hast dich zehnmal umgezogen, bevor du losgegangen bist.«

»Wild Ginger«, sage ich, während die Erinnerungen zurückkommen. »Wir waren im Wild Ginger.«

»Und ich hätte um ein Haar die Polizei angerufen, weil du um zwei Uhr früh immer noch nicht zu Hause warst. Ich hätte fast einen Herzinfarkt erlitten.«

Tracy nimmt die Ausfahrt James Street und fährt weiter Richtung Fourth Avenue. »Wir können hier parken und den Rest zu Fuß gehen. Vielleicht ist er ja wieder vor dem Restaurant.«

»Okay«, antworte ich nervös.

Als wir an einem Café vorbeikommen, bleibt Tracy abrupt stehen. »Erst einen Kaffee.«

»Jemand sollte T-Shirts mit dem Spruch bedrucken«, bemerke ich.

»Ich würde sofort eins kaufen«, sagt Tracy.

Wir bestellen beide einen doppelten Americano, dann überlegt Tracy es sich im letzten Moment anders und bestellt einen dreifachen. »Weißt du noch, wie viele Lattes wir früher getrunken haben?«, sagt sie lachend.

»Gott, der ganze Zucker«, sage ich. »Ich glaub, ich hab ein ganzes Jahr lang nichts anderes als Macadamia-Latte getrunken.«

»Ich stand damals auf geröstete Marshmallows«, sagt Tracy. »Weißt du noch?«

Ich nicke.

Ihre Augen leuchten auf. »Und Tiramisu«, sagt sie prustend. »Was haben wir uns bloß dabei gedacht?«

Ich lache, aber es klingt hohl und einsam. Ein Lachen getrübt von Reue und Sehnsucht nach dem, wie es früher war. Die vielen Flaschen Torani-Sirup sind nur noch eine ferne Erinnerung, ebenso wie die beiden blauäugigen Zweiundzwanzigjährigen, die wir damals waren.

Wir trinken unseren schlichten Filterkaffee aus und machen uns auf die Suche. Ich lasse meinen Blick umherschweifen, als wir erst die Fourth, dann die Third Avenue hinuntergehen. Ich schaue in jede Gasse, hinter jede Mülltonne, in jede Ritze. Es regnet stärker denn je, deshalb ziehe ich mir die Kapuze über den Kopf und folge Tracy unter ein Vordach.

»Das Le Marché ist da lang«, sage ich. »Es ist jetzt noch geschlossen, aber vielleicht ist er ja wieder dort.«

Tracy nickt, und wir gehen noch einen Block weiter und biegen in eine Seitenstraße ab. »Das Le Marché ist wahrscheinlich unsere beste Chance«, meint Tracy.

Schweigend gehen wir noch zwei Blocks weiter. Ich werfe meinen Kaffeebecher in einen Mülleimer. Ich kann nicht sprechen. Ich kann nicht einmal klar denken. Ich kann nur mit pochendem Herzen einen Fuß vor den anderen setzen.

In einiger Entfernung sehe ich die grüne Markise des Le Marché. Ich bin so in Gedanken versunken, als ich die Straße überquere, dass ich einen SUV übersehe, der von rechts kommt. Der Fahrer hupt wütend.

Im Restaurant ist es dunkel. Ich drücke mir die Nase am Fenster platt, dann schaue ich auf dem Gehweg erst in die eine, dann in die andere Richtung.

»Er ist nicht hier«, sage ich entmutigt.

Tracy holt ihr Handy heraus und tritt unter die Markise, um einen Anruf entgegenzunehmen, während ich ein Stück weitergehe, um einen Blick in die Gasse neben dem Restaurant zu werfen. Ich sehe jedoch nur einen Müllcontainer und einen aufgeweichten Pappkarton.

Als Tracy ihr Gespräch beendet hat, schlage ich vor, zur Fifth Avenue zu gehen. »Da gibt es eine Notunterkunft«, sage ich. Vor einem Jahr habe ich mal einen Artikel über einen Starkoch geschrieben, der regelmäßig für die Obdachlosen gekocht hat – unbemerkt von der Öffentlichkeit, bis die Vorbereitungen für dieses kulinarische Großereignis in die Gründung einer »Tafel« mündeten. Dank der Bemühungen dieser Leute gab es bei der Gelegenheit anstatt aufgeweichter Käsebrötchen Lachs im Schlafrock und dazu Endiviensalat mit gerösteten Walnüssen. Ich möchte gern glauben, dass meine Reportage darüber – mehr als der einmalige Fernsehbericht – dazu geführt hat, dass daraus eine feste jährliche Wohltätigkeitsveranstaltung geworden ist.

»Wir könnten mal versuchen …« Ich spreche den Satz nicht zu Ende. Irgendwie kann ich es immer noch nicht fassen, dass Cade in eine solche Notlage geraten ist. Dass ich in eine Notunterkunft gehen und ihn dort auf einer mit Urinflecken besudelten Pritsche vorfinden könnte.

Tracy tätschelt mir den Arm. »Keine Angst«, sagt sie. »Du schaffst das.«

Ich nicke, und gemeinsam gehen wir einen Block weiter bis zu einem Backsteingebäude mit einer schwarzen Tür, von der die Farbe abblättert. Eine zahnlose Frau mit strähnigem grauen Haar steht auf dem Gehweg und trinkt aus einer Flasche, die sie in eine braune Papiertüte gewickelt hat.

»Seid ihr Cops?«, fragt sie mit tiefer, heiserer Stimme und weicht einen Schritt zurück.

»Nein«, antwortet Tracy.

Die Frau nickt und setzt sich noch einmal die Flasche an die Lippen. An ihrem linken Arm hat sie eine offene Wunde, die eitert. Ich schüttle mich innerlich, als Tracy nach dem Türknauf greift. »Vielleicht haben wir ja Glück«, flüstert sie mir zu.

Ich folge meiner Freundin in die Eingangshalle, wo ein Mann mittleren Alters mit Ziegenbart und Stirnglatze an einem Schreibtisch sitzt. Es riecht nach Körperausdünstungen, feuchtem Teppichboden und kaltem Zigarettenrauch, aber auch nach Traurigkeit und zerplatzten Träumen.

»Hallöchen«, sagt der Mann und blickt auf. Sein Gesicht kommt mir bekannt vor, und dann erinnere ich mich wieder an seinen überaus gut gelaunten Tonfall. Offenbar erinnert er sich auch an mich. »Sind Sie nicht die Journalistin vom *Herald?*«

»Ja«, sage ich. »Kailey Crain.« Es ist mindestens ein Jahr her, seit ich den Mann interviewt habe. »Verzeihen Sie, würden Sie mir Ihren Namen noch mal nennen?«

»Abe Farrell«, sagt er und streckt mir die Hand entgegen. »Ich nehme nicht an, dass Sie beide auf der Suche nach einem Schlafplatz sind.« Er lacht, aber Tracy und ich sind zu verblüfft, um mitzulachen. Wir sehen ihn nur ausdruckslos an. »Was kann ich für Sie tun?«

»Wir suchen jemanden«, sage ich und trete einen Schritt vor. »Einen Mann.«

Ich schaue Tracy an, dann wieder Abe Farrell. »Er heißt Cade McAllister.«

Abe Farrell schüttelt den Kopf. »Ich glaube nicht, dass wir einen haben, der so heißt, aber bei unserer Klientel kann man nie wissen. Manche von denen kennen nicht mal ihren eigenen Namen.«

Ich nicke. »Er ist ungefähr eins achtzig groß. Dünn. Trägt Bart. Gestern hatte er eine armeegrüne Jacke und Stiefel an.« Das Bild, wie er da auf der Bordsteinkante saß, hat sich mir ins Gedächtnis eingebrannt. Mit Bestürzung denke ich an seinen Blick – so traurig, so verloren. »Seine Jeans hatten Löcher.« Ich zeige auf meine Schienbeine. »Genau hier.«

»Tut mir leid, Miss«, sagt Abe Farrell lächelnd. »Die Beschreibung passt so ziemlich auf jeden, den wir hier haben.«

Ich stoße einen tiefen Seufzer aus.

Er hebt die Schultern. »Wenn Sie ein Foto hätten, könnte ich Ihnen vielleicht eher helfen.«

Ich krame meine Brieftasche aus der Handtasche und nehme ein altes Foto von Cade und mir heraus, das uns in Big Sur an einem Aussichtspunkt auf dem Highway One zeigt. Bei der Erinnerung an die Reise muss ich lächeln. Wir hatten uns ein Cabrio gemietet, und ich hatte mir ein beigefarbenes Halstuch um den Kopf gewickelt, ganz im Stil von Grace Kelly. Als wir an dem Aussichtspunkt ankamen, war uns beiden speiübel nach den vielen Kurven, aber das ist auf dem Foto nicht zu sehen.

»Das ist er«, sage ich und halte Abe Farrell das Foto hin. Er betrachtet es mit zusammengekniffenen Augen, dann zuckt er die Schultern.

»Nein, hier ist niemand, der so aussieht«, sagt er schließlich. »Aber wenn Sie wollen, können Sie gern selbst nachsehen.«

»Danke«, sage ich und schaue Tracy kurz an. »Das würde ich gern tun.«

Ein bisschen zögerlich folgen wir ihm einen schmalen Flur hinunter und durch eine Tür in einen großen Saal, wo an den Wänden lauter Pritschen stehen. Drei Männer sitzen an einem Tisch in der Mitte, in ein Kartenspiel vertieft. Einige andere liegen auf ihren Pritschen und scheinen zu schlafen. In einer Ecke hockt jemand und brabbelt vor sich hin. Keiner von ihnen ist Cade.

»Nein«, sage ich seufzend. »Er ist nicht hier.«

»Tut mir leid«, sagt Abe Farrell. »Dieser Mann, ist er ... Ihr Freund?«

Ich schüttle den Kopf. »Nein, nein«, sage ich und befühle meinen Verlobungsring. »Nur ein alter Freund.«

»Also, Ihr alter Freund kann von Glück reden, dass jemand wie Sie nach ihm sucht.« Er lächelt. »Dann hoff ich mal, dass Sie ihn finden.«

»Ich auch.«

Plötzlich fällt mir etwas ein. Ich ziehe meine Jacke aus und schiebe den Ärmel meines T-Shirts hoch. »Sehen Sie mal«, sage ich. »Er hat genauso ein Tattoo wie dieses hier. Kommt Ihnen das bekannt vor?«

»Nein, so ein Tattoo habe ich noch nie gesehen.«

Ich bemerke, dass einer der Kartenspieler, ein alter Mann mit grauem Bart, zu mir herüberschaut.

»Na dann«, sage ich traurig und ziehe meine Jacke wieder an. In dem Moment steht der Alte vom Tisch auf.

»Verzeihung«, sagt er und kommt auf mich zu, seine Karten in der Hand. Ich sehe das Pikass und muss daran denken, wie ich Cade Siebzehn und Vier beigebracht habe, das Lieblingskartenspiel meiner Großeltern. Cade hat jedes Mal gewonnen. »Dieses Tattoo. Es sieht aus wie das von ... Mitchell.«

Ich schüttle den Kopf. »Mitchell?«

»Ja. Ein komischer Vogel. Redet kein Wort. Er kommt immer mal wieder her, aber meistens hängt er vor diesem französischen Restaurant auf der Fourth Avenue rum. Es heißt ...«

»Le Marché?«, frage ich begierig.

»Ja, genau.«

Meine Augen weiten sich. »Sind Sie sicher, dass es das gleiche Tattoo ist?« Ich ziehe meine Jacke noch einmal aus, um es ihm zu zeigen.

»Ja, Ma'am«, sagt er, während er das Tattoo beäugt.

»Warum nennen Sie ihn Mitchell?«

Er zuckt die Schulten. »Was weiß ich. Mitchell steht auf der Armeejacke, die er immer anhat. Wahrscheinlich denken deswegen alle, dass er so heißt. Aber vielleicht heißt er ja in Wirklichkeit ganz anders.« Er lacht in sich hinein. »Mein Name ist Frank. Aber alle hier nennen mich Mad Dog.«

»Mad Dog«, wiederhole ich. »Okay. Vielen Dank.«

Er nickt und geht zurück zum Kartentisch. Ich denke an Cade, der eine Armeejacke mit dem Namen Mitchell auf der Brust trägt. *Was hat das zu bedeuten?*

Mad Dog dreht sich noch einmal um. »Entschuldigen

Sie meine Neugier«, sagt er. »Aber wie kommt es, dass jemand wie er und jemand wie Sie das gleiche Tattoo haben?«

Tränen brennen mir in den Augen. Ich hole tief Luft, meine Unterlippe zittert ein wenig. »Er und ich sind nicht verschieden. Wir sind aus demselben Holz. Und ich habe ihn einmal sehr geliebt.«

Ich spüre Tracys Hand an meinem Arm. »Komm, lass uns gehen.«

Wie benommen folge ich ihr nach draußen.

Es regnet wieder stärker, und als wir beim Le Marché ankommen, suchen wir Schutz unter der Markise.

»Und jetzt?«, fragt sie.

»Ich glaub, ich bleibe einfach eine Weile hier«, sage ich. »Vielleicht kommt er ja her.«

Tracy nickt, dann nimmt sie ihr klingelndes Handy aus der Jackentasche. Ich gehe noch mal bis zur Hausecke, um einen Blick in die Gasse neben dem Restaurant zu werfen. Nichts, nur eine Taube, die in einiger Entfernung nach irgendetwas pickt.

Tracy kommt auf mich zu. »Das war das Krankenhaus«, sagt sie. »Probleme mit einem Patienten. Ich muss los, tut mir leid.«

»Ich komme schon klar«, sage ich. Die Taube schreckt auf und fliegt tiefer in die düstere Gasse hinein.

Eine Weile bleibe ich auf dem Gehweg stehen, dann gehe ich zu einem Starbucks in der Nähe, wo ich mir noch einen Kaffee bestelle und mich damit an einen Tisch am Fenster setze. Es regnet immer noch, und die Fensterscheibe ist beschlagen. Mit meinem Ärmel wische ich eine Stelle frei, um die Passanten sehen zu können. Jeder, der vorbeigeht, könnte Cade sein.

Ich gehe wieder nach draußen. Eine Stunde vergeht. Dann noch eine. Ryan ruft an, und ich erkläre ihm, ich betreibe Feldforschung. Schon wieder eine Notlüge. Er fragt, ob ich ein Risotto zum Abendessen machen kann. Ich sage, natürlich, kein Problem, und bitte ihn, auf dem Heimweg im Bioladen Arborioreis zu kaufen. Unser Gespräch ist entspannt. Es geht hin und her, als hätte jeder von uns ein Drehbuch. Aber im Moment gefällt mir das Drehbuch nicht. Es widerstrebt mir, über Arborioreis und Bioläden zu reden, während Cade irgendwo in der Stadt in einer Gasse im Regen kauert, durchgefroren und wahrscheinlich hungrig. Ich finde das alles nur schrecklich. Den Reis und den Regen und wie sich das Leben entwickelt.

Ich lehne mich gegen die Backsteinwand des Restaurants, das gerade zum Sonntagsbrunch aufgemacht hat. Durchs Fenster sehe ich ein attraktives Paar am Tresen. Sie trägt ein gerüschtes elfenbeinfarbenes Kleid, das nur von Free People sein kann. Sie dreht eine Strähne ihres langen braunen Haars zwischen den Fingern und beugt sich kokett zu ihrem Begleiter vor, einem glatt rasierten Mann mit einer Brille mit schwarzem Rand. Ich stelle mir ihr Gespräch vor.

»Ich liebe Austern«, sagt sie.

»Ich auch!«, erwidert er.

»Aber keine Muscheln«, fügt sie hinzu und trinkt einen Schluck ihres eisgekühlten Rosés.

»Auf keinen Fall Muscheln«, pflichtet er ihr bei. »Das sind äußerst fragwürdige Mollusken.«

Sie lacht und trinkt noch einen Schluck Wein, der dieselbe Farbe hat wie das Rouge auf ihren Wangen. Sie überlegt, ob sie zu viel Rouge aufgetragen hat. Und ob sie gerade einem Seelenverwandten begegnet ist.

Ein Auto rast vorbei, und ich kann gerade noch zur Seite

springen, um nicht nass gespritzt zu werden. Ich fasse die goldene Kette, die ich um den Hals trage, und ertaste das vertraute Medaillon mit meinen eingravierten Initialen. Ich trage es, seit meine Großeltern es mir zum zehnten Geburtstag geschenkt haben.

»Na, was wirst du da hineintun?«, hat Grandma mich gefragt, als ich mir das Medaillon zum ersten Mal umgehängt habe.

»Weiß ich noch nicht«, habe ich geantwortet, aber ich wusste, dass es etwas ganz Besonderes sein würde.

Am selben Tag hat Grandpa eine alte Zigarrenkiste hervorgeholt und dort allen möglichen Kleinkram herausgeholt, alte Münzen, vergilbte Fotos und verknitterte Postkarten, bis er gefunden hatte, was er suchte.

»Die schönste Muschel für das hübscheste Mädchen«, sagte er, drückte sie mir in die Hand und gab mir einen Kuss auf die Stirn.

Staunend habe ich die Muschel hin und her gedreht.

»Willst du die Geschichte hören, wie ich sie gefunden habe?«, wollte Grandpa wissen.

Ich nickte, ohne den Blick von meinem kostbaren Schatz abzuwenden. Grandpas Geschichten hatten mich schon immer fasziniert.

»Es war August 1944, wir hatten Frankreich schon fast befreit«, sagte er. »Es war heiß, das weiß ich noch. Und feucht. Ein paar von meinen Freunden wollten zum Strand gehen und ein bisschen schwimmen. An dem Morgen hatten wir im Radio eine Rede von Eisenhower gehört. Alle waren guter Dinge, und unser Kommandeur hatte nichts dagegen, dass wir zum Strand gehen wollten. Allerdings hat er uns vor Landminen gewarnt und vor feindlichen Soldaten, die sich noch in Höhlen versteckt hielten oder in irgendwelchen Häusern Unterschlupf gefunden hatten. Trotzdem wollten wir an den Strand. Du glaubst gar nicht, was für ein herrlicher Strand das war! Wir sind an der Stelle vorbeigegangen, wo die Kämpfe losgegangen waren, und weiter bis zu einer kleinen Bucht mit einer felsigen Küste, die gesäumt war von Strandhafer und niedrigen Büschen. Da gab es auch ein paar alte verkrüppelte Apfelbäume, und Captain Raines und ich haben alle Äpfel gepflückt und aufgegessen.« Er lächelte mich an. »Seltsam, jedes Mal, wenn ich in einen Apfel beiße, selbst heute noch, muss ich an diesen Strand denken.« Grandpas Blick verlor sich in der Ferne.

»Wir sind immer weitergelaufen«, fuhr er fort. »Die Brandung wurde an diesem Strandabschnitt immer heftiger. Es gab eine gefährliche Strömung, die hätte Raines beinahe ins Meer rausgezogen.« Er lachte in sich hinein. »Ich habe einfach nur dagesessen und zugesehen, wie die Wellen auf dem Sand ausliefen. Und plötzlich habe ich gesehen, wie etwas angespült wurde. Zuerst dachte ich, es wäre ein Stein, aber als ich hingegangen bin, habe ich gesehen, dass es eine Muschel war. Aber es war nicht irgendeine Muschel. Sie glänzte in der Sonne. Sie war so grün wie Jade, sie schillerte in allen Farben, so etwas hatte ich noch nie gesehen. Dann hat Raines sich neben mich gesetzt, und ich habe ihm die Muschel gezeigt. ›Das ist eine ganz besondere Muschel‹, hat er zu mir gesagt. ›Woher willst du das wissen?‹, habe ich ihn gefragt. Und da hat er mir erzählt, dass er mal eine Französin kennengelernt hatte, die genauso eine Muschel an einer Halskette trug. Anscheinend handelte es sich um eine ganz seltene Muschelart, die nur alle Jubeljahre mal an den Strand gespült wird, und zwar nur an diesen Strand. Die Einheimischen sagen, wer so eine Muschel findet, der hat Glück im Leben und in der Liebe. Sie ist ein gutes Omen.« Er lächelte. »Ich habe sie all die Jahre aufbewahrt, und ich habe ein glückliches Leben geführt. Ein großartiges Leben. Und jetzt schenke ich sie dir.«

Ich konnte mein Glück nicht fassen und habe Grandpas Muschel stolz auf meinem Nachttisch aufbewahrt, bis die kleine Schwester meiner Freundin sie sich eines Tages geschnappt hat und feixend damit nach draußen gerannt ist. Als ich versucht habe, ihr meine kostbare Muschel wieder abzunehmen, ist sie ihr aus der Hand gefallen und auf dem Gehweg in tausend Stücke zersplittert.

Ich habe fürchterlich geweint, ich war untröstlich. Ich habe mehr um die Muschel getrauert als später um meine beste Freundin, die mit ihrer Familie in eine andere Stadt gezogen ist, als wir in der zweiten Klasse waren. Wie sollte ich meinem Grandpa je wieder unter die Augen treten? Wie konnte ich ihm sagen, dass die Muschel, die er mir anvertraut hatte, mitsamt seinen kostbaren Erinnerungen zerbrochen war? Aber am Ende habe ich es ihm doch erzählt, und er hat mir wie erwartet verziehen.

Das größte Stück der Muschel habe ich in der obersten Schublade meiner Kommode aufbewahrt, zwischen meiner Wonder-Woman-Unterwäsche und dem regenbogenbunten Bikini mit den Rüschen. Später habe ich es in mein Medaillon gesteckt, wo es sich bis heute befindet. Während ich das Medaillon jetzt befühle, denke ich an Grandpa, der zwei Tage nach meinem sechsundzwanzigsten Geburtstag gestorben ist. »Hast du die Muschelscherbe noch?«, hat er mich gefragt, als ich ihn das letzte Mal gesehen habe.

»Na klar«, sagte ich.

»Gutes Mädchen.«

Eine männliche Stimme reißt mich aus meinen Gedanken,

und ich blicke auf. »Haben Sie nicht kapiert, was ich sage?«, fragt der Mann unwirsch.

Es ist ein Kellner aus dem Restaurant, er trägt eine weiße Halbschürze. Ich kann die Person nicht sehen, die er da so anherrscht, und ich recke den Hals.

»Ich habe Ihnen gesagt, Sie sollen verschwinden«, fährt er fort. Mir schlägt das Herz bis zum Hals. Könnte es sein …?

»Moment!«, rufe ich, als ein Mann langsam davonschlurft. Ich kann ihn nur von hinten sehen. Eine grüne Armeejacke. »Bitte, warten Sie!«

Der Kellner räuspert sich. »Bitte entschuldigen Sie, falls der Mann Sie belästigt hat.«

Ohne zu antworten, renne ich hinter dem Mann in der Armeejacke her, der gerade um die Ecke biegt. Ich laufe so schnell ich kann, aber als ich an der Ecke ankomme, sehe ich, wie er auf dem Platz vor dem Westlake Center verschwindet. Es wimmelt nur so von Menschen dort – Mütter und Töchter, die schützend ihre Regenschirme über ihre Einkaufstüten halten, Studenten mit Stöpseln ihrer iPhones in den Ohren. In einiger Entfernung spielt ein Straßenmusikant »Happy Birthday« auf der Geige. Dann sehe ich die grüne Armeejacke.

»Cade!«, rufe ich. Er ist über hundert Meter weit weg, aber ich bin mir sicher, dass er mich gehört hat, denn er bleibt abrupt stehen und sieht sich nach rechts und links um.

»Cade!«, rufe ich noch einmal und gehe langsam auf ihn zu. Ich habe Angst, ihn zu verscheuchen, wenn ich mich schneller bewege. Also gehe ich langsam und vorsichtig, so wie man es machen würde, wenn man einen verängstigten, verletzten Welpen zu sich lockt. *Nur noch ein paar Schritte.* »Cade, ich bin's, Kailey«, sage ich.

Er dreht sich um und sieht mich an. Als unsere Blicke sich begegnen, ist es, als wäre die Welt, eben noch ein reißender Wasserfall, zu einem tröpfelnden Rinnsal geworden. Ich höre nichts mehr von dem lauten Geplapper um mich herum. Ich sehe die Leute nicht, die den Platz bevölkern. Ich spüre nicht den Regen auf meinem Gesicht. Ich sehe nur Cade. Und er sieht mich.

Sechs

25. Mai 1996

Wie seh ich aus?«, frage ich Tracy und drehe mich in unserer winzigen Küche, um ihr den vollen Effekt meines Kleids vorzuführen. Es ist blau mit gehäkelten Bordüren an Ärmeln und Rocksaum. Ich habe es mir in der Mittagspause bei The Bon gekauft. »Ist es übertrieben?«

»Nein«, erwidert Tracy. »Damit sagst du aus: Ich bin zwar berufstätig, aber insgeheim eine verführerische Künstlerin.«

Ich ziehe die Nase kraus. »Verführerische Künstlerin?«

»Ja, künstlerisch und rätselhaft«, sagt Tracy. »Da stehen Männer drauf.«

»Hm«, mache ich, zupfe an dem Kleid und versuche, mein Spiegelbild in der kleinen Mikrowellentür zu sehen. »Da bin ich mir nicht so sicher.«

»Keine Sorge, es wird ihm gefallen. Aber nur, wenn du die Preisschilder abschneidest.« Sie nimmt eine Schere von der Anrichte. »Komm, ich mach das.«

Ich seufze. »Gott, ich hasse solche Dates.«

»Jeder hasst solche Dates.«

»Und warum tun wir uns das dann an?«

Tracy lächelt. »Tja, du bist zwar dauernd auf Abwehr, aber dein Sternzeichen ist nun mal Wassermann, und im

Grunde deines Herzens idealisierst du die Liebe, glaubst an Seelenverwandtschaft und das ganze Programm.«

»Also«, entgegne ich ernst, »er hat mich zwar zum Essen eingeladen, aber erst mal lasse ich mich auf einen Drink und vielleicht eine Vorspeise ein, und wenn es irgendwie komisch wird, bin ich sofort weg.«

Tracy kramt in ihrer Handtasche. »Hier«, sagt sie und reicht mir eine Münze.

Ich sehe sie verwundert an.

»Steck sie ein«, sagt sie. »Falls du Hilfe brauchst, lauf zur nächsten Telefonzelle und ruf mich an.«

Ich lächle. »Abgemacht.«

Ich sitze im Wild Ginger am Tresen und rühre nervös mit dem Strohhalm in meinem Wodka Soda. Er kommt zu spät. Nur zehn Minuten, aber trotzdem.

»Wollen Sie schon mal einen Blick auf die Karte werfen?«, fragt mich der nette Barmann.

»Nein, danke«, sage ich. »Ich warte noch.«

»Das erste Date?«

Ich laufe rot an. »Ja.«

Er nickt. »Dachte ich mir.«

»Wieso?«

Er lächelt. »Berufskrankheit.«

Ich atme aus. »Ich geb's zu, ich bin nervös.«

»Und warum?«

Ehe ich antworten kann, klopft mir jemand leicht auf die Schulter, und ich drehe mich um.

»Tut mir leid, dass ich so spät bin«, sagt Cade. »Die Personalversammlung hat länger gedauert, und natürlich bin ich mal wieder mit meinem Geschäftspartner aneinandergeraten.« Er reibt sich die Stirn. »Eins sage ich dir: Man sollte nie mit seinem besten Freund Geschäfte machen.«

»Ich werd's mir merken«, sage ich und kann gar nicht aufhören zu lächeln.

»Hi«, sagt er ebenfalls lächelnd.

»Hi«, sage ich. Er trägt Jeans, einen grauen Pullover und ziemlich abgetragene Converse-Chucks. Er sieht genauso aus, wie ich ihn von dem Abend im Crocodile in Erinnerung habe. Ein bisschen zerzaust, ein bisschen respektlos, aber durch und durch faszinierend.

»Ich hoffe, du nimmst mir die kleine Verspätung nicht übel«, sagt er mit einem Grinsen, als wüsste er genau, dass ich das nicht tue.

Der Barmann zwinkert mir zu, als die Kellnerin uns zu unserem Fenstertisch im hinteren Teil des Restaurants führt.

»Schönes Kleid«, sagt Cade, nachdem wir Platz genommen haben.

Ich schaue nach unten und glätte eine imaginäre Knitterfalte. »Gefällt es dir?«

»Ja. Es ist irgendwie Stevie-Nicks-mäßig.«

Ich lache und nippe an meinem Wodka.

»Stehst du auf Fleetwood Mac?«, fragt er.

»Ja«, sage ich. »›Gypsy‹ ist eins meiner Lieblingsstücke. Meine Mutter war ein waschechter Hippie.«

Die Kellnerin reicht Cade die Speisekarte, und er bestellt sich einen Martini und mit Käse gefüllte Oliven.

»Weißt du, woran ich erkenne, ob ein Restaurant gut ist?«, fragt er und legt die Speisekarte auf den Tisch.

»Nein, woran denn?«

Er zeigt auf den Tresen. »Mit Käse gefüllte Oliven.«

Ich sehe ihn verwundert an. »Versteh ich nicht.«

»Die meisten haben sie überhaupt nicht, nicht mal richtige Nobelrestaurants. Aber der springende Punkt ist, ob sie einem anbieten, sie extra für einen zu machen. In einem guten Restaurant tun sie das.«

»Interessant«, sage ich.

Er zwinkert mir zu. »Falls du mal einen Artikel über Restaurants schreibst, kannst du dieses nette kleine Detail ja erwähnen.«

»Das werden wir dann sehen«, erwidere ich grinsend.

»Erzähl mir von deiner Arbeit.«

Ich nicke. »Wie gesagt, ich arbeite beim *Herald*.«

»Ich weiß«, sagt er. »Ich bin beeindruckt.«

»Brauchst du nicht zu sein. Bin noch ziemlich frisch dabei.«

»Na, komm schon. Dein Job ist offenbar viel aufregender, als du zugeben willst.«

»Also, ich liebe meine Arbeit. Und ich habe eine sehr nette Chefredakteurin, die mich über Themen schreiben lässt, die mich interessieren.«

»Zum Beispiel?«

»Na ja«, sage ich ein bisschen verlegen. »Politik, Armut, Leute, die etwas bewegen.«

»Wow. Anspruchsvolle Themen.«

»Wichtige Themen«, sage ich. »Zumindest für mich.«

Cade sieht mich lange an, bis ich spüre, dass meine Wangen zu glühen beginnen. Ich senke den Blick.

»Du hast ein großes Herz, weißt du das?«, sagt er.

Ich lächle. »Vielleicht wollte ich auch einfach nicht auf den Modeseiten hängen bleiben.«

Die Kellnerin kommt mit dem Martini, in dem ein Cocktailstäbchen schwimmt, auf das mehrere mit Käse gefüllte Oliven aufgespießt sind. Cade steckt sich eine Olive in den

Mund und trinkt einen Schluck. »Hast du schon immer gern gekocht?«

»Ja, immer«, sage ich. »Meine Großmutter in Iowa hat mir schon als Kind das Kochen beigebracht.«

»Und ich war schon immer musikbegeistert«, sagt er. »Komisch, dass die meisten Menschen mit einer Leidenschaft auf die Welt kommen, die sie ihr Leben lang begleitet.«

Ich nicke. »Wenn meine Arbeit mich nicht so begeistern würde, hätte ich genauso gut Köchin werden können.«

»Erzähl mir von Iowa.«

»Ich bin zu meiner Großmutter gezogen, nachdem meine Eltern gestorben waren.«

»Oh, das tut mir leid«, sagt Cade.

Ich hebe die Schultern. »Ich war fünf. Sie sind bei einem Autounfall ums Leben gekommen. Sie wollten zu einem Konzert von Grateful Dead.«

»Woran erinnerst du dich?«, fragt Cade und beugt sich interessiert vor.

»An die Stimme meiner Mutter«, sage ich. »Sie hat mir jeden Abend diesen Song aus *Porgy and Bess* vorgesungen …«

»›Summertime‹?«

»Kennst du es?«

Er nickt.

Ich fange an, leise den Refrain zu singen: »So hush little baby …«

»… don't you cry«, fällt Cade ein, und ich kriege eine Gänsehaut.

»Neulich bei der Arbeit sind mir die Tränen gekommen«, sage ich mit einem wehmütigen Lächeln. »Irgendwie musste ich an ein Kleid denken, das meine Mutter immer getragen hat. Es war rostrot mit blauer Stickerei auf der Brust.«

»Meine Eltern sind auch früh gestorben«, sagt Cade. »Meine Tante hat mich zu sich genommen, als ich sieben war.«

»Ach«, sage ich verblüfft. »Ich habe noch nie jemanden kennengelernt, der seine Eltern auch so früh verloren hat. Ich hatte immer das Gefühl, das komische Mädchen mit den toten Eltern zu sein.«

»Tja, zwei Waisenkinder unter sich«, sagt Cade verschmitzt.

»Was ist denn mit deinen Eltern passiert?«, frage ich ihn.

»Meine Mutter ist an Krebs gestorben. Ich habe nur eine ganze vage Vorstellung von ihr, weniger von ihr als Person, mehr von ihrem Wesen, falls du verstehst, was ich meine.« Er schürzt die Lippen. »Sie hat mir das Musik-Gen vererbt, aber es hat ein paar Jahre gedauert, bis es zum Vorschein kam.«

»Ich habe mal irgendwo gelesen, dass Kinder, die sehr früh von ihrer Mutter getrennt wurden, selbst wenn es gleich nach der Geburt passiert ist, als Erwachsene ihre Mutter bei einer Gegenüberstellung immer wiedererkennen. Es ist eine untrennbare Verbindung.«

Er nickt. »Sie ist eine Woche nach meinem zweiten Geburtstag gestorben, und vorher war sie monatelang im Krankenhaus, es ist also fast unmöglich, dass ich tatsächlich echte Erinnerungen an sie habe. Aber so ist es nun mal. Und ich kann es nicht erklären.«

»Klar«, sage ich. »Ich glaube, das menschliche Gehirn speichert Erinnerungen, noch bevor wir uns dessen bewusst sind.«

Cade blinzelt. »Einmal, als ich in der achten Klasse war, hat mich die Mutter eines Freundes umarmt, und ihr Parfüm hatte etwas unglaublich Vertrautes. Es klingt verrückt, aber ich schwöre, dass ich in dem Moment meine Mutter gerochen habe.«

Ich muss daran denken, wie meine Großmutter mir einmal ein paar alte Kleider meiner Mutter zum Anprobieren gegeben hat. Es war ein sehr merkwürdiges Erlebnis, bei dem Erinnerungen hochkamen, von deren Existenz ich nichts geahnt hatte.

»So was passiert mir oft«, sage ich. »Es ist wie ein intensives Déjà-vu.«

Cade nickt. »Mein Vater ist über den Tod meiner Mutter nie weggekommen.«

»Wie ist er gestorben?«

»Selbstmord«, sagt Cade. »Er hat in der Garage den Motor unseres Wagens laufen lassen. Mitten in der Nacht. Ich habe ihn am nächsten Morgen gefunden, als ich meine Brotdose gesucht habe. Da war ich in der zweiten Klasse.«

»Puh. Das muss ja furchtbar gewesen sein.«

Er zuckt die Schultern. »Dann bin ich zu meiner Tante Fay gezogen, der Schwester meiner Mutter.«

»Ist sie gut zu dir gewesen?«

»Sehr«, sagt er. »Sie hat mir zum zehnten Geburtstag meinen ersten Plattenspieler geschenkt, und später hat sie mir und meinem besten Freund James fünfzehntausend Dollar geliehen, als Startkapital für Element Records. Wir sind beide ein Jahr früher vom College abgegangen, um unsere Firma zu gründen. Wir hatten keine Ahnung von nichts, aber Fay hat an uns geglaubt. Und weil sie das getan hat, haben wir unseren Traum verwirklicht und eine Firma aufgebaut, die inzwischen siebzehn Angestellte und bisher mehr als zwanzig Millionen Platten verkauft hat.«

»Das ist unglaublich«, sage ich.

»Ja, vielleicht. Auf jeden Fall die Erfüllung eines Traums. Aber es war nicht immer einfach.«

»Und du sagst, die Zusammenarbeit mit deinem besten Freund ist auch nicht ohne?«

Cade atmet tief aus. »Leider ja. Wir waren zusammen auf der Highschool. Er spielte Gitarre, ich Bass. Wir hatten nichts im Kopf, als Musik zu machen, und mit solchen Typen wollten die Cheerleaderinnen nichts zu tun haben.« Er legt sich eine Hand aufs Herz. »Aber ich war bis über beide Ohren in Stacy Rios verknallt.«

Ich grinse.

»Also, wir haben unser Label gegründet, und eine ganze Weile lief alles richtig gut. Verrückt, aber gut. Ich bin kreuz und quer durch die Staaten geflogen – nach New York, nach L. A., nach Miami. Wo neue Gruppen auftraten, war ich dabei.«

»Und James auch?«

»Ja und nein«, sagt Cade. »Anfangs waren wir immer zusammen unterwegs, aber eigentlich war es sinnvoller, dass James hier in Seattle die Stellung hielt.«

»Wie seid ihr auf den Namen Element Records gekommen?«

»Den haben wir uns an einem feuchtfröhlichen Abend ausgedacht«, erwidert er und lacht in sich hinein. »Aber er hat auch eine Bedeutung, zumindest für mich.«

»Und welche?«

»Es hat damit zu tun, wie ich Musik betrachte«, sagt er. »Wenn ich eine Band höre, von der ich überzeugt bin, dass sie mal groß rauskommt, habe ich ein ganz bestimmtes Gefühl. Alle meine Sinne sind geschärft. Musik berührt einen körperlich. Genauso war es auch, als ich mal an einer Straßenecke in Nashville stehen geblieben bin, um einem Straßenmusiker zuzuhören – ein Typ mit seinem Hund, der da stand und Gitarre spielte und sang. Die Leute warfen

Münzen in seinen Gitarrenkasten. Ich habe ihm einen Plattenvertrag angeboten, und inzwischen hat er eine Platinschallplatte gewonnen.«

»Wow.«

»Das nenne ich *im Element sein*«. Er strahlt mich an. »James wollte das Label Bonsai Records nennen.«

Ich verziehe das Gesicht. »Bonsai?«

Cade zuckt die Schultern. »Wir haben ziemlich unterschiedliche Vorstellungen davon, wie man eine Firma leitet, und das führt manchmal zu Problemen. Ich müsste lügen, wenn ich behaupten würde, der Erfolg unserer Firma hätte unserer Freundschaft nicht geschadet.«

Auf einmal wirkt er sehr ernst, und er trinkt einen großen Schluck von seinem Martini. Ich spüre, dass das Thema ihn mehr belastet, als er sich anmerken lassen will.

»Ich mache dir einen Vorschlag«, sagt er und wechselt das Thema. »Es ist ein schöner Abend. Was hältst du davon, wenn wir uns noch einen Drink und vielleicht ein paar Snacks bestellen und dann einen Spaziergang machen? Wie lange wohnst du jetzt in Seattle?«

»Ungefähr ein Jahr.«

»Dann brauchst du eine ordentliche Stadtführung«, sagt er. »Ich zeige dir mein Seattle. Alle Orte, die mir etwas bedeuten. Einverstanden?«

Ich bin begeistert. Seine selbstbewusste Art imponiert mir. »Gute Idee«, sage ich. Und dann nimmt er meine Hand.

Mehrere Männer in teuren Anzügen gehen an uns vorbei, als wir aus dem Restaurant treten. Einer von ihnen redet gerade über den NASDAQ-Index.

»So wie die könnte ich nie sein«, sagt Cade.

Unsere Blicke begegnen sich. »Was meinst du damit?«

»Ich könnte nicht im Anzug rumlaufen und jeden Tag von acht bis fünf in irgendeinem Büro arbeiten. Die endlosen Besprechungen, das Gerede um Firmengewinne und Verluste und Nettoprofit. Mich für einen Chef abrackern.«

Ich nicke. »Du bist der geborene Unternehmer, das ist mir klar.«

Eine Weile gehen wir schweigend nebeneinander her.

»Die goldene Stunde«, sagt Cade und schaut zum Himmel hoch. Die Sonne ist gerade untergegangen, und ein orangefarbener Streifen schimmert am Horizont. Es ist noch nicht Nacht und auch nicht mehr Tag, sondern der Moment dazwischen. Cade und ich befinden uns auch in einem Dazwischen. Nicht mehr hier und noch nicht dort.

Das flatterige Gefühl in meinem Magen, das ich bei unserer ersten Begegnung hatte, ist wieder da, und ich muss kichern, als Cade sich ein imaginäres Mikro vor den Mund hält.

»Ich danke Ihnen, Ma'am, dass Sie diese exklusive Stadtführung gebucht haben.« Er hüstelt wichtig. »Gestatten Sie mir, mich vorzusstellen, ich bin Ihr Führer Cade McAllister.« Jetzt lache ich laut. »Zu unserer Rechten nähern wir uns einem von Seattles bestgehüteten Geheimnissen, dem Zig Zag. Schon seit Jahren werden hier für Seattles Musikelite Cocktails gemixt.« Er senkt die Stimme. »Und wenn Sie mal mit Duff ›Rose‹ McKagan von Guns n' Roses auf Tuchfühlung gehen wollen, dann kommen Sie an einem Donnerstag um kurz nach acht. Er sitzt immer gleich neben dem Tresen.«

»Das erzähle ich Tracy«, sage ich. »Sie bringt mich um, wenn sie rauskriegt, dass ich dir das verraten habe, aber als Teenager war sie tatsächlich mal in einem Guns-n' Roses-Fanklub!«

Cade sieht mich an. »Und du? Welchem Sänger müsstest du begegnen, damit du ausflippst?«

»Ach, ich weiß nicht«, ziere ich mich.

»Na, komm schon, raus mit der Sprache.«

»Na ja«, sage ich, »kann sein, dass du das merkwürdig findest.«

»Im Gegenteil, es macht mir Spaß zu erfahren, was für einen Musikgeschmack die Leute haben, und deiner interessiert mich ganz besonders.«

»Also gut«, sage ich zögernd. »Als Jugendliche hab ich vor allem die Musik gehört, auf die meine Eltern standen, bevor sie gestorben sind. Während meine Freundinnen auf die Hits der Achtzigerjahre abgefahren sind, liefen bei mir The Mamas and the Papas, Crosby, Stills, Nash and Young und so'n Zeug.«

Cade grinst. »Und bei welchem Sänger würdest du jetzt ausflippen?«

»Kennst du das Stück ›Happy Together‹ von den Turtles?«

»Klar.«

»Der Leadsänger heißt Howard Kaylan«, sage ich. »Meine Mutter hat diesen Song geliebt. Sie hatte die Platte, und wir haben immer mitgesungen, wenn sie sie aufgelegt hat. Es ist eine meiner wenigen Erinnerungen an sie. Wahrscheinlich ist der Typ längst ein Tattergreis mit grauem Rauschebart, aber seine Stimme, dieser Song, na ja, den habe ich irgendwie ins Herz geschlossen, direkt neben der Stelle, die für meine Mutter reserviert ist. Ich würde ihm gern mal begegnen und ihm diese Geschichte erzählen.«

»Er wäre bestimmt gerührt«, sagt Cade.

»Ist die Führung hier zu Ende?«, frage ich.

Cade schüttelt den Kopf. »Unser nächstes Ziel ist der Schauplatz eines peinlichen ersten Dates mit einer Radio-

DJane, deren Name nicht genannt werden soll.« Er zeigt auf eine Telefonzelle. »Ich mochte sie sehr, aber an dem besagten Tag stand ein Riesendeal mit einer neuen Band vor dem Abschluss, und James wollte, dass ich den unterschreibe. Ich hab sie in der Bar angerufen und gesagt, ich würde in fünf Minuten da sein. Leider hat es dann eine halbe Stunde gedauert, und als ich ankam, war sie weg. Aber bevor sie gegangen ist, hat sie eine Lokalrunde bestellt, und zwar auf meine Rechnung.«

Ich verziehe das Gesicht. »Wie gemein!«

»Na ja, ich hatte sie immerhin in der Bar sitzen lassen. Jedenfalls habe ich nie wieder von ihr gehört, und ich habe meine Lektion gelernt.«

Wieder hält er sich das imaginäre Mikro vor den Mund, und ich kann es kaum erwarten zu hören, was er als Nächstes zum Besten gibt. Ich hake mich bei ihm unter, und wir biegen im Gleichschritt um die nächste Ecke.

»Zu Ihrer Linken sehen Sie das Gebäude, in dem sich das erste Büro von Element Records befand«, sagt er und zeigt auf eine graue Tür, von der die Farbe abblättert. Nebenan befindet sich ein chinesisches Restaurant. »Trotz des Rattenproblems und auch wenn sämtliche Mitarbeiter eine Allergie gegen chinesisches Essen entwickelt haben, konnten wir von dieser Bruchbude aus die Welt mit mehreren Platinschallplatten beglücken.«

Ich spähe durch das Fenster und stelle mir vor, wie Cade dort seine Firma aufbaut. Ich spüre instinktiv, dass ich mich in Gegenwart eines sehr ungewöhnlichen Menschen befinde. Kreativ, vielleicht sogar genial, und selbstbewusst und doch auf ganz eigene Weise sensibel. Er steht direkt neben mir, und ich wünschte, er würde mir noch näher kommen.

»Siehst du die Straßenlaterne da drüben?«, fragt er. »Die, die ein bisschen flackert?«

»Klar.«

»Da hat Pearl Jam angefangen.«

Ich schüttle den Kopf. »Genau da?«

»Genau da«, sagt er. »Alle glauben, Eddie Vedder hätte dem Gitarristen Mike McCready ein Demoband geschickt. Und das stimmt auch. Aber Mike hat es nicht interessiert. Dann ist Eddie nach Seattle gezogen, und Mike hat ihn zufällig unter der Laterne singen hören. Eddie war sternhagelvoll, aber er hat gesungen wie ein junger Gott. Der Rest ist Geschichte.«

Es ist inzwischen ganz dunkel geworden, und ich drücke mich ein bisschen näher an Cade, als ein Obdachloser sich uns nähert. Seine Kleider hängen an ihm wie Lumpen, und er stinkt nach Urin und Dreck.

»Habt ihr mal 'n bisschen Kleingeld«, murmelt er, während er mich beäugt. Ich schüttle instinktiv den Kopf und mache einen Schritt rückwärts.

»Klar, Mann«, sagt Cade und zieht ein paar Eindollarscheine und einige Münzen aus der Hosentasche. »Hier, bitte.«

»Vielen Dank«, brummt der Mann. »Gott segne dich.«

»Pass auf dich auf«, ruft Cade dem Mann nach.

»Das war aber nett von dir«, sage ich.

Er zuckt die Schultern. »Dass ich dem Obdachlosen ein bisschen Geld gegeben habe?«

»Ja«, sage ich. »Die meisten Leute tun das nicht.«

»Sollten sie aber.«

Ich nicke. »Geben die meisten Obdachlosen das Geld nicht für Schnaps und Drogen aus?«

»Kann sein«, sagt Cade. »Aber sie sind immer noch Menschen. Nur dass für sie das Leben nicht so gelaufen ist wie geplant. Vielleicht, weil sie Mist gebaut haben. Oder vielleicht, weil jemand anders Mist gebaut hat. Wer weiß? Ich glaube, Obdachlosigkeit ist weniger ein persönliches als ein gesellschaftliches Problem. Man sollte diesen Menschen viel mehr helfen.«

»Das gefällt mir«, sage ich.

Wir spazieren ein paar Blocks weiter. So lange habe ich mich verloren gefühlt, wie ein Ballon, der ziellos umherschwebt. Und dann hat dieser Mann nach mir geschnappt und hat das Band des Ballons um sein Handgelenk gebunden.

»Die Büroräume von Element Records befinden sich in diesem Gebäude«, sagt er und zeigt auf einen schönen Backsteinbau. »Inzwischen gehört es James und mir. Neulich haben wir im obersten Stockwerk einen Billardtisch aufstellen lassen.«

»Ein Chef, dem das Vergnügen wichtig ist«, sage ich. »Das gefällt mir auch.«

Er bleibt abrupt stehen. »Um wie viel Uhr musst du in die Falle?«, fragt er mit einem spitzbübischen Lächeln.

Ich werfe einen Blick auf meine Uhr. Es ist kurz vor zehn. »Ein bisschen darf ich schon noch aufbleiben.«

»Das ist gut«, sagt er. »Denn ich finde, wir brauchen noch einen Drink.« Er überlegt kurz. »Ich wohne gleich hier um die Ecke.«

»Ich weiß nicht«, sage ich zögerlich. Ist es ratsam, schon bei der ersten Verabredung mit zu einem Mann nach Hause zu gehen? Wahrscheinlich nicht.

»Nur ein Drink«, sagt er. »Keine Tricks.«

»Also gut«, sage ich schließlich. »Aber nur einer.«

Wir gehen zu einem mit Efeu bewachsenen Haus und bleiben vor einer Tür direkt am Gehweg stehen. Cade schließt sie auf, und ich folge ihm nach drinnen.

»Mein bescheidenes Zuhause«, sagt er und geht zu einem

Plattenspieler, der auf einem niedrigen Tisch steht. »Kennst du die Breeders?«

»Nein«, sage ich.

Er nickt, nimmt eine Platte aus der Hülle, legt sie behutsam auf den Plattenteller und dreht sich zu mir um. »Sie werden dir gefallen.«

Ich lehne mich an die Wand und lausche einer prägnanten Basslinie, die aus dem Lautsprecher tönt.

»Kim war früher bei den Pixies«, sagt Cade. »Das sollte eigentlich nur ein Experiment sein, ein Nebenprojekt. Aber herausgekommen ist dabei einer der rauesten und unberechenbarsten Sounds in der Rockmusik, das ist zumindest meine bescheidene Meinung.«

»Sehr schön«, sage ich.

Er lächelt. »Es gibt so viel Musik, die ich dir gern vorspielen würde.«

Wieder habe ich dieses flatterige Gefühl im Bauch. Ich bin genauso begierig, mir all seine Musik anzuhören.

»Hörst du das?«, fragt er, nimmt meine Hand und schlägt mit seiner Hand sanft den Rhythmus auf meinen Handrücken.

»Jetzt«, sagt er und schließt die Augen.

»Ja«, sage ich. Ich bin froh über die schummrige Beleuchtung, denn ich spüre, wie ich rot anlaufe.

»Das nenne ich ein ehrliches Schlagzeug«, sagt er, lässt meine Hand los und geht in Richtung Küche. »Was möchtest du trinken?«

»Wodkasoda.«

Ich schaue mich in seiner Wohnung um. Sie ist loftartig groß, hat unverputzte Backsteinwände und eine coole schmiedeeiserne Wendeltreppe, die nach oben führt, vermutlich zu seinem Schlafzimmer.

»Mist«, sagt er. »Der Wodka ist alle. Kommst du mit zum Getränkeladen?«

Wir machen uns auf den Weg. »Der Laden ist gleich um die Ecke«, sagt Cade. »Er ist bestimmt noch offen.«

Ich schaue an dem Nachbargebäude hoch, das sich noch im Bau befindet. Es ist komplett eingerüstet.

»Kommt hier das neue Obdachlosenheim hin?«, frage ich. Ich erinnere mich, dass wir in der Redaktion darüber gesprochen haben. Das mithilfe einer großzügigen Schenkung einer Nonprofit-Organisation geplante Heim hatte für den Protest von Bauträgern gesorgt, die an der Stelle gern ein profitables Hochhaus errichtet hätten.

»Ja«, sagt Cade.

»Und wie geht es dir damit?«

»Womit?«, fragt er.

»Na ja, das Projekt ist immerhin ziemlich umstritten«, sage ich.

»Was ist umstritten daran, den Bedürftigen zu helfen?«

»Nichts«, erwidere ich mit einem Lächeln.

»Um ganz ehrlich zu sein«, fährt er fort, »ich hab lieber ein Obdachlosenheim nebenan als eins von diesen sterilen Apartmenthäusern voller Angeber mit ihren verwöhnten Kötern.«

Ich muss lachen. »Gutes Argument.«

»Denk doch mal nach«, sagt er, »zuerst kommen die Luxuswohnungen, als Nächstes die Restaurantketten. Ehe ich mich versehe, wird mein Lieblingscafé auf der Main Street in eine Edelboutique verwandelt.« Er bleibt unter einer Straßenlaterne stehen und schaut mich an. »Du bist wunderschön«, sagt er plötzlich.

Meine Wangen werden ganz heiß, und ich wende mich verlegen ab.

»Wirklich«, sagt er und drückt meine Hand.

Nachdem wir eine Flasche Wodka gekauft haben, gehen wir zurück zu ihm. Cade macht unsere Drinks, dann lassen wir uns aufs Sofa fallen. Ich lehne den Kopf an seine Schulter und kuschle mich still an ihn. Mir werden die Lider schwer, und ich kämpfe nicht dagegen an, dass mir die Augen zufallen.

Irgendwann öffne ich die Augen. Ich habe das Gefühl, es sind Stunden vergangen, und ich weiß nicht sofort, wo ich bin. Erschrocken setze ich mich auf. »Wie spät ist es?«

Cade sitzt neben mir. Er ist wach. »Fast zwei Uhr früh. Ich habe es nicht übers Herz gebracht, dich zu wecken. Du hast so friedlich ausgesehen.«

Ich lächle. »Ich muss los.«

»Alles klar«, sagt er. »Ich rufe dir ein Taxi.«

Ich knöpfe mir die Strickjacke zu, während er das Taxi bestellt. Einen Moment lang wünsche ich, ich könnte einfach bleiben. Heute Nacht und die nächste Nacht. Und die Nacht danach. Für immer.

Cade begleitet mich nach draußen und nimmt mich in die Arme. Eine ganze Weile hält er mich einfach, und dann schließlich küsst er mich. Wir küssen uns immer noch, als das Taxi kommt und wendet.

Mir fällt die Münze ein, die Tracy mir zum Telefonieren mitgegeben hat. Ich hole sie aus der Tasche und werfe sie in den Hut eines Obdachlosen, der mit seinem Hund auf dem Gehweg sitzt, dann steige ich ins Taxi.

Sieben

16. November 2008

Cade. Er hat mich gesehen, er hat mich erkannt. In seinen Augen hat etwas geflackert.

»Ich komme wieder«, habe ich ihm versprochen. »Ich werde dir helfen.«

Mit pochendem Herzen nehme ich mein Handy heraus und suche nach James' Nummer. Keatley. James Keatley. Element Records existiert längst nicht mehr, aber ich weiß, dass James im Stadtzentrum eine erfolgreiche Risikokapitalgruppe auf die Beine gestellt hat. Sein Portfolio von Firmenneugründungen ist beeindruckend. Zusammen mit seinen Partnern macht er Millionenumsätze, das wurde zumindest in dem Artikel im *Wall Street Journal* angedeutet, den ich vor sechs Jahren gelesen habe. Damals habe ich ihn angerufen, um ihm zu gratulieren. Bei der Gelegenheit habe ich ihn beiläufig nach Cade gefragt, aber er sagte, er habe genau wie viele andere von früher den Kontakt zu ihm verloren. Einerseits war ich froh. Zumindest war ich nicht die Einzige, die Cade aus den Augen verloren hatte. Andererseits war ich traurig. Cade schien wie vom Erdboden verschluckt.

Ich weiß noch, dass ich damals dachte, wie schnell sich im Leben alles ändern kann. James hatte das Plattenlabel aufgegeben, seine Freundin Alexis geheiratet und mehrere Kinder in die Welt gesetzt. Ein Kapitel war abgeschlossen, ein neues hatte begonnen. Er führte ein Leben, das zu ausgefüllt war, um sich zu fragen, was wohl aus einem alten Freund geworden war.

Und jetzt? Ich gehe das Adressbuch in meinem Handy durch, auf der Suche nach seinem Namen. Ich muss ihm sagen, dass Cade in Seattle ist, dass er die ganze Zeit direkt vor unserer Nase gelebt hat.

»Na bitte«, murmle ich, als ich seinen Namen finde. *James Keatley*. Ich rufe ihn an.

»Sie sind mit den Büros von Keatley, Brown und Sloane verbunden«, gurrt eine männliche Stimme. Es ist Sonntag, und ich wundere mich, dass ich tatsächlich an einen lebendigen Menschen gerate.

»Ja ... hallo ... also, ich möchte James Keatley sprechen«, stammle ich. Die Telefonzentrale ist sogar am Sonntag besetzt. James scheint tatsächlich dick im Geschäft zu sein. »Es ist sehr wichtig.«

»Mit wem spreche ich?«

»Kailey Crain.«

»Einen Moment, bitte.« Nach einer Weile meldet er sich wieder. »Tut mir leid, Mr. Keatley ist beschäftigt.«

»Sie haben mich missverstanden. Bitte sagen Sie *Mr. Keatley*, dass es sich um einen Notfall handelt. Ich muss ihn jetzt sofort sprechen, entweder am Telefon oder persönlich. Die Büroräume sind nicht weit vom Westlake Center entfernt, nicht wahr? Ich komme vorbei.«

»Das wird leider nicht möglich sein«, sagt der Mann. »Wir haben an Wochenenden eigentlich nicht geöffnet. Mr. Keatley empfängt keine Besucher. Ich werde ihm ausrichten, dass Sie angerufen haben.«

Sonntag oder nicht, James ist offenbar in seinem Büro, und ich lasse mich nicht so leicht abwimmeln. Ich winke ein Taxi heran. »Zum Fourth and Pike Building, bitte«, weise ich den Fahrer an.

Der Wind weht mir die Haare ins Gesicht, als ich die schwere Messingtür mühsam öffne. Zu meiner Erleichterung sitzt niemand am Empfang. Ich fahre mit dem Aufzug in den siebten Stock. Links liegen die Büroräume einer Anwaltskanzlei, also wende ich mich nach rechts. Am Ende des Flurs befindet sich eine Tür mit einem goldglänzenden Schild, in das James' Name eingraviert ist. Ich hole tief Luft und trete ein.

»Ich möchte zu James«, sage ich und sehe am Empfangstresen vorbei in einen großen Raum voller Arbeitsnischen.

»Moment, Sie müssen ...«, setzt der Mann am Empfangstresen an. Er trägt einen Anzug, eine kobaltblaue Fliege und die Art Brille mit dunklem Gestell, bei der es sich meist eher um ein Modeaccessoire als um eine Sehhilfe handelt.

Ich rausche an ihm vorbei und marschiere zur offenen Tür von James' Büro.

James' Augen weiten sich, als er von seinem Computer aufblickt. »Kailey?« Seine Stimme klingt noch genauso wie früher: drängend, hastig, mit dem Unterton eines anbiedernden Sportreporters, der bloß nicht anecken will. »Was machst du denn hier?«

»Hallo«, sage ich. Seine Schläfen sind ergraut. Er ist stärker gealtert, als ich erwartet hatte.

»Lange nicht gesehen«, sagt er, steht auf und bedeutet dem Mann von der Rezeption, der wie ein Pitbullwelpe hinter mir steht, er solle sich zurückziehen. Dann verschränkt er unbeholfen die Hände, so als wüsste er nicht, was er mit ihnen machen soll.

Sein Büro sieht aus wie das Titelbild der neuesten Ausgabe von *Dwell*, mit einem Schreibtisch aus Metall und aufgearbeitetem Holz und einem drehbaren Schreibtischstuhl wie aus einem Raumschiff. An den Wänden jede Menge Fotos in schwarzen Rahmen: Kinderbilder, ein Foto von einer großen, glücklichen Familie barfuß an einem Palmenstrand, vielleicht in Hawaii, James mit Musikern von allen möglichen berühmten Bands, die bei Element Records unter Vertrag standen, und eins von ihm und Alexis auf einer Jacht namens *Stella May*. Auf keinem der Fotos ist Cade zu sehen.

»Du siehst gut aus, Kailey, kein bisschen älter ...«

»Ich hab ihn gefunden«, falle ich ihm ins Wort. Ich habe keine Lust auf Small Talk. Nicht jetzt.

»Wie bitte?«

»Ich habe Cade gefunden.«

»Was soll das heißen, du hast ihn gefunden?«

»Er ist hier in Seattle«, sage ich. »Direkt vor unserer Nase.«

»Also, ich wusste gar nicht, dass er verloren gegangen war«, sagt James kopfschüttelnd und mit einem angestrengten Lächeln.

Ich setze mich. »Das wusste ich auch nicht. Aber nachdem er gegangen und nicht mehr zurückgekommen war, bin ich das Gefühl nicht losgeworden, dass ihm etwas zugestoßen sein könnte. Irgendwie habe ich mir immer Sorgen gemacht. Und es ist ihm tatsächlich etwas zugestoßen, James. Er lebt auf der Straße. Er ist obdachlos.«

»Obdachlos?«

Ich nicke ernst. »Ich habe ihn gestern Abend vor dem Le Marché gesehen. Ich war so perplex, dass ich nicht wusste, was ich tun sollte. Aber heute Morgen bin ich noch mal in die Stadt gefahren, um ihn zu suchen. Und ich habe ihn gefunden. Am Westlake Center. Er sieht furchtbar aus, James. Völlig zerlumpt.« Ich atme tief durch. »Ich weiß nicht mal, ob er sich selbst noch kennt.«

James knetet seine Hände. »Bist du dir auch ganz sicher, dass er es war?«

»Ganz sicher.«

»Vielleicht war es ja jemand, der Cade sehr ähnlich sieht.«

»Nein«, entgegne ich und schiebe den Ärmel meines T-Shirts hoch. »Ein Mann im Obdachlosenheim hat das Tattoo wiedererkannt. Es ist Cade, James, glaub's mir.«

Ich höre, wie die Tür geöffnet wird, und drehe mich um.

»Hallo, Liebling.«

Alexis, mit einem Baby auf dem Arm. Sie sieht noch genauso aus, wie ich sie in Erinnerung habe: dunkle Locken, ein bisschen mollig, große, weit auseinanderstehende Augen. Nach Cades Verschwinden hat sie öfter bei mir angerufen, um sich zu erkundigen, wie es mir ging, oder um sich auf einen Kaffee mit mir zu treffen. Aber so dankbar ich auch war für ihre Anteilnahme, ich war zu mitgenommen, um mit ihr über die Vergangenheit zu sprechen, und kurz darauf bin ich nach New York gezogen.

»Hallo, Alexis«, sage ich.

»Kailey!«, ruft sie aus und drückt mich mit einem Arm an sich. Das Baby, ein kleiner, blonder Junge, lächelt, als sie ihn auf ihre Hüfte setzt. Alexis wirft James einen kurzen Blick zu. »Gott, ist das lange her. Du siehst großartig aus!«

»Du auch«, sage ich, obwohl mir auffällt, dass sie dunkle Ränder unter den Augen hat. Auch sie ist älter geworden. Oder es ist der Stress, den kleine Kinder mit sich bringen.

»Lex, Kailey ist hier, weil sie glaubt, sie hätte Cade in der Stadt gesehen«, sagt James und hebt eine Braue.

Alexis schaut mich verblüfft an. »Ich werd verrückt.« Die beiden tauschen einen wissenden Blick, dann wendet sie sich mir wieder zu. »Cade ist wieder da? Das ... das ist ja großartig.« Sie schaut ihren Mann wieder an, dann fragt sie mich: »Wie geht es ihm?«

»Nicht gut«, sage ich. »Ich habe James gerade erzählt, dass er auf der Straße lebt. Irgendetwas Schlimmes muss ihm zugestoßen sein.«

»Das ist ja schrecklich«, sagt Alexis schockiert. »Können wir irgendwas tun, um ihm zu helfen, James?«

James fährt sich seufzend mit einer Hand durchs Haar. Ich versuche mich zu erinnern, wie Alexis in den Neunzigerjahren war, aber die Bilder, die vor meinem geistigen Auge auftauchen, sind verschwommen und lückenhaft. Sie war natürlich die ganze Zeit da, hat mit Cade zusammengearbeitet, war auf allen Partys, auf allen Konzerten, und doch blieb seltsamerweise nichts von ihr haften, irgendwie nahm man sie gar nicht richtig wahr. Ich sehe ihr zu, wie sie den Kleinen liebevoll auf ihrer Hüfte wiegt, und frage mich, ob sie glücklich ist, ob sie schon immer von Kindern geträumt hat. Der Kleine streckt ein Händchen nach mir aus, was mir einen Stich versetzt.

»Wir haben ihn seit Jahren nicht gesehen«, sagt Alexis. »Aber es ist nie zu spät, nach Hause zu kommen. Vielleicht hat es ja nicht geklappt mit dem neuen Leben, das er anfangen wollte. Er hat damals immer davon gesprochen, nach Frankreich zu gehen, weißt du noch, Kailey?«

Ich kneife die Augen zu, mache sie wieder auf. *Wir* haben von Frankreich gesprochen, vor allem von einer kleinen Küstenstadt in der Normandie, wo ich einmal als Kind mit meinen Großeltern gewesen war. Zufälligerweise war Cade im selben Jahr mit seiner Tante in genau demselben Ort gewesen. Wir haben oft darüber gelacht, dass wir uns wahrscheinlich damals im Zug begegnet sind. Nachdem Cade verschwunden war, habe ich mich manchmal gefragt, ob er vielleicht nach Frankreich gegangen war. Allein die Vorstellung hat Schockwellen durch mein armes Herz gejagt.

James dreht sich mit seinem Stuhl zum Fenster. Was für seltsame Wege das Leben doch manchmal geht, wird mir plötzlich bewusst. Früher war er der Chef eines Plattenlabels in Jeans und Turnschuhen, jetzt ist er einer von vielen. Ein Geschäftsmann in einem nichtssagenden Bürogebäude mit einem schicken Drehstuhl.

»Cade ist irgendwo da draußen«, sage ich und schaue aus dem Fenster auf Seattle in seiner ganzen grauen Pracht. »Jetzt in diesem Moment.«

James dreht sich mit seinem Stuhl wieder zurück und nickt wie ein Arzt, der endlich zu einer Diagnose gelangt ist. »Alexis ist schon immer gefühlsduselig gewesen, und du warst von jeher eine Träumerin. Aber neuerdings lese ich deinen Namen in den Wirtschaftsseiten. Du bist also in der realen Welt angekommen. Und die Realität ist, dass Cades Leben seine Sache ist, nicht unsere. Wenn er auf der Straße leben möchte, dann ist das seine Entscheidung.«

Ich schüttle den Kopf. »James, niemand möchte auf der Straße leben. Etwas Schlimmes ist ihm zugestoßen, das weiß ich. Es geht ihm nicht gut. Er braucht Hilfe.«

Er schüttelt den Kopf. »Kailey, ich habe Cade zum Schluss die ganze Zeit geholfen. Du weißt doch, wie es damals war. Wie schlecht es uns ging.«

Ich möchte mich nicht erinnern, aber ich kann mich nicht dagegen wehren. Die Vorwürfe, die von James kamen. Wie alles außer Kontrolle geriet. Ich habe Cade unterstützt, bis ... bis ich nicht mehr konnte. Und dann habe ich mich gefragt, ob ich vielleicht alles falsch verstanden hatte. Ob ich die ganze Situation falsch gedeutet hatte. Ich habe mich gefragt, ob das Leben für mich, für Cade, für uns alle anders gelaufen wäre, wenn ich noch eine Stunde länger geblieben wäre, wenn ich mich noch zu einem Gespräch aufgerafft hätte.

»Es ist nicht mehr meine Aufgabe, ihm zu helfen«, sagt James.

Alexis macht einen Schritt auf ihren Mann zu. »Aber James, du ...«

»Ich führe jetzt ein völlig anderes Leben«, sagt er, ohne sie zu beachten. »Ich habe eine Firma, um die ich mich kümmern muss, und eine Familie, die auf mich zählt. Was ist, wenn er auf Drogen ist?«

»James!«, sage ich kopfschüttelnd.

Seine Augen werden schmal. »Er hat eine Menge Geheimnisse vor uns gehabt«, sagt er. »Auch vor dir.«

Ich schließe die Augen und öffne sie wieder.

»Ich glaube, das wissen wir beide.«

Ich schaue James in die Augen. Ich sehe keine Spur mehr von der Zuneigung und der Loyalität darin, die er einmal für Cade empfunden hat. Sind seine Gefühle über die Jahre verkümmert oder abgestorben? Oder waren sie nie da? »Aber James«, sage ich beinahe flehend, »er war doch einmal dein bester Freund.«

James steht auf. »Als wir Kinder waren«, sagt er, während er seine Manschetten richtet, die goldene Manschettenknöpfe zieren. »Aber irgendwann bin ich erwachsen geworden. Und er anscheinend nicht.«

Alexis wirft mir einen mitfühlenden Blick zu, als James ihr das Baby abnimmt.

»Tut mir leid, Kailey«, sagt er und küsst den Kleinen auf

die Stirn. »Du hast unser volles Mitgefühl, und ich hoffe wirklich, dass du ihm die Hilfe verschaffen kannst, die er braucht. Jeder trifft seine Entscheidungen. Cade hat seine getroffen.«

»Okay«, sage ich und verlasse das Zimmer.

Mit jedem Stockwerk, den der Aufzug nach unten fährt, sinkt mein Mut.

Wenn ich Cade retten will, muss ich es allein tun.

Ich gehe zurück zum Westlake Center, setze mich auf eine Bank und schaue den Leuten zu. Eine Frau geht vorbei, gefolgt von einem Kind mit einem gelben Luftballon. Ein älteres Paar mit weißen Haaren schlurft Händchen haltend den Weg entlang.

Ich nehme mein Handy aus der Tasche und rufe meine Großmutter an. Sie hat Cade einmal kennengelernt, als sie mich zusammen mit meinem Großvater in Seattle besucht hat. Sie haben sich auf Anhieb gut verstanden. »Den solltest du heiraten«, hat Grandma mir am Tag nach unserem gemeinsamen Abendessen in der Space Needle zugeflüstert, wo mein Großvater zuletzt in den Sechzigern während der Weltausstellung gewesen war. Ich bin immer dankbar gewesen, dass er vor seinem Herzinfarkt noch einmal dort war, und auch dankbar, dass er Cade kennengelernt hat.

»Liebes, du fehlst mir so«, sagt Grandma. Sie kommt mir immer so jung vor. Als ich in der Schule war, wurde sie oft für meine Mutter gehalten. Kaum jemand kam auf die Idee, sie könnte meine Großmutter sein. Aber jetzt klingt ihre Stimme unsicher und brüchig, und das macht mir Sorgen.

»Grandma ...«, sage ich und beiße mir auf die Lippen, um die Tränen zurückzuhalten.

»Was ist denn los, Liebes?«, fragt sie zärtlich. Sofort bin ich wieder elf und liege in Iowa in dem Zimmer, in dem meine Mutter aufgewachsen ist, bäuchlings auf der alten rot-blauen Steppdecke. Grandma tätschelt mir den Rücken, und ich schmecke meine salzigen Tränen, die mir über die sommersprossigen Wangen in die Mundwinkel laufen. Im Ofen backen Schokoladenkekse, und der tröstliche Duft nach Butter und Zucker erfüllt die Luft.

»Es geht um Cade«, sage ich.

»Dein früherer Freund? Ich dachte, er wäre ...«

»Verschwunden? Hätte das Land verlassen? Ja, das dachte ich auch. Aber er ist hier, Grandma. Hier in Seattle. Und er ist ... obdachlos. Ich hab ihn gestern und heute gesehen. Er ist abgemagert, hat einen struppigen Bart ...«

»Ach du meine Güte«, sagt sie.

»Und sein bester Freund will ihm nicht helfen«, fahre ich fort. »Ich war gerade bei ihm.« Ich wische eine Träne fort. »Was soll ich bloß tun? Ich heirate doch in ein paar Wochen. Wie soll ich mit der Situation umgehen?«

Einen Moment lang schweigt meine Großmutter, wie immer, wenn sie über etwas nachdenken muss, wie immer, wenn sie kurz davor steht, etwas Kluges zu sagen.

»Er hat mich kaum erkannt«, sage ich. »Er ist nicht mehr er selbst. Irgendetwas Schlimmes muss ihm zugestoßen sein. Das weiß ich.«

»Aber er ist da draußen«, sagt sie. »Dein Liebster ist da draußen.«

Ich schüttle den Kopf. Ihr Gedächtnis hat in den letzten Jahren immer mehr nachgelassen. Vielleicht hat sie vergessen, dass ich mit Ryan verlobt bin. »Grandma, ich bin nicht mehr mit ihm zusammen. Ich bin mit *Ryan* zusammen. Wir heiraten bald. Cade hat mich vor Jahren verlassen, und ich habe nie erfahren, warum. Ich habe um ihn getrauert, aber irgendwann bin ich über ihn weggekommen.«

Ich sehe Grandmas Gesicht vor mir: die weiche, frisch gepuderte Haut, die liebevollen pastellblauen Augen. Ich rieche den Duft ihrer Rosenseife.

Sie schweigt, als dächte sie über das nach, was ich gerade gesagt habe, als erinnerte sie sich an den Mann, dem ich mich versprochen habe, als die Tür zur Vergangenheit noch verschlossen und alles noch einfacher war.

»Ich weiß nicht, was ich tun soll«, jammere ich.

»Vielleicht jetzt in diesem Moment nicht«, antwortet sie. »Aber du wirst es rechtzeitig wissen.«

»Was meinst du damit?«

»Dein Herz wird dir den Weg weisen«, sagt sie.

»Ich weiß nicht«, entgegne ich mutlos.

»Das macht nichts«, sagt sie. »Du hast keinen leichten Weg vor dir.«

»Ich liebe Ryan«, sage ich. »Wirklich, Grandma. Ich will ihn heiraten. Ich möchte mein Leben mit ihm teilen.«

»Ja«, sagt sie. »Und es kann gut sein, dass du das auch tust. Aber zuerst musst du dich mit deiner Vergangenheit auseinandersetzen, und dazu musst du dich ihr stellen.«

»Ja«, sage ich. »Du hast recht.«

»Liebes«, fügt meine Großmutter hinzu, »egal, was passiert ist oder was passiert, eins ist sicher.«

»Was denn?«

»Du hast mir mal erzählt, dass Cade dir das Leben gerettet hat«, sagt sie.

»Ja«, murmle ich. Ihre Worte versetzen mir einen Stich, so wie die Nadel bei der Akupunktur erst schmerzt, aber dann einem Wohlgefühl weicht.

»Jetzt ist es an dir, ihm das seine zu retten.«

Acht

21. Juni 1996

Für dich«, sagt Cade, als ich die Tür aufmache.

»Wie schön!«, rufe ich aus und nehme einen prächtigen Blumenstrauß aus Tulpen, Hortensien und Levkojen entgegen. Ich drücke die Nase in eine lavendelfarbene Blüte, die mich an zu Hause erinnert. Levkojen sind schon immer die Lieblingsblumen meiner Großmutter gewesen – sie hatte jede Menge weiße und rosafarbene in ihrem Garten. An warmen Sommertagen konnte ich ihren Duft morgens in meinem Zimmer riechen.

»Schönes Apartment«, sagt Cade und schaut sich um.

»Ziemlich klein«, sage ich. »Aber mit Superaussicht. Und mit Tracy verstehe ich mich sehr gut. Wir spüren immer ganz genau, wenn die andere mal Raum für sich braucht. Sie schläft heute bei ihrem Freund.« Ich lächle. »Hast du Hunger?«

»Und wie«, sagt er.

»Schön«, sage ich. »Das Nachtessen ist gleich fertig. Ich hoffe, das ist okay.«

Er grinst.

»Was ist?«

»Es gefällt mir, wie du redest.«

»Wie ich rede?«

»›Nachtessen‹. Das sagt in der Stadt kein Mensch.«

»Ach so«, antworte ich verschmitzt. »So ist das eben, wenn man bei den Großeltern aufwächst. Da isst man abends noch das ›Nachtessen‹, und das Sofa heißt ›Chaiselongue‹.« Ich lache. »Ich könnte dir noch zig Beispiele nennen.«

»Süß«, sagt er.

»Na ja«, sage ich, während ich einen Blick in den Ofen werfe. »Es ist weniger süß, wenn du in der sechsten Klasse auf dem Schulhof ›Pustekuchen‹ sagst und die ganze Klasse dich für den Rest des Schuljahrs damit aufzieht.«

»Pustekuchen?«

»Ja.«

Er zieht seine Jacke aus und hängt sie an einen Haken neben der Tür. Ich nehme ein paar Basilikumblätter aus dem Kühlschrank, während Cade sich an den Tisch setzt. Plötzlich bin ich total verunsichert. *Was, wenn ich das Fleisch versalzen habe? War der Römersalat vielleicht schon ein bisschen welk?*

Dann fällt mir auf, dass ich noch gar keinen Wein eingeschenkt habe. »Guck mal«, sage ich und halte eine Flasche Bordeaux hoch. »Ich hab keine Ahnung, wie gut der ist. War ein Geschenk.«

Zuversichtlich liest er das Etikett. »Das werden wir bald wissen.«

Ich drehe den Korkenzieher in den Korken, aber als ich daran ziehe, bricht der Korken. »Mist«, sage ich. »Den können wir vergessen.«

»Das kriegen wir hin«, sagt Cade. »Hast du einen Zahnstocher?«

»Einen Zahnstocher?«

»Ja«, sagt er. »Meine Tante hat mir einen Trick beigebracht, mit dem man jede Korkenkatastrophe meistert.«

Ich krame in einer Schublade, bis ich eine Schachtel Zahnstocher finde, ein Überbleibsel von Tracys vergeblichem Versuch vor einem Monat, Minifleischbällchen zu machen. Ich reiche Cade die Schachtel.

»Super«, sagt er und macht sich an die Arbeit. »Ich zeige dir, wie es geht: Wenn der Korkenzieher noch im Korken steckt, bohrt man noch einen Zahnstocher in den Korken, und zwar in einem Fünfundvierzig-Grad-Winkel.« Er arbeitet mit geschickten Händen. »Dann zieht man ganz vorsichtig am Korkenzieher und ... voilà!« Der Korken kommt wundersamerweise in einem Stück aus der Flasche.

»Unglaublich«, sage ich lächelnd, fülle zwei Gläser und reiche ihm eins.

Er hält sich das Glas ans Ohr und lauscht. »Ein guter Wein.«

»Ach, und das *hörst* du?«, frage ich verwundert.

»Ja«, sagt er. »Ich kenne mich mit Wein nicht besonders aus, aber ein Freund von mir, der mit Wein zu tun hat, hat mir mal verraten, dass ein guter Wein, vor allem ein französischer, ein bisschen knistert, nachdem man ihn eingeschenkt hat.«

Ich halte mir das Glas ans Ohr. »Wahnsinn«, sage ich. »Ich höre es tatsächlich! Ich erfahre zum ersten Mal, dass es so was gibt.«

»So wie der knistert, ist es eindeutig ein Grenache.«

»Du bist lustig.«

Er zwinkert mir zu. »Bleib mit mir zusammen, dann hast du immer was zu lachen.«

Grinsend nehme ich zwei Teller aus dem Schrank. Einerseits denke ich: *Was ist das für ein Typ? Und für wen hält er sich eigentlich?* Andererseits frage ich mich, wieso ich ihm erst jetzt begegne.

Cade trinkt einen Schluck Wein und geht zum Fenster.

»Ich könnte stundenlang den Fähren zusehen«, sage ich. »Jede hat ihren eigenen Charakter, weißt du das?«

Er dreht sich zu mir um. »Ach ja?«

»Ja«, sage ich und zeige auf die Fähre, die gerade im Schneckentempo durch die Bucht pflügt. »Das da ist Bertha. Sie ist ziemlich herrisch.«

Cade lacht. »Tatsächlich?«

»Maeve ist lieb«, sage ich und kneife die Augen zusammen, um eine Fähre zu erkennen, die schon ziemlich weit draußen ist. »Und Eleanor ist dreist.«

Cade sieht mich an, als hätte ich etwas Lächerliches oder etwas Verrücktes gesagt. Oder beides.

Er erweckt in mir den Wunsch, mich ihm anzuvertrauen. »Ich liebe den Puget Sound. Das Salzwasser, die Möwen, die Inseln.«

»Ich auch«, sagt er. »Ich weiß nicht, ob ich irgendwo glücklich sein könnte ohne das Meer in der Nähe.«

»Geht mir genauso«, sage ich.

»Lass uns irgendwann mal auf die Insel fahren.«

»Hättest du da Lust zu?«

»Klar«, sagt er. »Wir machen einen Tagesausflug. Wir nehmen die Fähre, legen uns an den Strand, und zum Schluss gehen wir schön essen.«

»Gute Idee«, sage ich lächelnd und fülle Wein nach. Ich schalte das Radio an, es kommt die Musik einer Band, die ich nicht kenne.

Cade verdreht die Augen. »Soulstreet Underground«, sagt er. »Wir haben sie vor zwei Jahren unter Vertrag genommen, und die Typen machen uns nur Ärger.« Er reibt sich die Stirn.

»Inwiefern?«

»Erst war ihnen der Tourbus nicht groß genug. Dann mussten wir das Cover ihres Albums hundertmal ändern, bis sie zufrieden waren. Der Sänger kann nur auftreten, wenn man ihm eine Flasche Mineralwasser von einer ganz bestimmten französischen Marke hinstellt. Nicht zum Aushalten.«

»Nicht dein Ernst.«

Er hebt die Schultern. »O doch. Und dann haben wir erfahren, dass jemand bei *Saturday Night Live* ein Fan von ihnen ist, und sie waren letztes Jahr im Frühjahr schon nahe dran, bei denen aufzutreten, aber dann meinte der Sänger, er könne die Show nicht leiden, und da war die Sache natürlich gegessen.«

Ich schüttle den Kopf. »Wie kann man denn was gegen *Saturday Night Live* haben?«

»Genau, oder? Aber im Musikgeschäft wimmelt es nur so von Egomanen«, sagt Cade. »Damit habe ich nicht gerechnet, als ich in das Geschäft eingestiegen bin. Mir geht es um die Musik, nicht um das alberne Gehabe.« Er trinkt einen großen Schluck Wein. »Zum Glück kümmert James sich um solche Sachen. Der nimmt sich das alles nicht so zu Herzen wie ich.«

»Du bist also eher der Visionär, und er ist der Pragmatiker?«

»Ja, so könnte man es ausdrücken«, sagt er. »Ich stell ihn dir irgendwann mal vor.«

»Ja, gern«, sage ich lächelnd. In dem Augenblick geht der Rauchmelder los. Ich renne zum Herd und reiße die Backofentür auf, und schwarzer Rauch quillt heraus.

»O nein!«, stoße ich hervor.

Cade springt auf und versucht vergeblich, den Rauchmelder abzuschalten, der einen ohrenbetäubenden Lärm macht. »Verdammt, wo stellt man den ab?«

»Kannst du ihn nicht einfach aus der Decke reißen?«, frage ich, während ich mir einen Küchenhandschuh schnappe und unser verkohltes Essen aus dem Ofen nehme.

»Soll ich?«, fragt er lachend.

»Hauptsache, der Lärm hört auf«, sage ich und mache das Fenster auf, um frische Luft hereinzulassen.

»Also gut«, sagt er und reißt den Rauchmelder aus der Halterung. Kabel baumeln von der Decke. Wir sehen uns an und prusten los.

»Tut mir leid«, sage ich.

»Und du willst eine Feinschmeckerin sein?«, scherzt er.

»Es wäre bestimmt sehr lecker gewesen«, sage ich. »Auberginenauflauf.«

Er schließt die Augen und legt sich theatralisch eine Hand aufs Herz. »Quäl mich nicht mit dem, was hätte sein können.«

Der Rauchmelder, der inzwischen auf der Anrichte liegt, piept einmal kurz.

»Ich dachte, wir hätten es getötet«, sagt Cade.

Wir beugen uns über das Ding, als könnte es noch leben.

»Das hat noch nicht mal eine Batterie«, sage ich.

Cade nickt. »Vielleicht ist es ein Alien.«

Es piept erneut, und wir lachen.

»Vielleicht ist das so ähnlich wie bei Menschen, die ein Bein verlieren und es hinterher immer noch spüren.«

»Eine Phantomstimme«, sagt Cade.

Ich nicke. »Ein Phantompiepen.«

»Du bist lustig«, sagt er lachend.

»Und was machen wir jetzt mit dem Ding?«

Er sieht sich um. »Wir könnten es unter ein Sofakissen stecken.«

»Oder ins Treppenhaus legen.«

Wir müssen lachen. Dann fällt mir unser verbranntes Abendessen ein. Ich schüttle den Kopf. »Ich schwöre dir, dass ich wirklich kochen kann.«

Er betrachtet den verkohlten Auflauf auf dem Herd. »Das glaub ich dir aufs Wort«, sagt er. Dann nimmt er meine Hand. »Weißt du was, wir gehen einfach zum Thailänder.«

»Einverstanden.«

Während ich mir einen Pullover anziehe und mir die Handtasche über die Schulter hänge, greift er sich seine Jacke und den Rauchmelder, der schon wieder piept. »Wir haben ein hübsches Zuhause für dich, Kleiner«, sagt Cade. »Es nennt sich Mülltonne.«

Zwanzig Minuten später sitzen wir an einem Ecktisch im Jai Thai und machen uns über das Essen her.

»Fragst du dich jemals, was deine Eltern jetzt von dir halten würden, als Erwachsene?«, will Cade wissen.

»Ja«, sage ich, während ich zum dritten Mal versuche, eine widerspenstige Nudel um meine Gabel zu wickeln. »Ich frage mich, ob sie stolz auf mich wären.«

»Ich auch«, sagt er. »Ich meine, ich bin jetzt fast dreißig, und trotzdem sehne ich mich immer noch wie ein kleines Kind nach der Anerkennung meiner Eltern.«

Ich nicke. »Geht mir genauso.«

»Meinst du, dass das immer so bleiben wird?«

»Ich weiß nicht«, sage ich. »Vielleicht. Vielleicht bleiben manche Menschen ihr Leben lang im Herzen jung.«

»Ich hoffe, ich bin einer davon.«

»Bist du bestimmt«, sage ich. Ein junges Pärchen geht draußen am Fenster vorbei. Das Mädchen bleibt stehen und lässt sich von ihrem Freund Feuer geben. Sie nimmt einen tiefen Zug, dann wirft sie sich das Haar über die Schulter, wie alle Mädchen es mit sechzehn tun.

»Hast du mal geraucht?«, frage ich.

»Nee«, sagt er. »Aber ich hab's versucht. Haben wir doch alle, oder?«

Ich grinse. »Meine erste Zigarette war …«

Er hebt eine Hand. »Warte, lass mich raten, es war eine …«

»Nelkenzigarette!«, sagen wir wie aus einem Mund und lachen.

Cade nimmt sich noch eine Frühlingsrolle, dann wird er ernst. »Komisch, sich vorzustellen, dass unsere Eltern alles genauso gemacht haben wie wir. Sie haben Nelkenzigaretten geraucht, Blödsinn gemacht, sich verloren gefühlt.«

»Ja«, sage ich. »Ist das nicht die große Erkenntnis, wenn man erwachsen wird?«

Er nickt. »Genau. Unsere Eltern hatten ebenso wenig Durchblick wie wir. Vielleicht hat ihn ja niemand.«

»Aber ich kann es manchmal immer noch nicht fassen, dass in der Zeitung in der Verfasserzeile mein Name steht.«

Cade grinst. »Und wie ist es möglich, dass jemand, der sich als Kind geweigert hat, Klavierstunden zu nehmen, und der kaum mal ein paar Töne auf dem Bass hingekriegt hat, jetzt eine Plattenfirma betreibt?«

»Deine Eltern wären stolz auf dich«, sage ich voller Überzeugung. »Total stolz.«

Er wendet sich ab, und einen Moment lang frage ich mich, ob meine Bemerkung vielleicht zu persönlich war. Er schürzt die Lippen, dann schaut er mich wieder an. »Wie haben deine Eltern sich kennengelernt?«

»In Big Sur«, sage ich.

»In Kalifornien?«

»Ja, sie waren Hippies. Meine Mom war mit ihrer besten

Freundin in einem VW-Bus unterwegs, und mein Dad ist mit seinem Freund durch die Gegend getrampt.«

»Ich werd verrückt«, sagt Cade grinsend.

»Es war Liebe auf den ersten Blick. Sie haben das Wochenende in Big Sur verbracht, auf einem Campingplatz mit Meerblick. Mir kam es immer vor wie ein Märchen, so wie meine Großmutter es mir beschrieben hat.«

»Ich war noch nie in Kalifornien«, sagt Cade.

»Ich wollte immer mal hinfahren«, sage ich, »um die Spuren der Liebesgeschichte meiner Eltern zu suchen.« Einen Moment lang denke ich an die Geschichten, die meine Großmutter mir über diese verträumte Zeit im Leben meiner Eltern erzählt hat. Meine Mom war eine schöne junge Frau mit goldenem Haar und meerblauen Augen. Mein Dad hatte immer gut ausgesehen, aber besonders 1971 mit den kräftigen Armen, seinem warmen Lächeln und dem langen, dunklen Haar, das er zu einem Pferdeschwanz zusammengebunden trug. Er eroberte das Herz meiner Mutter mit seiner Lebensfreude, seinen Zukunftsträumen und seinem Gitarrenspiel (er konnte ihr Lieblingsstück von Joan Baez spielen und hatte sogar den Text drauf). »Sie waren Seelenverwandte«, sage ich wehmütig. »Wenn man an so was glaubt.«

Cade zuckt die Schultern. »Ich weiß nicht, ob ich an so was glaube«, sagt er. »Ich meine, ich möchte gern glauben, dass es für jeden im Leben die große Liebe gibt.« Er schüttelt den Kopf. »Aber ob es wirklich stimmt?«

»Hat dir schon mal jemand das Herz gebrochen?«, frage ich, anstatt ihm zu antworten.

»Ja«, sagt er schlicht.

Ich bedränge ihn nicht mit Fragen, aber ich wüsste zu gern, was für eine Frau das wohl gewesen sein mag. War sie schön? Eine Musikerin? Eine, die immer noch eine Rolle in seinem Leben spielt? Und auch wenn ich nach einer Trennung während des Studiums länger getrauert habe, als ich mir selbst eingestehen will, weiß ich nicht, ob ich behaupten könnte, dass mir schon jemals wirklich das Herz gebrochen wurde. Er hat mir wehgetan, ja. Mein Herz war verletzt, aber eigentlich nicht gebrochen.

»Was trägst du da um den Hals?«, fragt Cade und zeigt auf das Medaillon an meiner Kette.

Unwillkürlich fasse ich mir an den Hals und betrachte das kleine Medaillon, das ich schon seit Jahren trage. Ich öffne es nur ganz selten und kann mich nicht einmal erinnern, wann das letzte Mal war. Aber irgendwie kommt es mir ganz natürlich vor, es jetzt zu öffnen. Ich drücke auf den Mechanismus, und das Medaillon springt auf. Ich lasse den kleinen jadegrünen Splitter in meine Handfläche fallen. Ich zeige ihn Cade.

»Mein Großvater hat im Krieg am Strand in der Normandie eine Muschel gefunden«, erkläre ich ihm. »Sie ist zerbrochen, und das ist ein Splitter davon. Ich hebe ihn auf als Talisman.«

»Das gefällt mir«, sagt Cade mit leuchtenden Augen. »Ich war schon mal in der Normandie.«

»Wirklich?«

Er nickt. »Meine Mutter wollte unbedingt nach Nordfrankreich. Aber sie hat es nie geschafft, also ist meine Tante mit mir dorthin gereist, sozusagen stellvertretend. Obwohl sie es sich eigentlich gar nicht leisten konnte, hat sie einen Kredit aufgenommen und ist mit mir nach Paris geflogen.« Er schweigt einen Moment lang. »An dem Tag hat meine Tante am Strand geweint.« Er seufzt. »Das werde ich nie vergessen.«

»Bist du seitdem noch mal dort gewesen?«, frage ich.

»Nein. Aber ich würde gern noch mal hinfahren.« Er lächelt. »Vielleicht fahren wir ja mal zusammen hin und besorgen dir noch mal so eine Muschel.«

Mir wird ganz warm ums Herz.

»Was hältst du davon?«, fährt er fort. »Wir schließen einen Pakt, dass wir irgendwann gemeinsam nach Frankreich fahren, der Erinnerungen wegen.« Er berührt meinen Arm. »Was meinst du?«

»Abgemacht.«

Neun

16. November 2008

Hi«, grüße ich Ryan und lege die Schlüssel auf die Küchenanrichte.

»Hi«, sagt er und küsst mich auf die Wange. »Wie sind deine Recherchen gelaufen?«

»Gut«, antworte ich abwesend.

»Komm schon. Erzähl mir etwas über unsere Stadt, was ich noch nicht weiß. Etwas, das mich überrascht.«

»Beim Abendessen, versprochen. Ich bin gerade nicht ganz bei der Sache«, erwidere ich ausweichend.

Er sieht mich lange an. Ich weiche seinem Blick aus.

»Ich hoffe, unsere Kinder erben deine Nase«, sagt er. »Die ist unübertroffen.«

Ich beiße mir auf die Lippe. »Ryan, ich weiß nicht, ob ich …«

»Schon gut, schon gut«, sagt er und wird ernst. »Du weißt nicht, ob du schon Kinder willst. Ich hab's kapiert. Ich werde mich gedulden. Versprochen.«

Ich nicke, dankbar, dass er nicht auf dem Thema herumreitet. Ich will nicht darüber reden. Noch nicht.

»Bedrückt dich irgendwas, Baby?«, fragt er, als hätte er meine Gedanken gelesen.

»Nein, nein«, lüge ich.

»Du hast dich doch nicht mit Tracy gestritten, oder?«

»Nein.«

»Aber ich merke dir an, dass dich irgendwas beunruhigt«, sagt er. »Ist es die Artikelserie? Wollen die Leute sich nicht interviewen lassen? Ich kann dir helfen. Ich kann ein paar Anrufe ...«

»Nein, das ist es nicht«, sage ich. »Ich bin einfach nur ein bisschen überlastet.«

»Also gut«, sagt er und nimmt mich in die Arme. »Aber wenn du meine Hilfe brauchst – ein Wort genügt.«

»Du bist wunderbar, weißt du das?«, flüstere ich, während er mir die Wangen küsst. Und das ist er wirklich, dieser Mann, den ich im Sommer heiraten werde. Er ist in jeder Hinsicht wunderbar. Plötzlich bin ich von Schuldgefühlen überwältigt.

»Übrigens«, sagt er und nimmt einen alten Schuhkarton von der Anrichte. »Meine Eltern kommen nächstes Wochenende, und ich habe schon mal angefangen, das Gästezimmer in Ordnung zu bringen. Dabei hab ich das hier gefunden.«

Ich nehme den Schuhkarton mit den alten Postkarten und Briefen, die ich über die Jahre aufgehoben habe. Ich werde sie durchsehen und aussortieren, genauso wie ich es mit den Brautmagazinen vorhabe, die auf dem Wohnzimmertisch liegen. Ganz unten entdecke ich ein Schwarz-Weiß-Foto, von dem ich dachte, dass es längst verloren gegangen wäre. Als ich es herausnehme, bekomme ich eine Gänsehaut.

»Wow«, sagt Ryan, der mir über die Schulter sieht. »Ich weiß, dass du dich nicht gern fotografieren lässt, aber ich wünschte, ich hätte mehr Fotos von dir. Du siehst umwerfend aus. Wir sollten das vergrößern und rahmen lassen. Wir könnten es aufhängen, vielleicht da ...«

»Nein«, sage ich hastig und drehe das Foto um. »Lieber nicht.«

»Aber warum denn nicht?«, fragt Ryan leicht gekränkt. »Vom künstlerischen Standpunkt ein tolles Foto.«

Ich schaue weg und erinnere mich daran, wie ich auf der Fähre an der Reling gestanden habe und der Wind mir das Haar ins Gesicht geweht hat. Es war eiskalt, aber ich habe gelächelt und die Kälte nicht gespürt. Der Wind hat mich nicht gestört. Cade stand vor mir und ließ die Kamera klicken. Ich wende mich Ryan wieder zu, der mich erwartungsvoll ansieht.

Er schiebt mir eine Strähne hinters Ohr. »Ist das in Seattle aufgenommen worden?«

Ich nicke.

»Du sprichst nie über diese Zeit in deinem Leben«, sagt er.

»Es ist alles eine Ewigkeit her«, antworte ich mit einem übertriebenen Schulterzucken.

»Kailey«, sagt Ryan und schaut mir in die Augen. »Das glaube ich ja. Wirklich. Aber manchmal habe ich das Gefühl, dass es einen Teil deines Herzens gibt, zu dem du mir keinen Zugang gewährst.« Er drückt meine Hand. »Sag, dass du mich irgendwann da reinlässt. Denn ich ...«

»Ich habe dich doch da reingelassen«, beteure ich ihm.

»Eines Tages möchte ich das Mädchen auf diesem Foto kennenlernen«, sagt er mit einem Seufzer. Dann öffnet er die Spülmaschine und räumt die Gläser in den Hängeschrank neben dem Fenster.

»Du weißt hoffentlich, dass ein Mann wie Ryan Seltenheitswert hat«, meinte Tracy einmal, nachdem ich mich vor vier Jahren mit Ryan zusammengetan hatte. »Er ist sozusagen eine Anomalie.« Sie hatte recht. Keine Frau, die ich kenne, hat einen Freund, der sich im Haus nützlich macht, während Ryan die Betten bezieht, die Wäsche zusammenlegt und das Geschirr aus der Spülmaschine ausräumt.

»Ich dachte, wenn meine Eltern am Wochenende hier sind, könnten wir doch mit ihnen mal zum Fairmont fahren und ihnen den Ballsaal zeigen, wo unsere Hochzeitsfeier stattfinden soll.«

»Gute Idee«, antworte ich geistesabwesend.

»Mein Mutter würde sich riesig freuen«, fährt er fort. »Sie hat mich schon gefragt, welche Farbe die Wände des Saals haben.« Er grinst mich vielsagend an. »Du kennst sie ja, für sie muss immer alles farblich aufeinander abgestimmt sein.«

Ich ringe mir ein Lächeln ab. »Dann machen wir es so.«

Irgendwie beneide ich Ryan um seine fürsorglichen Eltern, die am Leben ihrer Kinder regen Anteil nehmen. Also, eigentlich beneide ich jeden, der Eltern hat. Aber auch wenn ich mich darauf freue, in dem Moment, wo ich »Ja« sage, nicht nur einen Mann, sondern gewissermaßen auch Eltern zu bekommen, hat meiner Beziehung zu meinen zukünftigen Schwiegereltern von Anfang an etwas Gezwungenes angehaftet. Bennett, Ryans Vater, ein Banker, der fast seine gesamte freie Zeit im Country Club verbringt, ist ganz nett, aber es gelingt mir nicht, zu ihm eine echte Beziehung herzustellen. Melinda, Ryans Mutter, ist immer wie aus dem Ei gepellt, die Fingernägel manikürt, das Haar perfekt gestylt. Sie trägt überteuerte Designerkleider, die sie jeweils nur ein einziges Mal zu einem der vielen Empfänge und Meetings trägt, die ihre Tage ausfüllen. Eine Luxusfrau, wie sie im Buche steht.

»Ich weiß, dass meine Eltern ein bisschen anstrengend sein können«, sagt Ryan und klappt die Spülmaschine zu. »Aber sie bleiben ja nur ein paar Tage.«

»Die beiden sind bei uns jederzeit willkommen«, versichere ich ihm.

»Du weißt, dass sie dich sehr gernhaben«, fährt er fort. »Sie haben sich immer eine Tochter gewünscht, und jetzt bekommen sie die beste, die sie sich vorstellen können.«

Lächelnd nehme ich eine Pfanne vom Haken über der Anrichte. »Ich hatte dir ein Risotto versprochen. Bist du hungrig?«

Er zuckt die Schultern. »Nicht besonders. Du?«

»Eigentlich nicht, aber du solltest etwas essen.«

»Du hast ja recht«, sagt er. »Außerdem kann ich deinen Kochkünsten sowieso nie widerstehen.«

»Hauptsache, es ist nicht scharf gewürzt«, bemerke ich, als ich den Kühlschrank öffne und eine Flasche Tabascosoße sehe. Normalerweise macht es mir Spaß, in letzter Minute ein Essen aus dem Hut zu zaubern, aber heute Abend habe ich keine rechte Lust zu kochen. »Weißt du was«, sage ich. »Ich bin ziemlich müde. Wäre es okay, wenn wir uns was kommen lassen?«

»Klar«, antwortet er. »Vom Inder? Oder lieber vom Thailänder?«

»Thailänder klingt gut«, sage ich leise.

Ryan nickt und nimmt sein Handy. »Ich erledige das.«

Ich stehe in der Küche und spüre mein Herz pochen. Ich liebe diesen Mann, den ich bald heiraten werde. Es gefällt mir, dass er die Gläser kopfüber in den Schrank stellt, dass er es hinreißend findet, wenn ich mir das Haar hochstecke, obwohl ich immer meine, dass es nicht zu meinem Gesicht passt. Es gefällt mir, wie er mich morgens wachküsst und mir abends einen Gutenachtkuss gibt. Und vor allem gefällt es mir, wie bedingungslos er mich liebt.

Einer spontanen Eingebung folgend, schalte ich den Backofen ein. *Zimt. Der Duft eines glücklichen Haushalts.* Ich werde ein paar Zimtschnecken fürs Frühstück backen, um Ryan zu zeigen, wie sehr ich ihn liebe.

Plötzlich geht der Rauchmelder los. Vorgestern Abend ist etwas Bratensoße übergelaufen und verbrannt, und ich habe vergessen, den Ofen zu schrubben. Das mit den Zimtschnecken kann ich vergessen.

Ryan springt auf. »Moment«, sagt er, steigt auf einen Stuhl und fummelt am lärmenden Rauchmelder an der Decke herum.

»So«, sagt er und nimmt die Batterie heraus.

Als ich den Ofen ausschalte und das Küchenfenster öffne, um den Rauch abziehen zu lassen, fühle ich mich in mein winziges Apartment mit Blick auf die Elliott Bay zurückversetzt. Cade steht neben mir. Ich habe unser Abendessen anbrennen lassen, und wir lachen gerade über den piependen Rauchmelder, der ein Eigenleben zu führen scheint.

Aber Cade ist schon so lange fort. Er hat mich verlassen, und ich habe nie erfahren, warum. Und jetzt ist Ryan hier. Ryan ist bei mir, und er liebt mich.

Ich falle ihm um den Hals. Der gestrige Abend und der heutige Vormittag waren anstrengend. Sicher, ich möchte Cade helfen, ich möchte wissen, was ihm zugestoßen ist. Aber die Erde hat sich weitergedreht, und mein Leben ist weitergegangen. Und jetzt gehöre ich Ryan, und er gehört mir. Das sage ich mir immer und immer wieder, bis es sich mir ins Herz einbrennt. Ich gehöre Ryan, und er gehört mir.

»Ich liebe dich, weißt du das?«, flüstere ich ihm ins Ohr.

Er küsst mich, und ich spüre das vertraute Verlangen in meinem Körper. »Trag mich nach oben«, sage ich, während ich mich an ihn schmiege. »Ich brauche dich.«

Er hebt mich wortlos hoch.

Als ich am nächsten Morgen die Augen öffne, ist Ryan schon angezogen und sitzt neben mir auf der Bettkante. Er trägt die blaue Krawatte, die ich vor einem Monat für ihn gekauft habe. »Guten Morgen«, sagt er und streichelt mir die Schulter. Ich bekomme eine Gänsehaut, als ich ihn an mich ziehe.

»Es geht nicht«, sagt er. »Ich verpasse meinen Zug.«

»Stimmt«, sage ich. Ich hatte seine Geschäftsreise nach Portland ganz vergessen. Dieses spezielle Unternehmen fällt in die Tabuzone, die wir um potenzielle Interessenkonflikte errichtet haben. Um die Umwandlung des Pioneer-Square-Viertels voranzutreiben, strebt Ryan eine enge Partnerschaft mit Unternehmen am Pioneer Courthouse Square in Portland an. Sein Erfolg würde für die Obdachlosen die Vertreibung bedeuten und für mich eine riesige Enttäuschung, und zwar nicht nur auf beruflicher, sondern auch auf persönlicher Ebene.

»Ich muss zwei Arbeitstage für diese Phase des Projekts einplanen«, erklärt er mir. »Das neue Fernsehstudio des Nachrichtensenders KGW soll nächstes Jahr eröffnen. Um den neuen Sender herum sollen finanzkräftige Unternehmen angesiedelt werden. Das Projekt soll Medieninteresse im großen Stil erregen. Unsere Gruppe ist an beiden Orten aktiv, aber in Portland sind sie schon viel weiter. Um die Finanzierung zu gewährleisten, mussten unsere Investoren das Projekt in Seattle durch die Unternehmen in Portland gegenüber den Kreditgebern absichern. Das Risiko ist hoch.

Wenn ein Projekt scheitert und das andere die Verluste nicht auffangen kann, gehen beide den Bach runter. Aber so lässt sich das Risiko am besten ausgleichen. Wenn ich die Verträge endgültig festklopfen kann, bin ich morgen Abend wieder zu Hause.«

Ich nicke und ziehe mir verschlafen die Decke bis unters Kinn.

»Viel Glück«, murmle ich. Ich weiß, wie wichtig ihm diese Sache ist, auch wenn sie für mich etwas ganz anderes bedeutet.

»Danke, Liebes«, sagt er und haucht mir einen Kuss auf die Lippen. »Ich rufe dich heute Abend aus dem Hotel an.« Er nimmt seinen Koffer, und ich lausche auf seine Schritte, als er die Treppe hinuntergeht, die Haustür öffnet und hinter sich schließt. Dann höre ich, wie er mit dem Schlüssel das Sicherheitsschloss verriegelt, und ich fühle mich geborgen und geliebt und umsorgt – alles auf einmal.

Ich starre an die Decke. Vor meinem geistigen Auge taucht Cades Gesicht auf, verdreckt und bärtig. Die tief liegenden Augen, die hohlen Wangen. Ich höre die Stimme meiner Großmutter, ihre Worte hallen in meinen Ohren wider. *Cade hat dir einmal das Leben gerettet. Jetzt ist es an dir, ihm das seine zu retten.*

In Gedanken wälze ich ihre Worte hin und her. Schließlich nehme ich das Telefon und rufe meine Chefin an.

»Hallo, Jan, hier ist Kailey«, sage ich.

»Ich habe gerade mit Melissa von der Hope Gospel Mission telefoniert. Sie sagt, es kommen jede Menge Spenden rein. Die Reaktionen auf den ersten Teil deiner Serie sind überwältigend. Fast tausend Leser haben Online-Kommentare geschrieben und eine Riesendebatte über das Schicksal von Pioneer Square losgetreten. Bei so viel Aufmerksamkeit lacht das Herz der Anzeigenkunden. Wir müssen diesen Schwung ausnutzen, der zweite Teil muss noch eins draufsetzen ...«

Auf einen solchen Durchbruch habe ich die ganze Zeit gewartet, aber im Moment habe ich kein Ohr dafür.

»Ich muss mir heute freinehmen«, falle ich ihr ins Wort.

»Hast du gehört, was ich gesagt habe, Kailey? Der zweite Teil deiner Serie muss raus. Kannst du mir wenigstens die Rohfassung geben?«

»Es ist etwas dazwischengekommen«, sage ich und hole tief Luft. »Etwas, um das ich mich kümmern muss.«

»Also gut«, sagt sie etwas weicher. Dann fragt sie besorgt: »Du bist doch nicht krank, oder?«

»Nein«, antworte ich. »Aber ich ... brauche einen freien Tag.«

Ich parke vor dem Le Marché und steige aus. Es ist kurz vor zehn, und ich bin froh, dass die Sonne hinter einer Wolke hervorlugt. Ebenso wie gestern sehe ich mich auf dem Gehweg und in der Gasse um, aber Cade ist nirgendwo zu entdecken. Dann gehe ich ins Starbucks-Café, um mich mit einem Americano zu stärken, bevor ich meinen Eine-Frau-Suchtrupp in Aktion setze.

Ich reihe mich in die lange Schlange ein, die sich vor dem Tresen gebildet hat. Vor mir stehen zwei Frauen, die aussehen wie Sekretärinnen, die von ihren Chefs zum Kaffeeholen geschickt worden sind. Die erste Frau wirft ihr glänzendes, braunes Haar über die Schulter macht eine Bemerkung über die unfassbar große Menge an Kalorien in einem Stück Bananenkuchen. Ihre Freundin antwortet etwas darauf, und sie brechen in lautes Gelächter aus.

Mit Anfang zwanzig ist das Leben noch einfacher, vor

allem, wenn es um die Liebe geht. Man verliebt sich, und gemeinsam erobert man die Welt. Man zieht nach Paris und setzt eine Horde Kinder in die Welt oder zieht aufs Land und baut Gemüse an. Alles, wovon man als Teenager geträumt hat, kann man jetzt in vollen Zügen ausleben. Gemeinsam packt man das Leben bei den Hörnern. Man verschreibt sich seinem Liebsten hemmungslos mit Leib und Seele, und der Rest ist Geschichte.

Aber wenn es nicht funktioniert, wenn die Liebe kein Happy End hat, so wie meine große Liebe damals, ändert das etwas in unserem Herzen. Man ist nicht mehr ein junges Mädchen mit Träumen, sondern eine junge Frau, die für ihren Job lebt und sich anstatt für soziale Gerechtigkeit nur noch für Wirtschaftsschlagzeilen interessiert. Man ist Mitte dreißig, hat begriffen, dass es mehr Regenwolken als Regenbögen gibt und dass man selbst für sein Leben verantwortlich ist. Der Traum ist ausgeträumt. Das Tagebuch hat man verloren – nein, man hat es verbrannt.

Dann lernt man jemanden kennen, der fast in jeder Hinsicht ganz anders ist als der Ex, und man fragt sich, ob man es hinkriegt. Man fragt sich, ob man noch mal so lieben kann wie vor all den Jahren. Man ist sich nicht sicher, aber man versucht es, und wenn man es tut, wenn man sich zwingt, sich darauf einzulassen, merkt man, dass das eigene Herz – das so lange ohne Regung war – ganz langsam erwacht wie ein Bär nach einem langen Winterschlaf. Man ist abwechselnd hungrig und gereizt und ein bisschen orientierungslos. Man staunt, wenn man spürt, dass es wieder funkt. Und wenn das Feuer vielleicht auch nicht so heiß brennt wie damals, als man mit fünfundzwanzig für die große Liebe entflammt ist, brennt es doch ruhig und beständig. Es hält einen warm. Und eines Tages fängt man wieder an, Regenbögen zu sehen. Einer leuchtet vor dem Bürofenster. Einer steht am Himmel, als man aus dem Supermarkt kommt. Ein doppelter füllt den ganzen Himmel aus, als man sich nach einem langen Arbeitstag ein Glas Weißwein genehmigt. Und in dem Moment wird einem klar, dass das Herz, das so lange darniedergelegen hat, bereit ist, es noch einmal zu versuchen. Also versucht man es.

Ich blinzle ein paar Tränen fort, als ich an den Tresen vorrücke und mir einen doppelten Americano bestelle und dazu ein Stück Bananenkuchen mit hundert Millionen Kalorien, die mir in dem Moment schnurzegal sind. Ich weiß, dass irgendwo in mir diese fünfundzwanzigjährige junge Frau immer noch lebendig ist und jetzt auf eine Weise an meinem Herzen zupft, wie sie es schon lange nicht mehr getan hat. »Geh ihn suchen«, flüstert sie. »Er ist da draußen. Er braucht dich.«

Und tief im Innern weiß ich, dass sie recht hat, egal ob das jetzt alles gut oder schlecht ausgeht.

An die Backsteinfassade des Le Marché gelehnt, warte ich eine geschlagene Stunde auf ein Lebenszeichen von Cade. Ich spreche einen Obdachlosen an und frage ihn, ob er einen Mitchell kennt. Tut er nicht. Eine Frau, die sich die Füße mit Plastiktüten umwickelt hat und ihre Habseligkeiten in einem Einkaufswagen herumkarrt, kennt ihn auch nicht, bittet mich aber um etwas Geld für ein Essen. Ich gebe ihr zehn Dollar.

Ich warte und warte, und als ich meinen Kaffee bis auf den allerletzten Tropfen ausgetrunken habe, zerknülle ich den Becher, werfe ihn in einen Mülleimer und gehe zum Westlake Center, wo ich Cade gestern aus den Augen verloren habe.

Ich setze mich auf eine Parkbank und sehe ein paar Tauben zu, die sich um eine Handvoll Krümel zanken. Ein kleiner Junge läuft auf die Tauben zu und quiekt vor Vergnügen, als sie auffliegen. Seine Mutter beobachtet ihn voller Stolz. Von irgendwoher sind Saxofonklänge zu hören. Nach einer Weile erkenne ich das Stück, es ist »A Kiss to Build a Dream On« von Louis Armstrong, das meine Großmutter so geliebt hat.

Auf der gegenüberliegenden Seite des Platzes hat sich eine Menschentraube um einen Mann mit Clownsnase gebildet, der mit Tennisbällen jongliert. Ein junges Pärchen sitzt heftig knutschend auf einer Bank. Dann plötzlich entdecke ich in einiger Entfernung etwas Grünes. Armeegrün. Ich stehe auf, um besser sehen zu können. Es ist tatsächlich ein Mann in einer armeegrünen Jacke. Er sitzt auf der anderen Straßenseite vor Macy's, er hält den Kopf gesenkt, und ich kann sein Gesicht nicht erkennen, doch mein Herz beginnt zu pochen.

Ich überquere den Platz und renne, ohne auf den Verkehr zu achten, über die Straße. Ein Taxi weicht mir hupend aus, ich höre es wie aus weiter Ferne. Meine Sinne sind wie betäubt. Ich habe nur noch Augen für die Gestalt dort auf dem Boden. Für den Mann auf dem Gehweg in seiner zerschlissenen Armeejacke, den Mann mit dem traurigen Gesicht, das ich jetzt deutlich erkennen kann. Cade.

Tränen schießen mir in die Augen, als ich mich ihm nähere. Ich fühle mich wie magnetisch von ihm angezogen, genau wie früher. Zwei Hälften eines Ganzen. So hat es sich früher immer angefühlt. Mir werden die Knie weich, und ich muss mich zusammenreißen, um die letzten Schritte zu ihm zu gehen.

»Cade«, sage ich mit zitternder Stimme.

Er reagiert nicht, und ich versuche es noch einmal. »Cade«, sage ich etwas lauter. »Ich … ich …«

Unsere Blicke begegnen sich, und mir gefriert das Mark in den Knochen. Die Zeit bleibt stehen, während Erinnerungen mit Macht auf mich einstürmen, eine nach der anderen – der Tag, an dem wir uns kennengelernt haben, der erste Kuss, all die Versprechen, die leisen, mitternächtlichen Gespräche, all die Liebe.

»Hallo«, sage ich leise. »Ich bin's.« Ich mache noch einen Schritt auf ihn zu, langsam und vorsichtig. Ich weiß nicht, in welcher Verfassung er ist, was er denkt, wie er reagieren wird.

Er starrt mich mit leeren Augen an.

»Cade«, sage ich noch einmal. »Cade, erkennst du mich nicht? Ich bin's – Kailey.«

Jetzt betrachtet er mich neugierig.

Ich nicke, kämpfe mit den Tränen. Meine Hände zittern. »Darf ich mich neben dich setzen? Nur einen Augenblick?«

Er schweigt, den Blick starr auf einen Punkt auf der Straße geheftet.

Ich setze mich in seiner Nähe auf den Boden. Der Asphalt fühlt sich kalt an durch meine Jeans, es ist unbequem, und ich ziehe die Knie an die Brust. Füße eilen an uns vorbei. Elegante Pumps, frisch polierte italienische Halbschuhe, Ballerinas und Schnürstiefel. Jemand wirft ein Apfelgehäuse weg, das in meiner Nähe landet. Cade starrt weiterhin geradeaus.

Ich wende mich ihm wieder zu. »Was ist denn nur passiert?«, frage ich vorsichtig. »Bitte, sprich mit mir. Wie ist es so weit gekommen mit dir?«

Er dreht sich zu mir um, und als unsere Blicke sich begegnen, habe ich das Gefühl, dass ein kurzes Erkennen darin aufflackert. Und in diesem Moment sehe ich ihn wieder vor mir, wie er früher war. Die langen, verfilzten Strähnen verwandeln sich in die kurz geschnittenen Haare, die ich ihm so gern zerzaust habe. Der zottelige Bart verschwindet, und sein Gesicht ist wieder glatt rasiert und braun gebrannt. Er ist es. Cade steckt wirklich in diesem Fremden. Aber kann ich ihn erreichen?

»Cade«, sage ich wieder. »Erkennst du mich? Bitte, sag mir, dass du mich erkennst, Cade!«

Er sieht mir in die Augen, dann rückt er von mir weg, als hätte er plötzlich Angst.

»Hab keine Angst, Cade«, sage ich. »Bitte! Ich bin Kailey. Ich will dir helfen.«

Ein Mann von Mitte zwanzig kommt näher. Er trägt einen maßgeschneiderten Anzug und hat einen teuren Haarschnitt. Im Vorbeigehen macht er eine höhnische Bemerkung in Cades Richtung, und ich frage mich, wie viel Hohn und Spott und Hass Cade jeden Tag über sich ergehen lassen muss.

»Hey«, sage ich. Ich lasse nicht locker. »Cade, sag mir, ob du mich erkennst.«

Er wendet sich mir wieder zu, aber jedes Erkennen, das ich in seinen Augen zu sehen meinte, ist verschwunden.

»Nein«, sagt er. Seine Stimme klingt tonlos, verloren, verängstigt. »Nein«, sagt er noch einmal und versucht aufzustehen. Seine Beine sind schwach und wacklig, und er will sich an der Hauskante abstützen.

Ich stehe auch auf und versuche, ihn zu stützen. Sein ehemals muskulöser Arm ist nur noch Haut und Knochen. »Cade«, sage ich flehend. »Was ist mit dir passiert? Erzähl es mir! Bitte, lass mich dir helfen!«

»Nein«, erwidert er und weicht vor mir zurück. Er hebt

seinen Seesack auf und wirft ihn sich über die Schulter. Dann kehrt er mir den Rücken zu und torkelt davon.

Ich folge ihm. *Ich werde ihn nicht alleinlassen. Nicht jetzt.*

Er geht ein paar Straßen weit, biegt an einer Ecke ab, und wir stoßen auf die Third Street, gleich neben dem Wild Ginger, wo wir vor all den Jahren unser erstes Date hatten. Das Restaurant ist geöffnet, und ich sehe einige Leute hineingehen. *Erinnert er sich an das Restaurant? Ist die Erinnerung irgendwo tief in seinem Herzen gespeichert genau wie in meinem?*

»Bitte, Cade, bleib stehen«, rufe ich hinter ihm her. Ich habe Hunger, und er garantiert auch. »Wir gehen was zusammen essen.«

Er dreht sich um und wartet. Instinktiv nehme ich seine Hand. Sie fühlt sich rau und knochig an. Seine Fingernägel sind verdreckt, aber das macht mir nichts aus. Ich führe ihn in das Restaurant, und er folgt mir zögerlich.

»Hallo«, sage ich zu der Empfangsdame, die Cade kritisch beäugt. »Einen Tisch für zwei bitte.«

Sie sieht sich nervös um. Cades Anwesenheit ist ihr offensichtlich unangenehm.

Höchstens die Hälfte der Tische ist besetzt. »Es ist doch bestimmt noch ein Tisch frei«, sage ich.

Sie sieht erst mich, dann Cade an. »Also, ich ... ich ...«, stammelt sie.

In dem Moment kommt eine Frau auf uns zu. Blond mit einer Brille mit dunklem Rand. Dawn, die Geschäftsführerin. Ich erkenne sie sofort. Über die Jahre ist sie für meine Arbeit eine zuverlässige Quelle geworden, wenn es um die Restaurantszene in der Innenstadt geht, und ich habe sie in zahlreichen Artikeln zitiert.

»Hallo, Kailey«, begrüßt sie mich freundlich. »Ich habe Ihren Artikel über Pioneer Square gelesen. Für das Restaurant wäre eine zahlungskräftige Kundschaft durch neue Unternehmen natürlich ein Gewinn, aber mir persönlich täte es leid um die Leute, die dadurch vertrieben würden. Ihre Texte erinnern mich immer wieder daran, dass alles zwei Seiten hat, und nicht nur angenehme.«

»Danke«, erwidere ich und bemühe mich um ein Lächeln. Es ist ein schwieriger Moment, um ein Kompliment anzunehmen, vor allem angesichts all dessen, was Cade verloren hat.

»Machen Sie ein Interview?«, erkundigt sich Dawn in der Annahme, dass ich Cade im Zusammenhang mit meiner Artikelserie befragen möchte.

»Nein, keine Arbeit heute. Nur ein Mittagessen«, sage ich und schaue Cade an. »Nur … wir beide.«

Dawn schaut erst Cade, dann mich an. Einen Moment lang frage ich mich, wie sie reagieren wird.

»Es würde mir viel bedeuten, wenn Sie einen Tisch für uns hätten«, sage ich. »Vielleicht ein bisschen abseits im Schankraum?«

Dawn ist durch und durch Profi. Sie lächelt, strafft die Schultern und wendet sich der Empfangsdame zu. »Jennifer, bring Kailey und ihren Gast zu Tisch neunzehn, bitte.«

»Vielen Dank«, sage ich.

Jennifer nimmt zwei Speisekarten vom Stapel und geht voraus. »Ist Ihnen dieser Tisch recht?«, fragt sie, als sie an einem Tisch am hinteren Ende des Schankraums stehen bleibt. Im Moment sind wir die einzigen Gäste in diesem Bereich.

»Perfekt«, sage ich lächelnd.

Ich nehme Platz, doch Cade bleibt unschlüssig stehen. »Setz dich, es ist in Ordnung«, sage ich und zeige auf den Stuhl neben ihm.

Er starrt den Stuhl an, als handle es sich um ein exotisches Objekt aus einem fremden Land. Ich fürchte schon, dass er Reißaus nimmt, doch dann stellt er seinen Seesack ab und setzt sich zu mir an den Tisch.

Der Kellner kommt. Falls er sich an Cades Anwesenheit stört, lässt er es sich jedenfalls nicht anmerken. Wahrscheinlich hat Dawn ihn instruiert, denke ich erleichtert.

»Hallo«, sage ich zu dem Kellner. »Wie heißen Sie?«

»Kyle«, sagt er.

»Hallo, Kyle. Ich bin Kailey und das ist …« Einen kurzen Moment lang verschlägt es mir vor Rührung die Sprache. »… das ist Cade.« Es ist mir wichtig, dass der Kellner seinen Namen kennt. Und ich wünschte, ich könnte ihm ebenfalls erzählen, dass Cade einmal eine wichtige Persönlichkeit in der Musikindustrie war, dass ich einmal …

»Freut mich, Sie kennenzulernen, Cade«, sagt Kyle, als wäre das eine ganz normale Situation.

Cade reagiert nicht.

»Ich glaube, ich bestelle einfach für uns beide«, sage ich nervös.

Kyle nickt höflich. »Perfekt.«

»Wir nehmen das Hühnchen-Saté mit Auberginen und grünen Bohnen, Garnelen und Wan Tan. Außerdem den Wolfsbarsch und das Phat Thai.«

»Alles klar«, sagt Kyle und dreht sich auf dem Absatz um.

Cade starrt seine auf dem Schoß verschränkten Hände an.

Ich habe keine Ahnung, was in seinem Kopf vorgeht. Oder was er empfindet. Aber mein Herz schlägt so heftig, dass ich fürchte, es könnte zerspringen.

»Cade, hier hatten wir beide unser erstes Date«, sage ich

mit einem nervösen Lachen. »Wahrscheinlich erinnerst du dich nicht daran. Es ist schon ziemlich lange her.« Ich drehe mich um und zeige in die Richtung. »Da hinten haben wir gesessen.« Ich bin mir nicht sicher, ob er mir überhaupt zuhört, und komme mir vor, als würde ich Selbstgespräche führen. »Ich war furchtbar nervös wegen meinem Kleid«, fahre ich fort. »Aber du hast gesagt, ich sähe aus wie Stevie Nicks. Weißt du noch?«

Sein Blick bleibt auf seine Hände geheftet.

»Na ja«, sage ich. »Das fand ich jedenfalls ziemlich cool.« Ich seufze. »Du hattest immer ein Gespür dafür, im richtigen Moment das Richtige zu sagen.« Ich schaue ihn die ganze Zeit an in der Hoffnung, dass er meinen Blick erwidert. »Du hast mir immer das Gefühl gegeben, etwas Besonderes zu sein, geliebt zu werden.«

Der Kellner kommt und füllt unsere Wassergläser. Ich trinke einen Schluck. Cade trinkt sein Glas in einem Zug aus, und der Kellner ist sofort zur Stelle, um es noch einmal zu füllen.

»Du hast mir das Leben gerettet«, fahre ich fort, als wir wieder allein sind. »Erinnerst du dich daran?« Ohne auf eine Antwort zu warten, füge ich hinzu: »Ich wäre um ein Haar von einer Klippe gestürzt.«

Cade hört mir zu, aber ich weiß nicht, ob er versteht, was ich sage.

Als Kyle unser Essen bringt, betrachtet Cade den gedeckten Tisch mit großen Augen.

»Hau rein«, ermuntere ich ihn.

Vorsichtig nimmt er eine Teigtasche, und ich schiebe den Teller zu ihm hin. »Du kannst so viele davon essen, wie du willst. Meinetwegen kannst du sie alle haben.«

Er steckt sich die Teigtasche in den Mund, dann noch

eine. Ohne sich um Besteck oder eine Serviette zu kümmern, nimmt er sich erst eine Garnele und dann eine Scheibe gebratene Aubergine. Als Nächstes schiebt er sich eine Handvoll grüne Bohnen in den Mund, dann greift er nach der Platte mit dem Phat Thai, nachdem ich etwas davon auf meinen Teller gelöffelt habe. Ich reiche ihm eine Gabel, und er nimmt sie.

Er macht sich heißhungrig über alles her, als könnte der Kellner jeden Augenblick am Tisch erscheinen, die ganzen Köstlichkeiten abräumen und ihn aus dem Restaurant scheuchen.

»Es freut mich, dass es dir schmeckt«, sage ich, als er sich die letzte Garnele in den Mund steckt.

»Als du gegangen bist«, sage ich, »habe ich nicht verstanden, warum. Ich wusste nicht, ob du von mir weg wolltest oder Abstand vom Leben brauchtest, von der Firma. Ich habe auf dich gewartet, Cade. Ich habe so lange auf dich gewartet.« Ich wische eine Träne fort. Dann rücke ich ein bisschen näher an ihn heran und entferne mit meiner Serviette etwas Soße aus seinem Bart. Er zuckt nicht mit der Wimper.

Ich seufze. »Aber du hast dich nie gemeldet. Du hast mir nicht geschrieben, nicht ein einziges Mal. Du bist einfach ... verschwunden.« Ich nicke. »Und ausgerechnet jetzt, wo ich bald heirate, finde ich dich. Auf der Straße. Und du kennst mich nicht. Du kennst mich nicht mal.« Ich habe einen Kloß im Hals und schlucke schwer. »Aber ich kenne dich. Ich könnte dich niemals vergessen.« Ich nehme seine Hand. »Ich möchte dir so gern helfen. Wenn du mich lässt.«

Er starrt nur unverwandt auf die Hände in seinem Schoß. Mit Tränen in den Augen ziehe ich meine Hand zurück.

Der Kellner kommt. »Freut mich zu sehen, dass es Ihnen geschmeckt hat.«

»Ja, vielen Dank«, sage ich und reiche ihm meine Kreditkarte. Kurz darauf kommt er zurück, und ich unterschreibe die Quittung.

Als ich aufstehe, tut Cade es mir nach und schultert seinen Seesack. Als wir zwischen den Tischen hindurch zur Tür gehen, können einige der Gäste nicht widerstehen zu glotzen und zu tuscheln, aber Cade scheint es nicht zu registrieren. In dem Moment wird mir schlagartig bewusst, dass ein halbes Dutzend von Ryans oder meinen Kollegen unter den Restaurantgästen sein könnten, aber das ist mir jetzt egal. Ich kann nichts anderes denken als: *Und jetzt? Was mache ich, wenn wir draußen sind? Lass ich ihn einfach gehen? Was, wenn ich ihn nie wieder finde?*

Es ist warm für November, und meine Wangen sind gerötet von dem scharf gewürzten Essen. Ich ziehe meinen Pullover aus und stopfe ihn in meine Tasche. Die kühle Luft fühlt sich erfrischend an auf der Haut.

Ich schaue Cade ein letztes Mal direkt in die Augen. »Okay«, sage ich mit zitternder Stimme. »Danke, dass du dich von mir hast zum Essen einladen lassen. Ich ... ich meine, wenn du ... falls du ...« Ich beende den Satz nicht. Er kennt mich nicht. Er will meine Hilfe nicht. Ich hole tief Luft. »Ich wünsche dir viel Glück«, sage ich. »Ich werde dich nie vergessen.«

Als ich mich zum Gehen wende, spüre ich eine Hand an meiner Schulter, die mich sanft zurückhält.

Cade sieht mich fragend an, dann stellt er seinen Seesack auf dem Gehweg ab. Wieder berührt er meine Schulter, an der Stelle, wo ich mein Tattoo habe. Vorsichtig fährt er mit der Fingerspitze darüber, reibt leicht daran, als könnte er es entfernen.

Dann macht er einen Schritt zurück, öffnet den einzigen Knopf an seiner Jacke, der noch vorhanden ist, und lässt die Jacke von seinen knochigen Schultern gleiten. Er trägt ein schmuddeliges, zerrissenes T-Shirt. Und dann sehe ich sein Tattoo, es ist das gleiche wie meins. Immer noch genauso deutlich und schön wie an dem Abend, als wir in Belltown in dieses Tattoo-Studio gegangen sind und uns, verliebt und romantisch wie wir waren, die gleichen Tattoos haben machen lassen. Einfach so.

Zehn Jahre später stehen wir auf einem Gehweg in Seattle, und unsere Tattoos sind das Einzige, was von dem Leben damals übrig ist. Aber sie sind ein Beweis, und mir schlägt das Herz bis zum Hals, als ich die Erinnerung in Cades Augen aufflackern sehe. Irgendwo da drinnen ist er immer noch derselbe.

Unsere Blicke begegnen sich. »Kailey«, murmelt er, seine Stimme klingt leise und doch vertraut. So vertraut. »Kailey«, sagt er noch einmal, als müsste er üben, das Wort auszusprechen.

»Du erinnerst dich!«, rufe ich aus. Eine einzelne Träne kullert mir über die Wange.

Ich kneife die Augen ganz fest zu, dann öffne ich sie wieder und schaue in den Himmel. Über den Gebäuden ist ganz blass ein Regenbogen zu erkennen.

Zehn

3. August 1996

Lass uns aufs Deck raufgehen«, schlägt Cade vor, als die Fähre langsam ablegt und in die Elliott Bay hinaus fährt.

Ich ziehe die Nase kraus. »Meinst du nicht, es ist ein bisschen kalt da oben?«

»Ach was«, erwidert er, zieht seine schwarze Jeansjacke aus und legt sie mir um die Schultern.

Die Überfahrt nach Bainbridge dauert nur eine halbe Stunde, und in der Ferne kann ich die Insel schon ausmachen.

Hand in Hand steigen wir die schmale Treppe zum Deck hoch.

Wir sind jetzt seit zweieinhalb Monaten zusammen, und ich habe immer noch Schmetterlinge im Bauch, wenn Cade mich berührt.

Auf dem Deck nimmt er die Kamera zur Hand, die er um den Hals hängen hat. »Das Licht ist großartig hier draußen. Gerade genug bewölkt.« Er zeigt auf die Reling. »Stell dich mal dahin«, sagt er zu mir. »Ich mach ein Foto von dir.«

»Ich weiß nicht«, sage ich schüchtern. »Eigentlich lass ich mich nicht gern fotografieren.«

»Na komm schon, mir zuliebe«, sagt er. »Nur ein Foto.«

»Okay«, sage ich schließlich. Ich lehne mich mit dem Rücken an, die Arme rechts und links auf der Reling ausgestreckt.

Ich sage Cade nicht, dass Kameras mich schon immer verunsichert haben. Hinter dem Objektiv ist jemand, der einen anschaut, aber man sieht ihn nicht. Es ist einseitig und nervt. Ich fühle mich verletzlich, als ich die Kamera immer wieder klicken höre.

»Versuch, dich zu entspannen«, sagt Cade, lässt die Kamera sinken und kommt auf mich zu.

»Ich tu mein Bestes«, sage ich und schaue weg. Meine Wangen verkrampfen sich, mein Mund fühlt sich fremd an.

Er hebt die Kamera wieder an. »Wenn du sehen könntest, was ich sehe.«

Der Wind ist kalt und bläst mir die Haare ins Gesicht. Cade macht noch eine Aufnahme, dann nimmt er mich in seine starken, warmen Arme. Und als unsere Lippen sich berühren, zieht er mich noch näher an sich, bis wir so ineinander verschlungen sind, dass ich einen magischen Moment lang nicht weiß, wo mein Körper endet und seiner beginnt.

Das Schiffshorn der Fähre kündigt unsere Ankunft bei der Insel an. Zusammen mit den anderen Passagieren gehen wir von Bord. Die kleine Stadt Winslow liegt direkt vor uns, und wir schlendern Hand in Hand auf die Hauptstraße zu.

»Hey«, sagt Cade und zeigt auf etwas. »Lass uns ein Motorrad mieten und die Insel nach Art der Einheimischen erkunden.«

Jetzt sehe ich die vielen Motorräder und Motorroller, die in Reih und Glied vor einem flachen Gebäude stehen. »Meinst du? Kannst du denn Motorrad fahren?«

Er grinst. »Ob ich *Motorrad fahren* kann?«

Ich tue so, als wäre ich skeptisch.

»Dann werde ich's dir wohl beweisen müssen«, sagt er immer noch grinsend.

Wir gehen zwischen den Motorrädern hindurch zu dem Gebäude. Cade geht hinein und kommt mit einem Zündschlüssel wieder heraus. Er führt mich zu einem glänzenden schwarzen Motorrad mit viel Chrom. Er gibt mir einen Helm und setzt sich selbst einen auf.

»Alles klar?«, fragt er und steigt auf.

»Ja«, sage ich nervös.

Cade gibt mir seine Kamera. »Kannst du die in deine Handtasche tun?«

Er klopft auf den Sozius hinter sich. »Los, steig auf, Baby.«

Ich schlucke. »Ich habe noch nie auf einem Motorrad gesessen. Kann man da nicht runterfallen?«

»Du fällst nicht runter«, sagt er und gibt mir seine Jacke, die ich mir sofort überziehe. »Versprochen. Halt dich einfach an mir fest.«

»Okay«, sage ich, steige auf und umschlinge ihn mit den Armen.

Ich kneife die Augen ganz fest zu, als er den Motor anlässt. Im nächsten Moment fährt er schon vom Parkplatz und fädelt sich in den Verkehr ein. Der Motor stottert und knallt, während Cade erst nach rechts, dann nach links abbiegt, bis wir auf die Hauptstraße gelangen, die die Insel in zwei Teile teilt. Cade gibt Gas, und der Fahrtwind schlägt mir ins Gesicht. Ich klammere mich noch fester an Cade. Es ist zugleich beängstigend und aufregend.

Cade biegt rechts ab auf eine Straße, die der Küste folgt. Wir düsen an verwitterten Holzhäusern und Strandhütten vorbei, immer den Geruch nach Meer in der Nase.

An einer schmalen Parkbucht hält Cade an und dreht sich zu mir um. »Lass uns mal an den Strand gehen«, sagt er.

Wir machen die Helme am Motorrad fest und folgen einem schmalen Pfad. Der Strand ist menschenleer, nur eine Möwe macht sich in einiger Entfernung an einer Muschel zu schaffen.

Cade geht in Richtung Wasser, und es scheint ihm nichts auszumachen, als ihm eine Welle über die Schuhe schwappt. Ich merke ihm an, dass das Meer ihn fasziniert.

»Lust, schwimmen zu gehen?«, fragt er grinsend.

Ich verziehe ein bisschen verlegen das Gesicht. »Wir haben doch gar keine Handtücher und Badesachen dabei.«

»Okay«, sagt er. »Diesmal lasse ich dich noch mal davonkommen.«

Ich drehe mich um und schaue an der Klippe hoch, die hinter uns aufragt. »Wir könnten da raufklettern, da oben kann man bestimmt tolle Fotos machen.«

»Sieht ein bisschen steil aus«, meint er.

Ich nehme ihn an der Hand. »Komm, wir schaffen das.«

Er folgt mir lächelnd. »Ich habe ja eine richtig tollkühne Freundin.«

Der Pfad ist steil und zerklüftet und windet sich so eng am Rand der Klippe entlang, dass mir ein bisschen schwindlig wird, als ich einen Blick nach unten riskiere. »Ich hatte mir das einfacher vorgestellt«, sage ich außer Atem.

»Möchtest du umkehren?«, fragt Cade. »Wir können auch am Strand schöne Fotos machen.«

»Nein«, sage ich. »Lass uns weitergehen.«

Der Weg scheint kein Ende zu nehmen. »Wir müssen bald da sein«, sage ich. Die Sonne steht schon tief am Horizont und wird bald untergehen. Gelbe und orangefarbene Streifen zieren den Himmel.

»Wenn wir Glück haben, sind wir vor Sonnenuntergang oben.«

»Hoffen wir's«, keuche ich.

»Die Szenerie erinnert mich an dieses Gedicht von Robert Frost«, sagt Cade.

Ich nicke. »Was Licht ist, muss vergehn ...«

»Goldnes bleibt nie bestehn«, fährt Cade fort.

Wir umrunden die letzte Biegung und stehen endlich auf der Klippe. Die Aussicht von hier oben ist grandios – unberührte, von Wald bedeckte Hügel umgeben von blauem Meer. Ich komme mir zugleich groß und winzig klein vor.

»Bleib genau da stehen«, sagt Cade. »Ich will ein Foto von dir machen. Das Licht ist gerade richtig.«

Ich gehe ein bisschen näher an den Klippenrand, während Cade mit der Kamera hantiert. Ich glätte mir das Haar und will meine Halskette richten, doch als ich sie anfasse, löst sich der Verschluss, und die Kette fällt auf den Boden.

»O nein!«, rufe ich aus. »Meine Kette ist gerissen. Das ist mir noch nie passiert.« Ich gehe auf die Knie und taste den Boden ab auf der Suche nach meiner Halskette. Cade lässt die Kamera sinken und kommt zu mir herüber.

»Keine Sorge«, sagt er. »Die finden wir.«

Ich drehe mich zum Rand der Klippe um. »Und wenn sie runtergefallen ist?« Plötzlich ist mir ganz schwindlig, und ich habe Pudding in den Knien. Dann plötzlich verliere ich den Halt unter den Füßen.

»Cade!«, schreie ich, als ich rückwärts taumle. Alles passiert wie in Zeitlupe, ein panischer Moment geht in den nächsten über. Ich rutsche über den Rand. Ich versuche, mich an der zerklüfteten Kante festzuhalten, die unter meinen Händen zu zerbröseln scheint. Dann, plötzlich, legen sich starke Hände um meine Handgelenke, und ich höre

Cades ruhige, kräftige Stimme. »Ich hab dich«, sagt er. Steine poltern in die Tiefe. Ich bekomme Staub in die Augen. »Keine Angst. Bleib ganz ruhig.« Unsere Blicke begegnen sich. »Ich ziehe dich jetzt rauf.« Meine Beine baumeln in der Luft. Der Strand ist über hundert Meter unter mir. Einen Moment lang sehe ich dem Tod ins Auge. Stelle mir vor, wie sich die Luft anfühlen würde, wenn ich jetzt abstürzte. Höre das Geräusch, das mein Körper beim Aufprall auf dem felsigen Strand machen würde. Spüre das Blut, das sich unter meinem zerschmetterten Körper ausbreiten würde, wenn Cade mich fände.

Ganz langsam zieht Cade mich nach oben. Noch mehr Steine lösen sich und poltern in die Tiefe. »Gleich ist es geschafft«, sagt er ruhig. »Ich hab dich.«

Ich habe zu viel Angst, um zu weinen. Oder zu atmen. Ich weiß nicht, ob es eine Minute oder eine halbe Stunde gedauert hat, bis ich in Sicherheit bin, ich weiß nur, dass ich lebe. Und dass Cade mich gerettet hat.

Ich sinke in seine Arme und breche in Tränen aus.

»Es tut mir so leid«, sagt er und bedeckt mein Gesicht mit Küssen. »Es tut mir so leid, meine Kleine.« Er drückt seinen Ärmel gegen meine Nase. »Deine Nase blutet. Hast du dich verletzt?«

Ich schüttle den Kopf und rapple mich auf. »Ich glaube nicht.«

»Sieh mal«, sagt er und zeigt auf den Boden. Dann bückt er sich, um etwas aufzuheben. Meine Halskette baumelt an seinem Finger, das Medaillon ist noch intakt.

»Danke«, sage ich und stecke sie mir in die Hosentasche.

Cade sieht mich durchdringend an. »Um ein Haar hätte ich dich verloren.«

»Du hast mir das Leben gerettet«, murmle ich. »Ich ...

ich weiß gar nicht, was ich sagen soll.« Ich schlucke. »Wie kann ich dir nur dafür danken?«

»Kein Dank nötig«, sagt er.

Ich schaue ihm in die feuchten Augen und wische meine Tränen fort. »Ich werde mein Leben lang in deiner Schuld stehen.«

»Ich hab eine bessere Idee«, entgegnet er. »Irgendwann rettest du mir einfach auch das Leben, und dann sind wir quitt.«

»Abgemacht«, sage ich und lächle unter Tränen. »Abgemacht.«

Wir gehen Hand in Hand von der Fähre und die Treppe hinunter in die Stadt. Cades Wohnung liegt ganz in der Nähe des Fährhafens.

»Kommst du noch mit zu mir?«

Ich habe nur den einen Wunsch, in seiner Nähe zu sein, jetzt und für immer. Vor allem heute Abend.

»Klar«, sage ich.

Wir gehen noch ein Stück, dann unter dem Viadukt hindurch und schließlich in die kleine Seitenstraße, wo er wohnt. Ich werfe meinen Pullover auf sein Sofa. Ich bin noch immer aufgewühlt, gleichzeitig schrecklich erschöpft, sodass ich froh bin, mich ein wenig ausruhen zu können, während er sich an seinem Plattenspieler zu schaffen macht.

Dann läuft unser Lied, das Lied, das wir hinter der Bühne gehört haben, das wir gehört haben, als er zum ersten Mal meine Hand gehalten hat. Wenn der Refrain ertönt, kann alles passieren, und das tut es auch.

Seine Arme um mich, seine Lippen auf meinen, und genau wie der Text es beschreibt, verschmelze ich mit ihm. Ich weiß genau, was ich spüre, es ist dieses Gefühl, vor dem ich mich fürchte, das in mir brodelt wie Brei in einem Topf, der trotz all meiner verzweifelten Bemühungen überzukochen droht.

Ich öffne den Mund, um etwas zu sagen, doch er legt mir eine Hand auf die Lippen.

»Ich weiß, was es ist«, flüstert er. Seine Stimme übertönt kaum die Musik. »Ich wusste es schon, als ich dich zum ersten Mal bei dem Konzert gesehen habe, aber jetzt hab ich nicht mehr den geringsten Zweifel«

Unsere Blicke bohren sich ineinander. Mein Herz fühlt sich schwer an in meiner Brust, aber auf eine gute Weise.

»Es ist Liebe«, sagt Cade. Die Worte kommen ihm mühelos über die Lippen.

»Liebe«, sage ich, während die Schallplatte knistert und rauscht.

»Liebe«, flüstert er und verschränkt seine Finger mit meinen.

Und als ich meinen Kopf auf sein Kopfkissen lege und unsere beiden Körper zu einem werden, habe ich zum ersten Mal in meinem Leben das Gefühl, dass alles in dieser verrückten, komplizierten Welt sinnvoll ist.

Elf

17. November 2008

Hi, Liebes.«

»Hi«, sage ich später am Abend zu Ryan.

»Tut mir leid, dass ich so spät anrufe«, sagt er. »Ich bin gerade erst ins Hotel zurückgekommen.«

Ich blicke von meinem Laptop auf und werfe einen Blick auf die Wanduhr. Es ist halb elf.

»Ich hatte heute ein sehr produktives Gespräch mit den Vertretern der Bank«, fährt er fort. »Sie haben in diesen harten Zeiten Angst, dass wir um den Fernsehsender herum keine zahlungskräftigen Mieter finden, aber ich bin mit den Verträgen in der Hand in die Besprechung gegangen. Ich glaube, wir stehen kurz davor, den Deal zum Abschluss zu bringen.«

»Glückwunsch«, sage ich mit belegter Stimme. Das ist eine schreckliche Nachricht für die Hope Gospel Mission und alle, die auf das Obdachlosenheim angewiesen sind.

»Ich weiß, dass du in einer Zwickmühle bist«, sagt Ryan. »Wir brauchen auch nicht über geschäftliche Dinge zu reden. Erzähl mir von dir. Wie war dein Tag?«

»Schön«, sage ich. »Normal.« Ich denke an Cade, an unser Mittagessen im Wild Ginger, daran, dass er mich am

Ende doch noch erkannt hat. Als wir uns verabschiedet haben, wusste ich nicht, was ich tun sollte, aber ich habe ihn gebeten, mir zu versprechen, morgen Mittag vor dem Westlake Center auf mich zu warten. Er hat genickt, allerdings bin ich mir nicht sicher, ob er mich verstanden hat. Was, wenn er es nicht verstanden hat? Was dann?

»Kailey, bist du noch da?«

Ryan reißt mich aus meinen Gedanken.

»Ja, tut mir leid«, sage ich. »Ich sitze gerade an einem Artikel, der fertig werden muss.« Ich werfe einen Blick auf meinen Laptop. Bei Google habe ich die Suchbegriffe »Obdachlosenunterkunft« und »Seattle« eingegeben.

»Okay, dann will ich dich nicht aufhalten«, sagt er. »Wenn die Besprechung morgen gut läuft, nehme ich den Frühzug zurück, dann können wir zusammen zu Abend essen.«

»Das wäre großartig«, erwidere ich. Ich habe ein schlechtes Gewissen, weil ich ihm dieses große Geheimnis vorenthalte. Aber ich brauche noch Zeit.

»Ach so«, sagt Ryan, bevor er auflegt. »Warst du zufällig heute im Wild Ginger?«

Mit klopfendem Herzen setze ich mich kerzengerade auf. »Äh, ja, zum Mittagessen.«

»Erinnerst du dich an meinen Kollegen Jeff?«

»Ich glaube schon«, sage ich nervös.

»Er hat dich gesehen.«

Ich schweige.

»Es war total komisch. Er meint, er hätte dich mit einem Obdachlosen am Tisch sitzen sehen.«

Meine Gedanken rasen. Ich kann Ryan nicht von Cade erzählen. Noch nicht. »Ach das«, sage ich. »Ja, das war ein ... Interview. Für meine Artikelreihe.«

»Verstehe«, sagt Ryan und gähnt. »Hatte mir schon so

was gedacht. Also gut, Baby, ich hau mich hin. Muss morgen früh aufstehen.«

»Viel Glück«, sage ich.

»Du fehlst mir«, sagt er.

»Du mir auch«, antworte ich. Mir blutet das Herz.

Er fehlt mir tatsächlich. Ich möchte, dass er mich in die Arme nimmt und mir sagt, dass alles gut wird, wenn ich ihm alles erzähle, alles bis ins kleinste Detail. Ich möchte, dass alles aus mir herausfließt wie aus einem Wasserhahn. Aber es geht nicht. Ich muss da allein durch. Zumindest vorerst. Es macht mir Angst, und es macht mich einsam, und ich weiß nicht, wohin der Weg mich führen wird. Ich weiß nur, dass ich ihn allein gehen muss.

»Morgen«, ruft Jan, als ich am nächsten Morgen an ihrem Büro vorbeigehe. Ich bleibe an ihrer Tür stehen und atme tief aus. Ehe ich etwas sagen kann, steht Lisa aus dem Moderessort neben mir. »Kommt ihr beiden?«, fragt sie.

Ich schaue sie verdattert an.

»Zu Danas Babyparty«, sagt sie und zeigt auf den Konferenzsaal. Dana, die Redakteurin für die »Modernes Leben«-Seite, ist in der siebenunddreißigsten Woche schwanger und eine von den Frauen, die auf wundersame Weise während der ganzen Schwangerschaft ihre gute Figur behalten hat und als Model für den Schwangerschaftsmodenkatalog von *A Pea in the Pod* posieren könnte. »Ich habe total süße Muffins gekauft«, fährt Lisa fort und quiekt vor Vergnügen. »Sie sind mit himmelblauem und rosafarbenem Zuckerguss überzogen und jedes hat einen kleinen Bauklotz aus Zucker obendrauf.«

»Ach«, sage ich und spüre, wie ich rot anlaufe, »ich schaff es leider nicht, ich muss für morgen noch was fertig machen.«

»Na ja«, erwidert Lisa ein bisschen verschnupft. »Und du, Jan?«

Jan nickt. »Ja, ich komme. Gib mir fünf Minuten.«

Nachdem Lisa gegangen ist, räuspert Jan sich. »Mach die Tür zu«, sagt sie, »und setz dich.«

Ich tue, wie mir geheißen, und lasse mich seufzend auf ihren Besucherstuhl sinken, froh, außer Hörweite meiner Kollegen zu sein.

»Was sollte das gerade?«, fragt sie und zeigt auf die Tür.

Ich seufze noch einmal. »Nichts«, sage ich und versuche, meine Gedanken zu ordnen. »Ich ... bin einfach nicht scharf auf diese Babypartys.«

Jan durchbohrt mich mit ihrem Blick. »Los, spuck's aus«, sagt sie. »Trennt ihr euch?«

Meine Augen weiten sich. »Ryan und ich? Was? Nein!«

»Gut«, sagt sie. »Ich, äh ... In letzter Zeit bist du irgendwie nicht du selbst, und da dachte ich ... Kailey, in all den Jahren, die du hier arbeitest, hast du dir noch nie einen Tag freigenommen.« Sie nimmt ihre Brille ab und putzt sie mit ihrem Ärmel. »Ich habe kein Problem damit, ich finde, du solltest dir öfter mal einen freien Tag nehmen, aber es passt so ganz und gar nicht zu dir.« Sie sieht mich lange an. »Wenn ihr euch nicht trennt, was ist es dann?«, fragt sie schließlich.

Ich seufze. »Noch schlimmer.«

»Schlimmer?«

»Ich hab Cade gefunden.«

Sie schüttelt ungläubig den Kopf. »Deinen Ex? Dessen Verschwinden dein ganzes Leben auf den Kopf gestellt hat?«

»Genau den«, sage ich.

»Deswegen hast du also nach deinem Artikel nicht mal einen Blick auf die Verkaufszahlen geworfen.«

Ich nicke. »Er lebt auf der Straße, womöglich schon die ganze Zeit.«

»Auf der Straße?«

»Jan, ob du's glaubst oder nicht, er ist obdachlos. Abgemagert, verdreckt, zerlumpt. Langer Bart, verfilzte Haare.« Ich reibe mir die Stirn. »Aber das Schlimmste ist, dass er anscheinend den Verstand verloren hat.«

»Ist er auf Drogen?«

»Keine Ahnung«, sage ich. »Ich glaube nicht. Es ist wohl was Mentales. Vielleicht Gedächtnisverlust? Irgendetwas ist mit ihm passiert, und ich ... ich möchte ihm helfen.«

»Das kann ich verstehen«, antwortet Jan nachdenklich. »Ich kann mich noch gut an ihn erinnern. Er war aus anderem Holz geschnitzt. Ein Machertyp. Und du hast ihn geliebt.« Sie schweigt einen Moment lang. »Liebst du ihn immer noch?«

»Was?«, sage ich erschrocken. »Nein! Wie ... wie könnte ich ihn noch lieben? In dem Zustand? Außerdem liebe ich Ryan. Wir heiraten bald.«

Jan verschränkt die Hände. »Er war mal 'ne große Nummer in Seattle, oder? Es wundert mich, dass noch niemand ihn erkannt hat.«

Ich schüttle den Kopf. »Er hat sich stark verändert. Wenn ich ihm an dem Abend nicht zufällig in die Augen gesehen hätte, wäre ich auch nicht drauf gekommen.« Ich überlege. »Das habe ich durch meine Arbeit als Reporterin gelernt, in den Interviews, die ich mit den Obdachlosen geführt habe. Menschen, die auf der Straße leben, haben etwas Anonymes. Als ich ihn gesucht habe, kannte niemand, den ich gefragt habe, seinen Namen. Die nennen ihn alle Mitchell, weil der Name auf der Armeejacke steht, die er trägt.«

Ich denke an das Mittagessen im Wild Ginger, daran,

wie wichtig es mir war, dass der Kellner Cade als Person wahrnahm und seinen Namen kannte. »Die Leute, die auf der Straße leben, werden gesehen und doch nicht gesehen, verstehst du?«

»Gut ausgedrückt«, sagt Jan. »Und ich muss gestehen, dass diese neue Entwicklung in deinem Leben sehr gut zu deiner Artikelserie passt. Du meintest, du hättest dich noch nicht entschieden, in welche Richtung du mit dem zweiten Teil gehen möchtest. Könntest du dir vorstellen, einen persönlichen Ansatz miteinzubringen, um die aktuelle Entwicklung drastischer darzustellen? So etwa nach dem Motto: ›Vom Musikproduzenten zum Obdachlosen – ein wahres Schicksal aus unserer Stadt‹. Ich will nicht übertreiben, aber damit könntest du Preise gewinnen.«

Ich runzle die Stirn. »Das kann ich nicht machen, Jan. Das kann ich so nicht bringen. Zumindest nicht jetzt.«

»Okay«, sagt sie. »Egal, ob du die Geschichte veröffentlichst oder für dich behältst, ich hoffe, sie findet ein Happy End.«

»Ja, das hoffe ich auch«, sage ich.

Ich muss abliefern. Entschlossen, Cade in meinem Artikel nicht zu erwähnen, schreibe ich einen Entwurf nach dem anderen, konzentriere mich auf die Profite, die die Bauträger machen würden, wenn es ihnen gelänge, die Obdachlosen aus Pioneer Square zu vertreiben. Der Ton meines Textes ist analytisch, nüchtern. Bin ich so geworden?

Nein, sage ich mir, aber Taten sprechen lauter als Worte.

Um Punkt elf Uhr fünfundvierzig stehe ich von meinem Schreibtisch auf, hänge mir die Handtasche über die Schulter und gehe nach draußen. Ich habe Cade versprochen, um zwölf vor dem Westlake Center zu sein. *Ob er kommen wird?*

Regenwolken haben sich zusammengezogen. Da könnte ordentlich was runterkommen, aber das ist mir egal. Soll es regnen. Soll es schütten. Ich marschiere los. Das Einzige, was ich höre, ist das Klackern meiner Absätze, als ich die sechs Blocks bis zum Westlake Center eile.

Als ich dort ankomme, spüre ich den ersten Regentropfen auf der Wange. Ich gehe auf dem kürzesten Weg zu der Stelle, wo ich Cade gestern aufgegabelt hatte, aber auf dem Gehweg hockt nur ein Mann, der irgendeinen Dylan-Song auf der Gitarre schrummelt. *Wo ist er?* Ich sehe mich um. Ich warte. Zehn Minuten vergehen. Zwanzig. *Vielleicht kommt er ja noch.*

Nach vierzig frustrierenden Minuten entschließe ich mich, zurück ins Büro zu gehen. Vielleicht war's das. Vielleicht dauert es jetzt wieder zehn Jahre, bis ich ihn wiedersehe. Vielleicht ... Als ich mich ein letztes Mal umdrehe, sehe ich eine Gestalt, die langsam in meine Richtung kommt. *Cade? Cade!*

Er ist es, da bin ich mir ganz sicher. Aber warum geht er so langsam? Warum *humpelt* er? Dann sehe ich sein blutiges Gesicht. Adrenalin schießt mir durch die Adern, meine Beine setzen sich instinktiv in Bewegung.

»Cade!«, rufe ich und laufe ihm entgegen. Mein Herz pocht heftig, als ich ihn erreiche. Blut läuft ihm aus der Nase. Seine Augen sind blau und fast zugeschwollen. An der linken Wange hat er eine lange, klaffende Schnittwunde.

»Ach, Cade«, sage ich und breche in Tränen aus. »Wer hat dir das angetan?« Ich nehme seine Hand. »Ich hole Hilfe. Diesmal lasse ich dich nicht allein, das verspreche ich dir.«

Als unsere Blicke sich begegnen, sehe ich, dass er mich versteht.

Es herrscht nur wenig Verkehr an diesem regnerischen

Tag, und das Taxi braucht nicht lange, um uns zum Harborview Medical Center zu bringen. In der Notaufnahme bitte ich einen glatzköpfigen Pfleger mit freundlichen Augen, uns einen Rollstuhl zu besorgen.

»Ganz ruhig«, sagt er zu Cade, als er ihm in den Rollstuhl hilft. Ich gebe dem Taxifahrer zehn Dollar und folge dem Pfleger, der Cade in die Notaufnahme fährt.

Eine junge Krankenschwester mit Nasenpiercing und einem Tattoo auf dem Unterarm, das einen Schmetterling darstellt, beäugt uns argwöhnisch, als wir uns der Aufnahme nähern.

»Er braucht Hilfe«, sage ich zu ihr. »Wäre es möglich, dass ein Arzt sich das jetzt gleich ansieht?«

Die Schwester schenkt Cade einen langen Blick, dann seufzt sie, als wäre meine Bitte ihr lästig. »Ma'am«, sagt sie, »Sie müssen wie alle anderen Platz nehmen und warten. Wir haben im Moment sehr viel zu tun, wie Sie sehen.« Sie zeigt auf den völlig überfüllten Wartebereich.

»Aber sehen Sie sich ihn doch an«, sage ich. »Er ist schwer verletzt.«

»Und wir werden unser Bestes tun, um ihm zu helfen«, entgegnet sie kühl. »Sobald er an der Reihe ist.«

In dem Augenblick kommt ein gut aussehendes junges Paar herein. Die Frau, eine teure weiße Designerhandtasche über der Schulter, ist in Tränen aufgelöst. Sie trägt ein eng anliegendes schwarzes Kaschmirkleid und kniehohe Lederstiefel. Ihr Mann, in Designerjeans und schwarzen Halbschuhen, hält sich einen Eisbeutel an die Schläfe.

»Er ist von der Leiter gefallen«, schluchzt die Frau. »Er muss sofort versorgt werden!«

Die Krankenschwester nickt eilfertig und wird augenblicklich aktiv. »Wenn Sie dieses Formular bitte ausfüllen würden«, sagt sie und schiebt ein Klemmbrett über den Tresen. »Nur hier oben, das reicht. Wir kümmern uns sofort um ihn.«

»Danke«, antwortet die Frau mit tränenerstickter Stimme.

Nachdem die beiden in einem Behandlungszimmer verschwunden sind, wende ich mich der Schwester an der Aufnahme zu. »Haben Sie nicht eben gesagt, Sie hätten furchtbar viel zu tun?«

»Das haben wir auch«, erwidert sie ungerührt.

»Aber den Mann haben Sie gerade vorgelassen.«

Sie schaut mich an, als hätte ich die Regeln eines sehr simplen Brettspiels nicht verstanden, die jedem anderen geläufig sind. Am liebsten würde ich mich als Reporterin des *Herald* zu erkennen geben, aber ich bin in einer persönlichen Angelegenheit hier und sage nur: »Ich finde Ihr Verhalten diskriminierend.«

Die Schwester verdreht die Augen, dann bedeutet sie mir, ein bisschen näher zu kommen.

»Hören Sie«, flüstert sie, während sie Cade über meine Schulter hinweg anschaut. »Ich verstehe Ihre Sorge um den Typen, wirklich. Aber wir sind total unterbesetzt, und wenn wir uns um jeden Obdachlosen mit seinem Wehwehchen kümmern würden, bliebe kein Raum mehr für Leute, die wirklich Hilfe brauchen.«

»Aber ich bitte Sie«, entgegne ich, drehe mich um und betrachte Cades geschundenes Gesicht. »Das ist doch wohl mehr als ein *Wehwehchen*. Er hat Schmerzen, und die Wunde in seinem Gesicht wird sich entzünden, wenn sie nicht behandelt wird.«

Die Schwester zuckt die Schultern. »Sehen Sie sich die Leute im Wartebereich an. Die meisten sind Junkies. Die kommen hierher, wir behandeln sie, geben ihnen Medikamente. Dann gehen sie zurück auf die Straße, sie machen weiter wie gehabt, und eine Woche später sitzen sie wieder hier. Es ist ein Teufelskreis.«

»Und haben Sie diesen Mann schon mal hier gesehen?«, frage ich wütend. »Er ist kein Junkie.«

Sie schaut Cade noch einmal an und hebt die Schultern. »Kann sein, kann auch nicht sein. Das sieht man denen nicht immer an.«

»Er ist ein *Mensch*«, flüstere ich, damit Cade mich nicht hört. »Und er braucht Hilfe.«

Ich nehme mein Handy heraus und rufe Tracy an. Zum Glück geht sie nach dem zweiten Klingeln ran.

»Tracy, ich bin's«, sage ich hektisch. »Ich bin in der Notaufnahme des Harborview.«

»Ist alles in Ordnung mit dir?«

»Ja. Es geht um Cade.«

»O Gott! Was ist passiert?«

»Das weiß ich nicht«, sage ich. »Aber sein Gesicht ist ganz blutig und geschwollen. Irgendjemand hat ihn zusammengeschlagen. Er hat eine Wunde im Gesicht, die genäht werden muss. Und ich glaube, er hat ein paar Knochenbrüche. Ich brauche deine Hilfe.«

»Klar, jederzeit.«

»Die Notaufnahme ist überfüllt«, sage ich leise. »Und die Frau an der Aufnahme ist nicht wild darauf, ihn vorzulassen.«

»Ja«, sagt Tracy. »Da kommen eine Menge Leute ohne Versicherung hin, die das System ausnutzen. Aber das ist natürlich keine Ausrede.«

»Du musst ein paar Anrufe für mich machen«, sage ich. »Vielleicht kannst du dafür sorgen, dass er hier aufgenommen wird.«

»Sicher«, sagt Tracy. »Zufällig ist mein Stationschef der beste Freund von einem der Ärzte in der Notaufnahme. Ich werde ihn um einen Gefallen bitten.«

»Danke, Tracy«, sage ich erleichtert. Cade stiert niedergeschlagen vor sich hin.

»Keine Ursache«, sagt Tracy. »Und wie geht es dir?«

Ich beiße mir auf die Lippe und entferne mich ein paar Schritte von Cade. »Ich ... ich hab Angst, Tracy. Ich habe Ryan noch nichts von all dem erzählt. Ich ... ich habe das Gefühl, als würde meine ganze Welt auf den Kopf gestellt.«

»Ja, ich weiß«, sagt sie. »Aber so ist das Leben, Kailey.«

»Wie meinst du das?«, frage ich und wische mir eine Träne fort.

»Na ja«, antwortet sie, »es geht auf und ab. Man durchlebt Hochs und Tiefs, es ist ein ewiges Auf und Ab, beängstigend und gnadenlos. Aber das bedeutet es, lebendig zu sein.«

»Ich weiß nicht, ob ich das alles verkraften kann«, sage ich.

»Du verkraftest das«, erwidert sie. »Das weiß ich. Du hast jetzt schon mal einen wichtigen ersten Schritt getan. Du sorgst dafür, dass Cade medizinisch und psychologisch versorgt wird. Du sorgst dafür, dass er sich stabilisiert und findest raus, was ihm zugestoßen ist. Und dann kannst du in dich gehen und dich prüfen, was für Gefühle du in deinem wunderbaren Herzen beherbergst, das übrigens so groß ist wie Arizona. Nein, wie Texas.«

Ich lache und muss zugleich weinen. »Ich hab dich lieb, weißt du das?«

»Ja, das weiß ich.«

»Ganz schön eingebildet.«

»Stimmt.« Sie sagt etwas zu jemandem, was ich nicht

verstehen kann. »Also gut, gib mir ein bisschen Zeit. Ich mache ein paar Anrufe. Inzwischen kannst du dich um deinen Kerl kümmern.«

»Mein Kerl«, murmle ich, nachdem Tracy aufgelegt hat. Die Worte kommen mir mühelos über die Lippen, und doch klingen sie merkwürdig. Sofort muss ich an Ryan denken, und der Gedanke versetzt mir einen Stich.

Eine Frau mit einem Herzen von der Größe des Staates Texas würde ihren Verlobten nicht anlügen.

Elf Minuten später kommt eine Schwester durch eine doppelte Schwingtür. »Cade McAllister?«

Cade reagiert nicht. »Ja«, sage ich hastig. »Das sind wir.« Ich stehe auf und schiebe den Rollstuhl zum Aufnahmetresen.

»Ich nehme an, er ist nicht versichert?«, sagt die Frau mit dem Nasenpiercing.

»Richtig«, erwidere ich ganz offen.

Sie nickt ungerührt, als hätte sie das alles schon tausend Mal erlebt. Von meinen Recherchen her weiß ich, dass sie im Harborview niemanden wegschicken. »Tut mir schrecklich leid, dass Sie warten mussten. Wir verstehen, dass Mr. McAllister dringend behandelt werden muss.«

Ich nicke. »Ja, er ist schwer verletzt. Vielen Dank.«

Sie kommt hinter ihrem Tresen hervor und schiebt den Rollstuhl einen Korridor hinunter und in einen großen Raum mit Untersuchungsliegen, die durch Vorhänge voneinander abgetrennt sind. Hinter einem Vorhang ist lautes Stöhnen zu hören.

»Kommen Sie«, sagt sie zu Cade und nimmt seine Hände, »ich helfe Ihnen aufzustehen.« Unsicher kommt er auf die Beine. Die Frau führt ihn zur Untersuchungsliege und bittet ihn, sich zu setzen. Dann nimmt sie ein Krankenhaushemd aus einer Schublade. »Soll ich Ihnen helfen, das hier überzuziehen, Sir?«

Da er nicht reagiert, macht sie einfach weiter. »Okay, dann helfe ich Ihnen erst mal beim Ausziehen.«

Reglos lässt Cade es sich gefallen, dass sie ihm Jacke und Hemd auszieht. Ich empfinde eine Mischung aus Zuneigung und Entsetzen, als ich seinen nackten Oberkörper sehe, an dem sich die Rippen abzeichnen. Seine einstmals kräftigen Arme sind nur noch Haut und Knochen.

Der Schwester ist nicht anzumerken, ob Cades Zustand sie beunruhigt. Als Nächstes zieht sie ihm die Stiefel aus, und obwohl ich ihn schon oft genug nackt gesehen habe, wende ich mich ab, als die Schwester ihm die Hose aufknöpft.

»So«, sagt sie, als sie das hellblaue Krankenhaushemd im Nacken zubindet. Dann wendet sie sich mir zu. »Sind Sie seine Schwester? Eine Bekannte?«

»Eine ... Bekannte«, sage ich und setze mich auf den Stuhl neben der Untersuchungsliege. Mit vor Schmerz zusammengebissenen Zähnen sucht Cade eine bequeme Position.

Ich drücke ihm die schlaffe Hand. »Es tut mir so leid«, flüstere ich.

Als kurz darauf ein Arzt erscheint, zuckt Cade vor Schreck zusammen.

»Nein!«, schreit er. »Nein, nein!«

»Mr. McAllister«, sagt der Arzt ruhig. »Ich bin Doktor Green. Ich bin hier, um Ihnen zu helfen.«

Cade ist das Entsetzen ins Gesicht geschrieben. Es bricht mir das Herz.

Dr. Green nickt mir zum Gruß zu, ohne seinen Blick von Cade abzuwenden. »Sie brauchen keine Angst zu haben, Mr. McAllister. Wir werden Ihre Wunden untersuchen und verbinden.«

Cade wendet sich ab und lässt es geschehen, dass Dr. Green ihn mit dem Stethoskop abhört. Als Nächstes misst er Cades Blutdruck, und nachdem die Untersuchung abgeschlossen ist, macht er Notizen in einer Mappe und wendet sich mir zu. »Wir müssen ein paar Röntgenaufnahmen machen. Es sind zweifellos mehrere Rippen gebrochen, aber ich möchte mich vergewissern, dass er keine inneren Blutungen hat. Er hat einige große Hämatome am Unterbauch.«

Eine Schwester kommt mit einer Schüssel mit warmem Wasser und einem Stapel Waschlappen. »Ich werde die Wunden säubern«, erklärt sie.

Ich folge Dr. Green hinter den Vorhang. »Kann ich Sie kurz sprechen?«

»Selbstverständlich«, sagt er.

»Dieser Mann war nicht immer so«, sage ich. »Er hat nicht immer auf der Straße gelebt. Er war früher einmal der Chef von Element Records.«

Die Augen des Arztes weiten sich. »Element Records? Allein der Name versetzt mich sofort zurück in die Neunzigerjahre«, sagt er erstaunt. »Ich hatte jede Menge Platten von dem Label. Was ist passiert?«

»Das weiß ich nicht«, antworte ich. »Vor zehn Jahren hat er die Firma verlassen und ist aus Seattle weggegangen, und ich habe nie wieder von ihm gehört. Erst vor ein paar Tagen habe ich ihn auf der Straße wiedergetroffen.« Ich schüttle den Kopf. »Es ergibt einfach keinen Sinn. Wie kann es sein, dass jemand, der so erfolgreich war ... derart abgestürzt und in einen solchen Zustand geraten ist?«

»Dafür kann es alle möglichen Erklärungen geben«, sagt der Arzt. »Die wahrscheinlichste ist Drogensucht.«

»Nein«, sage ich. »Ich kenne ihn. Er hat nie irgendwelche Drogen angerührt. Allein die Vorstellung hat ihn angewidert.

Das hat nichts mit Drogen zu tun. Es muss ... eine andere Erklärung geben.«

»Vielleicht eine psychische Erkrankung?«, sagt Dr. Green.

Ich schüttle den Kopf. »Cade hatte nie Depressionen oder irgendetwas dergleichen.«

»Tja, mit psychischen Krankheiten ist das so eine Sache. Sie können jahrelang in einem Menschen schlummern, ehe sie zum Ausbruch kommen.«

Ich seufze. »Meine beste Freundin ist Lungenfachärztin im Swedish Medical Center. Dieser Fall fällt nicht in ihr Fachgebiet, aber sie meinte, er könnte auch eine Kopfverletzung erlitten haben. Das würde erklären, warum er kaum spricht und mich nicht zu erkennen scheint und womöglich nicht einmal weiß, wer er selbst ist.«

Der Arzt rückt seine Brille zurecht. »Sie sagen, er hat Gedächtnislücken?«

»Zuerst hat er mich gar nicht erkannt«, sage ich. »Und ich bin mir nicht mal sicher, ob er jetzt weiß, wer ich bin. Aber er erinnert sich an das hier.« Ich schiebe meinen Ärmel hoch. »Er hat das gleiche Tattoo.«

»Aha«, sagt Dr. Green und betrachtet mein Tattoo. *»Toujours?«*

»Ja«, sage ich. *»Für immer.«*

Er nickt. »Tja, ich würde sagen, wir machen auf jeden Fall eine CT und vielleicht auch noch eine MRT des Kopfes. Vielleicht entdecken wir eine akute Gehirnverletzung oder ein altes Trauma.«

»Und wenn Sie etwas finden«, frage ich, »kann man ihn dann behandeln?«

»Gehirnverletzungen sind kompliziert«, erwidert er. »Da müssen wir mit einem Neurologen reden.«

»Ich danke Ihnen sehr«, sage ich.

Er lächelt. »Wir tun, was wir können.«

Plötzlich geht die Tür auf, und ein Mädchen von neun oder zehn Jahren stürmt herein. »Mami«, ruft sie mit Blick auf eine Schachtel Pralinen in ihrer Hand. »Wir haben deine Lieblingspralinen gefunden!« Sie strahlt vor Freude, und ihr Pferdeschwanz schaukelt über ihrer pinkfarbenen Strickjacke. Ich werfe einen Blick zu Cade hinüber und schaue wieder das Mädchen an, und es versetzt mir einen Stich.

»Huch«, sagt die Kleine plötzlich. »Tut mir leid.« Sie kichert. »Meine Mami ist grade operiert worden. Ich hab mich wohl in der Tür geirrt.« Sie zeigt hinter sich.

Ich lächle. »Kein Problem. Deine Mutter ist bestimmt ganz stolz, dass sie so eine tolle Tochter hat.«

Sie erwidert mein Lächeln und verschwindet im Korridor. Cade bemerkt nicht, dass ich mir eine Träne fortwische.

Eine Stunde später, nachdem Cades Wunden gesäubert und verbunden sind, schiebt die Schwester ihn im Rollstuhl zur Röntgenabteilung. Ich bleibe im Zimmer und werfe einen Blick auf mein Handy. Ich habe zwei Anrufe von Ryan verpasst, und er hat mir eine SMS geschickt.

»Sorry«, tippe ich. *»Voller Tag. Alles gut bei dir?«*

»Hi«, antwortet er. *»Denke an dich. Komme früh zurück. Sehen wir uns um sechs zu Hause?«*

Ich werfe einen Blick auf die Wanduhr. Es ist schon vier, ich schaffe es unmöglich, um sechs zu Hause zu sein.

»Sorry, muss noch arbeiten«, tippe ich mit schlechtem Gewissen.

»O.k.«, antwortet er. *»Aber wir sehen uns heute Abend?«*

»Ja. Kann aber spät werden. Warte nicht auf mich.«

»O.k.«

Ich habe einen Krampf im Magen, als ich das Handy in meine Handtasche gleiten lasse und mich auf dem Stuhl zurücklehne. Es riecht nach Desinfektionsmitteln und Bettpfannen.

Mehrere Stunden vergehen, bis Dr. Green zurückkommt. Er ist in Begleitung einer Frau von Mitte fünfzig. Sie trägt einen weißen Kittel, und etwas an ihrem Gesicht, das von kinnlangem grauen Haar umrahmt ist, erinnert mich an Mrs. Ramsay, meine Englischlehrerin auf der Highschool, die ich immer besonders gern mochte.

»Das ist Dr. Branson«, sagt Dr. Green. »Sie ist die Chefärztin der neurologischen Abteilung.«

Ich nicke. »Erfreut, Sie kennenzulernen. Ich bin Kailey Crain, eine alte ... Freundin von Cade.«

»Wie ich höre, lebt Mr. McAllister auf der Straße«, sagt Dr. Branson. »Ich habe versucht, mit ihm zu reden, aber er ist nicht ansprechbar. Da wir nichts über irgendwelche Angehörige wissen und keine Generalvollmacht vorliegt, betrachte ich Sie mal als nächste Angehörige.«

»Selbstverständlich«, antworte ich. »Sagen Sie mir, wie ich helfen kann.«

»Ms. Crain«, fährt die Ärztin fort und klappt ihren Laptop auf. Sie loggt sich in ein Programm ein und ruft ein paar Scanbilder auf. »Ihr Freund hat mehrere Rippenfrakturen. Seine Milz ist leicht geschwollen, wie Sie hier sehen können, aber das ist nicht besorgniserregend.« Sie klickt mit der Maus, und ein neues Fenster öffnet sich. Man sieht die Draufsicht eines Gehirns. »Das hier ist ein Bild vom Gehirn Ihres Freundes. Auf den ersten Blick wirkt alles normal.« Ich schaue fasziniert zu, als sie das Bild vergrößert. »Aber wenn wir genauer hinsehen, stellen wir fest, dass einige Bereiche heller sind, was auf ein Hirnödem hindeutet.

Das könnte die Folge seiner derzeitigen Verletzungen sein, aber wenn ich das Gesamtbild betrachte, überzeugt mich diese Erklärung nicht.«

Ich schaue sie an. »Wie meinen Sie das?«

»Diese hellen Stellen könnten ein Hinweis darauf sein, dass Ihr Freund vor längerer Zeit eine schwere Kopfverletzung erlitten hat. Dr. Green sagte mir, dass er einmal eine Firma geleitet und ein geregeltes Leben geführt hat?«

Ich nicke. »Ja. So wie jetzt ist er früher nicht gewesen. Ich glaube, dass ihm etwas zugestoßen ist.«

»Ja, das glaube ich auch«, sagt Dr. Branson.

Meine Augen werden schmal. »Haben Sie eine Vermutung, was ihm zugestoßen sein könnte?«

»Ein Sturz, ein Autounfall, irgendetwas in der Art«, sagt sie. »Haben wir alles schon gehabt. Aber was auch immer Ihrem Freund widerfahren ist, es hat ihn anscheinend in einen Zustand der Verwirrtheit versetzt. Ich hatte nicht viel Zeit, ihn zu untersuchen, aber ich tippe auf ein Schädel-Hirn-Trauma.«

Ich atme scharf ein.

»Er leidet ebenfalls unter signifikantem kognitivem Abbau und deutlicher Amnesie, und Ihrem Bericht zufolge« – sie wendet sich an Dr. Green – »hat er nur bruchstückhafte Erinnerungen und grundsätzliche Schwierigkeiten, Zusammenhänge zu verstehen.«

»Ja«, sage ich. »Er hat mein Tattoo erkannt, und ich glaube, er erinnert sich an mich, wenn auch nur vage.«

Dr. Branson nickt. »Es ist möglich, dass er sich mit der Zeit an mehr erinnert. Sein Gedächtnis ist löcherig. Bei vielen Patienten mit Schädel-Hirn-Trauma lassen sich die Gedächtnislücken mit der Zeit wieder füllen. Freunde und Verwandte können dabei eine große Hilfe sein.«

Ich richte mich auf. »Wollen Sie damit sagen, es besteht die Hoffnung, dass er sich wieder erholt?«

»Ja und nein«, antwortet sie. »Ihr Freund hat einen harten Kampf vor sich. Er wird Therapie brauchen, eine Änderung seiner Lebensgewohnheiten. Selbst bei bester Behandlung lässt sich nicht voraussagen, wie gut er sich erholen wird.«

»Was kann ich tun, damit er die richtige Behandlung bekommt?«

»Es gibt ein neues Programm«, sagt sie, »für das Ihr Freund vermutlich ein sehr guter Kandidat wäre. Wir haben kürzlich die Mittel für eine Einrichtung für Patienten mit Schädel-Hirn-Trauma bewilligt bekommen, eine Art Rehazentrum. So etwas wie eine Einrichtung für betreutes Wohnen. Sie ist hier auf dem Gelände, und es gibt zwölf Plätze. Die Erfolgsaussichten sind ungewiss, aber es wäre immerhin eine Chance für ihn.«

»Das wäre ja großartig«, sage ich. »Wann könnte es denn losgehen?«

Sie nimmt eine Visitenkarte aus ihrer Brusttasche und reicht sie mir. »Rufen Sie mich morgen an, dann machen wir den Antrag fertig. Das heißt, falls ein Platz frei ist und er einverstanden ist.« Sie wirft einen Blick auf sein Krankenblatt. »Einer meiner Assistenten wird unsere medizinischen Unterlagen der letzten zehn Jahre durchgehen, um zu sehen, ob ein unbekannter Patient wegen einer Gehirnverletzung bei uns behandelt wurde. Wann genau ist Ihr Freund damals verschwunden?«

Ich schließe kurz die Augen. »Das war im Sommer 1998. Ich weiß noch, wann ich Cade das letzte Mal gesehen habe. Das war am ersten August. Er hat sich sehr merkwürdig aufgeführt. Wir haben uns gestritten. Ich bin an dem Tag völlig aufgelöst von ihm weggegangen. Ich wusste, dass etwas mit ihm nicht stimmte, aber ich hätte nie gedacht, dass ich ihn danach nie wiedersehen würde. Es war, als wäre er vom Erdboden verschluckt.«

»Okay«, sagt die Ärztin. »Es ist vielleicht eine Nadel im Heuhaufen, aber wir werden uns die Unterlagen von Patienten ohne Papiere ansehen, vielleicht gibt es ja irgendwo einen Zusammenhang. Wenn wir herausfinden können, was ihm zugestoßen ist oder wenn wir ermitteln können, was für eine Verletzung er erlitten hat, würde uns das helfen, einen Behandlungsplan aufzustellen.«

Ich nicke. »Ich danke Ihnen.«

Es ist kurz vor zehn, und ich bin halb eingeschlafen, als die Schwester mich im Wartebereich anspricht. »Wir haben ihn in den fünften Stock verlegt«, sagt sie. »Wir würden ihn gern über Nacht zur Überwachung hierbehalten.«

»Danke«, sage ich, atme tief durch und sammle meine Sachen zusammen.

»Ich kann Ihnen eine Liege in sein Zimmer stellen«, sagt die Schwester. »Falls Sie bleiben wollen.«

Ich denke an Ryan. »Das ... ist leider nicht möglich. Aber ich würde ihm gern Gute Nacht sagen, bevor ich gehe.«

»Kein Problem«, sagt sie. »Folgen Sie mir, ich bringe Sie nach oben.«

Im Aufzug spüre ich, wie die Schwester mich mustert.

»Er bedeutet Ihnen viel, nicht wahr?«, sagt sie schließlich.

Zuerst macht die Frage mich verlegen. Meine Lider flattern. Cade hat das früher immer sofort gemerkt. Er war der Einzige, der in mich hineinsehen konnte. »Du machst dicht«, hat er dann immer gesagt.

»Sie haben eine gute Beobachtungsgabe«, sage ich zu der Schwester. »Ja, er bedeutet mir viel.«

Die Schwester führt mich in Cades Zimmer. Es ist dunkel, nur die Lichter der Stadt draußen erhellen das Zimmer. Die Lichter der Stadt, die Cade einst so sehr geliebt hat.

»Mr. McAllister«, flüstert die Schwester.

Er reagiert nicht.

Die Schwester schaut mich an. »Er schläft«, flüstert sie. »Das ist gut. Er braucht viel Ruhe.«

Ich nicke und trete näher ans Bett. Sein ausgemergelter Körper ist mit einer leichten Decke bedeckt. Sein Gesicht ist geschwollen und verbunden. Eine Nasenkanüle versorgt ihn mit Sauerstoff, und ein Tropf ist an seinem rechten Arm befestigt.

»Gute Nacht, Cade«, flüstere ich.

»Fahren Sie nach Hause«, sagt die Schwester zu mir. »Ruhen Sie sich aus. Ich passe heute Nacht auf ihn auf. Machen Sie sich keine Sorgen.«

»Danke«, sage ich mit Tränen in den Augen, die der Schwester nicht entgehen.

»Er wird wieder gesund«, sagt sie. »Das spüre ich.«

Ich hole tief Luft. »Ich hoffe es.«

Auf dem Weg zur Tür mache ich noch einmal kehrt. Ich nehme meinen iPod aus meiner Handtasche, auf dem Hunderte Songs gespeichert sind, die er so sehr geliebt hat – die *wir* so sehr geliebt haben. Ich trete ans Bett, stecke ihm die Kopfhörer in die Ohren und schalte den iPod ein. Seine Augenlider flattern leicht, als »Follow You Down« von Gin Blossom beginnt.

Es ist schon kurz nach elf, als ich zu Hause ankomme. Eddie begrüßt mich an der Tür. »Na, alter Junge«, flüstere ich und knie mich hin, um ihm die Ohren zu kraulen. Ich sehe Ryans Koffer und sein Jackett und frage mich, ob er wohl schon schläft. Ich frage mich, wie lange ich das Geheimnis noch vor ihm verbergen kann.

Leise lege ich meine Schlüssel auf dem kleinen Tisch ab. Ich schaue zur Treppe, die nach oben ins Schlafzimmer führt, doch dann gehe ich ins Wohnzimmer, lege mich aufs Sofa und decke mich mit einer Wolldecke zu. Ich schließe die Augen und sehe Cades Gesicht. Er steht auf dem Balkon in dem Hotel, wo wir in Big Sur gewohnt haben. Die Balkontür steht weit offen. Wellen krachen gegen die Felsenküste unterhalb des Hotels – ein Geräusch, so intensiv wie meine Liebe.

Zwölf

13. Dezember 1996

Sieh mal«, sagt Cade. »Es schneit!«

Ich spähe aus dem Taxifenster und sehe dicke Flocken herabschweben. Wir sind auf dem Weg zu einem Sushi-Restaurant in Freemont, wo Cade mir seinen Geschäftspartner vorstellen will. Nach seiner Tante ist James der wichtigste Mensch in seinem Leben, und ich fühle mich geehrt, ihn endlich kennenzulernen.

»Ich liebe Schnee«, sage ich. »Er macht mich glücklich.«

»Mich auch«, sagt Cade. »Aber an so kalten Abenden mache ich mir immer Sorgen um die Obdachlosen. In der Gasse hinter meiner Wohnung haust ein alter Mann. Ich hab ihm neulich einen Kaffee gebracht. Er heißt Ivan ... glaub ich. Heute Nacht soll es furchtbar kalt werden.«

»Als wir Kinder waren, war alles einfacher«, sage ich. »Wenn es schneite, war die einzige Frage, ob die Schule ausfiel und wir mit unseren Freunden einen Schneemann bauen konnten.«

»Ja«, sagt Cade. »Hinter dem Haus meiner Tante war die beste Rodelbahn der Gegend. James und ich waren den ganzen Tag draußen, bis sie uns reingerufen und eine Tasse heißen Kakao gemacht hat.«

»Hach, waren das noch Zeiten«, seufze ich.

»Ja, wirklich.«

Ich lächle. »Weißt du noch, wie wir als Kinder zum Supermarkt gingen und mit einem Kätzchen nach Hause kamen?«

Cade grinst. »Ja, genau, irgendwie stand immer eine Frau vor dem Supermarkt und verschenkte Kätzchen.«

»Heute gibt's so was überhaupt nicht mehr.«

Wir müssen beide lachen.

»Was erwartet mich also heute Abend?«, frage ich.

»Hm, wie soll ich James beschreiben«, sinniert Cade mit einem nachdenklichen Seufzer. »Also, er ist groß und charmant, sehr intelligent. Eine ziemlich gute Partie, wenn ich's mir recht überlege.« Er grinst. »Nicht dass du mir mit ihm durchbrennst.«

Ich lache. »Ich werde versuchen, mich zu beherrschen.«

Er drückt meine Hand. »James und ich sind sehr unterschiedlich«, sagt er. »Trotzdem sind wir Freunde und Geschäftspartner. Auch wenn es nicht immer einfach ist.«

Ich nicke. »Inwiefern?«

»Im Moment zum Beispiel möchte James die Firma in eine andere Richtung lenken.«

»Ach ja?«

»Er findet, wir sollten Flying Limbs unter Vertrag nehmen. Der Leadsänger ist vorbestraft, hält sich aber für die heißeste Nummer im Musikbiz. Okay, die haben massenhaft Fans, aber ...«, er schüttelt den Kopf, »ich weiß einfach nicht, ob wir mit solchen Leuten zusammenarbeiten sollten.«

»Und James sieht das anders?«

Er nickt. »Nicht nur das, er hat die Sache vorangetrieben, ohne mit mir Absprache zu halten. Neulich hat er die ganze Band in einem Restaurant zum Abendessen eingeladen, ohne mich. So was haben wir früher immer nur gemeinsam gemacht.« Cade zuckt die Schultern.

»Das tut mir leid«, sage ich. »Der Sänger hat schon mal im Knast gesessen?«

»Ja«, sagt er. »Ich kenne nicht die ganze Geschichte, aber anscheinend hat er als Jugendlicher ein Mädchen sexuell belästigt.«

»Iih!«

»Genau.« Cade schüttelt den Kopf. »James wird immer skrupelloser. Letzte Woche hat er davon gesprochen, eine ganze Reihe von Bands unter Vertrag zu nehmen, die gerade mal einen Hit gelandet haben. Wenn man sich mehr als zwei Stücke von den Spice Girls anhört, möchte man nur noch mit dem Kopf gegen die Wand rennen.«

»Spice Girls?«

Cade verdreht die Augen. »Eine Girlgroup, die grade in England die Charts stürmt. Du kannst dich darauf gefasst machen, dass die bis nächsten Sommer bei uns von jedem größeren Radiosender gespielt werden, und stell dich auf akustische Umweltverschmutzung ein. Aber ich bin schließlich nicht ins Musikgeschäft gegangen, um kommerzielle Hits am Fließband zu produzieren. Mir geht es um Musik. Um gute Musik.«

Ich nicke. »Verstehe. Könnt ihr beiden denn überhaupt noch eine gemeinsame Basis finden?«

»Ja, schon, aber es ist ein permanenter Kampf«, sagt er. »Und manchmal zermürbt mich das.« Er nimmt seine Brieftasche heraus, um den Taxifahrer zu bezahlen. Ein großer Mann, auf den James' Beschreibung passt, steht mit einer dunkelhaarigen Frau unter einer blauen Markise. Er tritt eine Zigarette auf dem Gehweg aus, der von einer dünnen Schneedecke überzogen ist. »Ach«, sagt Cade leise.

»Ich hab ganz vergessen, dir zu sagen, dass Alexis auch dabei ist.«

»Seine Assistentin?«, frage ich. Cade hat Alexis ein paarmal erwähnt.

»Ja«, sagt Cade. »Sie ist eine hervorragende Buchhalterin. Wir brauchen fast keinen Steuerberater mehr.« Er räuspert sich. »Ach ja, und die beiden sind ein Paar.«

»Wow«, sage ich.

Cade lässt seine Fingergelenke knacken. »Ja, ich weiß, es ist ein bisschen merkwürdig. Ich weiß noch nicht mal, ob Alexis wirklich auf ihn steht. Aber da halte ich mich lieber raus, wenn du verstehst, was ich meine.«

Ich nicke.

Als er aus dem Taxi steigt, dreht der Fahrer sich um. »Verzeihung«, sagt er, »ich habe gerade zufällig Ihr Gespräch mit angehört. Sind Sie Cade McAllister von Element Records?«

»In Person«, sagt Cade.

»Wow«, sagt der Fahrer. »Ich bin Rod. Ich bin ein großer Fan von Ihnen. Ich, äh, ich habe eine Band. Ich spiele Schlagzeug und auch ein bisschen Gitarre. Wir haben ein Demoband. Vielleicht wollen Sie sich das mal anhören?«

»Rod, es freut mich sehr, Sie kennenzulernen«, sagt Cade freundlich. »Ich bin jetzt zum Abendessen verabredet, aber Sie können ihr Demo gern an unser Büro schicken, und wir werden es uns anhören. Was halten Sie davon?«

»Super«, sagt der Mann und strahlt von einem Ohr bis zum anderen. »Das mach ich.«

»So was passiert dir bestimmt dauernd«, flüstere ich, als wir ausgestiegen sind.

»Wenn ich für jedes Mal einen Dollar bekäme …« Er bricht ab, als James und seine Assistentin auf uns zukommen.

James trägt ein Button-down-Hemd und Jeans. Er wirkt ziemlich geschniegelt, überhaupt nicht wie ein hipper Musikproduzent. Alexis ist zierlich, und unter ihrem offenen schwarzen Wollmantel trägt sie ein schwarzes Babydoll-Kleidchen und dazu schwarze Doc Martens mit gelben Schnürsenkeln. Sie ist keine große Schönheit, aber doch hübsch mit ihren grünen Augen und dem dunklen Haar. Sie erinnert mich an die Mädchen im College, die irgendwann von GAP die Nase voll hatten und auf Secondhandklamotten umstiegen. Bei Alexis hat es sogar noch zum Nasenpiercing gereicht. Alexis lächelt uns herzig an.

»Hey, Mann«, sagt James zu Cade und grinst mich an. »Das ist also die junge Dame.« Cade hatte recht. James versprüht reichlich Charme.

»Hi«, sage ich und strecke meine Hand aus. »Ich bin Kailey.«

»Freut mich echt, dich kennenzulernen, Kailey«, sagt James. »Das ist Alexis, meine Assistentin.«

»Hallo, Alexis«, sage ich.

»Wir haben schon so viel von dir gehört«, sagt sie lächelnd zu mir, bevor sie sich Cade zuwendet. James streichelt ihr zärtlich den Rücken, eine Geste unter Liebenden.

»Schön, dass das endlich geklappt hat mit dem Abendessen«, sagt James. »Wollen wir reingehen? Das Sushi, das die hier machen, ist göttlich.«

»Nicht umsonst wird das Fremont das Zentrum des Universums genannt«, sage ich augenzwinkernd, als ich den anderen in das Restaurant folge.

James bestellt Sushi für uns alle und eine Flasche Sake, den der Kellner in einen kleinen Steingutkrug umfüllt, aus dem er uns in winzige Steingutbecher einschenkt.

»Auf neue Freunde und gute Musik«, sagt James und hebt seinen Becher.

»Prost«, sage ich. Als ich Alexis beim Anstoßen in die Augen sehe, schaut sie hastig zu James.

»Hat Cade dir erzählt, dass wir Ethan White heute unter Vertrag genommen haben?«

Ich schüttle den Kopf. »Meinst du *den* Ethan White? Den von der Boygroup, die dauernd im Radio zu hören ist?«

»Genau, die ›Boygroup‹ ...«, er deutet mit den Fingern Anführungszeichen an, »die letztes Jahr eine Platinplatte gewonnen hat.«

Ich muss daran denken, wie Tracy und ich uns über das Video für den Song »All the Way« kaputtgelacht haben. Wir fanden, dass Männer sich wirklich nicht ganz in Weiß kleiden sollten. Ein weißes T-Shirt ist eine Sache, aber T-Shirt, Hose, Schuhe und Hut, alles in Weiß? Also, es war wirklich *scheußlich*.

»Er macht ein Soloalbum bei uns«, sagt James. »Das wird ein Riesenerfolg.«

Cade rutscht unruhig auf seinem Stuhl hin und her und kippt seinen Sake in einem Zug herunter, als würde er allein bei der Vorstellung Pickel kriegen.

»Ja, ein kommerzieller Erfolg vielleicht«, sagt er. »Aber James, wir wissen doch beide, dass der Typ musikalisch am Ende ist.«

»Ethan White unter Vertrag zu nehmen ist für Element Records ein Riesendeal«, entgegnet James und atmet tief aus.

Cade schenkt sich Sake nach. »Ich hab dir gesagt, dass ich es mir noch mal überlegen möchte«, sagt er ziemlich erregt. So habe ich ihn noch nie erlebt, und es macht mich nervös.

James hebt fragend die Hände. »Was gibt's da noch zu überlegen? Der Mann hat Platin und einen Grammy, und er will zu uns.«

»Aber das ist nicht unsere Musik, James, das weißt du genau«, entgegnet Cade aufgebracht.

James wirft mir einen entschuldigenden Blick zu. »Jetzt kannst du dir vielleicht vorstellen, wie es bei Element Records zugeht.«

Cade steht auf. »Ich will hier nicht darüber reden«, sagt er. »Lass uns einen Moment vor die Tür gehen.«

James hebt die Brauen. »Wie du willst.« Er schaut erst Alexis, dann mich an und sagt lächelnd: »Die Damen – wir sind gleich wieder da.«

Alexis und ich schauen den beiden betreten nach, als sie nach draußen gehen. Alexis wirkt bekümmert, und ich frage mich, ob sie solche Szenen schon öfter erlebt hat. Durchs Fester sehen wir, wie die beiden Männer sich wild gestikulierend streiten.

»Manchmal streiten sie sich wirklich sehr«, sagt Alexis. Sie beugt sich vor, als wollte sie mir ein Geheimnis anvertrauen. »Aber sie lieben sich. Sie raufen sich immer wieder zusammen, wie Brüder.« Sie winkt den Kellner herbei und bestellt noch eine Runde Sake. »Trink noch einen«, flüstert sie lachend. »Das geht alles auf die Firma.«

Zehn Minuten später kehren die beiden zurück an den Tisch, anscheinend ist der Streit beigelegt. Wir essen Sushi, plaudern über Belanglosigkeiten, trinken noch eine Flasche Sake und brechen schließlich auf.

»Hat mich gefreut, dich kennenzulernen, Kailey«, sagt Alexis vor der Tür des Restaurants und drückt meine Hand. Sie ist ein bisschen unsicher auf den Beinen, was sicherlich dem Sake geschuldet ist, dessen Wirkung auch ich spüre.

Meine Wangen glühen, als ich sehe, wie sie Cade zum Abschied einen Kuss auf die Wange drückt. Falls das James stört, lässt er sich jedenfalls nichts anmerken.

»Um wie viel Uhr kommst du am Montag ins Büro?«, fragt Alexis Cade.

Er schaut mich an. »Hoffentlich nicht vor halb zwölf.«

»Okay«, sagt sie ein bisschen genervt. »Auf meinem Schreibtisch liegen ein paar Verträge, die du unterschreiben musst.«

Cade nickt und hebt eine Hand zum Gruß. Wir steigen in ein Taxi. Es hat wieder angefangen zu schneien. Als ich aus dem Fenster schaue, sind James und Alexis im Schneetreiben nur noch verschwommen zu erkennen.

Als wir in Cades Wohnung ankommen, wirkt er müde und abwesend. Er öffnet den Kühlschrank und schaut gedankenverloren hinein. Draußen schneit es heftig. Trotz des unangenehmen Zwischenfalls beim Abendessen bin ich glücklich, weil ich bei ihm bin. Ich schalte die Lichterkette an dem kleinen künstlichen Weihnachtsbaum ein, den wir letztes Wochenende auf dem Markt in Queen Anne gekauft haben.

»Alles in Ordnung?«, frage ich Cade und umschlinge seine Hüften mit den Armen. »Du wirkst ein bisschen angespannt.«

»Tut mir leid«, sagt er. »James regt mich manchmal echt auf. Das war schon immer so.«

»Das kann ich mir vorstellen«, sage ich. »Ich meine, er ist nett und alles, aber er hat was ... Unerbittliches an sich.«

»Allerdings«, sagt Cade. »Als wir die Firma gegründet haben, war ich so geblendet von unserem Erfolg, dass ich es nicht gesehen habe. Aber jetzt ...« Er schüttelt den Kopf. »Er ist einfach ein schrecklicher Egomane.«

Ich nicke. »Das ist bedauerlich.«

Cade seufzt. »Und wie fandest du Alexis?«

Ich sehe ihn an. »Eigentlich ganz nett.«

Cade nickt. »Sie ist großartig. Ich hab sie direkt vom College weg eingestellt. Ich habe sie gefragt, welche Musik sie auf eine einsame Insel mitnehmen würde, und sie hat ohne zu zögern gesagt: Nirvana, U2, Beach Boys.«

»Wow«, sage ich. Es wundert mich, dass er sich so genau an das Vorstellungsgespräch erinnert.

Er schaut mich mit schmalen Augen an. »Da ist es schon wieder«, sagt er grinsend.

»Was denn?«

»Das Lidflattern, das zeigt, dass du kurz davor bist, an die Decke zu gehen.«

Ich schüttle den Kopf. »Wie bitte?«

»Das passiert dir immer, wenn dich etwas aufregt oder verunsichert.«

»Ach ja?«

»Ja.«

Ich lächle nervös. »Das hat mir noch nie jemand gesagt.«

»Ich finde es süß«, sagt er.

»Und hättest du mich auch eingestellt?«

»Na klar, sofort.«

Ich lächle, aber Cades Blick geht ins Leere. »Woran denkst du?«, frage ich.

Er seufzt und lässt sich auf das Sofa fallen. »An die Firma. Es hat sich alles so verändert.«

»Das nagt an dir, wie es scheint.«

»Ja«, sagt er. »Ich weiß nicht, ob es je wieder so werden wird wie früher.« Er atmet tief aus.

»Das tut mir leid.« Ich würde ihn so gern ermutigen, nicht nachzugeben, an dem festzuhalten, woran er glaubt.

Ich würde gern sagen, dass er in meinen Augen und wahrscheinlich auch in den Augen aller anderen der Grund ist für den Erfolg von Element Records, dass er das Herz der Firma ist. Aber ich verkneife mir die Bemerkung und lehne schweigend den Kopf an seine Schulter.

»Weißt du was?«, sagt er nach einer Weile.

»Was denn?«

»Wir sind jetzt schon seit ein paar Monaten zusammen, aber wir reden nie darüber. Tatsache ist, dass ich mich in deiner Gegenwart mit mir und der Welt im Reinen fühle«, sagt er, »und ... dass du mir fehlst, wenn du nicht da bist.«

Ich schlucke.

»Manchmal kann ich meine Gefühle durch Songtexte zum Ausdruck bringen. Kennst du das Stück von U2 ›I Still Haven't Found What I'm Looking For‹?«

Ich schaue ihm in die Augen und beginne, die Melodie zu summen. Schließlich singe ich: »It was warm in the night.«

»I was cold as stone«, singt er das Ende der vierten Strophe.

Er steht auf und zieht mich hoch. Es läuft keine Musik, aber unsere Körper bewegen sich zum Rhythmus des Stücks, als würden wir es hören.

»Mir war wirklich kalt«, sagt Cade. »Und ich war ziemlich einsam. Ich glaube, man weiß erst, was man sucht, wenn man es gefunden hat. Und dann habe ich ... dich gefunden.«

Tränen brennen mir in den Augen, aber ich blinzle sie fort. »Und ich habe dich gefunden.«

»Ich habe dich die ganze Zeit gesucht«, fährt er fort, »ich wusste es nur nicht.« Er nimmt mein Gesicht in beide Hände. »Ich liebe dich von Tag zu Tag mehr«, flüstert er.

Ich würde gern etwas antworten, aber ich bringe kein Wort heraus, kann nur seine schönen Worte aufsaugen, die tief aus seinem Herzen kommen. Ich will seine Hand nehmen, doch er wendet sich ab und geht zum Fenster.

»Das schneit ja wie verrückt«, sagt er, geht zum Sofa und nimmt die Wolldecke von der Lehne. »Die bringe ich Iwan«, sagt er.

Als er die Tür öffnet, trifft die Winterluft auf meine Haut wie Licht von einem kalten Stern, aber ich bekomme keine Gänsehaut. Mir ist von innen warm.

Dreizehn

19. November 2008

Das Geräusch der Kaffeemühle in der Küche weckt mich.

»Tut mir leid«, sagt Ryan, als ich mich aufsetze.

Ich reibe mir gähnend die Augen. »Macht nichts«, murmle ich schlaftrunken.

»Warum bist du gestern Abend nicht ins Bett gekommen?«, fragt er.

»Ich bin erst spät nach Hause gekommen«, sage ich. Die Ereignisse des gestrigen Abends tauchen aus dem Dunkeln auf. Ich schaudere bei dem Gedanken an Cades Verletzungen. »Ich wollte dich nicht wecken.«

Er kommt zum Sofa und legt sich neben mich. »Nächstes Mal«, sagt er und drückt seine Nase an meine, »weckst du mich, okay?«

Ich nicke lächelnd. »Okay.«

Regen prasselt gegen die Fenster, und ich möchte es mir am liebsten für den Rest des Tages oder vielleicht auch für immer hier zu Hause gemütlich machen. Ein Feuer anzünden und auf einen Schneesturm hoffen, damit wir einschneien und ich mich in Ryans Arme kuscheln kann und nicht an den abgemagerten Mann im fünften Stock im Harborview Medical Center denken muss.

»Ich finde, dieses Jahr sollten wir einen Weihnachtsbaum aufstellen«, sage ich.

»Meinst du?«, fragt Ryan, während er die Post durchsieht. »Die machen doch nur Arbeit und Dreck.«

»Och«, sage ich enttäuscht.

Er blickt auf. »Ich meine, wenn es dir wichtig ist, besorgen wir uns natürlich einen, Liebes.«

»Nein«, antworte ich. »Du hast recht. Die Dinger machen mehr Arbeit als Freude.«

Er legt mir einen starken Arm um die Taille. »Das war unsensibel von mir. Ich weiß doch, wie wichtig dir Weihnachten ist. Lass uns einen Weihnachtsbaum besorgen. Am besten schon nächste Woche.«

Ich lächle und nicke, als er mir die Stirn küsst.

»Ach ja«, sagt er und geht in die Küche, um nach dem Kaffee zu sehen. »Ich hab ganz vergessen, dir zu erzählen, dass meine Eltern gestern Abend angerufen haben. Sie kommen schon heute.«

»Heute?«

Er kommt mit zwei dampfenden Bechern Kaffee zurück und reicht mir einen davon.

»Ja.«

Ich runzle die Stirn. »Ich dachte, sie wollten erst am Wochenende kommen.«

»Ich weiß«, sagt er. »Dachte ich auch. Aber anscheinend hat mein Vater eine Besprechung vorverlegt, und meine Mutter hat sich kurzerhand entschlossen mitzukommen. Ich kann sie bitten, im Fairmont abzusteigen, wenn dir das lieber ist. Das ist ...«

»Nein«, falle ich ihm ins Wort. Selbst wenn es für mich stressig werden sollte, es geht um Ryans Eltern, und ich habe nicht mein Leben ohne Eltern verbracht, um dann meine Schwiegereltern in ein Hotel zu verbannen. »Sie wohnen bei uns.«

Ryan lächelt. »Sie kommen gegen neun. Ich dachte, wir könnten morgen Abend mit ihnen essen gehen. Ich habe im Earl's einen Tisch reserviert. Ist sieben Uhr okay für dich?«

»Ja, sicher«, sage ich und stehe auf, um mir Kaffee nachzuschenken. Auf dem Küchentisch steht ein großer Karton mit den Einladungskarten zu unserer Hochzeit. Sie müssen adressiert und frankiert werden. Ich nehme eine in die Hand und erinnere mich daran, wie lange ich gebraucht habe, um mich für den passenden Weißton für die Umschläge zu entscheiden.

»Glaubst du, wir schaffen es noch in diesem Leben, die Einladungen zur Post zu bringen?«, fragt Ryan grinsend.

»Klar«, antworte ich schnell. »Ich ... ich wollte mich letzte Woche schon darum kümmern. In letzter Zeit ist einfach alles so hektisch gewesen.«

»Ich kann dir helfen«, sagt er. »So schlimm ist meine Handschrift gar nicht.«

»Natürlich nicht. Ich würde mich freuen, wenn du mir hilfst. Nächste Woche machen wir es ganz bestimmt, einverstanden?«

Er nickt und nimmt mich in die Arme. »Du hast es dir doch nicht etwa anders überlegt?«

»Auf keinen Fall!«

»Sicher?«

Ich gebe ihm einen Schmatz auf die Wange. »Sicher.«

Mein Handy kündigt eine E-Mail an. Als ich einen Blick aufs Display werfe, fällt mir ein, dass ich um halb zehn einen Interviewtermin mit einem Bauträgergremium habe. Wie konnte ich das vergessen?

»Verflixt. Ich muss heute Morgen zu einem wichtigen Interview mit Bauträgern«, sage ich kopfschüttelnd. »Das hat mir gerade noch gefehlt. Aber ich muss sie zu ihren Plänen befragen und das in meine Artikelserie einarbeiten.«

»Soll ich sie anrufen und ermahnen, dass sie sich gefälligst anständig benehmen? Und sie bitten, dir einen exklusiven Einblick in ihre Baupläne zu gewähren?«

»Sehr freundlich«, sage ich, »aber das wäre wohl etwas unprofessionell. Ich komme schon zurecht.«

»Also gut«, sagt er grinsend. »Bis heute Abend dann.« Er nimmt seine Jacke. »Ich liebe dich.«

»Ich dich auch«, flüstere ich, nachdem er die Tür hinter sich zugezogen hat.

Eine Stunde später werde ich in einem Hochhaus in Belltown in einen Konferenzsaal geführt, wo Wasser und Minzbonbons bereitstehen. Fünf Minuten später kommen fünf Männer herein. Zwei heißen Bob. Eine unterwürfige Sekretärin fragt mich flüsternd: »Kann ich Ihnen etwas anbieten?«

Ich schüttle den Kopf. »Nein, danke.«

Einer der beiden Bobs ergreift das Wort. »Es ist uns eine Freude, Sie kennenzulernen, Ms. Crain.«

»Ganz meinerseits«, antworte ich knapp. Die anderen Männer stellen sich als Steve, Dan und Phil vor. Ich sitze allein an einer Seite des langen Konferenztischs aus Eichenholz. Ich nehme Notizheft und Stift aus meiner Handtasche. »Sie wissen ja, dass ich für den *Herald* an einer Artikelserie über die Zukunft von Pioneer Square arbeite. Mir ist bekannt, dass jeder von Ihnen Druck auf den Stadtrat ausübt, weil Sie das Viertel sanieren wollen.« Ich schlage mein Notizbuch an der Seite auf, wo ich mir etwas über Creighton

Properties notiert habe. »Bob«, sage ich, »Sie wollen das Obdachlosenheim abreißen lassen. Warum?«

»Einfache Rechnung«, antwortet er. »Wenn man erst so eine Anlaufstelle irgendwo hinstellt, dann kommen die auch.«

»Erklären Sie mir, was Sie damit meinen«, fordere ich ihn auf, während ich mir eine Notiz mache.

»Sie werden sich vielleicht nicht mehr daran erinnern, aber dieses Obdachlosenheim wurde 1996 errichtet«, sagt er. »Und seitdem strömen die Obdachlosen in Scharen in das Viertel. Man kann keine zwei Schritte gehen, ohne über einen zu stolpern.«

Ich sage ihm nicht, dass ich mich nicht nur daran erinnere, wann das Gebäude errichtet wurde, sondern dass Cade damals genau nebenan wohnte.

»Aber Sie sind sich darüber im Klaren, dass es abgesehen von diesem Heim in dieser Stadt kaum Unterkünfte für Obdachlose gibt.«

»Obdachlose?« Er lacht in sich hinein, und mir fällt auf, wie sein Bauch dabei wackelt. »Schätzchen, wir reden hier in erster Linie von Drogensüchtigen. Das sind Schmarotzer, das ist arbeitsscheues Gesindel.«

Ich räuspere mich. »Gesindel?«

»Ganz genau«, sagt der andere Bob. »Hören Sie. Unser Herz ist nicht aus Stein. Wenn Sie unsere Anträge für die Stadt gelesen haben, dann wissen Sie, dass wir darin für dieses Problem ein Umsiedlungsmodell entwickelt haben, das unseres Erachtens mehr als angemessen ist.«

»Umsiedlungsmodell?«

»Ja, ja«, sagt der erste Bob.

»Sie würden also an einem anderen Ort ein neues Heim bauen?«

»Nicht direkt«, schaltet sich einer der anderen Männer ein. (Steve?)

»Was dann? Wenn Sie das Obdachlosenheim abreißen, um einen Apartmentturm zu bauen, wo sollen dann die vielen Hundert Menschen hin, die auf das Heim angewiesen sind?«

»Wie wär's mit U-Bahnhöfen?«, bemerkt Phil. »Oder Taco Bell? Oder McDonald's?«

Ich schüttle den Kopf. »Ich kann Ihnen nicht folgen.«

Phil lächelt. »Wir reden von Jobs, Ms. Cain. Arbeit. Wir glauben nicht an irgendwelche Goodwill-Aktionen, wir glauben an Arbeit. Und unsere Pläne enthalten ein umfängliches Modell, wie das Ziel erreicht werden kann.«

Ich lege meinen Stift weg. »Ich habe Sie verstanden. Und ich versichere Ihnen, ich glaube ebenso an die Notwendigkeit, einer geregelten Arbeit nachzugehen, wie Sie alle. Aber aus den Gesprächen, die ich für meine Artikelserie geführt habe, habe ich gelernt, dass das Problem der Obdachlosigkeit etwas komplexer ist.« Ich muss an Cade denken und an zahllose andere wie ihn, die das Leben auf der Straße nicht freiwillig gewählt haben.

Bob Nummer eins zuckt die Schultern. »In dem Punkt werden wir uns wohl nicht einig«, sagt er. »Aber wir hoffen, dass es Ihnen gelingt, Ihren Standpunkt in Ihrem Artikel deutlich zu machen.«

»Das werde ich, keine Sorge«, sage ich und klappe mein Notizheft zu.

Auf dem Weg zum Krankenhaus rufe ich Jan an. »Ich komme gerade von dem Treffen mit den Bauträgern.«

»Und? Wie ist es gelaufen?«

Ich verdrehe die Augen. »Erzähl ich dir später. Jetzt nur so viel: Es war zum Kotzen.«

»Kommst du heute in die Redaktion?«, fragt Jan.

»Nein. Cade ist im Krankenhaus.«

Sie atmet hörbar ein. »O nein. Ist alles in Ordnung?«

»Ja und nein«, sage ich. »Er ist zusammengeschlagen worden. Die meisten Verletzungen sind oberflächlich, ein paar Rippen sind gebrochen, aber das Entscheidende ist, dass vermutlich sein Gehirn was abbekommen hat. Die gute Nachricht ist, dass eine Ärztin meint, sie könnte ihn in einem Programm für Hirntraumapatienten unterbringen. Ich fahre jedenfalls jetzt erst mal ins Krankenhaus.«

»Lass dir so viel Zeit, wie du brauchst«, sagt Jan. »Das meine ich ernst.«

Ich atme tief aus. »Es tut mir wirklich furchtbar leid, dass ich dich so hängen lasse. Ich fühle mich, als würde mir mein ganzes Leben entgleiten.«

»Also mach dir mal wegen mir keine Sorgen«, sagt sie. »Solange du mich nicht komplett im Stich lässt. Aber ein paar Tage sind okay. Ich kriege das schon hin.«

»Danke«, sage ich, als ich ins Parkhaus fahre.

»Hast du mit Ryan gesprochen?«, fragt Jan.

»Nein. Ich hab mich noch nicht getraut.«

»Du musst es ihm sagen, Kailey«, sagt Jan. »Er hat es verdient, dass du ihm reinen Wein einschenkst.«

Cade ist wach, als ich sein Zimmer betrete. Im Morgenlicht sehen die Wände aus, als könnten sie einen frischen Anstrich gebrauchen.

»Hallo«, sage ich und trete an sein Bett. Auf seinem Schoß liegen der iPod und die Kopfhörer, die ich ihm dagelassen habe. Ich frage mich, ob ihm die Musik gefallen hat. Er reagiert nicht. »Hast du schon gefrühstückt?«

Er stiert ins Leere, während ich das Telefon von seinem Nachttisch nehme und eine Nummer wähle.

»Hallo«, sage ich. »Ich bin bei Cade McAllister in Zimmer 502. Hat er heute Morgen sein Frühstück bekommen?«

»Aber ja«, sagt die Schwester. »Wir haben ihm das Frühstück gebracht, aber er wollte nichts essen.«

Ich schaue Cade an. Er ist so dünn, wirkt so verloren. »Was haben Sie ihm denn gegeben?«

»Moment«, sagt die Schwester. Sie wirkt ein bisschen gereizt. Im Hintergrund höre ich Papier rascheln. »Haferflocken und Trockenpflaumen. Mit Milch.«

»Er kann Haferflocken nicht ausstehen«, sage ich.

»Das ist das, was Patienten mit gebrochenen Rippen für gewöhnlich bekommen«, sagt die Schwester. »Das sorgt für weichen Stuhlgang. Es gilt zu vermeiden ...«

»Bitte bringen Sie ihm Rührei und Toastbrot«, sage ich. »Mit Tabascosoße. Er liebt Tabascosoße.«

»Ich werde sehen, was ich tun kann«, antwortet die Schwester.

Eine halbe Stunde später kommt eine junge Frau aus der Cafeteria mit einem Tablett herein. Lächelnd stellt sie es auf Cades Nachttisch ab.

»Danke«, sage ich, als sie sich zum Gehen wendet.

Ich ziehe meinen Pullover aus, lege ihn auf dem Stuhl am Fenster ab und nehme die metallene Haube vom Tablett. Rührei mit Toastbrot und daneben eine kleine Flasche Tabascosoße. Ich träufle ein paar Tropfen der Soße auf das Rührei und wickle die Gabel aus der Serviette.

»Hier«, sage ich und biete ihm eine Gabel voll an.

Er schaut weiterhin ins Leere, aber ich lasse mich nicht

beirren. Ich führe die Gabel an seinen Mund, und wie durch Magie öffnen sich seine Lippen. Er schluckt den Happen, und wie ein kleines Kind schaut er mich an in der Hoffnung auf mehr. Ich füttere ihm abwechselnd Ei und kleine Stücke Toastbrot, während er mich unverwandt ansieht.

»Wir sorgen dafür, dass du wieder gesund wirst«, sage ich. »Aber du musst essen. Du bist ja nur noch Haut und Knochen.« Ich lächle. »Du warst schon immer dünn, aber früher hattest du immerhin einen kleinen Bauch. Erinnerst du dich? Ich habe dich immer damit aufgezogen.«

Jedes Mal, wenn die Gabel sich nähert, öffnet er lautlos den Mund. Die Erinnerungen kommen unaufhaltsam. Wir beide auf dem Dach über meiner Wohnung mit einer Flasche Wein. Ich mit einem Tablett voller Häppchen auf einer Release-Party, die er bei sich zu Hause für eine neue Indie-Band organisiert hat. Wir beide Hand in Hand bei einem Bummel über den Pike Place Market.

»Du mochtest alles gern scharf gewürzt«, sage ich. »Wenn dir etwas, das ich gekocht habe, nicht geschmeckt hat, brauchte ich nur ein bisschen Chili oder reichlich Tabascoßoße zuzugeben, und du warst begeistert.« Ich lächle, als Cade den letzten Rest Rührei isst. »Das war mein kleines Geheimnis.«

Ich halte ihm ein Glas mit Wasser an die Lippen, und er trinkt einen Schluck, den Blick immer noch auf mich geheftet, als versuchte er mit aller Macht, sich an mich zu erinnern. Ein Teil von ihm kennt mich, das merke ich ihm an. Ich frage mich, wie es sich anfühlt, in einem solchen Zustand gefangen zu sein. Ich weiß noch, wie ich einmal aufgewacht bin und noch ganz in einem Traum gefangen war. Ich war am Abend zuvor auf einer Immobilienkonferenz gewesen und hatte zu viel Wein getrunken. Als ich aufgewacht bin, habe ich mich umgesehen und wusste zuerst überhaupt nicht, wo ich war. Es war, als hätte mein Verstand sich vorübergehend abgemeldet oder hätte zumindest Probleme, in Gang zu kommen. Immer dieselben Fragen gingen mir durch den Kopf. *Wer bin ich? Wo bin ich? Was mache ich hier? Wie bin ich hierher gekommen?* Doch dann schaltete mein Verstand sich ein, und meine Welt kam wieder in Ordnung.

Würde Cades Welt auch wieder in Ordnung kommen? Als ich das Tablett auf die Fensterbank stelle, öffnet sich die Tür, und Dr. Branson kommt herein. »Guten Morgen«, sagt sie, überprüft den Infusionsschlauch und legt Cade die Manschette des Blutdruckmessgeräts an.

Nachdem sie ein paar Daten in ein Krankenblatt eingetragen hat, wendet sie sich an mich. »Meine Kollegen und ich sind der Meinung, dass Ihr Freund ein idealer Kandidat für das Programm wäre, von dem ich Ihnen gestern erzählt habe. Leider ist aber im Moment kein Platz frei.«

»O nein«, sage ich enttäuscht.

»Aber ich habe eine Idee«, fährt sie fort. »Es gibt ein Apartment im dritten Stock, das noch nicht fertig ist, aber vielleicht können wir es für Cade bezugsfertig machen lassen.«

»Das wäre großartig«, sage ich.

»Sein eigenes Leben zu führen wäre ein großer Schritt für ihn«, sagt die Ärztin. »Natürlich unter medizinischer Aufsicht. Wir glauben, dass man Patienten mit Schädel-Hirn-Trauma so am ehesten helfen kann, sich wieder im täglichen Leben zurechtzufinden.«

Sie reicht mir einen Stapel Papiere. »Es wird mindestens zwei Wochen dauern, bis wir ihn aufnehmen können, also braucht er eine vorübergehende Bleibe.«

Das Herz schlägt mir bis zum Hals. »Vorübergehende Bleibe?«

»Ja«, sagt sie. »Sie können ihm doch bestimmt für den Übergang helfen.«

Ich nicke und denke an Ryan, an meine Schwiegereltern. »Ja, ja, natürlich.«

»Das Programm wird zwar staatlich gefördert, aber es sind nicht alle Kosten gedeckt. Da Ihr Freund nicht versichert ist, werden Sie den restlichen Teil der Kosten übernehmen müssen.« Sie gibt mir noch mehr Formulare. »Das wären etwa fünftausend Dollar.«

Ich nicke ernst. Ryan und ich können uns das leisten. Wir haben erst kürzlich unsere Finanzen in einen Topf geworfen, und obwohl wir reichlich Ersparnisse haben und diese Summe nur Peanuts für uns wären, ist mir nicht ganz wohl bei dem Gedanken. Wie soll ich das bezahlen, ohne es mit Ryan abzusprechen? Das wäre zweifellos ein Vertrauensmissbrauch.

»Ich möchte Sie nicht unter Druck setzen, aber der Scheck mit dieser Summe muss noch heute eingereicht werden, um ihm den Platz zu sichern.«

Ich nicke und greife nach meiner Handtasche. »Kein Problem«, sage ich. »Ich erledige das.«

Ich reiche ihr den Scheck, den sie einer Schwester in die Hand drückt, die in dem Moment ins Zimmer kommt. »Gail, bringen Sie den bitte in mein Büro und machen Sie die Aufnahmepapiere für Mr. McAllister fertig.«

Wir schauen Cade an, der mit geschlossenen Augen daliegt.

»Kann ich Sie noch kurz auf dem Flur sprechen?«, flüstert Dr. Branson.

Ich nicke und folge ihr aus dem Zimmer.

Nachdem sie die Tür geschlossen hat, öffnet sie eine Aktenmappe und entnimmt ihr einen zusammengehefteten Stapel Unterlagen. »Meine Sekretärin hat ein paar Informationen eingeholt, und wie ich vermutet habe, gab es mal einen unbekannten Patienten, auf den die Beschreibung Ihres Freundes passt. Er wurde am 4. August 1998 eingeliefert. Aus der Akte geht hervor, dass er von einem Krankenwagen hergebracht wurde. Er war bewusstlos und hatte eine schwere Kopfverletzung und in der Folge ein Gehirnödem. Der Mann hatte keine Papiere bei sich. Er hat zwei Wochen im Koma gelegen und wurde dann entlassen. Hier ist ein Bericht des behandelnden Arztes. Ich will ihn kurz lesen.« Sie überfliegt das Schreiben, dann hebt sie die Brauen. »Interessant.«

»Was steht da?«

»Jemand hat ihn abgemeldet.«

Ich schüttle den Kopf. »Das verstehe ich nicht.«

Dr. Branson nickt. »Hier steht, dass der Arzt versucht hat, die Person dazu zu überreden, ihn wegen des Verdachts auf Schädel-Hirn-Trauma hier zu lassen, damit er behandelt werden konnte. Aber das ist offenbar nicht passiert. Am nächsten Tag hat Cade das Krankenhaus verlassen.«

»Verlassen?«

»Hier steht nur, er wurde entlassen.«

»Aber wie ist das möglich?«

»Wir können keinen Patienten gegen seinen Willen hierbehalten«, fährt sie fort. »Ob Cade dazu gedrängt oder auf eigenen Wunsch entlassen wurde, werden wir wohl nie erfahren.«

Den Rest des Vormittags schaue ich zu, wie Cades Brustkorb sich hebt und senkt, und wünsche, ich könnte in seinen Kopf kriechen, nur für einen winzigen Moment, um herauszufinden, was er fühlt, woran er sich erinnert, was ihm in jener Augustnacht vor so vielen Jahren zugestoßen ist. Denn irgendetwas ist ihm zugestoßen.

Hat James ihn aus dem Krankenhaus geholt? Und wenn ja, warum hat er mir dann nichts davon gesagt? Ich nehme mein Handy, gehe auf den Flur und wähle seine Nummer. Wieder meldet sich der Schnösel vom Empfang. Arbeitet der sieben Tage die Woche oder was?

»Hallo, ich möchte James Keatley sprechen«, sage ich. »Es ist dringend.«

»Mit wem spreche ich?«

»Kailey Crain.«

»Ah ja. Tut mir leid, Mr. Keatley ist unabkömmlich.«

»Unabkömmlich.«

»Ganz recht.«

Ich seufze. »Das scheint ja ein Dauerzustand zu sein. Sobald Sie ihn sehen, richten Sie ihm bitte aus, er möchte mich anrufen.« Ich gebe dem Mann meine Nummer, er murmelt irgendetwas und legt auf.

Ich stecke mein Handy wieder ein, gehe ins Zimmer zurück und schaue Cade an. Mir bleibt fast das Herz stehen, als ich sehe, wie ihm eine Träne über die rechte Wange läuft.

»Cade, hast du Schmerzen?«

Er starrt ins Leere, sein Kinn zittert kaum merklich. Ich würde ihn so gern trösten. Ich wünschte, ich könnte mit dem Finger schnippen und alles wiedergutmachen. Aber ich kann nicht mehr tun, als bei ihm zu sein. Ich fühle mich zu ihm hingezogen, genau wie früher, und ohne nachzudenken, lege ich mich neben ihn. Ich drücke den Bauch an seinen Rücken und lege ihm zärtlich einen Arm um den Oberkörper. Ich kann sein Herz schlagen hören. Seine Augenlider flattern, dann fallen sie zu, ebenso wie meine.

»Verzeihung?«, sagt eine Frauenstimme aus weiter Ferne. *Wer? Was?* Ich öffne die Augen. *Wo bin ich?* Eine Sekunde später sehe ich ein Gesicht, das sich über mich beugt. Eine Krankenschwester. Ich bin in einem Krankenzimmer. Ich setze mich auf und sehe mich um. Cade schläft.

»Tut mir leid«, sage ich. »Ich muss eingedöst sein.« Ich reibe mir die Augen. »Wie spät ist es?«

»Kurz vor sieben«, sagt die Schwester.

»O nein!«, stoße ich entsetzt hervor. Ich hatte Ryan per SMS mitgeteilt, dass ich um sechs zu Hause sein würde. Als ich aufspringe und meine Handtasche schnappe, sehe ich mein zerzaustes Haar im Spiegel.

»Ich muss los«, sage ich zu der Schwester. »Ich will ihn nicht wecken. Morgen früh komme ich wieder.«

Die Schwester, es ist dieselbe, die im Aufzug so freundlich zu mir war, überprüft sämtliche Geräte, an die Cade angeschlossen ist. »Keine Sorge«, sagt sie. »Wir passen gut auf ihn auf.«

»Danke«, sage ich mit einem letzten Blick auf Cade, der zusammengekrümmt dort in dem Krankenhausbett liegt. Es widerstrebt mir, ihn allein zu lassen, aber ich muss gehen.

»Hi«, sagt Ryan, als ich die Wohnung betrete. Er sitzt im Wohnzimmer auf dem Sofa, den Laptop auf dem Schoß.

»Hi«, sage ich und stelle meine Handtasche neben der Wohnungstür ab. »Wann kommen deine Eltern noch mal?«

»Der Flug hat Verspätung«, antwortet er. »Sie werden nicht vor elf hier sein.«

»O nein«, sage ich.

»Ich bleibe auf, bis sie hier sind, aber du kannst ruhig schon schlafen gehen. Ich weiß, dass du einen anstrengenden Tag hattest.«

Ich nicke, dankbar für die Möglichkeit, nach oben zu verschwinden.

»Hey«, sagt er und legt seinen Laptop beiseite. »Vor einer Stunde hat jemand aus dem Harborview-Krankenhaus angerufen und eine Nachricht für dich hinterlassen. Irgendwas über ein Zentrum für Patienten mit Schädel-Hirn-Trauma.«

Plötzlich sind meine Handflächen ganz feucht. *Warum rufen die bei mir zu Hause an?* Dann fällt mir ein, dass unsere Telefonnummer oben auf unseren Schecks steht. »Hm«, mache ich, während ich krampfhaft überlege, was ich sagen soll.

»Ich habe die Nummer notiert«, sagt er und zeigt auf einen Zettel auf dem Sofatisch. »Ich nehme an, es geht um irgendeinen Artikel für den *Herald*. Es sei denn, du hast ein Schädel-Hirn-Trauma, von dem du mir nichts erzählt hast«, fügt er grinsend hinzu.

»Ja«, sage ich. »Also, ich meine, nein, ich habe kein Schädel-Hirn-Trauma.« Ich lache nervös.

»Komm her«, sagt er.

Ich setze mich neben ihn, schmiege mich an ihn und genieße es, dass er mir durchs Haar streicht.

»Ich habe eben erfahren, dass ich nächste Woche wieder für einige Tage nach Portland muss«, sagt er. »Wir sind mit unseren Plänen für das Pioneer-Square-Projekt an einem entscheidenden Punkt angelangt, und die Einzelheiten sind zu heikel, um sie am Telefon zu klären.« Er drückt meine Hand. »Es ist eine kurze Woche, wegen Thanksgiving. Vielleicht hast du Lust, mich zu begleiten. Ich weiß ja, dass du lieber an den Strand fährst, aber wir könnten am Fluss spazieren gehen. Du könntest an deiner Artikelserie arbeiten, während ich mich um das Projekt kümmere. Ein kleiner Tapetenwechsel würde dir bestimmt guttun.«

Ich bin hin- und hergerissen. Wie gern würde ich mitfahren, aber es geht nicht. Cade braucht mich. Zumindest, bis er in dem Apartment untergebracht ist.

»Das wäre großartig, aber nächste Woche kann ich leider nicht«, sage ich.

Ryan lässt meine Hand los und steht abrupt auf. »Verstehe«, sagt er in einem Ton, der mir klarmacht, dass er es ganz und gar nicht versteht. Er geht zur Wohnungstür.

»Ryan, es tut mir leid, ich …«

»Ich hab's kapiert«, sagt er und schnappt sich die Hundeleine. »Ich gehe ein bisschen mit Eddie raus. Bin gleich wieder zurück.« Unsere Blicke begegnen sich. Er sieht mir meine Bestürzung an. »Schon in Ordnung«, sagt er und macht den Reißverschluss seiner Jacke zu.

Aber ich weiß, dass es nicht in Ordnung ist. Überhaupt nichts ist in Ordnung.

Am nächsten Morgen wache ich vor Ryan auf, ziehe mich leise an. Ganz leise, ohne Ryans Eltern zu stören, mache ich mich auf den Weg, nicht einmal Eddie bekommt es mit, als ich die Wohnung verlasse.

Ich parke vor dem Krankenhaus und fahre in den fünften Stock hoch. Mit klopfendem Herzen öffne ich die Tür zu Cades Zimmer, aber als ich eintrete, stoße ich beinahe mit einem Mann zusammen, der eine Vase mit weißen Nelken und einen Luftballon mit der Aufschrift *Gute Besserung* in Händen hält.

»Oh, Verzeihung«, stammle ich. »Ich muss mich im Zimmer geirrt haben. Ich suche Zimmer 502.«

»Das hier ist Zimmer 502«, sagt der Mann. »Meine Frau wurde nach ihrer OP hierher verlegt.«

»Ihre Frau?« Ich blicke an dem Mann vorbei und sehe

eine Frau mittleren Alters mit kurzem, dunklen Haar in dem Bett, in dem gestern noch Cade gelegen hat. Sie hält die Fernbedienung in der Hand und blickt frustriert auf den Fernsehbildschirm.

»Bill, wie funktioniert dieses Ding? Kannst du mal eine Schwester rufen?«

»Verzeihung«, sage ich noch einmal, mache kehrt und eile zum Schwesternzimmer. Vielleicht haben sie ihn verlegt. Vielleicht liegt er auf einer anderen Station.

»Guten Morgen«, sage ich. »Ich suche Cade McAllister. Er war gestern noch in Zimmer 502.«

»Ah, ja«, sagt eine junge Schwester. Sie wendet sich einer älteren Schwester zu, die ich noch nicht zuvor gesehen habe.

»Ach so«, sagt die ältere Frau. »Ihr Freund ist gegangen.«

Ich schüttle den Kopf. »Was meinen Sie damit, er ist gegangen?«

Sie zuckt die Schultern. »Irgendwann im Lauf der Nacht hat er sich rausgeschlichen«, sagt sie. »Als die Schwester von der Nachtschicht ihm sein Schmerzmittel verabreichen wollte, war er weg.«

»Wie konnten Sie ihn einfach gehen lassen?«, rufe ich aus. »Er hat ein Schädel-Hirn-Trauma. Er weiß doch gar nicht, was er tut. Er weiß ja nicht mal, wer er ist.«

»Ma'am«, sagt die ältere Schwester. »Wir sind ein Krankenhaus, kein Gefängnis. Wir können niemanden zwingen zu bleiben. Wenn jemand gehen möchte, dann darf er das.«

Ich seufze. »Können Sie sich vorstellen, wo er hingegangen sein könnte?«

Sie hebt die Schultern. »Vielleicht zurück auf die Straße«, sagt sie und wendet sich wieder dem Papierkram zu, mit dem sie beschäftigt war. »Am Ende landen sie doch alle wieder dort.«

Sie fügt noch etwas hinzu, aber das höre ich nicht mehr, weil ich schon auf dem Weg zum Aufzug bin.

Den ganzen Tag suche ich nach Cade. Ich laufe stundenlang durch die Gegend um das Westlake Center und suche jede Straße, jede Gasse ab. Dann nehme ich mir das Viertel Pioneer Square vor, klappere Obdachlosentreffs und Heime ab, die Suppenküchen, aber vergebens. Um drei Uhr fahre ich erschöpft in die Redaktion und lasse mich kraftlos auf meinen Schreibtischstuhl fallen. Als Jan an meiner Tür vorbeikommt, steckt sie den Kopf herein. »Hallo, wieder da?«

»Tut mir leid, dass ich mich so rar gemacht hab«, sage ich. Dann schlage ich mir von Gefühlen überwältigt die Hände vors Gesicht.

»Du Ärmste, es ist wirklich schlimm, was du im Moment durchmachst«, sagt Jan und setzt sich auf meinen Besucherstuhl. »Hast du noch mal überlegt, ob du darüber schreiben solltest?«

Ich schüttle den Kopf. »Es ist zu persönlich, Jan.«

»Stimmt, es ist sehr persönlich, aber gerade das macht es zu einer überzeugenden Geschichte.«

»Ach, Jan, ich weiß einfach nicht, was ich tun soll.« Nachdem ich mich Ryan gegenüber die ganze Zeit so beherrscht habe, tut es gut, die Gefühle rauszulassen.

»Bald ist Thanksgiving«, sagt Jan. »Schreib den letzten Teil der Serie über Pioneer Square aus Cades Perspektive. Die Leser sollen das Viertel mit Cades Augen sehen.«

»Ich weiß nicht, ob ich das kann«, sage ich.

»Du kannst das«, entgegnet sie.

Ich erzähle ihr von Cades Krankenhausaufenthalt und dass er von dort verschwunden ist.

»Du findest ihn bestimmt«, sagt sie. »Du hast ihn doch nicht nach zehn Jahren wiedergefunden, nur um ihn schon wieder zu verlieren. So ungerecht ist das Schicksal auch wieder nicht.«

Ich lächle verzagt.

»Am Ende wird alles gut«, sagt sie und schaut mir tief in die Augen. »Jetzt sieh zu, dass du ihn findest, und dann schreib etwas, worauf ihr beide stolz sein könnt.«

Ihre Worte sind zugleich tröstlich und beunruhigend.

»Tut mir leid, dass ich so spät bin«, sage ich zu Ryan, gebe ihm einen Kuss auf die Wange und setze mich im Earl's an den Tisch, den Ryan reserviert hat. Bennett und Melinda, Ryans Eltern, schauen mich an, und sofort verkrampft sich mein Magen, wie in Dienstbesprechungen, wenn ich das Wort ergreifen muss. Es ist zehn nach sieben. Ich bin zwar rechtzeitig in der Redaktion aufgebrochen, aber unterwegs in einen Stau geraten. Ich sehe mich im Restaurant um, das mit gut gekleideten Stammgästen gefüllt ist. Als ich vor Wochen vom bevorstehenden Besuch von Ryans Eltern erfuhr, hatte ich mir eigentlich vorgenommen, an unserem ersten Abend das neue blaue Kleid anzuziehen, das ich mir vor Kurzem bei Nordstrom gekauft habe, und mir das Haar hochzustecken und mich zu schminken. Aber heute war ich nur mit Cade beschäftigt, und jetzt stehe ich hier in Jeans und einer zerknitterten Bluse. Seufzend bemühe ich mich, mein regennasses Haar ein bisschen zu glätten.

»Hallo, meine Liebe«, sagt Melinda und wirft mir einen Luftkuss zu. Sie ist wie immer wie aus dem Ei gepellt in ihrem beigefarbenen Kaschmirjäckchen und dem engen schwarzen Rock und dem perfekt frisierten Haar.

Bennett lächelt mich an. »Schön, dich zu sehen, Kailey.«

»Tut mir leid, dass ich so zerzaust bin«, sage ich. »Ich komme direkt von der Arbeit.«

»Hast du viel zu tun?«

»Ja.«

Ryan lächelt stolz. »Kailey ist Chefreporterin bei einer gewichtigen Artikelserie für den *Herald*. Sie hat ein paar sehr gute Ideen, wie man den Obdachlosen helfen kann, die durch diverse Bauprojekte in der Stadt in Bedrängnis geraten.«

»Im Zuge meiner Recherchen komme ich in Gegenden, wo ich vorher noch nie war«, sage ich. Ich würde gern weiter ins Detail gehen, aber ich traue mich nicht.

»Das klingt großartig, meine Liebe«, sagt Melinda mit künstlicher Begeisterung. Offensichtlich steht ihr mehr der Sinn nach Small Talk.

»Wie lange bleibt ihr?«, frage ich meine Schwiegereltern und bin in Gedanken bei Cade.

»Nur bis übermorgen, dann fliegen wir wieder zurück nach Atlanta«, sagt Bennett. »Melinda gibt am Wochenende zusammen mit einer alten Freundin einen großen Wohltätigkeitsball.«

»Der Erlös geht in die Forschung zur Zerebralparese«, sagt Melinda.

Eine Frau mit so viel Erfahrung im Organisieren von Benefizveranstaltungen könnte eine Menge für die Obdachlosen in Seattle tun, geht es mir durch den Kopf. Vielleicht haben wir beide ja mehr gemeinsam, als ich zugeben möchte.

»Das ist wunderbar, Mom«, sagt Ryan.

Melinda lächelt ihren Sohn an. »Das ist meine Berufung.«

»Und wie sieht's mit eurem Joint Venture für Pioneer Square aus? Steht die Finanzierung?«, will Bennett von Ryan wissen. Und auf einmal sind Vater und Sohn in ein Gespräch darüber vertieft, wie ihre jeweiligen Geschäftsfelder sich in der Rezession behaupten.

»Du siehst müde aus«, sagt Melinda zu mir. »Du arbeitest zu viel.«

Ich lächle gequält. »Ich versuche, den Menschen mit meinen Artikeln zu helfen. Aber manchmal habe ich das Gefühl, dass niemand mir zuhört.«

»Hm«, macht Melinda. »Vielleicht solltest du in Erwägung ziehen, dich nach eurer Hochzeit ehrenamtlich zu engagieren. Ryan verdient doch genug für euch beide. So könntest du den Menschen viel direkter helfen.«

Der Kellner bringt mir ein Weinglas und füllt es aus einer Flasche mit teurem französischen Rotwein, die bereits auf dem Tisch steht.

»Mir macht meine Arbeit sehr viel Freude«, sage ich, nachdem ich einen Schluck getrunken habe.

»Aber wie sieht es denn mit Familie aus?«, insistiert Melinda. »Du wirst doch sicher nicht länger arbeiten wollen, wenn erst mal ein Kind da ist.«

Meine Wangen glühen. »Ich kann mir gar nicht vorstellen, nicht zu arbeiten. Das gehört zu mir.«

Melinda strafft sich und verschränkt anmutig die Hände im Schoß. »Du wirst sehen, wie erfüllend es ist, Hausfrau und Mutter zu sein, da bin ich mir ganz sicher.«

»Tja«, sage ich und setze ein liebreizendes Lächeln auf, während ich Ryan Hilfe suchend anschaue, der jedoch immer noch mit seinem Vater ins Gespräch vertieft ist. »Wir werden ja sehen.«

Bennett muss Wein nachbestellt haben, denn der Kellner

bringt eine neue Flasche. Er scheint noch neu zu sein, denn er hat Mühe, die Flasche elegant zu entkorken. Er lächelt nervös. »Verflixt«, sagt er. »Ich fürchte, der Korken ist gebrochen.«

Ich schaue genauer hin und sehe, dass der Korken nicht gebrochen ist, sondern dass der Korkenzieher nicht greift. Der arme Mann tut mir leid. Meine Schwiegereltern sind nette Leute, aber sie sind übertrieben schnell unzufrieden, wenn irgendetwas nicht nach Plan läuft.

»Das ist ein sehr teurer Wein«, sagt Bennett mit vor der Brust verschränkten Armen. »Ich möchte keinen Kork in meinem Glas haben.«

»Moment«, sage ich und eile dem Kellner zu Hilfe. »Haben Sie einen Zahnstocher?«

Alle starren mich an, außer dem Kellner, der vielleicht mein neuer bester Freund ist.

»Hier«, sagt er und präsentiert einen Zahnstocher.

Ich stehe auf, stecke den Zahnstocher vorsichtig in den Korken und ziehe den Korkenzieher behutsam hoch. Es wirkt wie Zauberei, als der Korken mit einem leisen Plopp herauskommt.

»So«, sage ich mit einem stolzen Lächeln. Der Kellner atmet hörbar aus. Ryan strahlt übers ganze Gesicht.

»Wer hat dir das denn beigebracht?«, fragt er.

Ich schlucke. »Ein alter Freund«, sage ich.

Bevor ich mich wieder setze, fülle ich Bennetts Weinglas.

»Nicht das kleinste Stückchen Korken«, bemerkt er zufrieden. »Die Frau solltest du heiraten, mein Sohn.« Er zwinkert Ryan zu.

»Genau das habe ich vor, Dad«, sagt Ryan grinsend.

»Wohin geht eigentlich eure Hochzeitsreise, Ryan?«, fragt Melinda.

Ryan wischt sich den Mund mit seiner Serviette ab und

legt sie zurück auf seinen Schoß. »Wir waren in letzter Zeit beide beruflich so eingespannt und so damit beschäftigt, uns in unserem neuen Haus einzurichten, dass wir noch keine Zeit gefunden haben, darüber zu reden.« Er lächelt mich an. »Hast du schon ein bestimmtes Reiseziel vor Augen, Kailey?«

»Ich hätte so eine Idee«, sage ich.

»Und zwar?«

»Big Sur.«

Melinda verzieht das Gesicht. »Big Sur?«

»Ja«, sage ich. »Da ist es schön.«

Ryan wirkt verwundert. »Komisch, ich wusste gar nicht, dass du schon mal dort warst. Wann war das denn?«

»In einem anderen Leben«, sage ich mit einem gezwungenen Lächeln.

Melinda schaut Bennett an, dann schüttelt sie den Kopf. »In unserer Jugend war das ein Hippie-Mekka.«

»Der Strand ist einzigartig«, sage ich.

»Warum nicht Paris?«, fragt Melinda. »Oder Venedig? Bennett und ich *lieben* Venedig.«

»Mom«, sagt Ryan. Er versteht meine Körpersprache. »Unsere Hochzeitsreise wird bestimmt fantastisch, macht euch da mal keine Sorgen.«

»Ja, natürlich«, sagt sie. »Aber Big Sur ist einfach so ... gewöhnlich.«

»Da haben sich meine Eltern kennengelernt«, sage ich verträumt.

»Ach so«, sagt Melinda. »Ich wollte nicht ...«

»Schon gut«, sage ich hastig. »Für mich hat der Ort einfach eine besondere Bedeutung, das ist alles.«

Das Essen wird serviert, und das weitere Gespräch plätschert dahin bei Pekingente und in Pergamentpapier gegartem Heilbutt.

Nachdem Bennett die Rechnung beglichen hat, gehen er und Ryan zur Toilette, und Melinda und ich warten solange an der Tür.

»Es tut gut, Ryan so glücklich zu erleben«, sagt Melinda und schaut mir tief in die Augen. Mir wird klar, dass ihre Bemerkung keine Feststellung, sondern eine Warnung an mich ist. *Mein Sohn ist glücklich. Vermassle es nicht. Tu ihm nicht weh.*

Ehe ich etwas entgegnen kann, sind Bennett und Ryan zurück. Ryan legt mir einen Arm um die Taille, als wir nach draußen gehen. »Ich stehe zwei Straßen weiter«, sage ich, als Bennett dem Mann vom Parkservice den Abholschein von Ryans Wagen gibt. »Ich hätte meinen Wagen auch auf dem Parkplatz abstellen sollen.« Ich werfe einen Blick auf das Restaurant auf der anderen Straßenseite, wo ich Cade zum ersten Mal begegnet bin, und mein Herz macht einen Satz.

»Ich begleite dich zu deinem Auto«, sagt Ryan und nimmt meine Hand. Als wir ein paar Schritte gegangen sind, hören wir Melinda schreien.

»Bennett«, kreischt sie. »Dieser Mann belästigt mich!«

Ryans Vater, der gerade mit einem jungen Mann am Tresen des Parkhäuschens spricht, dreht sich nach seiner Frau um. Als Melinda einen Schritt zurückweicht, spüre ich, wie mir das Blut in den Kopf steigt. Es ist Cade. Er trägt immer noch sein Krankenhaushemd und darüber seine Armeejacke. Er wirkt verwirrt und verwahrloster denn je.

»Er tut dir nichts«, sage ich und eile zu Melinda.

»Na ja«, sagt sie angewidert, »man kann ja heutzutage kaum noch erwarten, nicht angebettelt zu werden, wenn man aus einem Restaurant kommt.«

Ich schüttle den Kopf. »Ich bin mir sicher, dass er nicht gebettelt hat«, sage ich, ohne nachzudenken.

»Er wollte Geld von mir«, sagt Melinda aufgebracht.

»Der Mann spricht nicht«, entgegne ich.

»Willst du etwa behaupten, dass ich … lüge?«

»Nein«, sage ich und schaue Cade forschend in die Augen.

»Also«, sagt Melinda schließlich, »es war auch nicht so sehr, was er gesagt hat, sondern wie er mich *angesehen* hat.« Sie fasst sich mit dem Handrücken an die Stirn, wie um klarzustellen, dass sie jeden Augenblick in Ohnmacht fallen könnte. »Er hat mir Angst eingejagt.«

»Alles in Ordnung?«, frage ich Cade und vergesse alles um mich herum.

Unsere Blicke begegnen sich, und er ergreift meinen Arm. Ich lasse es zu.

Melinda atmet hörbar ein. »*Kennst* du diesen Mann etwa?«

Meine Schwiegereltern starren mich entgeistert an und warten auf eine Antwort. Ich stehe mitten im Rampenlicht, der Vorhang ist gerade aufgegangen.

»Ich, äh, ich …«, stammle ich und suche nach den richtigen Worten. Mir wird ganz heiß, als ich Ryans Blick auf mir spüre. Ich bin total verwirrt. Zwei Welten prallen gerade vor meinen Augen aufeinander. Ich könnte lügen und behaupten, ich hätte Cade für einen Artikel interviewt. Ich blinzle, reiße meinen Blick von Cade los und befreie meinen Arm aus seinem Griff. Wenn es möglich ist, sich selbst das Herz zu brechen, dann breche ich mir das meine in dem Augenblick. »Nein«, sage ich, »ich kenne den Mann nicht.«

Cades Augen spiegeln den Schmerz, den ich empfinde, als Ryan meine Hand nimmt. »Hier, nehmen Sie«, sagt er zu Cade und drückt ihm ein paar Scheine in die Hand. Ich starre auf meine Füße. »Mom, Dad, ihr beide nehmt meinen Wagen. Ich fahre mit Kailey nach Hause.«

Ryan nimmt meine Autoschlüssel. Ich bin froh darüber, denn ich bin viel zu aufgewühlt, um zu fahren. Ich möchte nichts lieber tun, als zu Cade zu laufen und ihn vor einer weiteren Nacht da draußen in der Kälte zu bewahren. Aber wie soll ich das machen? Ihn mit zu uns nach Hause nehmen und ihn den Blicken von Melinda und Bennett aussetzen? Ryan alles erzählen? Und dann?

In meinem Innern krampft sich alles zusammen, und mit jedem Block, den wir passieren, wird es schlimmer. Ich fühle mich, als hätte ich meinen wertvollsten Besitz auf den Straßen von Seattle zurückgelassen, in der Hoffnung, ihn morgen heil und unversehrt wiederzufinden.

»Willst du darüber reden?«, fragt Ryan nach langem Schweigen.

Ich schüttle den Kopf.

»Wann öffnest du dich endlich, Kailey? Du weißt, dass es nichts gibt, was dazu führen könnte, dass ich dich weniger liebe. Nichts.«

Ich nicke, schaue aus dem Fenster und blinzle meine Tränen fort, während die Stadt an uns vorbeifliegt.

Vierzehn

18. Februar 1997

Alles Gute zum Geburtstag!«, sagt Cade und streckt den Kopf in meine Arbeitskabine beim *Herald*. Ich blicke von meinem Computerbildschirm auf und sehe ihn da stehen, einen Riesenstrauß Rosen in der Hand. Er trägt ein graues Kapuzensweatshirt, Jeans und schwarze Chucks. Sein Haar ist ein bisschen zerzaust.

»Du hast daran gedacht?«, sage ich, springe auf und gebe ihm einen Kuss.

»Na klar hab ich daran gedacht«, sagt er grinsend. »Und jetzt fährst du am besten ganz schnell nach Hause und packst deinen Koffer, weil wir nämlich um halb vier einen Flieger kriegen müssen.«

Ich schüttle den Kopf. »Was soll das heißen?«

Sein Lächeln ist ansteckend. »Wir fliegen nach Big Sur.«

»Big Sur?«

»Ja, Ma'am«, sagt er. »Ich finde, jeder sollte mal an dem Ort gewesen sein, an dem seine Eltern sich kennengelernt haben. Und keine Sorge, ich habe mit deiner Chefin gesprochen. Du hast die nächsten Tage offiziell frei.«

Ich beiße mir auf die Lippe. Mein Gott! *Big Sur!* »Aber

hast du denn überhaupt so viel Zeit? Kannst du so lange aus der Firma weg?«

»Für dich, ja«, sagt er lächelnd. »Für ein paar Tage kommt James ohne mich klar.«

Ich muss daran denken, wie die beiden sich letzte Woche gestritten haben, es ging um den Kauf eines Aufnahmestudios, doch ich sage lieber nichts. Wenn es für ihn in Ordnung ist, diese Reise zu machen, sollte ich mir nicht seinen Kopf zerbrechen. Ich bin glücklich und aufgeregt und gerührt zugleich. Wir sind jetzt seit acht Monaten zusammen, und nachdem Tracy und Mark vor einem Monat nach New York gefahren sind, träume ich davon, mit Cade eine Reise zu machen, und wenn es nur ein Ausflug auf die San-Juan-Inseln vor der Küste von Washington State wäre.

»Die Überraschung ist dir also gelungen«, sagt Jan, die mit einem zufriedenen Lächeln in der Tür auftaucht, zu Cade.

Ich nicke. »Danke«, sage ich zu ihr und schnappe mir meine Jacke und meine Handtasche. »Wir fliegen nach Big Sur!«

»Ich erwarte, dass du eine Reportage darüber schreibst!«, sagt Jan halb im Scherz.

Ich strahle sie nur an.

»Alles Gute zum Geburtstag, Kailey.«

In San Francisco mietet Cade ein Cabrio, und wir fahren mit offenem Verdeck den Highway 1 hinunter, vorbei an Monterey und Carmel, kühlen Wind in den Haaren, ein Lächeln im Gesicht. Aus den Lautsprechern dröhnt laute Musik. Die Straße ist schmal und windet sich in so engen Kurven an der Steilküste entlang, dass ich mich unwillkürlich an meinem Sitz festklammere.

Die Landschaft ist atemberaubend, der Fahrtwind berauschend. Und dann dieser Geruch, eine aromatische Mischung aus dem Duft der Mammutbäume und salziger Meeresluft – kein Wunder, dass meine Eltern sich hier verliebt haben.

Ich schaue zu Cade hinüber, dessen Gesicht einen grünlichen Farbton angenommen hat. »Ist dir schlecht?«, frage ich mit einem flauen Gefühl im Magen.

Er nickt und biegt auf eine Aussichtsplattform ab, wo ein paar Touristen gerade für ein Foto posieren.

»Wow«, sagt Cade und holt tief Luft, »Achterbahnfahren ist nichts dagegen.«

Wir lachen ausgelassen. Dann nimmt er seine Kamera aus dem Kofferraum. »Stell dich mal dort ans Geländer«, sagt er, die Kamera vor den Augen. Ich lächle nervös, frage mich, was er sieht. »Sehr schön«, sagt er und lässt die Kamera klicken.

Ein Mann kommt lächelnd auf uns zu. »Soll ich ein Foto von Ihnen beiden machen?«

»Ja, bitte«, sagt Cade und reicht ihm die Kamera.

Es gibt ein paar Polaroids von uns, Schnappschüsse von Partys, aber dies ist das erste Mal, dass wir wirklich gemeinsam fotografiert werden.

Cade küsst mich auf die Wange, als die Kamera klickt, und ich stelle mir vor, wie wir uns das Foto ansehen, wenn wir alt sind. Ich frage mich, ob wir es unseren Kindern und Enkeln zeigen werden, ob wir je wieder an diesen Ort zurückkehren und uns an diesen Augenblick erinnern werden.

Wir steigen wieder ins Auto und fahren weiter. Nach einigen Kilometern biegt Cade auf eine Straße ab, die steil abwärts führt. Gleich darauf taucht vor uns ein Gebäude mit dem Schriftzug *Post Ranch Inn* auf. »Das schönste Hotel von Big Sur«, verkündet Cade.

Ich drücke seine Hand, als wir auf dem Vorplatz halten. Ein Mann begrüßt uns und lädt unser Gepäck aus. Wenige Minuten später werden wir mit einem Golfmobil zu einer modern wirkenden Hütte gefahren, die direkt am Rand der Klippe steht und rustikal, aber geschmackvoll eingerichtet ist. Besonders gefällt mir ein Gemälde von einer Küstenlandschaft.

Cade lässt sich aufs Bett fallen. »Weißt du, was ich in Hotels am liebsten mache?«

Ich lächle ihn neugierig an. »Was denn?«

Er grinst verschmitzt. »Früher bin ich viel für Element Records herumgereist, eigentlich war ich mehr unterwegs als zu Hause. Ich hab so viele Nächte in Hotels verbracht, dass ich mir irgendwann etwas ausgedacht habe, um mir die Zeit zu vertreiben.« Er zeigt auf das Bild an der Wand, das ich betrachtet habe. »Okay, dieses Bild da ist ziemlich klasse, aber Bilder in Hotelzimmern sind normalerweise der reine Kitsch.«

Ich nicke. »So wie in Wartezimmern.«

»Genau«, sagt er. »Deswegen habe ich angefangen, kleine Karteikarten und Heftzwecken auf meine Reisen mitzunehmen.« Er setzt sich auf und lacht. »In Restaurants oder Cafés hängen doch manchmal Bilder, die man kaufen kann, nicht wahr?«

»Ja«, sage ich.

»In den Hotels, in denen ich abgestiegen bin, habe ich das kitschigste Bild ausgesucht und eine Karte beschriftet. Ich habe dem Bild einen Titel gegeben, was weiß ich: *Brise in den Weiden – Eine Reminiszenz*, oder irgendeinen Quatsch, und darunter einen Preis notiert.«

Ich lache. »Warum das denn?«

»Na, ist doch klar, die nächsten Gäste, die das Zimmer kriegen, sind vielleicht Myrtle und Bob aus Orlando, Florida. Plötzlich sieht Myrtle, dass man das Bild, das da hängt, kaufen kann. ›Schau mal, Bob, ein echtes Gemälde! Und es kostet nur dreihundert Dollar. Das müssen wir unbedingt kaufen!‹ Und Bob, der Myrtle eine Freude machen will, ruft prompt bei der Rezeption an. ›Hallo‹, sagt er, ›hier spricht Bob Smith aus Zimmer 402. Ja, ich würde gern das Bild kaufen, das hier an der Wand hängt.‹ ›Sir, die Bilder in den Zimmern sind nicht zu verkaufen.‹«

Ich kann gar nicht mehr aufhören zu lachen und werfe mich neben Cade aufs Bett.

Cade ist noch nicht fertig. »›Doch, dieses Bild hier steht zum Verkauf.‹ Myrtle regt sich auf. ›Da hängt ein Preisschild dran. Meine Frau möchte es in unserem Wohnzimmer aufhängen.‹ ›Ich werde mit dem Manager reden, Sir.‹ ›Hören Sie, meine Frau hat sich in das Gemälde verliebt, und wir würden es wirklich gern kaufen.‹«

»Wie kommst du nur auf solche Ideen?«, sage ich, während mir vor Lachen die Tränen über die Wangen laufen.

Er rollt sich auf die Seite und stützt sich auf einen Ellbogen. Seine Augen funkeln, und ich spüre etwas in mir aufwallen, das ich mir nicht erklären kann.

»Lass uns bis ans Ende unseres Lebens zusammenbleiben«, sagt er und schiebt mir eine Strähne hinters Ohr.

Ich blinzle. »Habe ich dich richtig verstanden?«

Er schaut mir tief in die Augen. »Es ist das, was mein Herz möchte. Und deins?«

»Meins möchte dasselbe«, sage ich, während mir erneut die Tränen kommen.

Ich ziehe ein schwarzes Kleid mit Spaghettiträgern an, dazu Plateauschuhe. Das Haar habe ich mir zu einem Nackenknoten zusammengebunden. Ich schnappe mir eine Jacke, und dann gehen wir Hand in Hand den schmalen Pfad zum Restaurant hoch.

Vor uns hüpft ein kleines Mädchen in einem geblümten Kleid den Weg entlang und singt vor sich hin. Sie ist etwa vier oder fünf Jahre alt. »Grace!«, ruft ihr Vater.

Die Kleine lacht, als ihre Eltern sie einholen.

»Hab ich dich!«, sagt ihr Vater und hebt sie hoch. Grace kichert glücklich.

»Der Name Grace hat mir schon immer gefallen«, bemerkt Cade.

»Mir auch«, sage ich.

Er schaut dem kleinen Mädchen zu, das vor seinen Eltern her hüpft, dann schaut er mich an und nickt, als hätte er eine Entscheidung getroffen. »Grace.«

Als wir beim Restaurant ankommen, neigt sich die Sonne bereits dem Horizont zu. Die Aussicht ist spektakulär, und wir gehen auf die Terrasse, um noch eine Weile den Sonnenuntergang zu genießen, ehe wir uns an einen Tisch setzen.

»Gefällt es dir hier?«, fragt Cade, legt mir einen Arm um die Taille und zieht mich an sich.

»Es ist großartig«, sage ich, während ich zusehe, wie die Wellen tief unter uns an die Küste krachen.

»Lass uns heute Abend runter an den Strand gehen«, sagt er. »Nach dem Essen.«

»Gute Idee.«

»Ich kann verstehen, dass deine Eltern sich hier ineinander verliebt haben.«

Ich nicke und denke an ihre Liebesgeschichte. Ich habe sie tausend Mal von meiner Großmutter gehört. Mein Vater hat zu meiner Mutter gesagt, sie sei die schönste Frau, die er je gesehen hatte. Und für sie war er der schönste Mann auf der Welt. Sie waren ein Herz und eine Seele. Sie waren ... Seelenverwandte.

Erinnerungen kommen wie Wellen, eine nach der anderen, und sie kommen mit solcher Wucht, dass sie mich fast umhauen. Ich rieche das Sonnenöl aus der braunen Flasche auf meiner Haut. Meine Finger sind klebrig von gerösteten Marshmallows. Der Rittersporn im Garten meiner Großmutter leuchtet blau. Ich weiß nicht, woher diese Gedanken kommen. Doch dann wird mir bewusst, dass der Mann, der hinter mir steht, der Grund ist, warum diese unzusammenhängenden Bilder aus meiner Vergangenheit vor meinem geistigen Auge auftauchen. Mir wird bewusst, dass ich mit ihm überall auf der Welt zu Hause bin.

Fünfzehn

24. November 2008

Ryans Eltern haben uns zwar eingeladen, Thanksgiving mit ihnen in North Carolina zu verbringen, aber zum Glück lässt Ryans Terminkalender das nicht zu. In gewisser Weise war es gut, dass meine Schwiegereltern zu Besuch da waren. Auf diese Weise konnte ich mich noch eine Weile vor dem heiklen Thema drücken, und auch Ryan ist nicht noch einmal darauf zu sprechen gekommen. Trotzdem stand die Wahrheit, der ich mich immer noch nicht stellen kann, die ganze Zeit im Raum.

»Ich komme erst am Freitag aus Portland zurück. Tut mir leid, dass wir Thanksgiving nicht gemeinsam verbringen können«, sagt Ryan am Montagmorgen, den Koffer in der Hand, während ich noch im Bett liege. Er wartet, möchte, dass ich etwas sage, egal was.

Ich räuspere mich. »Ryan?«

Er nickt und kommt einen Schritt näher.

Meine Gedanken rasen. *Ich muss ihm von Cade erzählen. Ich muss ihm alles erzählen.* »Es gibt etwas, das ich dir ...«

Ryans Handy klingelt und unterbricht mich. »Tut mir leid«, sagt er, als er einen Blick aufs Display wirft. »Das ist mein Chef. Da muss ich rangehen.«

Ich nicke und drehe mich auf die andere Seite, und als er mir wenige Minuten später einen Kuss auf die Wange gibt, tue ich so, als würde ich schlafen.

Als ich am späten Morgen mit Eddie Gassi gehe, ruft Tracy an.

»Tut mir leid, dass ich mich so lange nicht gemeldet habe«, sage ich. »Ryans Eltern waren zu Besuch. Und ich war einfach völlig ... neben der Spur.«

»Wegen Ryans Mutter?«

»Nein, also, ich meine, doch, aber eigentlich nicht«, sage ich seufzend. »Es ist eben ... *alles.*« Ich trete nach einem Stein auf dem Gehweg, während Eddie am Wegrand schnüffelt. »Ich weiß nicht, was ich tun soll. Ich hab Ryan immer noch nichts von Cade erzählt. Und dann ...« Ich berichte ihr von der Szene, die sich neulich vor dem Restaurant abgespielt hat, und wie ich geleugnet habe, Cade zu kennen. Wie ich mit Ryan weggegangen bin und ihn dort stehen gelassen habe.

»Ach, Liebes«, sagt Tracy, »sei nicht so streng mit dir selbst. Was hättest du denn sonst tun sollen? An Ort und Stelle eine Konfrontation mit deinen Schwiegereltern provozieren? Ryan in Verlegenheit bringen? Du hast getan, was du tun musstest. Und ich weiß genau, wie weh dir das getan hat.«

»Was mit mir ist, ist mir egal«, sage ich. »Ich habe nur Angst, dass ich das bisschen Vertrauen, das ich gerade aufgebaut hatte, ein für alle Mal zerstört habe. Dass ich Cade verloren habe.«

»Ich habe heute morgen dein Horoskop gelesen«, sagt sie. »Du hast ihn garantiert nicht verloren. Im Gegenteil, ich habe das Gefühl, dass du gerade erst dabei bist, ihn zu finden.«

Ich verbringe den Vormittag in der Redaktion, beantworte E-Mails, mache die letzten Korrekturen am neuesten Artikel meiner Serie. Und dann, Jans Worte im Kopf, öffne ich ein neues Word-Dokument und tippe die Überschrift: »Die Gesichter der Obdachlosen«.

Die Worte fließen nur so aus mir heraus, und ich zensiere sie nicht.

Ende der Neunzigerjahre war Cade McAllister in Seattle ein erfolgreicher Musikproduzent. Heute ist er obdachlos.

Während ich schreibe, sehe ich Cade vor mir, den Cade von früher mit seiner geliebten Flasche Tabasco, den Cade, dem die Welt zu Füßen lag. Das Bild lässt mich nicht mehr los. Ebenso wenig wie das Bild von ihm auf dem Gehweg neulich, so verängstigt und verloren. Und das Bild von mir, wie ich ihn da stehen lasse.

»Klopf, klopf!«

Ich drehe mich um und sehe Jan in der Tür stehen.

»Freut mich, dich schreiben zu sehen«, sagt sie.

Ich seufze. »Ich weiß einfach nicht, was ich sonst tun soll, Jan.«

Sie nickt. »Doch, das weißt du.« Sie klingt resolut und überzeugt. »Und ich gebe dir für heute eine Aufgabe – oder besser, für diese Woche. Eine wichtige Aufgabe.« Sie zieht ein Taschentuch heraus und wischt ein paar Tränen von meiner Wange. »Geh Cade suchen. Hol ihn von der Straße. Pfleg ihn gesund. Hilf ihm dabei, seinen Weg zu finden, dann wirst du auch deinen eigenen finden.«

»Aber ich ...«

»Kein Aber«, unterbricht sie mich. »Das ist ein Befehl. Und ich will, dass du darüber schreibst.«

Ich wage ein Lächeln.

»Und glaub ja nicht, dass du eine Extrawurst bekommst«, fügt sie in einem strengen Chefinnenton hinzu. »Wenn du mir keinen guten Text lieferst, kannst du wieder über Stadtratssitzungen berichten.«

Ich grinse.

»Und jetzt mach dich auf die Socken.«

Ich parke am Straßenrand vor dem Le Marché und mache mich auf die Suche nach Cade. Ich suche überall, genau wie letzte Woche. Westlake Center. Fourth Street, Fifth Street, dann die Second Street runter. Obdachlosenheime, Parks. Ich hebe sogar die Decke hoch, mit der sich ein Mann auf einer Parkbank zugedeckt hat, um sein Gesicht zu sehen. Es ist nicht Cade.

Die Stunden verfliegen, und ehe ich mich versehe, ist es nach sechs, und Männer in Anzügen und Frauen in Kostümen strömen aus Bürotürmen, um das nächste Restaurant oder die nächste Bar aufzusuchen.

Als die Sonne untergeht, entschließe ich mich unter Tränen, zu meinem Auto zurückzugehen. Seufzend stecke ich den Schlüssel ins Zündschloss und schalte das Radio ein. Als ich mich in den Verkehr einfädle, bekomme ich eine Gänsehaut. Mazzy Star läuft im Radio. »Fade Into You«. Ich drehe die Lautstärke auf, und schon kommen mir wieder die Tränen. An der Einfahrt auf die I-5 fahre ich vorbei, als wäre mein Wagen auf Autopilot gestellt. Und anstatt nach Hause zu fahren, lasse ich mich von meinem Herzen an einen anderen Ort leiten: zu dem mit Efeu bewachsenen Backsteinhaus in Pioneer Square.

Ich parke und steige aus, ohne die Scheinwerfer auszuschalten. Sie erleuchten die dunkle Straße wie ein Theaterscheinwerfer meine Vergangenheit. Die Tür, hinter der Cade früher gewohnt hat, liegt direkt vor mir. Sofort bin ich wieder vierundzwanzig. Wir kommen aus einem Konzert und gehen Hand in Hand nach Hause. Er flüstert mir etwas Lustiges ins Ohr, und ich werfe den Kopf in den Nacken vor Lachen. Als wir an seiner Tür ankommen, drückt er mich gegen die Backsteinmauer und küsst mich mit dem Feuer aller Sterne am Himmel.

Ich blinzle meine Tränen fort und denke an alles, was passiert ist, und alles, was nicht passiert ist. An das Leben, das wir hätten haben können. An die Zukunft, die uns geraubt wurde.

Ich küsse meine Handfläche und drücke sie an die Tür. Wie verabschiedet man sich von einem Traum, von dem man sich immer noch wünscht, er würde in Erfüllung gehen?

Als ich ein Schlurfen in der Gasse um die Ecke höre, gehe ich lieber wieder zum Auto. Beim Losfahren werfe ich einen letzten Blick zurück. Ein Schatten erregt meine Aufmerksamkeit. Ich bremse, kurble das Fenster auf der Beifahrerseite herunter, um besser sehen zu können, und lege den Rückwärtsgang ein.

Es ist Cade. Er steht an der Ecke und schaut sich in alle Richtungen um.

Ich bremse und schalte den Motor aus. »Cade!«, rufe ich und springe aus dem Wagen.

Er schaut in meine Richtung. Und sieht mich.

»Cade«, sage ich noch einmal. »Ich bin's.«

Er wendet sich ab, aber ich nehme seine Hand, und als ich das tue, schaut er mich an.

»Ich bin da«, sage ich. »Ich lasse dich nicht noch einmal allein, das verspreche ich dir.« Ich ziehe ihn an mich und umarme ihn eine gefühlte Ewigkeit lang. Vielleicht ist es auch eine Ewigkeit. Ich weiß es nicht.

»Komm mit«, sage ich, führe ihn zu meinem Auto und öffne die Beifahrertür. »Ich nehme dich mit nach Hause.«

Sechzehn

17. Juli 1997

Meine Großmutter wird dich mögen«, sage ich.

Cade grinst. »Und dein Großvater? Bei ihm bin ich mir nicht so sicher.«

»Er ist altmodisch«, sage ich stolz. »Solange er den Eindruck hat, dass du ihn respektierst, ist alles in Ordnung. Er war in der Army.«

»Und er liebt seine Enkelin.«

Ich lächle. »Allerdings. Er ist immer wie ein Vater für mich gewesen.«

»Er will dich beschützen, und so soll es ja auch sein«, sagt Cade und gibt mir einen Kuss auf die Wange. »Und ich fühle mich sehr geehrt, dass du mich deinen Großeltern vorstellen willst.«

»Es ist wirklich eine große Sache, dass sie herkommen«, sage ich. »Grandma hat nämlich Flugangst.« Ich werfe einen Blick auf meine Uhr. »Noch eine Stunde, dann sind sie hier!«

Cade drückt meine Hand. »Übrigens, tut mir leid wegen gestern Abend.«

Er hatte Stress in der Firma. Zu Hause hat er dann grundlos einen Streit angefangen. Es hat wehgetan, aber ich wusste ja, dass es nicht so gemeint war, und habe es von mir abprallen lassen. Es war nicht unser erster Streit, und es wird auch nicht unser letzter sein. Es wäre naiv zu glauben, dass wir uns in Zukunft nie mehr streiten werden. Das wird immer wieder vorkommen. Aber wir werden uns auch immer wieder vertragen. Und die Versöhnungen sind jedes Mal elektrisierend.

Wir fahren mit Cades Auto zum Flughafen, um meine Großeltern abzuholen, und als ich sie unter dem Schild von Delta Airlines auf dem Gehweg stehen sehe, winke ich ihnen schon von Weitem zu. Als Cade anhält, springe ich aus dem Wagen, falle den beiden mit Tränen in den Augen um den Hals.

»Kailey«, sagt meine Großmutter. »Du siehst großartig aus!«

»Ach, meine Kleine«, sagt mein Großvater. Es ist erst ein Jahr her, dass ich ihn zuletzt gesehen habe, aber er wirkt viel älter, als ich ihn in Erinnerung habe, und es versetzt mir einen Stich, als ich sehe, wie er sich mit dem Gepäck abmüht.

Cade lässt den Motor laufen und steigt aus. »Willkommen in Seattle«, sagt er und schüttelt meinem Großvater die Hand, der ihn skeptisch beäugt.

Aber meine Großmutter nimmt ihn in die Arme, so wie sie es bei allen meinen Freunden tut. »Wir freuen uns sehr, Sie kennenzulernen«, sagt sie warmherzig.

Cade nimmt ihr die Reisetasche ab, aber mein Großvater lässt sich seine nicht abnehmen, sondern hievt sie eigenhändig in den Kofferraum. Ich lasse ihn vorne sitzen und setze mich zu meiner Großmutter auf die Rückbank. Sie hakt sich bei mir unter, und sofort bin ich wieder neun Jahre alt mit Rattenschwänzen und mit Kirschgeschmack-Labello auf den Lippen.

»Haben Sie Hunger?«, fragt Cade, als er sich in den Verkehr einfädelt.

»Gerry hat im Flugzeug gegessen«, sagt meine Großmutter, »aber ich könnte einen Happen vertragen.«

»Mögen Sie mexikanisches Essen?«

»Und wie«, sagt meine Großmutter und lächelt mich anerkennend an.

»Super«, sagt Cade, »ich kenne nämlich einen richtig guten Mexikaner.«

Mein Großvater sitzt schweigend auf dem Beifahrersitz, während meine Großmutter mich mit Fragen löchert. Ob Cade Verwandte in Seattle hat. Ob er sich schon immer für Musik interessiert hat.

In einem kleinen Restaurant namens Agua Verde am Lake Union, das wir beide sehr mögen, setzen wir uns an einen Tisch am Fenster. Paddler gleiten auf dem See vorbei, während wir unsere Nachos in grüne Soße tunken.

»Ich mag dieses Restaurant. Das Essen ist original mexikanisch, aber die Lage ist Seattle pur«, sagt Cade. Dann bestellt er eine Runde Margaritas. Die Miene meines Großvaters hellt sich auf.

»Ihr Akzent klingt nach Mittleren Westen«, bemerkt meine Großmutter.

Cade lächelt. »Ach? Hat mir noch niemand gesagt.«

Meine Großmutter nickt. »Kaileys Mutter ist in Alton, Illinois, geboren. Sie hat nur bis zu ihrem sechsten Lebensjahr dort gewohnt, aber den Akzent hat sie nie ganz verloren. Kailey hat ihren Akzent aber nie angenommen.«

Meine Großmutter strahlt, als die Margaritas serviert werden. »Du trägst ja immer noch deine Halskette«, sagt sie und zeigt auf mein Medaillon. »Ich nehme an, Cade kennt die Geschichte.«

Ich spüre Cades Hand auf meinem Schenkel unter dem Tisch. Er will mir damit sagen, dass er zwar die Geschichte kennt, ich mir aber keine Sorgen zu machen brauche, dass er meine Großeltern mit der Geschichte beunruhigen könnte, wie ich das Medaillon einmal beinahe verloren hätte – an dem Tag, als sie alle drei mich beinahe verloren hätten.

»Ja, es war eine der ersten Geschichten, die ich ihm erzählt habe«, sage ich mit heißen Wangen.

Ich öffne das Medaillon und lasse den kleinen grünen Splitter in meine Hand fallen. »Grandpa sagt, es war sein Glücksbringer«, sage ich.

»Wow«, sagt Cade. »Das ist ...«

»Ich werde diesen Strand niemals vergessen«, sagt mein Großvater und räuspert sich. »So etwas hatte ich noch nie gesehen. Felsenküste und Sand so gelb wie ...«, sein Blick geht in die Ferne, als er sich erinnert, »wie Bernstein. Das war ein ganz besonderer Strand. Als ich die Muschel gefunden habe, habe ich sie in die Hosentasche gesteckt. Sie hat mich davor bewahrt, auf dem Weg zum Camp auf eine Landmine zu treten. Diesen Teil der Geschichte habe ich Kailey nicht erzählt, als sie noch klein war.«

»Unglaublich«, sagt Cade und schluckt. »Mein Vater hat in Vietnam gedient. Er war bei den Marines. Aber er ist gefallen. Ich ...«

Ich drücke seine Hand. »Cade hat auch seine Eltern verloren.«

»Das tut mir leid, mein Junge«, sagt mein Großvater. Und dann sehe ich ihm an, dass er Cade mag, dass er ihn akzeptiert. Ich tue den Splitter wieder in das Medaillon, lehne mich zurück und sehe den drei Menschen, die mir am meisten auf der Welt bedeuten, dabei zu, wie sie bei mexikanischem Essen angeregt miteinander plaudern.

Die Woche vergeht wie im Flug. Obwohl Cade viel in seiner Firma zu tun hat, verbringt er so viel Zeit mit uns wie möglich, macht mit meinen Großeltern einen Bummel über den Pike Place Market, lädt uns zum Abendessen im Wild Ginger und in der Space Needle ein und geht mit uns im Hafenviertel spazieren.

»Sie sind wunderbar«, sagt er zu mir, nachdem wir sie zum Flughafen gebracht haben.

»Und sie sind ganz begeistert von dir«, sage ich und verschränke meine Finger mit seinen.

Wir gehen zu dem kleinen Italiener in der Nähe seiner Wohnung, wo rot-weiß karierte Tischdecken und Tropfkerzen in Chianti-Flaschen eine heimelige Atmosphäre verbreiten.

»Kitschig, aber charmant«, sage ich. »Genau mein Geschmack.«

Cade nickt und schenkt uns aus einer Karaffe Rotwein ein. Das Kerzenlicht betont die dunklen Ränder unter seinen Augen. Er hat neulich durchblicken lassen, dass es in der Firma gerade schwierig ist, aber als ich ihn gestern darauf angesprochen habe, ist er nicht darauf eingegangen. »Nur das Übliche«, meinte er.

»Alles in Ordnung?«, frage ich ihn jetzt.

»Ich bin nur ein bisschen müde«, sagt er.

»Was ist denn los bei Element?«, frage ich und nehme seine Hand. »Ich weiß ja, dass du mich nicht mit euren internen Auseinandersetzungen langweilen willst, aber ich möchte es wirklich gerne wissen.«

Er verzieht das Gesicht. »Und dir den schönen Abend verderben?«

»Nichts, was du sagst, könnte mir den Abend verderben«, versichere ich ihm.

»Also gut«, sagt er und trinkt einen Schluck Wein. »Ich

hab's vergeigt. Ich habe James dazu überredet, fünfzigtausend Dollar in eine neue Band zu investieren, und die Jungs sind baden gegangen.«

»Wie baden gegangen?«

Er reibt sich die Stirn und trinkt noch einen großen Schluck Wein. »Ihr neues Album, das uns in der Produktion schon zu viel gekostet hat, ist gefloppt. Jetzt wollen sie aus dem Vertrag aussteigen, weigern sich jedoch, den Vorschuss zurückzuzahlen.«

»Dürfen die das denn?«, frage ich.

»Nein, natürlich nicht«, antwortet er. »Trotzdem haben wir Verluste, die wir verkraften müssen.«

Ich nicke. »Sei nicht so streng mit dir«, sage ich. »Ihr hattet schon so viele Erfolge mit eurem Label. Da könnt ihr doch auch mal einen Misserfolg einstecken.«

Cade zuckt die Schultern. »James sieht das leider nicht so. Er ist ein Perfektionist.«

»Ist *er* denn perfekt?«, frage ich. »Das glaube ich kaum.«

»Er hat Alexis die Leitung des kaufmännischen Bereichs übertragen«, sagt er.

»Alexis? Also, sie ist ja ganz nett, aber ist sie denn dafür qualifiziert?«

Cade schüttelt den Kopf. »Sie ist zwar gelernte Buchhalterin, hat aber keine Ahnung von Musik.«

Ich merke, wie sehr ihn das Gespräch aufregt, und nachdem der Kellner unsere Bestellung aufgenommen hat, wechsle ich das Thema.

Es ist ein lauer Abend, und anstatt uns ein Taxi zu nehmen, gehen wir nach dem Essen zu Fuß zu Cade nach Hause.

»Hey«, sagt er unvermittelt. »Heute Abend spielt im Crocodile eine Band, die ich kenne. Wollen wir hingehen?«

»Klar«, sage ich, begeistert von seiner Spontanität.

Hand in Hand spazieren wir weiter. Da Cade auf der Gästeliste steht, brauchen wir uns nicht an der Schlange vor dem Klub anzustellen.

Cade besorgt zwei doppelte Wodka Soda, dann suchen wir uns einen Platz in der Nähe der Bühne. »Diese Jungs sind noch nirgendwo unter Vertrag«, sagt Cade.

»Wie heißt die Band?«, frage ich.

»Death Cab for Cutie«, sagt Cade. »Eine Indie-Band aus Bellingham. Ich hab sie vor ein paar Monaten in einer kleinen Klitsche spielen sehen, und seitdem geht mir ihre Musik nicht mehr aus dem Kopf. Das ist für mich immer das Zeichen, dass eine Band richtig gut ist.« Er trinkt einen Schluck. »Ich versuche gerade, James dazu zu überreden, dass wir sie unter Vertrag nehmen, aber ich stehe auf verlorenem Posten.«

»Du darfst dich einfach nicht unterkriegen lassen«, entgegne ich. »Wenn du an sie glaubst, nimm sie unter Vertrag.«

Die Band kommt auf die Bühne, und das Licht geht aus. Applaus brandet auf. »So ist es früher immer gelaufen«, sagt Cade. »Aber ich habe das Gefühl, dass bei mir irgendwie die Luft raus ist, und James kriegt das natürlich mit.«

»Unsinn«, sage ich.

Die Band beginnt zu spielen, und ich bin beeindruckt von ihrem Sound, vor allem von der Stimme des Sängers. »Wow, die sind ja richtig gut«, sage ich.

Nach dem Konzert fühle ich mich ganz beschwingt von dem Cocktail und von der Musik, und als Cade vorschlägt, noch einen Abstecher zu einer Bar in der Nähe zu machen, sage ich nicht Nein.

Nach zwei Drinks sind wir beide in bester Stimmung. Alle Sorgen, die Cade eben noch bedrückt haben, sind verflogen. »Du bist wunderbar«, sagt er zu mir. »Du machst mich immer glücklich.«

Ich kichere und streichle ihm über den Kopf. »Wirklich?«

Er nickt mit geschlossenen Augen. »Ich bin dir total verfallen.«

Ich drücke ihm einen Kuss auf die Lippen. »Ich hab dich verhext!«

Wir springen lachend von unseren Barhockern und stolpern nach draußen. Ich fühle mich auf angenehme Weise benommen. Ich kann mich nicht erinnern, jemals so viel getrunken zu haben. Cade nimmt meine Hand. »Und wo geht's jetzt hin?«, fragt er. Dann bleibt er vor einem Tattoostudio stehen und schaut mich an. »Weißt du was?«, sagt er. »Wir lassen uns ein Tattoo machen!«

»Jetzt?«, frage ich entgeistert. »Meinst du das etwa ernst?«

»Warum nicht?«

»Also, mir würden mehrere Gründe einfallen ... zum Beispiel, dass wir es morgen früh bereuen könnten ...«

Cade fährt sich mit den Fingern durchs Haar, und wie eine Wolke, die die Sonne verschattet, legt sich etwas Düsteres über sein Gesicht.

»Das Problem mit dir ist, dass du nie ein Risiko eingehst, Kailey. Du hast Angst, dich zu weit aus deiner Komfortzone zu entfernen.«

»Das ist nicht fair!«, entgegne ich empört.

Er zuckt die Schultern. »Es ist vielleicht nicht fair, aber wahr.«

Ich lache nervös. »Also gut, du findest, dass ich zu vorsichtig bin, und ich finde, dass du zu impulsiv bist.« Meine Wangen glühen. *Wie kann er nur so unsensibel sein? So ...*

»Pardon, Süße«, sagt er und nimmt meine Hand. »Das hätte ich nicht sagen dürfen. Ich wollte nur …«

»Du willst nur, dass ich springe, wenn du sagst: spring?«

»Nein«, erwidert er ernst.

»Cade, ich bin keiner von deinen Musikerkumpels, ich bin nicht …«

»Ich weiß«, sagt er und nimmt auch meine andere Hand. »Das war gemein von mir. Ich weiß auch nicht, warum ich das gesagt habe.«

»Du hast es aber gesagt.«

»Bitte vergiss es einfach. Du bist nicht zu vorsichtig. Du bist intelligent, schön und klug.«

»Und«, füge ich hinzu, »offenbar kein bisschen risikofreudig, weil ich nicht auf Kommando in ein Tattoostudio renne, um mir einen Delfin auf den Hintern stechen zu lassen.«

Jetzt muss ich lachen, und er auch.

»Das Tattoo würde ich gerne sehen«, sagt er prustend.

»Weißt du was?«, sage ich und schaue ins Schaufenster des Tattoostudios. »Warum eigentlich nicht, verdammt noch mal.«

Cades Augen weiten sich. »Du willst den Delfin?«

»Nein«, sage ich. »Irgendwas anderes. Aber warum nicht? Du hast recht. Ich bin wirklich zu vorsichtig.«

»Und du hast auch recht«, sagt er. »Ich bin zu impulsiv.«

Ich atme tief aus. »Los, gehen wir rein.«

»Wirklich?«

»Ja«, erwidere ich mit einer Bestimmtheit, die mich selbst überrascht. »Was lassen wir uns machen?«, überlege ich laut, während ich die Bilder von Drachen, Rittern und Ethnokunst im Schaufenster betrachte. »Jedenfalls keine Meeressäuger.«

Cade kratzt sich am Kinn. »Jeder einen Schmetterling?«

Wir lachen.

»Wie wär's mit einem Wort?«, schlägt er vor.

»Zum Beispiel?«

Er nimmt mich in die Arme und sagt liebevoll: »Wie wär's mit: *für immer?*«

Wir gehen hinein. Drinnen sitzt ein kräftiger, kahlköpfiger Mann auf einem Stuhl.

»'n Abend«, sagt er. »Was kann ich für Sie tun?«

»Wir hätten gern beide ein Tattoo«, sagt Cade, und als er das Wort sagt, bleibt mir fast das Herz stehen.

»Kein Problem«, sagt der Mann.

Cade kratzt sich am Kopf. »Wissen Sie, was *für immer* auf Französisch heißt?«

»Toujours«, sagt der Mann. »Ich hab mal ein paar Monate in Frankreich gelebt.«

»Toujours«, wiederholt Cade und schaut mich an. »Für dich. Für uns. Für die Normandie.«

Wir blättern in einem Buch mit Schrifttypen und entscheiden uns für eine Schriftart, die typisch für die Vierzigerjahre ist, wie uns der Tätowierer erklärt. Anscheinend wurde sie für das Cover einer LP von Frank Sinatra entworfen.

»Ich zuerst«, sagt Cade und setzt sich auf einen Stuhl. Der Tätowierer fertigt schnell eine Schablone an, und wir einigen uns auf die Größe. Cade möchte sein Tattoo auf der Schulter haben, und ich sehe, wie er zusammenzuckt, als die Nadel in seine Haut eindringt. Als es anfängt zu bluten, wende ich mich ab, und als ich schließlich an der Reihe bin, zögere ich. »Ich weiß nicht, vielleicht sollte ich's doch lieber lassen«, sage ich.

»Tu's für mich«, sagt Cade. »Für uns.« Er sieht mir tief in

die Augen, und in dem Moment weiß ich, dass es nichts auf der Welt gibt, was ich nicht für diesen Mann tun würde.

Ich schließe die Augen. »Also gut«, sage ich und zeige auf meine rechte Schulter. »Hier bitte.«

Als der Tätowierer die Nadel ansetzt, durchfährt mich ein heftiger Schmerz, und ich zucke zurück.

»Versuchen Sie, möglichst stillzuhalten«, sagt der Mann. Seine Stimme ist tief und beruhigend, und ich höre ihm aufmerksam zu, als er uns von einem Paar erzählt, das am Morgen ins Studio gekommen ist, um sich Eheringe auf die Ringfinger tätowieren zu lassen. Ich denke, dass unsere beiden Tattoos so etwas Ähnliches sind.

Als mein Tattoo fertig ist, schaue ich es mir im Spiegel an, aber meine Haut ist an der Stelle gerötet und geschwollen, und es ist schwer, sich vorzustellen, wie es einmal aussehen wird. Und ehrlich gesagt, ist mir das in dem Moment auch vollkommen egal.

Cade bezahlt, dann nimmt er meine Hand. Auf dem Weg zu seiner Wohnung pocht meine Schulter, aber ich nehme es kaum wahr. Ich fühle mich Cade auf eine Weise verbunden, wie ich es noch nie erlebt habe. Das, was uns verbindet, geht tiefer als die Tattoos, viel tiefer als die Worte der Liebe, die wir einander gesagt haben. Und ich weiß, dass es für immer so bleiben wird.

Siebzehn

24. November 2008

Hier wohne ich«, sage ich zu Cade, als wir das Haus betreten. Es hat etwas Unwirkliches, ihn hier in der Tür zu sehen. Er bleibt wie gebannt stehen, während ich meine Jacke ausziehe und meine Handtasche abstelle.

»Schon in Ordnung«, sage ich und greife nach seinem Seesack. Zuerst hält er ihn ganz fest, doch dann lässt er zu, dass ich ihn nehme und neben der Tür abstelle. »Du kannst ruhig reinkommen.«

Eddie kommt an, rennt an mir vorbei und direkt auf Cade zu, der eine Hand nach ihm ausstreckt. *Erinnert er sich an Eddie?*

Er macht einen Schritt ins Haus und lässt den Blick durchs Wohnzimmer wandern. Ich schalte das Licht an. Seine Verletzungen sind zwar ein bisschen abgeschwollen, sehen aber noch immer schlimm aus.

»Du hast bestimmt Hunger«, sage ich nervös. Ich gehe in die Küche und öffne den Kühlschrank. Zum ersten Mal seit Jahren habe ich keine Ahnung, was ich kochen soll. »Worauf hättest du denn Lust?«, frage ich Cade, ohne eine Antwort zu erwarten. »Ich könnte Burritos machen, oder vielleicht Spinat-Quesadillas?« Ich nicke, nehme eine Packung

Spinat, Käse und ein paar Tortillas aus dem Kühlschrank. »So«, sage ich und greife nach meiner alten schmiedeeisernen Pfanne, die ich schon benutze, seit ich mit Tracy zusammengewohnt habe. Sie hat einmal meiner Großmutter gehört, und sie erinnert mich immer an all die vielen leckeren Gerichte, die sie darin zubereitet hat.

Cade sieht mir dabei zu, wie ich die Quesadillas mache. Als sie fertig sind, schneide ich sie in Dreiecke und lege sie für ihn auf einen Teller.

»Das hier ist zwar nicht das Wild Ginger«, sage ich. »Aber die guten alten Quesadillas sind manchmal genau das Richtige.« Ich setze mich an den Tisch und zeige auf den Stuhl neben mir. »Komm, setz dich.«

Langsam lässt er sich auf den Stuhl sinken. Eddie legt sich zu seinen Füßen auf den Teppich.

»Hier«, sage ich und schiebe den Teller zu ihm. Da er weiterhin unschlüssig dasitzt, nehme ich eine Quesadilla und führe sie an seine Lippen, genauso, wie ich es im Krankenhaus gemacht habe. Es funktioniert. Vorsichtig beißt er ein Stück ab.

Nachdem Cade den Teller leer gegessen hat, räume ich den Tisch ab und mache Pläne für den Abend. »Du kannst im Gästezimmer schlafen«, sage ich. »Wahrscheinlich möchtest du vorher baden. Ich gebe dir Handtücher und frische Sachen zum Anziehen.« Er nimmt die große Muschel vom Wohnzimmertisch und dreht sie in alle Richtungen. »Komm, wir gehen nach oben.«

Er folgt mir die Treppe hoch. Meine Sinne sind aufs Äußerste geschärft. Ich nehme ein Handtuch aus dem Wäscheschrank und schalte das Badezimmerlicht ein. »Ich lasse Wasser für dich einlaufen«, sage ich. »Seife liegt da, und dort ist Shampoo.«

Er steht reglos da und starrt vor sich hin.

»Okay«, sage ich mit einem Seufzer. »Ich lass dich dann mal allein. Gib mir Bescheid, falls du noch irgendwas brauchst.«

Ich gehe ins Schlafzimmer, setze mich auf die Bettkante und lausche auf das Rauschen des Badewassers. Minuten später fange ich an, mir Sorgen zu machen. Sollte ich rübergehen und nach ihm sehen? Ich stehe auf, setze mich wieder hin. Schließlich stehe ich wieder auf und ziehe mir meine Schlafsachen an, ein Trägerhemdchen und Leggings.

»Verzeihung«, sage ich und spähe durch den Türspalt ins Bad. Cade steht komplett angezogen an derselben Stelle wie vor zehn Minuten. Ich öffne die Tür. »Alles in Ordnung?«

Da er nicht reagiert, gehe ich hinein und drehe das Wasser ab. Die Wanne ist kurz vorm Überlaufen.

»Okay, du brauchst Hilfe«, sage ich. »Dann werde ich dir eben helfen.«

Ich hole tief Luft. Ich knöpfe seine Jacke auf, ziehe sie von seinen Schultern und lasse sie auf den Boden fallen. Als Nächstes ziehe ich ihm das Krankenhaushemd aus. An seinem nackten Oberkörper zeichnen sich die Rippen ab, und an seiner Schulter prangt das Tattoo. Ich frage mich, ob ihm meins auffällt.

Ich schlucke, als ich den Knopf an seiner Hose öffne. Sein Brustkorb hebt und senkt sich mit jedem Atemzug über seinem eingefallenen Bauch. Ich spüre ein vertrautes Flattern in meinem Innern, als ich den Reißverschluss öffne. Als seine Hose auf den Boden rutscht, schaue ich weg, doch dann wende ich mich ihm wieder zu und betrachte den Körper, den ich einmal so gut gekannt habe. Damals kannte ich jeden Quadratzentimeter dieses Körpers wie eine Landkarte, jede Sommersprosse, jede Muskelfaser und jede Pore.

Ich nehme ihn bei der Hand, führe ihn zur Badewanne. Ich teste die Wassertemperatur. »Perfekt«, sage ich. »Du kannst reinsteigen.«

Er starrt die Badewanne an, als hätte er dergleichen noch nie gesehen. »Keine Angst«, sage ich. »Es wird dir gefallen.«

Dann steigt er ganz langsam und vorsichtig in die Wanne. Und als er ganz im warmen Wasser liegt, sehe ich, dass er sich endlich entspannt. Ich knie mich hin, brause ihm vorsichtig den Kopf ab und greife nach dem Shampoo. Nachdem ich ihm die Haare eingeschäumt und gründlich die Kopfhaut massiert habe, spüle ich das Shampoo aus. Dann halte ich ihm ein Stück Seife hin. Als er es nicht nimmt, fange ich an, seine Arme und seinen Oberkörper einzuseifen. Er sieht mir zu, wie ich einen Waschlappen nehme und nach und nach seinen ganzen Körper damit abreibe. Als wir mit Waschen fertig sind, steht Cade auf und lässt sich von mir in ein Badetuch wickeln.

Dann führe ich ihn ins Schlafzimmer. Ich hole eine Jeans und ein altes blaues T-Shirt von Ryan aus dem Schrank. Aus der Schublade nehme ich noch eine weiße Unterhose und ein Paar Socken und gebe Cade den Stapel. »Hier«, sage ich. »Das kannst du anziehen.«

Ich helfe ihm, das T-Shirt über den Kopf zu ziehen. Vorsichtig helfe ich ihm auch in die Unterhose meines Verlobten, dann in die Jeans, die ich für ihn zuknöpfe, als wäre er ein kleines Kind.

»So«, sage ich, als er fertig angezogen ist. Er legt die Hände auf die viel zu großen Jeans, als hätte er noch nie etwas so Kostbares berührt wie diese frisch gewaschene Hose. Frisch gebadet und ordentlich angezogen sieht er bis auf die langen Haare und den Bart fast wieder so aus wie der

Cade, den ich in Erinnerung habe. Ich schaue ihm in die Augen und lege den Kopf schief, fast in der Erwartung, dass er plötzlich lächelt und sagt: »Tadaah! Da bin ich wieder! Wo ist der nächste Friseur?«

Aber der alte Cade ist immer noch im Labyrinth seines verwirrten Geistes verloren, wo er vielleicht auch die Erinnerungen an mich aufbewahrt, an uns. Ich seufze. »Du bist bestimmt sehr müde. Soll ich ...«

Weiter komme ich nicht, denn er sinkt auf mein Bett, legt den Kopf aufs Kopfkissen und sucht nach einer bequemen Position, um seine gebrochenen Rippen nicht zu belasten. Ich höre, wie Eddie die Treppe hochstürmt. Im nächsten Moment ist er im Schlafzimmer, springt aufs Bett, macht es sich neben Cade bequem und legt das Kinn auf Cades linken Arm.

Einen Moment lang betrachte ich die beiden lächelnd, dann gehe ich ins Gästezimmer. Ich werfe einen Blick auf mein Handy. Ryan hat mehrere SMS geschickt. Portland ist großartig. Wie es mir geht? Anstatt ihm zu antworten, lege ich das Handy auf den Nachttisch und schlüpfe ins Bett. Ich liege noch lange wach und starre an die Decke, während mir tausend Gedanken durch den Kopf gehen. Als ich endlich einschlafe, träume ich von Cade und dem Meer.

Als ich die Augen öffne, ist es hell. Vögel zwitschern draußen in den Bäumen. Ich setze mich gähnend auf und frage mich, ob Cade wohl ebenso gut geschlafen hat wie ich. Die alten Bodendielen knarzen unter meinen nackten Füßen, als ich zum Schlafzimmer gehe, wo ich die Decke zurückgeschlagen und das Bett leer vorfinde. Ich sehe mich im Zimmer um, schaue im Bad nach. Nichts.

»Cade?«, rufe ich. »Bist du hier?«

Eddie trottet hinter mir her die Treppe hinunter. Im Erdgeschoss ist es still bis auf einen tropfenden Wasserhahn in der Küche, der morgen von einem Klempner repariert werden soll. *Ist er weggegangen?* Panisch renne ich zur Hintertür, reiße sie auf und schaue in den Garten. Niemand. »Cade?«, rufe ich in das stille Haus hinein.

Dann sehe ich einen Streifen Licht unter der Haustür. Ich mache auf und trete auf die Veranda hinaus, wo ich Cade finde. Er sitzt auf der Verandatreppe und starrt ins Leere.

»Ach, hier bist du«, sage ich erleichtert.

Ich setze mich neben ihn. Einen Moment lang frage ich mich, was die Nachbarn wohl denken werden, wenn sie mich mit einem fremden bärtigen Mann auf der Verandatreppe sitzen sehen. Doch dann wendet Cade sich mir zu und sagt lächelnd zwei Worte, die mich alle meine Sorgen vergessen lassen: »Guten Morgen.«

Ich drücke seinen Arm und strahle ihn an. »Guten Morgen!« Die Vögel zwitschern. Die Sonne scheint. Und ich bin glücklich.

Ich schenke uns Kaffee ein und sehe zu, wie Cade einen Schluck aus seiner Henkeltasse trinkt, die Augen schließt und dann noch einen Schluck trinkt, als versuchte er, sich an den Geschmack von Kaffee zu erinnern, an mich, an das Leben.

»Ich mache uns ein Omelett, einverstanden?«, sage ich und öffne den Kühlschrank. Ich nehme Eier heraus, Butter, etwas Spinat, geriebenen Käse und ein paar Frühlingszwiebeln, die schon bessere Zeiten gesehen haben.

Ich schenke mir Kaffee nach, dann hacke ich den Spinat und schneide die welken Enden von den Frühlingszwiebeln ab. Die Butter brutzelt in der Pfanne, während ich in einer weißen Keramikschale die Eier verquirle. Ryan liebt meine Omeletts, und ich mache oft welche für ihn. Als ich die Eimasse in die Pfanne gieße und zusehe, wie sie am Rand stockt, werde ich plötzlich von Schuldgefühlen überwältigt. Wenn Ryan nach Hause kommt, ist Cade hoffentlich in dem Apartment des Rehazentrums untergebracht, und dann werde ich Ryan alles erzählen. *Er wird es verstehen,* rede ich mir ein. Ryan versteht immer alles.

Ich teile das Omelett in zwei Hälften, die ich auf Teller gebe. Cades Hand zittert ein bisschen, als er mit der Gabel hantiert, und ein paar Happen fallen auf den Teller, bevor sie seinen Mund erreichen, aber er isst, und als sein Teller leer ist und ich ihm den Rest von meinem Omelett anbiete, nimmt er es dankbar an.

Ich denke all die Dinge, die vor mir liegen: Ich muss meine Hochzeit organisieren, dafür sorgen, dass Cade in das Programm für Patienten mit Schädel-Hirn-Trauma aufgenommen wird, in Erfahrung bringen, was ihm zugestoßen ist, und herausfinden, was James darüber weiß. Und darüber schreiben. Aber eigentlich will ich nichts davon. Ich will nur diesen Augenblick genießen.

Nach dem Frühstück räume ich die Küche auf, während Cade mit Eddie im Wohnzimmer auf dem Sofa sitzt. Um elf Uhr sehe ich, dass er eingenickt ist. Wahrscheinlich hat er jede Menge Schlaf nachzuholen, denke ich und lasse ihn weiter schlafen.

Ich gehe nach draußen auf die Veranda, um Tracy anzurufen. »Hi«, sage ich leise, als sie sich meldet.

Ich höre Krankenhausgeräusche im Hintergrund. »Warum flüsterst du?«, fragt sie.

»Cade ist hier. Er schläft.«

»Bei dir *zu Hause?*«

»Ja«, sage ich. »Ich hab ihn gestern Abend mit hergebracht. Ich wusste nicht, was ich sonst mit ihm machen sollte.«

»Findet Ryan das in Ordnung?«

»Er ist nicht hier«, sage ich. »Er ist die ganze Woche auf Geschäftsreise in Portland.«

»Ach, Kailey«, sagt Tracy. »Und jetzt schläft Cade in eurem Gästezimmer, oder wie?«

»Na ja, äh, letzte Nacht hat er in meinem Bett geschlafen, also, nicht mit mir. Er ist einfach dort eingeschlafen.« Ich schlucke. »Ich hab ihn gebadet und ihm die Haare gewaschen. Und ihm ein paar Sachen von Ryan zum Anziehen gegeben.«

»Wow«, ist alles, was Tracy dazu einfällt.

»Ich weiß«, sage ich betreten.

»Er soll doch in dieses Programm im Harborview aufgenommen werden, oder?«

»Ja«, sage ich und überlege kurz. »Aber ich hab gedacht, vielleicht wäre es besser für ihn, wenn er hierbleiben könnte. Ich bin die Einzige, die ihn wirklich kennt. Er könnte hier bei uns im Gästezimmer wohnen, bis es ihm wieder so gut geht, dass er allein zurechtkommt.«

»Aber du bist doch keine Ärztin, Kailey. Cade braucht eine Therapie und eine richtige Reha. Versteh mich nicht falsch, ich bin mir sicher, dass du dich rührend um ihn kümmern würdest, aber er braucht mehr als das.« Sie schweigt einen Moment. »Außerdem wissen wir beide, dass Ryan alles andere als begeistert wäre, wenn du deinen Ex für längere Zeit als Pflegefall bei dir aufnehmen würdest.«

Ich schüttle den Kopf. »Ryan würde das verstehen.«

»Wirklich?«, entgegnet sie. »Ein Mann, den du mal mit

Leib und Seele geliebt hast, taucht aus dem Nichts wieder auf, und du übernimmst die Rolle seiner persönlichen Krankenschwester?«

»Er würde dasselbe für jemanden aus seiner Vergangenheit tun«, sage ich.

»Da wäre ich mir nicht so sicher, weder bei Ryan noch bei sonst jemandem. Du bist anders. Ich kenne dich. Du hast diesen Mann einmal verloren, und jetzt würde es dir das Herz brechen, wenn du ihn noch einmal verlieren würdest. Das hab ich kapiert. Aber mit Cade Familie zu spielen wird ihn nicht retten. Wenn dir so viel an ihm liegt, dann sorg dafür, dass er in dieses Programm aufgenommen wird. Und lass ihn los, damit er wieder gesund werden kann.«

Ich seufze. »Du hast ja recht.«

»Na klar hab ich recht.« Sie wird kurz abgelenkt, als jemand sie etwas fragt, dann meldet sie sich wieder. »Ich muss auflegen«, sagt sie. »Nur noch eins: Es gibt etwas, womit du Cade einen Riesenliebesdienst erweisen kannst.«

»Was denn?«

»Finde raus, was mit ihm passiert ist«, sagt Tracy. »Seit du mir erzählt hast, dass 1998 eine Krankenakte über einen unbekannten Patienten angelegt wurde, dessen Beschreibung auf ihn passt, habe ich ein ganz mulmiges Gefühl.«

»Ich auch«, sage ich.

»Cade hatte ein ausgefülltes Leben und eine gut gehende Firma, als er weggegangen ist – oder als du geglaubt hast, er wäre weggegangen«, fährt sie fort. »Vielleicht wollte ja jemand ein Stück vom Kuchen abhaben, und vielleicht hat dieser Jemand etwas damit zu tun, wie es Cade heute geht.«

Ich nicke. »Ja.« Durchs Fenster sehe ich, wie Cade aufwacht. »Das glaube ich auch«, flüstere ich. »Irgendwas stimmt da nicht.«

»Hilf ihm, es wieder in Ordnung zu bringen«, sagt Tracy, bevor sie auflegt.

Der Dienstag vergeht, und am Mittwochmorgen wundere ich mich darüber, wie die Zeit verfliegen kann, ohne dass man etwas Besonderes tut. Wenn man zum Beispiel nur mit Cade auf der Veranda sitzt, in der Küche am Tisch zusammen isst oder ihm Geschichten von früher erzählt, ohne zu wissen, ob er sich an etwas erinnert oder überhaupt versteht, was ich sage. Aber jedes Mal, wenn er mich anschaut, als wäre ihm ein Licht aufgegangen, wird mir warm ums Herz. Das passiert vor allem, wenn ich die alten Platten auflege, die wir früher so geliebt haben. In solchen Momenten sehe ich das alte Funkeln in seinen Augen.

Als Ryan am Abend anruft, gehe ich mit dem Telefon in den Garten.

»Hi«, sagt er.

»Hi«, sage ich.

»Schön, deine Stimme zu hören. Du fehlst mir fürchterlich.«

»Du mir auch«, sage ich und zupfe an einem Fussel an meinem Ärmel.

»Wie war deine Woche bisher?«

»Ach, gut«, sage ich.

»Ich habe versucht, dich in der Redaktion anzurufen, aber du bist nicht rangegangen.«

»Tut mir leid«, sage ich. »In der Redaktion ist die Hölle los.«

»Das weiß ich doch, Liebes«, sagt er. »Hör zu, ich wollte nur ...« Er holt tief Luft. »Du bist in letzter Zeit so distanziert.

Ich weiß, dass dich etwas beschäftigt, etwas, worüber du nicht reden willst, zumindest noch nicht, aber was auch immer es ist, lass es nicht zwischen uns kommen, bitte. Ich könnte es nicht ertragen, dich zu verlieren, Kailey.«

Meine Augen füllen sich mit Tränen. Ich weine um Ryan, um mich, um meine Vergangenheit und um meine Zukunft.

»Du verlierst mich nicht«, verspreche ich ihm. Dann höre ich, wie drinnen etwas zerbricht. Es klingt wie Glas. »Sei mir nicht böse, Ryan, aber ich muss jetzt auflegen. Ich ruf dich später zurück, okay?«

Cade steht im Wohnzimmer und lässt betreten den Kopf hängen. Die Dale-Chihuly-Skulptur, ein sündhaft teures Stück aus verschnörkeltem bunten Glas, das Ryans Eltern uns zur Verlobung geschenkt haben, liegt in Scherben zu seinen Füßen.

»Macht nichts«, sage ich und eile zu ihm.

Er kniet sich hin, hebt eine Scherbe nach der anderen auf und versucht vergeblich, sie wieder zusammenzusetzen. Plötzlich sehe ich, dass seine Hand blutet.

»O Gott, du blutest ja«, sage ich. »Lass die Scherben liegen, ich kümmere mich darum.«

Ich gehe los und hole einen feuchten Lappen und ein Pflaster aus der Küche. »So«, sage ich, nehme seine Hand und versorge die Wunde. Als ich fertig bin, hält er meine Hand fest und drückt sie.

»Danke«, sagt er mit seiner alten Stimme, die mir so vertraut ist. Die mich zum Lachen und zum Weinen gebracht hat. Die Stimme, die mir tausend Geschichten erzählt und noch häufiger »Ich liebe dich« gesagt hat.

Achtzehn

17. Oktober 1997

Ich werfe einen Blick auf die Wanduhr in meiner Wohnung: fünf nach halb sieben. Cade wollte schon vor einer Stunde hier sein.

»Du bist ja ganz nervös«, bemerkt Tracy, die auf dem Sofa sitzt und sich die neueste Folge von *Friends* ansieht.

Ich mache den Mund auf, um etwas zu entgegnen, aber Tracy kommt mir zuvor. »Hast du heute schon dein Horoskop gelesen?«

Ich schüttle den Kopf.

Sie nickt. »Der Merkur ist rückläufig. Er bringt alles durcheinander, vor allem für Wassermänner.« Sie runzelt die Stirn. »Ich sag's ja nur ungern, und ich weiß, wie sehr ihr beide euch liebt, aber für die Beziehung sieht's im Moment nicht so gut aus.«

»Tja«, sage ich mit einem Seufzer. »Du weißt ja, dass ich normalerweise nichts auf diese Dinge gebe, aber …«, ich schaue noch einmal zur Uhr, »ehrlich gesagt fürchte ich das allmählich auch.«

»Was ist denn los?«, fragt sie.

»Cade verspätet sich schon wieder«, sage ich. »Er wollte eigentlich schon um halb sechs hier sein.« Ich betrachte das Essen, das ich zubereitet habe und das inzwischen kalt ist – Wolfsbarsch mit gedünstetem Spargel –, und seufze.

»Hat er angerufen?«

»Nein«, sage ich und lasse mich neben Tracy aufs Sofa fallen. Jennifer Anistons Frisur sitzt perfekt, während sie aus einer riesigen Henkeltasse einen Schluck Kaffee trinkt. Ich fahre mir mit den Händen durch die Haare und überlege, ob ich mir einen anderen Haarschnitt zulegen soll, vielleicht auch eine andere Haarfarbe. Vielleicht sollte ich überhaupt alles ändern.

Tracy nickt weise.

»Irgendwas stimmt nicht«, sage ich.

»Warum sagst du das?«

Ich schüttle den Kopf. »Cade hat sich ... irgendwie verändert.«

»Verändert?«

»Er ist der intelligenteste Mensch, den ich kenne, der lustigste und der zuvorkommendste. Das habe ich sofort gewusst, als ich ihn kennengelernt habe, und seit dem Tag bin ich ihm verfallen. Er ist wie die Sonne, die einen wärmt. Aber wenn sie woanders scheint, ist es schrecklich kalt.«

Tracy schaltet den Fernseher aus. »Das ist nur eine Phase, das geht vorüber«, sagt sie. »Das gibt's in jeder Beziehung. Ihr beide gehört zusammen. Das weiß ich ganz genau. Und du weißt es auch.«

Ich nicke.

»Außerdem«, fährt sie fort, »sagt dein Horoskop, dass ihr diese schwierige Phase überwinden und gestärkt daraus hervorgehen werdet.«

Ich ringe mir ein Lächeln ab, dann drehe ich mich zur Tür um. Cade steht da, ein verlegenes Lächeln im Gesicht.

»Hallo«, sagt er und fährt sich mit der Hand durchs

Haar. »Tut mir furchtbar leid, dass ich zu spät bin.« Er kommt zu mir und gibt mir einen flüchtigen Kuss. Er hat eine Alkoholfahne, und ich wende mich ab.

»Ich verzieh mich eine Weile und lass euch zwei in Ruhe reden«, sagt Tracy, schnappt sich ihre Jacke und geht zur Tür.

»Süße«, sagt Cade und nimmt meine Hand. »Meine Besprechung hat eine Ewigkeit gedauert, und dann stand Steve von Everland plötzlich da – von der Band, die wir gerade unter Vertrag genommen haben –, und wir sind kurz mit ihm in eine Bar gegangen, und ich ...«

»Ist schon gut«, sage ich.

»Nein, ist es nicht«, entgegnet er. »Das merke ich dir doch an.«

Ich seufze und schaue auf die Stadt hinaus. Der Ahornbaum unten auf der Straße hat sich leuchtend rot verfärbt. Mir schlägt das Herz bis zum Hals. Ich wende mich dem Mann zu, den ich liebe. »Du bist in letzter Zeit irgendwie nicht du selbst«, sage ich. »Du kommst dauernd zu spät, und ich habe das Gefühl, dass du das Interesse an mir verlierst ... das Interesse an uns.«

»Ach, Kailey«, sagt er und sieht mich sorgenvoll an. »Nichts könnte weiter von der Wahrheit entfernt sein.«

»Aber wie erklärst du es dann?«

»Ich weiß nicht, ich glaube, ich bin einfach überfordert.«

»Mit der Arbeit?«

Er zieht die Brauen zusammen. »Ja. Und mit anderen Dingen.«

»Andere Dinge?«

Er wendet sich ab. »Nichts, worüber du dir Sorgen machen musst.«

»Erzähl's mir, Cade«, sage ich.

»Hör zu«, sagt er so laut, dass ich einen Schritt zurückweiche. »Vertrau mir einfach, wenn ich dir sage, du sollst dir keine Sorgen machen!« Er geht zum Fenster und schaut nach draußen. »Ich will dich nicht in etwas reinziehen, das ...« Er lässt den Satz unbeendet und dreht sich wieder zu mir um. »Es tut mir leid. Verzeih mir, dass ich laut geworden bin.«

Ich nicke und spüre, wie mir die Tränen kommen.

Cade kniet sich vor mich. »Gib mir noch ein bisschen Zeit«, sagt er, »dann wird alles gut, das verspreche ich dir.«

Er nimmt meine Hand, und ich lasse es zu.

»Was auch immer es ist, das du gerade durchmachst«, sage ich, »ich bin für dich da. Aber schließ mich bitte nicht aus.«

»Wie könnte ich das?«, fragt er.

Aber ich fürchte, dass er es bereits getan hat.

Neunzehn

26. November 2008

Cade sitzt mit Eddie auf dem Sofa. Heute Morgen habe ich mit Dr. Branson telefoniert und erfahren, dass Cade schon übermorgen in das Rehaapartment einziehen kann. Das ist zwar eine gute Neuigkeit, aber es widerstrebt mir, ihn gehen zu lassen, und der Gedanke, dass er, wenn er nicht in meiner Obhut ist, sich jederzeit wieder aus dem Staub machen kann, ist mir unerträglich.

Als ich mich neben ihn setze, fällt mir auf, dass er sich imme wieder die langen Haare aus den Augen schiebt. Ich muss an den elektrischen Haarschneider oben im Badezimmerschrank denken, den Ryan manchmal benutzt, um sich die Koteletten zu trimmen. Ich gehe nach oben und hole den Apparat und eine Haarschneideschere.

»Was hältst du davon, wenn ich dir die Haare schneide?«, sage ich lächelnd zu Cade.

Er sieht mich verwirrt an.

»Komm, wir machen es in der Küche«, sage ich und ziehe einen Stuhl in die Mitte.

Als er sich nicht rührt, gehe ich zu ihm und nehme seine Hand. »Ich bin auch ganz vorsichtig«, sage ich. »Versprochen.«

Zögernd folgt er mir in die Küche und setzt sich auf den Stuhl. Ich lege ihm ein Handtuch um die Schultern und stecke den Stecker des Haarschneiders in die Steckdose. Dann überlege ich, wie Cade das Haar früher getragen hat. Kurz an den Seiten und oben ein bisschen länger. Er zuckt ein bisschen zusammen, als ich ihn kämme. »Ganz ruhig«, flüstere ich. Zuerst rücke ich ihm mit der Schere zu Leibe, ehe ich den Haarschneider zum Einsatz bringe. Braunes Haar fällt büschelweise zu Boden. Cade sitzt ganz still da, die Hände im Schoß, während ich konzentriert mit Kamm und Schere hantiere. Zum Schluss nehme ich mir seinen Bart vor. »Den werden wir auch ein bisschen stutzen«, sage ich.

Cade protestiert nicht, als ich sein Gesicht mit der Haarschneidemaschine von dem verfilzten Bart befreie. Zum Schluss bürste ich ihm die Haare aus dem Nacken. Dann nehme ich ihm das Handtuch von den Schultern und trete einen Schritt zurück, um mein Werk zu bewundern. Cade steht auf, fährt sich mit den Händen durchs Haar und befühlt sein Gesicht. Die Verwandlung rührt mich zu Tränen. Als Cade im Flur sein Spiegelbild sieht, macht er ein Gesicht, als hätte er einen Geist gesehen. Einen Geist aus der Vergangenheit.

»Du siehst ... großartig aus«, sage ich zu ihm. »Genauso, wie ich dich in Erinnerung habe.«

Er bleibt wie gebannt vor dem Spiegel stehen, während ich die Haare auf dem Küchenboden zusammenfege. In der Spüle stapelt sich schmutziges Geschirr, aber ich habe im Moment keine Lust, mich damit zu befassen. Stattdessen gehe ich zum Plattenspieler im Wohnzimmer, der Ryan Freudentränen in die Augen getrieben hat, als ich ihn ausgepackt habe. Er ist ein Relikt aus meiner Zeit mit Cade, der immer behauptet hat, dass keine CD mit dem Sound einer Schallplatte mithalten kann. Ich benutze den Plattenspieler kaum noch, aber ich kann mich auch nicht entschließen, ihn zu entsorgen. Auch wenn meine alten Platten eigentlich nur noch als Staubfänger dienen, hat ihre Anwesenheit etwas Beruhigendes.

Ich lege mein Lieblingsalbum von Mazzy Star auf: *So Tonight I Might See*. Die Anfangstakte von »Fade Into You« versetzen mich zwölf Jahre zurück zu dem Abend, als ich Cade kennengelernt habe. Ich glaube nicht, dass er sich daran erinnert. Kann sein, kann auch nicht sein. Aber ich erinnere mich. Während ich mich langsam zur Musik wiege, denke ich daran, wie er mich damals mit hinter die Bühne genommen hat, von wo aus wir uns das Konzert angesehen haben. Wie er mich angeblickt hat. Wie die Zeit in seiner Gegenwart so schnell verging. Ich schließe die Augen ganz fest, öffne sie aber wieder, als ich plötzlich seine Hand an meiner Taille spüre. Zuerst glaube ich, dass ich träume, dass ich mir seine Berührung nur einbilde. Aber dann legt er auch die andere Hand an meine Taille und dreht mich um, sodass wir uns gegenüberstehen. Und als unsere Blicke sich begegnen, sehe ich seine Tränen. Seine Hände sind immer noch an meiner Taille, während meine sich wie von selbst nach oben bewegen, über seine Brust und seine Schultern, bis sich schließlich meine Arme um seinen Hals legen. Er zieht mich an sich, und wir wiegen uns zur Musik und halten uns fest in den Armen, bis das letzte Stück verklungen ist.

Ich weiß, dass ich mich eigentlich von ihm lösen müsste. Cade ist nicht er selbst, er weiß nicht, was er tut. Aber dieser Moment fühlt sich zu wirklich an, als dass ich ihn leugnen könnte. Er hält mich genau wie früher. Es gibt so vieles, das ich ihm sagen möchte. *Du erinnerst dich, nicht wahr, Cade?*

Weißt du, wie schwer es für mich war, als du verschwunden bist? Weißt du, wie sehr ich um dich getrauert habe? Ich habe nie aufgehört, um dich zu trauern. Ich habe nie aufgehört, dich zu lieben. Weißt du das, Cade? Und jetzt bist du hier, jetzt bist du in meinem Wohnzimmer und hältst mich in den Armen. Und ich weiß nicht, was zum Teufel ich tun soll. Ich habe Angst, große Angst. Um dich, um mich, um das Leben, das ich mir aufgebaut habe, nachdem du fort warst, und das jetzt aus den Fugen zu geraten droht.

Diese Gedanken wirbeln mir durch den Kopf wie die Samen von Pusteblumen im Wind. Und ich verliere den Boden unter den Füßen. Ich schwebe irgendwo zwischen zwei Welten, während mein Herz in zwei Richtungen gezerrt wird.

Ich hebe den Kopf von Cades Brust und schaue ihn an. »Vor ein paar Tagen hast du gesagt, dass du dich erinnerst«, flüstere ich. »Ich muss es wissen, Cade. Erinnerst du dich wirklich? Kennst du mich? Erinnerst du dich an unser gemeinsames Leben? An die Zukunft, die wir gemeinsam geplant hatten?«

Tränen laufen mir über die Wangen, und er wischt sie zärtlich fort und nickt.

In dem Augenblick höre ich einen Schlüssel in der Haustür. Verblüfft fahre ich herum, und da steht Ryan mit offenem Mund in der Tür.

»Ryan?« Ich löse mich aus Cades Umarmung und mache einen Schritt rückwärts.

»Was ist hier los, Kailey?«

»Äh, also, sieh mal …« Ich schaue erst Cade, dann Ryan an.

Ryan stellt seinen Koffer ab. »Ja, ich sehe allerdings.« Er bleibt in der Tür stehen, als gäbe es eine unsichtbare Schwelle, die er nicht überschreiten kann.

»Ryan, das ist Cade«, sage ich.

»Cade«, sagt er und nickt. »Natürlich.«

»Es ist nicht, was du denkst, Ryan«, sage ich. »Er hat die ganze Zeit auf der Straße gelebt. Er hat ein Schädel-Hirn-Trauma erlitten.«

Ryan schaut Cade lange an. »Das ist doch der Typ, der vor dem Restaurant saß, oder? Der meine Mutter angepöbelt hat.« Er nickt. »Das erklärt einiges.«

»Ryan«, sage ich flehend. »Er braucht unsere Hilfe.«

»Klar«, erwidert Ryan und reibt sich die Stirn. »Und wie ich sehe, legst du dich schon mächtig ins Zeug.«

»Ich habe ihn für ein Programm im Harborview-Krankenhaus angemeldet, in dem Patienten mit Schädel-Hirn-Trauma behandelt werden.« Ich drehe mich zu Cade um, der mit hängendem Kopf dasteht, was mir einen Stich versetzt. Ich finde diese Konfrontation schrecklich für Ryan, aber noch mehr für Cade. »Am Freitag wird er aufgenommen. Und bis dahin braucht er eine Unterkunft.«

Ryan schüttelt den Kopf. »Und das hast du alles hinter meinem Rücken gemacht?«

»Ich wollte es dir erzählen«, sage ich. »Ich hatte nur auf den richtigen Zeitpunkt gewartet. Ich hatte Angst, dass du ... so reagieren würdest.«

Ryan seufzt. »So? Wie sollte ich denn deiner Meinung nach reagieren, Kailey? Wir wollen heiraten, und du kriegst es nicht mal hin, die Einladungen zu verschicken. Ich habe das Gefühl, dich überhaupt nicht mehr zu kennen.« Er schwenkt seine Schlüssel.

»Geh nicht«, sage ich und mache einen Schritt auf ihn zu. Ich komme mir vor wie eingeklemmt zwischen zwei einstürzenden Welten, unfähig, die eine oder die andere zu retten.

Ryan schaut mich lange mit seinen schönen Augen an. Abwartend.

»Ich gehe«, sagt er schließlich niedergeschlagen. »Ich fahre zu Matt und bleibe dort, bis wir das hier geregelt haben.«

»Ryan, bitte, ich habe nichts zu verbergen«, sage ich flehend.

Er schaut erst mich, dann Cade an, und sein Blick sagt alles. »Nichts zu verbergen?« Er schüttelt den Kopf. »Meine liebe Kailey, du versteckst dich vor etwas, wovor du nicht ewig weglaufen kannst: der Wahrheit. Es wird Zeit, dass du dich ihr stellst, auch wenn es mir das Herz bricht zu sehen, dass du es tust.« Er nimmt seinen Koffer. »Gute Nacht.«

Cade steht hinter mir, während ich die Tür anstarre, die Ryan hinter sich zugezogen hat, und mich frage, ob ich ihm nachlaufen soll, ob ich ihn anflehen soll, mich zu verstehen und zu bleiben. Er würde mich doch bestimmt verstehen. Aber meine Beine bewegen sich nicht, und meine Stimme bleibt stumm. Ich bin wie gelähmt. Dann sinke ich auf die Knie und breche in Tränen aus. Ich fühle mich, als würde ich in meinem eigenen Kummer ertrinken. Und dann legt mir Cade eine Hand auf die Schulter.

An dem Abend geht Ryan nicht an sein Handy. Am nächsten Morgen rufe ich Matt an, der Ryans Trauzeuge sein wird.

»Matt, hier ist Kailey«, sage ich. »Ist Ryan bei dir?«

»Er war hier«, sagt Matt. »Aber er hat gesagt, wenn er nicht bei dir sein kann, möchte er allein sein.«

»Ich nehme also an, er hat dir erzählt ...«

»Ja«, sagt Matt.

»Ich wollte es ihm sagen, aber er ist früher als erwartet von seiner Geschäftsreise zurückgekommen, und dann ist alles ...« Ich seufze. »Ach, Matt, der Zeitpunkt hätte nicht schlechter sein können.«

»Kailey«, sagt Matt, »willst du Ryan wirklich verlassen wegen eines ... Obdachlosen?«

»Erstens werde ich Ryan nicht verlassen«, entgegne ich. »Und zweitens ist Cade nicht irgendein Obdachloser. Er ist mein Exfreund, ich war zwei Jahre mit ihm zusammen.«

»Du kannst dir also vorstellen, warum Ryan am Boden zerstört ist«, sagt Matt.

»Ja, natürlich«, sage ich. »Es ist furchtbar, und ich möchte es wiedergutmachen. Aber ich muss Cade helfen. Er hat sonst niemanden.« Ich senke die Stimme, um Cade nicht zu wecken, der oben schläft. »Ich habe ihn nur deswegen mit zu mir genommen, weil er nirgendwo anders hinkonnte. Morgen bringe ich ihn zum Krankenhaus. Er wird in ein Programm für Patienten mit Schädel-Hirn-Trauma aufgenommen. Da bekommt er dann ein kleines Apartment und wird von Experten betreut, die ihm helfen, sein Leben wieder in den Griff zu kriegen. Er muss fast alles neu lernen.«

»Verstehe«, sagt Matt. »Ich will mir kein Urteil anmaßen, Kailey, aber es ist einfach ...«

»Ryan ist dein bester Freund«, sage ich. »Ich weiß. Und du sollst wissen, dass ich ihm nie wehtun wollte.«

»Danke«, sagt er und legt auf.

Am Freitag nehme ich ein paar frische Sachen aus Ryans Kleiderschrank und helfe Cade beim Anziehen. Im Auto, auf der Fahrt zum Harborview-Krankenhaus, schweigen wir beide.

»Guten Morgen«, sagt Dr. Branson, als wir im ersten Stock erscheinen. Wir haben im Lauf der Woche mehrmals wegen Cades Unterbringung telefoniert. »Das ist meine Assistentin Tess. Wir bringen Sie dann zu Ihrem Apartment.«

Ich nicke für uns beide, dann gehen wir einen langen Korridor hinunter und bleiben vor einem Aufzug stehen.

»Ich nehme an, Sie sind sein Notfallkontakt?«, fragt Tess, ohne von dem Klemmbrett aufzublicken, das sie in den Händen hält.

»Notfall? Wie meinen Sie das?«

»Nur eine Vorsichtsmaßnahme«, sagt sie, »für den Fall, dass etwas passiert. Zum Beispiel wenn ein Patient wegläuft. Ich habe Ihnen ja schon am Telefon erklärt, dass Schädel-Hirn-Trauma-Patienten in ihrem Verhalten unberechenbar sein können.«

»Verstehe«, sage ich und schlucke. »Natürlich können Sie sich meinen Namen notieren.« Im Erdgeschoss angekommen, gehen wir nach draußen und folgen einem Weg zu einem Backsteingebäude.

»Da wären wir«, sagt Dr. Branson lächelnd. »Das Edward-Miller-Zentrum für die Behandlung und Rehabilitation von Patienten mit Schädel-Hirn-Trauma.« Sie wendet sich Cade zu. »Das Zentrum wird für das kommende Jahr Ihr Zuhause sein. Sie werden ein eigenes Apartment haben. Ich glaube ...«, sie zeigt auf ein Eckfenster im obersten Stock, »das da ist Ihres.«

Cade schaut nach oben, dann zu mir. Ich kann nicht erkennen, ob er ängstlich ist oder verwirrt oder beides.

»Das Betreuungspersonal ist rund um die Uhr anwesend, und jeden Tag gibt es ein Programm aus Gesprächstherapie, Physiotherapie und intensiven Rehamaßnahmen, damit Sie nach und nach wieder alles lernen, was Ihnen aufgrund Ihrer Verletzung abhandengekommen ist.« Sie legt Cade eine Hand auf den Arm. »Wir wollen Ihnen helfen, wieder in Ihr früheres Leben zurückzufinden.«

Wir fahren mit dem Aufzug in den dritten Stock. Tess

geht voraus zu einer Tür mit der Nummer 304 und steckt einen Schlüssel ins Schloss. Wir folgen ihr in das Apartment. Es ist klein, und es riecht nach Glasreiniger und Bohnerwachs – ein krasser Gegensatz zu Cades Wohnung in Pioneer Square, aber es ist sauber und sonnig, und die hohen Decken sorgen dafür, dass man sich nicht eingeengt fühlt.

Cade schaut sich in seinem neuen Zuhause um. Er betrachtet das Bett mit der typischen Krankenhausbettwäsche, das kleine braune Sofa und den Sofatisch. Die winzige Küchenzeile besteht aus Spüle, Unterschrank und Minikühlschrank.

»Aus Sicherheitsgründen sind die Apartments nicht mit Kochherden ausgestattet. Alle Mahlzeiten werden in der Cafeteria im Erdgeschoss eingenommen. Frühstück gibt's um acht, Mittagessen um zwölf und Abendessen um Punkt siebzehn Uhr.«

Dr. Branson schaut mich an. »Ich hoffe sehr, dass er sich hier wohlfühlt.«

»Ich auch«, sage ich.

»So«, sagt sie, »und jetzt wird es Zeit, dass Sie sich verabschieden. Mr. McAllister hat einen langen Tag vor sich. Es gibt eine Einführung und Vorgespräche mit der Beschäftigungstherapeutin und dem Physiotherapeuten. Um vierzehn Uhr steht eine neurologische Untersuchung an. Es geht darum, einen Ausgangsbefund zu erheben, um die Verbesserungen im Verlauf beurteilen zu können.«

Ich nicke und mache einen Schritt rückwärts.

»Der Abschied fällt allen schwer«, sagt Dr. Branson. »Aber ich versichere Ihnen, dass Ihr Freund hier in guten Händen ist.«

»Danke«, sage ich. Cade steht am Fenster und schaut auf das Capitol-Hill-Viertel hinaus, wo sich ein Plattenladen an den anderen reiht. Am Horizont ragt die Space Needle in den Himmel. »Ich komme morgen wieder«, verspreche ich ihm.

Er reagiert nicht. Ich weiß nicht einmal, ob er mich gehört hat. Tracy hat recht. So sehr ich ihn vor der Welt beschützen möchte, um ihn nicht noch einmal zu verlieren – ich muss ihn loslassen. Und hier ist er wenigstens an einem sicheren Ort. Aber als ich in der Tiefgarage in mein Auto steige, fühle ich mich, als hätte ich einen Teil von mir in Apartment Nummer 304 zurückgelassen.

Ich fahre durch Pioneer Square. Der zweite Artikel meiner Serie hat für noch größeren Wirbel gesorgt als der erste, aber das ändert nichts an der Tatsache, dass immer noch zu viele Menschen auf der Straße leben. Der dritte Artikel, in dem die Ziele der Bauträger und ihre vorgeschlagenen »Umsiedlungsmodelle« näher erläutert wurden, bestand nur aus Fakten und Zahlen. Aber bisher habe ich es noch nicht geschafft, Cades Geschichte zu schreiben. Der Artikel ist noch nicht fertig, weil Cades Geschichte noch nicht zu Ende ist. Aber ich komme voran. Ich habe sie immer im Kopf, ebenso wie ihn.

Ich bin so in Gedanken verloren, dass ich gar nicht mitbekomme, wie ich auf die I-5 fahre und dann die Abfahrt Forty-fifth Street nehme, aber als ich Ryans Auto vor unserem Haus stehen sehe, geht mir das Herz über.

»Hi!«, rufe ich von der Tür aus, wo er gestern gestanden und mich angesehen hat, als wäre gerade seine Welt zusammengebrochen.

»Hi«, sagt er vom Küchentisch aus und blickt von seinem Laptop auf.

»Ich hatte gar nicht damit gerechnet, dich hier anzutreffen«, sage ich.

Er sieht mich lange an, dann steht er auf und kommt auf mich zu. »Ich habe nachgedacht, Kailey«, sagt er. »Mir hat das wehgetan gestern Abend, aber ich habe vielleicht überreagiert.« Er holt tief Luft. »Wie kann ich dir vorwerfen, was ich am meisten an dir liebe? Du bist großherzig und liebenswürdig. Du hast unglaublich viel Mitgefühl. Und du bist absolut loyal.«

Meine Augen füllen sich mit Tränen, als er meine Hände nimmt.

»Es ist schwer, sich der Vergangenheit zu stellen«, fährt Ryan fort. »Aber es ist eben auch nur die Vergangenheit. Und deine Zukunft hast du mir versprochen. Wenn du es dir nicht anders überlegt hast, möchte ich die gemeinsame Reise in die Zukunft gern fortsetzen, denn ich liebe dich. So einfach ist das. Ich liebe dich mehr, als ich jemals einen Menschen geliebt habe. Und ich bin bereit, dich durch diese schwere Zeit zu begleiten. Ich bin bereit, dir so viel Zeit und Raum zu geben, wie du brauchst.« Er schaut mich mit funkelnden Augen an. Ich weiß, dass ihm das alles wehtut. Ich weiß, dass er Angst hat. »Was ich dir sagen will, ist: Ich möchte dich heiraten, egal was passiert. Ich möchte dich lieben und für dich sorgen und mein Leben mit dir verbringen. Und ich finde, dass weder deine noch meine Vergangenheit uns im Weg stehen dürfen.«

Ich nicke, sinke in seine Arme und lasse meinen Tränen freien Lauf. »Ach, Ryan«, sage ich.

Er hält mich eine ganze Weile, dann hebt er mein Kinn, bis wir uns in die Augen sehen. »Wir sollten eine Reise machen«, sagt er.

»Wie meinst du das?«

»Fünf Tage Mexiko«, sagt er. »Ich war eben dabei, nach Flügen und Hotels zu suchen. Ich könnte uns etwas im

Pedregal buchen, dem Klub, den ich dir neulich in *Travel & Leisure* gezeigt habe, erinnerst du dich? Zu jedem Zimmer gehört ein Infinity Pool auf dem eigenen Balkon. Wir können lange schlafen, am Pool sitzen und Margaritas trinken und es uns gut gehen lassen.« Er lächelt. »In ein oder zwei Wochen könnten wir fliegen. Was hältst du davon?«

»Großartig«, sage ich. »Aber können wir wirklich weg? Wir haben beide so viel zu tun und ...« Ich denke an Cade, der gerade erst mit seiner Behandlung anfängt. Kann ich ihn allein lassen? Wird das gut gehen?

Ryan vertreibt meine Sorgen mit einem langen, leidenschaftlichen Kuss. »Das werden ein paar Tage nur für uns allein«, sagt er. »Und es gibt so vieles, wofür wir dankbar sein können.« Als er mich mit seinen starken Armen umschlingt, die mich über die Jahre so oft getröstet und mir Liebe gespendet haben, schmelze ich dahin.

»Einverstanden«, flüstere ich. Ich schließe die Augen, als seine Lippen über meinen Hals zu meinen Schultern wandern.

Zwanzig

31. Dezember 1997

Du siehst umwerfend aus«, sagt Tracy von der Badezimmertür aus. Ich stehe vor dem Spiegel und bin gerade dabei, glitzernden Lidschatten aufzutragen.

»Wirklich?«, antworte ich und drehe mich um. »Findest du das Kleid nicht zu ...?«

»Gar nicht. Cade fällt glatt in Ohnmacht, wenn er dich darin sieht.«

Das schwarze, eng anliegende Paillettenkleid war letzte Woche bei Nordstrom im Sonderangebot, und ich habe es mir ganz spontan gekauft. Aber irgendwie komme ich mir darin vor wie eine Hochstaplerin.

»Meinst du?«, frage ich und zupfe am Ausschnitt herum. Was ich Tracy nicht erzähle, ist, dass ich im Moment total verunsichert bin, und zwar nicht nur was das Kleid, sondern auch was Cades Liebe betrifft. Er ist in letzter Zeit so abwesend, einfach ... nicht er selbst.

»Vertrau mir«, sagt Tracy. »In dem Fummel bist du die heißeste Braut auf der ganzen Party.«

»Abgesehen von dir«, sage ich grinsend.

Sie schaut an ihrem roten, ärmellosen Kleid hinunter. »Wir werden ja sehen, ob es Mark überhaupt auffällt.«

Die beiden hatten in letzter Zeit Probleme, aber ich habe mich gefreut, als Tracy mir erzählt hat, dass er auch zu Cades jährlicher Silvesterparty von Element Records kommen würde.

»Natürlich wird es ihm auffallen«, sage ich. »Du siehst großartig aus in dem neuen Kleid.«

Sie stellt sich hinter mich, betrachtet sich über meine Schulter hinweg im Spiegel und klopft mit den Fingerspitzen auf die eingebildeten Ränder unter ihren Augen. »Als Medizinstudentin ist es schwer, eine Beziehung aufrechtzuerhalten«, sagt sie. »Das Studium ist einfach so furchtbar anstrengend und zeitraubend.« Sie seufzt theatralisch, aber dann muss sie lachen. »Vielleicht hätte ich Wes heiraten sollen.«

»Den Mormonen?«

»Ja«, sagt sie wehmütig. »Der war so verliebt in mich.«

»Aber du nicht in ihn«, entgegne ich feixend.

»Trotzdem. Er sah gut aus, und er war ... nett.«

»Alle Mormonen sind nett.«

Sie nickt. »Aber er hatte eine Zahnspange.«

»Der Ärmste«, sage ich. »Hast du nicht mit ihm Schluss gemacht, als er gerade von seiner Mission zurückgekommen war?«

»Ja, er war zwei Jahre in Jackson, Alabama«, sagt sie gedankenverloren. »Er konnte überhaupt nicht küssen.«

»Die Zahnspange«, sagen wir wie aus einem Mund und prusten los.

»Fertig?«, frage ich, während ich mein Haar im Nacken zusammenbinde.

Tracy wirft einen Blick auf ihre Uhr. »Ja. Mark hat in einer Stunde Feierabend. Wir treffen uns auf der Party.«

Normalerweise würden wir zu Fuß gehen, aber wir haben

beide hochhackige Schuhe an, und es ist so ein fürchterlich feuchtkalter Tag, wo man das Gefühl hat, es könnte jeden Moment anfangen zu schneien, weswegen Tracy vor unserem Haus ein Taxi anhält. Als wir bei Cade ankommen, ist es fünf nach acht, und etwa ein Dutzend Gäste sind schon da.

»Hallo, Süße«, sagt er, als wir in die Wohnung kommen. »Du siehst fantastisch aus.«

»Danke«, gebe ich kokett zurück.

Er hat seine Wohnung in eine Disco verwandelt. Er hat die Möbel an die Wand geschoben, um Platz zum Tanzen zu schaffen, dazu noch ein Stroboskop und eine Discokugel aufgehängt. In der Küche steht ein Barmann mit langer, weißer Schürze, und ein Praktikant von Element Records (Tom oder Tony oder ähnlich) macht den DJ.

»Ich hab eine Überraschung für dich«, sagt Cade zu mir und bugsiert mich in Richtung Küche.

Neben der Küchentür hocken ein paar blondierte Frauen um einen schwarzen Labradorwelpen herum.

»Alles Gute zum baldigen Geburtstag«, sagt Cade und strahlt mich an.

Meine Augen weiten sich. »Cade!«

»Du sagst doch immer, dass du dir einen schwarzen Labrador wünschst. Jetzt hast du einen.«

Mit Glückstränen in den Augen knie ich mich auf den Boden.

»Ich dachte, wir könnten ihn ... gemeinsam großziehen«, sagt Cade.

Der Welpe beschnüffelt mein Gesicht, als ich mich zu ihm hinunterbeuge. »Na, du Kleiner.«

Cade kniet sich neben mich, die Blondinen sehen lächelnd zu. »Wie wollen wir ihn nennen?«

»Eddie«, sage ich, hebe den kleinen Hund hoch und nehme ihn in die Arme.

»Also gut, dann heißt er Eddie«, sagt Cade.

Allmählich kommen immer mehr Leute, und ich schlage vor, dass wir Eddie ins Gästezimmer bringen. Der Trubel und der Partylärm können nicht gut für ihn sein.

»Was möchtest du trinken?«, fragt Cade, nachdem wir Eddie mit einem Wassernapf und ein paar Decken versorgt haben.

Wir gesellen uns zu Tracy an der Küchenbar. Sie bestellt einen Martini, und ich schließe mich ihr an. Cade verstaut unsere Mäntel und Handtaschen in seinem Kleiderschrank. Wir unterhalten uns mit ein paar Mitarbeitern von Element Records, während immer mehr Gäste eintrudeln, alte Freunde von Cade, Musiker von Bands, von denen ich nie gehört habe, und von anderen, die mir bekannt sind, wie Dave Grohl von den Foo Fighters, der sich Tracy und mir vorstellt und anschließend einen Jägermeister kippt. Und dann kommen James und Alexis. James wirkt abwesend und erschöpft, als handelte es sich bei der Party um eine Pflichtveranstaltung, die er möglichst schnell hinter sich bringen will. Alexis dagegen lächelt mich unbefangen an.

»Hi«, sage ich. James' Miene hellt sich ein bisschen auf, als er mich sieht.

»Frohes neues Jahr«, sagt James und prostet mir mit seinem Martini zu.

»Das ist meine Freundin Tracy«, sage ich.

»Hallo, Tracy, ich bin James, und das ist Alexis«, sagt James.

Als der DJ gerade am anderen Ende des Raums eine neue Platte auflegt, schauen Cade und ich uns an und lächeln wissend.

Tracy fasst sich an die Brust. »Gott, ich liebe dieses Album.«

»Ich auch«, sagt Alexis. »Neil Young ist einfach zeitlos.«

Ich räuspere mich. »Du meinst Harry Nilsson, oder?«

Alexis läuft rot an. »Äh, ja, natürlich«, sagt sie.

»Na ja, die klingen schon ein bisschen ähnlich«, sage ich, um ihr aus der Patsche zu helfen.

»Neil Young und Harry Nilsson?« Cade lacht. »Also wirklich.«

Ich werfe ihm einen strengen Blick zu. »Na ja, sie klingen jedenfalls beide nach Siebzigerjahre.«

James lächelt, während Alexis sich im Raum umsieht. Ich kann nicht einschätzen, ob ihr die Situation peinlich ist oder nicht. Ihr Gesichtsausdruck ist undurchdringlich.

»Wie lange seid ihr zwei schon zusammen?«, fragt Tracy, um das Eis zu brechen.

Alexis macht den Mund auf, um zu antworten, doch James kommt ihr zuvor. »Ungefähr ein Jahr«, sagt er.

»Und was machst du?«, fragt Alexis Tracy, während sie Cade nachschaut, der auf dem Weg zur Bar ist.

»Ich studiere Medizin und mache gerade mein praktisches Jahr in der Uniklinik«, sagt Tracy.

Ich grinse. »*Doktor* Greenfield!«

James lacht, aber Alexis verzieht keine Miene. »Das ist bewundernswert«, sagt James. »Ich stelle mir das Medizinstudium wahnsinnig anstrengend vor.«

Tracy nickt. »Ist es auch. Es ist ein Wunder, dass ich heute Abend freibekommen konnte.«

»Schön, dass du es geschafft hast«, sagt James. »Dein Glas ist ja leer, komm, wir besorgen dir noch einen Drink.« Tracy lächelt, wirft mir einen kurzen Blick zu und folgt James zur Bar. Alexis trottet abwesend hinterher.

Cade kommt zurück und küsst mich auf die Wange. »Na, wie geht's meiner Süßen?« Er spricht ein bisschen schleppend. Er hat einen Martini in der Hand, und ich habe ihn schon mehrere davon trinken sehen. Aber ich will ihm den Spaß nicht verderben, schließlich ist heute Silvester.

Ich schaue zur Bar hinüber und sehe James mit Tracy lachen, der die Situation ein bisschen unangenehm zu sein scheint. Ich sehe, wie er ihren Arm und dann ihren Rücken berührt.

»James macht mal wieder einen auf Don Juan«, sagt Cade zu mir. »Echt unmöglich.« Im selben Moment gesellt sich Alexis zu uns.

»Sorry«, sagt Cade hastig. »Ich ...«

»Schon gut«, sagt Alexis ungerührt. Falls das Benehmen ihres Freunds sie stört, lässt sie es sich jedenfalls nicht anmerken.

»Tolle Party«, sagt sie und schaut Cade tief in die Augen. Sie sieht hübsch aus in ihrem schwarzen Kleid und den rotbraunen Doc Martens.

»Soll ich dir was zu trinken besorgen?«, fragt Cade.

Sie lächelt. »Ja, was Hartes.«

Er grinst, dann schaut er mich an. »Kailey?«

»Nein, danke«, sage ich.

»Also, ich brauch auch noch einen«, sagt er. Alexis folgt ihm zur Bar, und es versetzt mir einen Stich, als ich sehe, wie er ihre Schulter berührt. Albern, ich weiß. Cade würde nie fremdgehen, schon gar nicht mit Alexis, trotzdem bin ich in letzter Zeit verunsichert. Unsere Verbindung, die lange Zeit so stark war, hat an Intensität verloren, wie ein Puls, der kaum noch zu ertasten ist, und ich finde nicht heraus, warum.

Ich will es mir nicht eingestehen und erst recht nicht mit Tracy darüber reden, aber ich mache mir Sorgen um Cade.

Er wirkt in letzter Zeit extrem nervös, und während er früher nur hin und wieder getrunken hat, tut er es jetzt ziemlich häufig.

Ich gehe zur Bar und lege meinen Arm um seine Taille. Alexis reißt ihren Blick von Cade los und trinkt einen großen Schluck. »Ich nehme noch mal das Gleiche«, sagt Cade zum Barmann. »Oder besser – mach mir einen Doppelten.«

James wirft Cade einen tadelnden Blick zu. »Wie viele hast du schon intus, Mann? Vier? Fünf?«

»Was geht dich das an?«, entgegnet Cade. »Ich wusste nicht, dass du mitzählst.«

»Ich mein ja nur«, sagt James.

»Was meinst du?«

James plustert sich auf. »Ich meine, wenn du nicht so viel saufen würdest, könntest du vielleicht mal wieder in die Firma kommen und ein bisschen arbeiten.«

»Was fällt dir ein«, sagt Cade und macht einen Schritt auf James zu. »Ich arbeite wie blöd, und das weißt du genau.«

James zuckt die Schultern. »Ja, wenn du zur Abwechslung mal nüchtern bist.«

Cade hebt die Faust.

»Nein!«, sage ich und lege eine Hand auf seinen Arm. Alle Blicke sind auf die beiden gerichtet. »Nein, Cade, tu das nicht.«

Er schaut mich an, dann macht er einen Schritt zurück. Ehe ich ihn aufhalten kann, stürmt er quer durch die Wohnung, schnappt sich seine Jacke und rennt nach draußen.

»Was war das denn?«, fragt Tracy mich etwas später.

»Cade und James kommen im Moment nicht besonders gut miteinander klar«, sage ich.

»Und warum nicht?«

Ich hebe die Schultern. »Sie haben unterschiedliche Vorstellungen über die Ausrichtung ihrer Firma. Das hat sich in letzter Zeit ziemlich zugespitzt.«

Tracy und ich mischen uns unter die Gäste, plaudern und trinken. Alle paar Minuten schaue ich zur Tür in der Hoffnung, dass Cade zurückkommt. Als er nach einer Weile immer noch nicht aufgetaucht ist, fange ich an, unruhig zu werden.

Ich sehe nach Eddie im Gästezimmer und nehme ihn an die Leine. »Ich gehe Cade suchen«, sage ich zu Tracy, nehme meine Jacke und mache mich auf den Weg. Draußen ist es bitterkalt, als ich in der Gasse nachsehe und um den Block gehe. Schließlich finde ich Cade auf einer Bank, wo er sich mit einem Obdachlosen unterhält.

»Da bist du ja«, sage ich zu ihm, während Eddie an einem Fuß der Bank herumschnüffelt und das Bein hebt.

»Hi«, sagt er. »Sorry. Ich musste da raus.«

»Wegen James?«

Cade zuckt die Schultern. »Ivan«, sagt er zu dem Obdachlosen, der seine Lederjacke anhat. Während er spricht, bildet sein Atem kleine Wölkchen, und ich hüpfe auf und ab, um mich ein wenig zu wärmen. »Das ist meine Freundin Kailey.«

»Sehr erfreut«, sagt der alte Mann und schenkt mir ein zahnloses Lächeln.

»Ebenso«, sage ich lächelnd und puste in meine Hände. »Sollten wir nicht zurückgehen?«, sage ich zu Cade. »Es ist schon spät.«

Cade trinkt sein Glas aus, während Iwan aus einer Flasche trinkt, die in einer braunen Papiertüte steckt. »Ich halte das nicht mehr aus«, sagt Cade. »Die ganzen Leute da drinnen. Unsere Firma, die wir gemeinsam aufgebaut haben, wird immer mehr zu etwas, das ich verachte.«

»Aber Element Records war doch dein Traum«, sage ich.

»Ja, die Firma, die ich einmal gegründet habe. Aber das? Hast du die Leute da drinnen gesehen? Reiche Typen mit ihren zugekoksten Freundinnen.« Er schüttelt den Kopf. »Das hat für mich nichts mehr mit Element Records zu tun.«

»Dann tu was dagegen«, sage ich.

»Ich fürchte, das ist ein Kampf, den ich schon verloren habe«, entgegnet er.

»Cade, so kenne ich dich überhaupt nicht. Du lässt dich doch sonst nicht so leicht unterkriegen. Du kämpfst für das, woran du glaubst. Du gibst nicht auf. Das bist du nicht. Du darfst jetzt nicht aufgeben.«

Seine Mundwinkel verziehen sich zu einem Lächeln, als ich seine Hand nehme. »Komm«, sage ich. »Lass uns wieder reingehen. Lass uns das alles für eine Weile vergessen und auf das neue Jahr anstoßen.«

Er steht schwankend auf. »Mach's gut, Ivan«, sagt er.

Ivan grunzt irgendwas und lacht in sich hinein.

»Und deine Jacke?«, flüstere ich.

»Lass mal«, erwidert Cade. »Der braucht sie nötiger als ich.«

Meine Worte müssen bei Cade etwas bewirkt haben, denn als wir zu der Party zurückkehren, ist er wieder wie immer und lässt sich gleich an der Tür auf ein Gespräch mit einem Musiker ein. Ich drücke ihm die Hand und mache mich auf die Suche nach Tracy. Ich bewundere Cade für seine Präsenz, es tut mir gut zu sehen, wie alle sich darum reißen, mit ihm zu reden, und wie er darauf achtet, immer wieder zu mir zurückzukommen. Ich sehe, wie die Augen der Leute leuchten, wenn er sich ihnen zuwendet, um sie zu begrüßen oder eine Bemerkung über ihren neuesten Song zu machen und ihnen dafür zu danken, dass sie gekommen sind. Wenn unsere Blicke sich begegnen, habe ich jedes Mal Schmetterlinge im Bauch, und das ist wunderschön.

Tracy schaut nervös auf ihre Uhr. Um halb zwölf sieht sie mich mit Tränen in den Augen an. »Er kommt nicht. Ich weiß es.«

»Wahrscheinlich ist er im Krankenhaus aufgehalten worden«, sage ich. »Oder vielleicht ...«

Tracy schüttelt den Kopf und trinkt einen Schluck Martini. »Wenn er hier sein wollte, wäre er längst gekommen.«

Bevor ich darauf antworten kann, entsteht ein Handgemenge an der Tür, und dann schreit jemand laut auf.

Als Tracy und ich uns umdrehen, sehen wir ein paar junge Typen, die aussehen, als hätten sie eben noch auf der Bühne eines Punkkonzerts gestanden. In ihrer Mitte rappelt Cade sich gerade langsam vom Boden auf. Ohne zu zögern, eile ich zu ihm.

»Was ist passiert?«, frage ich.

Er befühlt seine Lippen. »Nichts, gar nichts. Sie sind schon wieder weg.«

»Wer waren die?«

»Brutale Typen«, sagt er. »Spielt keine Rolle. Die lassen wir hier nicht mehr rein.«

»Du blutest.«

Tracy kommt mit ein paar Eiswürfeln und einem Lappen aus der Küche. »Hier, drück das darauf.«

Ich packe Cade am Arm. »Ich mach mir Sorgen um dich«, flüstere ich.

»Es ist nichts«, sagt er. »Davon lassen wir uns doch nicht den Spaß verderben.«

»Okay«, sage ich zögernd. Im nächsten Moment geht die Tür auf, und Mark kommt herein. Tracy läuft zu ihm.

»Hi«, sage ich kurz darauf zu Mark. Er wirkt müde oder abwesend oder verlegen oder alles auf einmal.

»Land unter im Krankenhaus«, sagt er. »Tut mir leid, dass ich so spät bin.« Er wendet sich an Cade. »Hey, Mann, schön, dich zu sehen.«

Cade nickt abwesend, dann entdeckt er jemanden am anderen Ende des Raums und winkt ihm zu. Tracy kommt mit einem Drink von der Bar und hält ihn Mark hin. »Nein, danke«, sagt er. »Ich glaube, heute trinke ich lieber nichts. Ich muss sowieso gleich wieder zurück ins Krankenhaus. Ich wollte dir nur ein gutes neues Jahr wünschen.«

Tracy stellt das Glas auf einem Tisch ab. Sie wirkt enttäuscht, ebenso wie Alexis, die in einiger Entfernung neben James steht.

Cade kommt mit zwei Sektflöten und reicht mir eine. Er wirkt erschöpft, geistig und körperlich ausgelaugt. In seinem Blick sehe ich eine Leere, die mir fremd ist. Er hat viel zu viel getrunken, und als er auf mich zuwankt und sich an mich schmiegt, habe ich plötzlich einen Kloß im Hals. Er steht neben mir, und doch fühlt es sich so an, als wäre er gar nicht da.

Zehn, neun, acht. Ich schaue Cade an. *Sieben, sechs, fünf.* Mir blutet das Herz. *Vier, drei, zwei.* Und dann, einfach so, ist das Jahr zu Ende und ein neues beginnt. Prost Neujahr!

Einundzwanzig

12. Dezember 2008

Vor meinem Küchenfenster fällt das Sonnenlicht durch die Krone des Kirschbaums und malt ein gezacktes Muster auf den Gehweg, das düster und bedrohlich wirkt. Es macht mir bewusst, wie gegensätzlich das Leben ist – dass die Welt zugleich schön und grausam sein kann.

Heute jährt sich ... ich blinzle meine Tränen fort. Wenn ich mich den Erinnerungen stelle, die so tief in meinem Innern vergraben liegen, ist sofort wieder alles da. Die Wandfarbe in dem kleinen Krankenhauszimmer mit dem schäbigen, am Saum ausgefransten Vorhang zwischen den beiden Betten. Diese Erinnerungen, die ich immer wieder auszulöschen versuche, sind alle noch lebendig. Vielleicht werden sie nie verschwinden. Ich hole tief Luft und mache mir einen doppelten Espresso mit der schicken Espressomaschine, die Ryans Eltern uns geschickt haben.

Kurz darauf fahre ich zum Harborview-Krankenhaus, um Cade zu besuchen.

Von der Tür zur Cafeteria aus sehe ich ihn mit zwei anderen Patienten zusammen frühstücken. Als ein Betreuer an seinen Tisch tritt und kurz mit ihm redet, wirkt er kräftiger und irgendwie wacher. Ich betrete den Raum und bleibe in der Nähe des Tischs stehen, um zu hören, was sie sagen.

»Haben Sie zufällig scharfe Soße?«, fragt Cade den Betreuer.

Der Mann lächelt. »Wie wär's mit Tabasco?«

Cade strahlt. »Meine Lieblingssoße!«

Ich freue mich. Cade wie in alten Zeiten.

»Sehen Sie sich ihn an«, sagt Dr. Branson, die plötzlich hinter mir steht.

Voller Stolz und Bewunderung nehme ich wahr, wie weit er schon gekommen ist. Sein Blick ist so klar und selbstbewusst wie lange nicht.

»Er hat noch einen langen Weg vor sich, aber er macht sehr gute Fortschritte«, sagt Dr. Branson, als hätte sie meine Gedanken gelesen. »Wir haben ihn jetzt auf ein neues Medikament eingestellt. Es hat noch keine Zulassung, aber letztes Jahr hat eine Studie ergeben, dass es sich wahrscheinlich um eine sehr effektive Therapie für Patienten mit Schädel-Hirn-Trauma handelt. Man kann jetzt noch nicht sagen, ob es die Lösung des Problems für ihn ist, aber seine Hirnscans zeigen messbare Verbesserungen der Hirnfunktion.«

»Es freut mich sehr, das zu hören«, sage ich. »Ich fliege morgen nach Mexiko. Kann ich eine Weile bleiben?«

Dr. Branson wirft einen Blick auf ihre Uhr. »Ja, er hat den Vormittag frei.«

»Außerdem wollte ich fragen, ob ich mit ihm zusammen einen alten Freund besuchen darf.«

»Wer ist denn dieser Freund?«

»Sein bester Freund aus Kindertagen und sein ehemaliger Geschäftspartner«, sage ich.

»Ich weiß nicht«, erwidert Dr. Branson. »Das sehe ich

problematisch. Wenn dieser Mann etwas mit den traumatischen Ereignissen in Cades Vergangenheit zu tun hat, würde ich Ihnen dringend davon abraten.«

»Aber das ist es ja gerade«, sage ich. »Ich weiß nicht, was Cade zugestoßen ist, und wenn wir James besuchen, könnten wir vielleicht Licht ins Dunkel bringen.«

»Dann überlasse ich Ihnen die Entscheidung«, sagt Dr. Branson. »Zur Genesung gehört auch die Rückkehr in die Welt. Wir können unsere Patienten nicht vor den Zumutungen des Lebens schützen.« Sie holt tief Luft. »Aber gehen Sie bitte mit der nötigen Umsicht vor.«

Ich bedanke mich bei ihr und warte, bis Cade sein Frühstück beendet hat. Als er aus der Cafeteria kommt, spreche ich ihn an. »Hi«, sage ich.

»Hi«, antwortet er.

Ich halte eine Papiertüte hoch. »Ich hab ein paar Sachen zum Anziehen für dich gekauft.«

»Danke«, sagt er.

»Wollen wir nach oben fahren und die Sachen in deinem Apartment ablegen?«

Er nickt, und gemeinsam fahren wir im Aufzug in den dritten Stock. Die Sonne scheint durch die großen Fenster in sein kleines Zimmer. Ich setze mich auf das Sofa und Cade auf die Bettkante.

»Wie gefällt dir das Programm?«, frage ich. Was als normale Frage gedacht war, kommt unbeholfen und irgendwie herablassend heraus.

Er nickt.

»Ich hab mir solche Sorgen um dich gemacht«, sage ich. »Und ich hoffe sehr, dass es dir hier gut geht. Hier gefällt es dir doch, oder?«

»Ja«, sagt er.

»Ach, wie schön«, sage ich strahlend. »Das hatte ich gehofft.«

Ich stelle die Tüte mit den Kleidern neben die kleine Spüle. »Bald wirst du dich an alles erinnern. Du wirst wieder ein ganz normales Leben führen, da bin ich mir sicher.« Ich nehme zwei Jeans, einen Pullover und drei T-Shirts aus der Tüte und lege sie ordentlich gefaltet auf den Sofatisch. »Apropos normales Leben«, sage ich. »Ich dachte, wir könnten heute deinem alten Freund James einen Besuch abstatten.«

»James«, sagt Cade, aber der Name scheint nichts in ihm auszulösen.

»Ihr beide seid zusammen aufgewachsen«, erkläre ich ihm. »Er war dein Geschäftspartner.«

Cade nickt.

»Dr. Branson meinte, dass du 1998 schon mal wegen einer Kopfverletzung eingeliefert wurdest und dich dann aber geweigert hast, im Krankenhaus zu bleiben.«

Cade reagiert nicht.

»Das ist bestimmt alles schwer zu verdauen, aber ich dachte, wenn wir James besuchen, könnte das deiner Erinnerung womöglich ein bisschen auf die Sprünge helfen.«

»Okay«, sagt Cade.

Wir parken am Straßenrand. »James' Büro ist im siebten Stock«, sage ich zu Cade.

Er schaut zaghaft an dem Gebäude hoch. Ich drücke seine Hand. »Es wird alles gut«, versichere ich ihm.

Der Aufzug hält mit einem Ruck. Ich bin froh, dass der schnöselige Empfangschef mit der Fliege nicht da ist. Wir werden durchgelassen.

»Hier entlang«, sage ich zu Cade. James' Büro liegt vor

uns. Er sitzt an seinem Schreibtisch mit dem Rücken zur Glastür und telefoniert gerade.

»Klopf, klopf«, sage ich, öffne die Tür und strecke den Kopf hinein.

James dreht sich um, und als er Cade sieht, weiten sich seine Augen. »Ich ruf dich gleich zurück«, sagt er hastig ins Telefon und beendet das Gespräch. »Kailey und ... Cade. Ich werd verrückt.«

»Hier ist er«, sage ich lächelnd.

James steht auf und geht mit ausgestreckter Hand auf Cade zu, dann lacht er verlegen und breitet die Arme aus, um seinen alten Freund zu begrüßen. Cade bleibt stocksteif stehen.

»Gott, ist das lange her«, sagt James. »Wie geht's dir?«

Cade starrt ins Leere.

»Du siehst großartig aus, Mann«, sagt James. »Als Kailey mir von deiner misslichen Lage erzählt hat, na ja, da dachte ich ... da hatte ich mit etwas anderem gerechnet.«

»Cade ist in einem Rehaprogramm«, sage ich. »Im Harborview-Krankenhaus.«

»Fantastisch«, sagt James begeistert. »Freut mich zu hören, dass du in guten Händen bist, Mann. Falls ich irgendwas für dich tun kann, gib mir Bescheid.«

Er spricht schneller als sonst, und ich wundere mich, dass er Cade seine Hilfe anbietet, nachdem er bei meinem letzten Besuch den Eindruck erweckt hat, als würde es ihm ganz und gar nicht passen, dass sein alter Freund wieder in Seattle ist.

Falls Cade etwas von dem Gespräch mitbekommt, lässt er es sich jedenfalls nicht anmerken. Wortlos geht er zu der Wand, an der mehrere gerahmte Fotos und andere Erinnerungsstücke hängen – Familienporträts, Auszeichnungen,

James beim Händeschütteln mit George W. Bush. Ich sehe, wie Cades Blick an dem Foto von James und Alexis auf ihrer Jacht hängen bleibt. Mir ist es auch aufgefallen, als ich das letzte Mal hier war. Ich kann mir genau vorstellen, wie viel Spaß die beiden hatten, während Cade hinter einer Mülltonne auf der Fourth Avenue gepennt hat.

»James, ich möchte dich gern etwas fragen«, sage ich.

»Klar doch«, sagt er.

Ich senke die Stimme. »Cades Ärztin hat in den Krankenhausunterlagen nachgesehen, und es sieht so aus, als wäre im August 1998 jemand, auf den Cades Beschreibung passt, mit einer Kopfverletzung eingeliefert worden. Er hat eine Weile im Koma gelegen und ist dann aus dem Krankenhaus verschwunden.« Ich hole tief Luft.

James zuckt die Schultern.

Ich sehe ihn skeptisch an. »Gibt es irgendetwas, das du mir nicht erzählt hast, James?« Cade betrachtet immer noch die Fotos an der Wand. »Bitte«, flüstere ich, »er war doch mal wie ein Bruder für dich. Ich versuche nur, sein Leben wieder in Ordnung zu bringen. Kannst du mir denn nicht dabei helfen?«

James geht um seinen Schreibtisch herum und nimmt ein Scheckheft aus einer Schublade. »Sicher«, sagt er. »Wie viel brauchst du? Vielleicht eine Anzahlung für ein Auto, damit er mobil ist? Geld für Lebensmittel? Nenn mir eine Summe.«

Ich schüttle den Kopf. »Ich bin doch nicht hier, um dich um Geld zu bitten«, sage ich. »Ich bin hergekommen in der Hoffnung, dass du uns helfen kannst rauszufinden, was Cade zugestoßen ist.«

James schüttelt den Kopf. »Ich kann dir genau sagen, was ihm zugestoßen ist. Dein Freund ist durchgedreht. Er

hatte einen Nervenzusammenbruch und war völlig am Ende, als er Element Records verlassen hat. Er hat nicht mal protestiert, als wir ihm die Abfindung angeboten haben. Er wollte nur noch raus. Und ich konnte dann die Scherben einsammeln und musste retten, was noch zu retten war, und das, sage ich dir, war nicht viel. Und du schneist jetzt hier rein und tust so, als sei ich ihm was schuldig? Tut mir leid, Kailey, aber das ist völliger Unsinn.«

»Schsch«, mache ich und ziehe ihn auf den Flur. »Er ist nicht taub, er hört alles!«

»Soll er doch«, sagt James.

Ich schließe die Tür.

»Cade McAllister.« James spricht den Namen aus, als wäre er in Leuchtfarben an die Wand geschrieben. In seiner Stimme liegen Wehmut und Wut zugleich. »Er konnte mit seinem Charme jeden um den kleinen Finger wickeln, und das hat er auch getan. Dich hat er doch auch um den Finger gewickelt, oder? Er hat immer bekommen, was er wollte. Das Firmenlogo. Die Leute, die er in der Firma haben wollte. Er hat sogar einen Flipper in unserem Büro aufstellen lassen, verdammt. Das Ding hat sechstausend Dollar gekostet. Hat er vielleicht mich, *seinen Geschäftspartner*, gefragt, ob ich einverstanden war? Nein. Er hat es einfach gemacht. Kannst du dir vorstellen, wie es war, mit so jemand zusammenzuarbeiten? Ich habe es mit Ach und Krach geschafft, die Firma vor der Pleite zu bewahren. Und als ich Cade mit unserer finanziellen Situation konfrontiert habe, ist er komplett ausgerastet. Das Label ging den Bach runter, aber er wollte das einfach nicht wahrhaben. Er wollte nie etwas wahrhaben.«

Ich schüttle den Kopf.

»Ich weiß, dass du das alles nie glauben wolltest, aber es ist die Wahrheit«, sagt James.

»Cade hatte wirklich einen Nervenzusammenbruch?«

James nickt. »Ja, tut mir leid. Es war einer der schlimmsten Tage meines Lebens. Alle in der Firma haben es miterlebt. Es war der Anfang vom Ende.«

»Wenn du ihn an dem Tag damals nicht aus dem Krankenhaus abgeholt hast, wer war es dann?«

James wirkt erschöpft, und zum ersten Mal fallen mir die dunklen Ränder unter seinen Augen auf und die tiefen Falten zwischen seinen Augenbrauen. »Was weiß ich?«, sagt er.

»Also gut«, sage ich. »Wir gehen jetzt.«

»Ich stelle dir eben noch den Scheck aus«, sagt er.

»Vergiss es«, erwidere ich. »Du hast ja selbst gesagt, dass du schon genug gegeben hast.«

Ich fahre Cade zurück zum Krankenhaus und bleibe noch ein paar Minuten mit ihm auf seinem kleinen Sofa sitzen, bis er zu seinem Vierzehn-Uhr-Termin muss.

»Das mit heute tut mir leid«, sage ich. »James ist ... na ja, zwischen euch war nicht immer alles einfach.« Ich schaue ihn an, aber er starrt mit leerem Blick aus dem Fenster. »Aber das ist wohl ziemlich normal, wenn zwei Freunde gemeinsam eine Firma leiten.« Ich überlege. »Ich hatte mir Sorgen gemacht, dass die Begegnung mit James dich vielleicht erschrecken würde, aber ich versuche einfach, Antworten zu finden.«

Er wendet sich mir zu und fragt: »Er war also mein Freund?«

Ich habe mich allmählich daran gewöhnt, dass er, wenn überhaupt, nur ein oder zwei Wörter sagt, ihn jetzt einen ganzen Satz aussprechen zu hören haut mich wirklich um.

Ich drücke seinen Arm. »Ja«, antworte ich lächelnd. »Es

ist kaum zu glauben, aber ihr beide habt euch mal sehr nahegestanden, ihr wart wie Brüder.«

»Ich versuche, mich zu erinnern. Aber es ist so schwer.«

»Ja.« Ich nicke. »Ich kann nur ahnen, wie es ist, das Gedächtnis zu verlieren. Es macht bestimmt große Angst. Aber sieh dich an! Du bist hier, und du machst Fortschritte. Ich bin mächtig stolz auf dich.«

Er lächelt. »Stolz.« Er sagt das Wort, als versuchte er zu verstehen, was es bedeutet.

»Stolz«, sage ich.

»Kailey«, sagt er.

Meine Augen füllen sich mit Tränen.

»Ich fange an, mich zu erinnern.«

»Das ist großartig. Ich werde dich die ganze Zeit begleiten, bis du wieder in dein altes Leben zurückgefunden hast. Du wirst es schaffen, davon bin ich überzeugt.« Ich muss an meine Reise nach Mexiko denken und wünsche, ich müsste sie nicht antreten. Aber ich habe es Ryan versprochen. »Cade, ich fliege morgen für ein paar Tage nach Mexiko. Während der Zeit werde ich dich nicht besuchen können. Ich ...«

»Mexiko«, sagt er.

Ich lächle. »Mexiko.«

»Ich wollte immer mit dir nach Cancún fahren.«

Mir schlägt das Herz bis zum Hals, als unsere Blicke sich begegnen. Irgendwo da drinnen, hinter all der Verwirrung und Orientierungslosigkeit kann ich den alten Cade erkennen. Einen Moment lang sehe ich das frühere Funkeln in seinen Augen. Einen Moment lang ist er wieder er selbst.

Es klopft an der Tür.

»Herein«, sage ich. Dann steht ein Mann im Anzug in der Tür. Er trägt eine auffällige rote Fliege.

»Hallo, ich bin Dr. Friedman, ich bin Neurologe«, sagt er

und zeigt auf ein Namensschild, das er um den Hals hängen hat. »Ich werde heute mit Ihnen arbeiten, Mr. McAllister.«

Cades Augen weiten sich, er springt auf und wirkt seltsam erregt. Als Dr. Friedman auf ihn zugeht, weicht er ängstlich zurück, bis er mit dem Rücken am Fenster steht.

»Alles in Ordnung, Mr. McAllister?«, fragt der Arzt. Er schaut erst mich, dann wieder Cade an.

»Nein!«, schreit Cade. »Nein, nicht! Nein! Nicht!«

Cade wirkt vollkommen panisch. Als Dr. Friedman vorsichtig noch einen Schritt auf ihn zu macht, sinkt Cade zu Boden. Er nimmt Embryohaltung ein und bedeckt den Kopf schützend mit den Armen.

Ich eile zu ihm. »Es ist alles in Ordnung«, sage ich. »Dr. Friedman will dir nichts tun.«

»Nein, nein, nein!«, stößt Cade immer und immer wieder aus.

Ich schaue Dr. Friedman an, der sich alle Mühe gibt, die Ruhe zu bewahren. »Er hat einen Schub«, erklärt er mir mit ruhiger Stimme. »Es kommt nicht selten vor, dass unsere Patienten Erinnerungsschübe haben oder plötzlich verwirrt sind oder ein traumatisches Erlebnis in der Vergangenheit mit der momentanen Situation in Verbindung bringen.«

»Cade«, flüstere ich in der Hoffnung, dass meine Stimme ihn in die Gegenwart zurückholt, fort von dem schrecklichen Ort, an den seine Erinnerung ihn gebracht hat. »Ich bin's, Kailey. Und Dr. Friedman ist auch hier.« Er blickt vorsichtig auf. »Wir passen auf, dass dir niemand etwas tut. Du brauchst keine Angst zu haben.«

Dr. Friedman lächelt ihn aufmunternd an.

»Es ist alles gut«, flüstere ich. »Versprochen.«

Nach einer Weile nickt Cade und steht auf.

»Sehr schön«, sagt Dr. Friedman. »Dann können wir ja jetzt gehen.«

Cade holt tief Luft, dann schaut er mich ein letztes Mal an.

»Es wird alles gut«, sage ich zu ihm, bemüht, das Zittern in meiner Stimme zu verbergen. »Ehe du dich versiehst, bin ich wieder da.«

Ich parke in der Einfahrt, aber anstatt ins Haus zu gehen, gehe ich ein Stück die Straße hinunter. Es duftet nach Abendessen. Irgendwo wird ein Wokgericht gegessen. Vögel fliegen aus einem Strauch auf, als ich um die Ecke biege. Ich gehe an einem Haus mit einem Holzzaun vorbei, in dessen Vorgarten ein Kirschbaum steht mit einem so gewaltigen Stamm, als würde er in die freie Natur gehören und nicht in einen städtischen Vorgarten.

Ich bleibe stehen, als ich ein rotes Haarband auf dem Gehweg liegen sehe. Bestimmt hat es ein Mädchen auf dem Heimweg verloren. Ich hebe es auf, und im selben Augenblick fällt mir ein, wie Tracy mal eine rote Schleife in einem Baum in der Innenstadt entdeckt hat. Es ist lange her, aber ich höre noch ihre Stimme, als wäre es gestern gewesen: *Binde eine rote Schleife an einen Ast für deine große Liebe.*

Ich hole tief Luft, dann binde ich das Haarband um einen tief hängenden Ast des Kirschbaums. So vieles hat sich geändert seit jenem Tag damals, und doch ist so vieles gleich geblieben.

Zweiundzwanzig

1. August 1998

Ich sitze in der Redaktion und habe gerade einen Textabschnitt fertiggestellt, als das Telefon klingelt. »Hast du den Test schon gemacht?«

Ich zucke zusammen. »Nein, noch nicht.«

»Mach den Test, Kailey«, sagt Tracy. »Es ist bestimmt nichts. Du hast einfach in der letzten Zeit tierisch viel Stress bei der Arbeit. Das wird die Erklärung sein. Aber du fühlst dich garantiert besser, wenn du Gewissheit hast.«

Ich starre meine Handtasche an, als enthielte sie eine tickende Zeitbombe. Ich habe mich Tracy anvertraut, als ich fünf Tage überfällig war. Heute, am Tag sieben, habe ich meine Periode immer noch nicht. Auf dem Weg zur Arbeit habe ich mir im Drogeriemarkt einen Schwangerschaftstest besorgt. »Also gut«, erwidere ich mit einem Seufzer.

»Ruf mich an, wenn du das Ergebnis hast, okay?«

»Okay«, sage ich und lege auf.

Ich schnappe mir meine Handtasche und gehe zwischen den Arbeitsnischen hindurch und dann den Flur hinunter zur Damentoilette. Cade habe ich nichts davon gesagt, dass ich überfällig bin. Überhaupt, wieso sollte ich denn schwanger sein? Ich habe diesen Monat nur ein einziges Mal die

Pille vergessen. Und jeder weiß doch, dass es nichts ausmacht, wenn man sie einmal vergisst. Oder?

Ich betrachte das Stäbchen, dann wende ich mich ab. Drei Minuten. Erst in drei Minuten werde ich das Ergebnis haben. Ich atme scharf ein, als ein bisschen Pink in dem kleinen Fenster an dem Stäbchen erscheint. Erst eine Linie, dann zwei.

Was bedeutet das?

Ich nehme den Beipackzettel aus der Schachtel. *Bedeutet zwei Linien schwanger oder nicht schwanger?* Mein Herz beginnt zu rasen. Und dann habe ich die Antwort.

Ich bin ... schwanger.

Ich stütze mich an der Wand der Toilettenkabine ab. Schwanger.

Benommen gehe ich zu meinem Schreibtisch zurück. Ich rufe Tracy nicht an. Ich rufe niemanden an. Ich starre einfach nur auf meinen leeren Computerbildschirm, bis das Telefon klingelt. Und klingelt und klingelt und klingelt.

»Willst du nicht mal rangehen?«, ruft Al, der Kollege in der Arbeitsnische neben mir.

»Ach so«, sage ich, wie aus einer Trance erwachend. »Tut mir leid.«

Ich nehme den Hörer ab. »Hallo?«

»Hallo, Kailey, hier ist James.«

Ich setze mich kerzengerade auf.

»Ah, hallo, James.«

»Hast du einen Moment Zeit?«

»Was gibt's denn?«

»Wir hatten heute eine Vorstandssitzung, und wir sind uns alle einig, dass Cade nicht länger bei Element Records mitmachen sollte.«

Ich schüttle den Kopf. »Welcher Vorstand? Cade hat nie was von einem Vorstand gesagt.«

»Das ist es ja«, sagt James. »Wir hatten schon immer einen Vorstand. Aber solche Details haben Cade nie interessiert, wichtige Details, von denen das Wohl und Wehe einer Firma abhängt.«

»Okay«, sage ich, »aber mal abgesehen davon, was in aller Welt meinst du damit, dass Cade nicht mehr bei Element Records mitmachen soll?«

»Dir ist doch wohl bewusst, dass er ein Alkoholproblem hat, oder?«

»Er trinkt manchmal einen über den Durst«, sage ich, »aber ein *Problem* würde ich das nicht unbedingt nennen. Er arbeitet immer noch härter als alle anderen in der Firma. Er ist ständig unterwegs zu Auftritten, er opfert sich auf für Element Records.«

James räuspert sich. »Ich wollte es dir eigentlich nicht sagen, aber ...«

»Was wolltest du mir nicht sagen?«

»Also, Cade ist tablettenabhängig.«

»Tabletten? Wovon redest du? Cade hat was gegen jede Art von Drogen. Ich habe noch nie erlebt, dass er irgendwas genommen hätte.«

»Dann ist er verdammt geschickt darin, es vor dir zu verbergen.«

»Ich glaube dir nicht«, sage ich. »Woher weißt du das überhaupt?«

»Eine unserer Praktikantinnen hat in seiner Schublade Hydrocodon und Oxycodon gefunden. Sie hat eine Heftmaschine gesucht und stattdessen einen Jahresvorrat an Opiaten gefunden.«

»Das ergibt doch überhaupt keinen Sinn«, sage ich, obwohl ich spüre, wie ich zu zweifeln beginne. Cade ist seit einiger Zeit nicht mehr er selbst. Neulich habe ich ihn

»Ja.«

Ich folge ihm in die Wohnung, wo er in einem Küchenschrank kramt und schließlich eine orangefarbene Tablettenflasche zum Vorschein bringt. Er öffnet sie und lässt sich zwei Tabletten in den Mund fallen. »Du weißt doch, dass ich dauernd Rückenschmerzen habe.«

Ich stoße einen tiefen Seufzer aus. »Cade, ich weiß überhaupt nicht mehr, was ich noch glauben soll. Du bleibst abends lange aus. Du lässt dich sinnlos volllaufen und schläfst anschließend tagelang am Stück. Du bist schon seit Monaten nicht mehr du selbst.«

Er will mich umarmen, aber ich weiche ihm aus. »Ich weiß nicht mal mehr, was du für mich empfindest«, sage ich mit zitternder Stimme.

Er versucht noch einmal, mich in die Arme zu nehmen. »Kailey, Süße, du weißt doch, dass ich dich liebe. Ich liebe dich mehr als das Leben. Hör nicht auf James, bitte.« Er hebt eine Hand schützend gegen das grelle Licht, das durch die Jalousien im Wohnzimmer fällt. »Verdammte Kopfschmerzen.«

Ich wende mich ab. Mit klopfendem Herzen denke ich an unsere Vergangenheit, an unsere Zukunft und an das Leben, das in mir wächst.

»Hör zu«, sagt er. »Ich weiß, dass ich einiges ändern muss, und das mache ich auch.« Er reibt sich das Tattoo an seiner Schulter. »Für dich. Für uns.«

Ich schaue weg.

»Lass uns nach Mexiko gehen«, sagt er. »Nach Cancún. Wir könnten nächste Woche losfahren.«

Ich schüttle den Kopf. »Mexiko? Nächste Woche? Ich habe einen Job, Cade. Hast du denn jeden Bezug zur Realität verloren?«

Er wirkt gekränkt, und sofort wünsche ich, ich könnte meine Worte zurücknehmen. »Ich meine, ich ...«

»Schon gut«, sagt er. »Aber diese Stadt macht mich fertig.« Er reibt sich die Stirn. »Ich muss hier raus.« Er dreht sich um, als könnte ihn jemand beobachten. In dem Augenblick fällt mir der Bluterguss unter seinem linken Auge auf.

»Was ist das?«, frage ich und berühre den blauen Fleck mit den Fingerspitzen.

»Nichts«, erwidert er und wendet sich ab.

»Blödsinn.«

Er nickt. »Ich hab mich mit einem alten Freund gestritten.«

»Mit wem? Kenne ich ihn?«

»Spielt keine Rolle«, sagt er kopfschüttelnd.

»Doch, das tut es«, sage ich, als er mich an sich zieht. »Ich mache mir Sorgen um dich.«

»Es wird alles wieder gut«, sagt er. »Das verspreche ich dir.«

Ich schüttle den Kopf. »James will dich aus der Firma werfen.«

»Wie bitte?«

»Er sagt, der Vorstand hat zugestimmt. Sie wollen dir eine Abfindung zahlen.«

Cades Gesicht ist aschfahl. Er lässt sich auf das Sofa sinken. Eddie springt auf das Kissen neben ihm. Wie ein Scheidungskind verbringt er seine Zeit zur Hälfte bei Cade und zur Hälfte bei mir.

»Die können dich zu nichts zwingen«, sage ich leise, setze mich neben ihn und kraule Eddie die Ohren.

Cade starrt vor sich hin. »Er hat recht. Ich bin ihnen allen eine Last. Das Beste wäre, wenn ich einfach gehen würde.«

»Nein«, sage ich. »Du weißt genau, dass das nicht stimmt. Du musst ...«

Wir blicken beide auf, als es an der Tür klopft. Da Cade sich nicht rührt, stehe ich auf und öffne. Vor mir steht eine junge Frau, höchstens zwanzig, einundzwanzig Jahre alt. Kaugummi kauend rückt sie ihren rechten BH-Träger zurecht und sieht mich verwundert an. »Oh, tut mir leid, muss mich wohl in der Tür geirrt haben.« Sie macht einen Schritt zurück, wirft erst einen Blick auf die Hausnummer neben der Tür und dann auf einen Zettel, den sie in der Hand hält. »Doch, ich bin hier richtig«, sagt sie. Dann lacht sie in sich hinein. »Moment, Sie sind doch nicht etwa seine *Frau,* oder? Das wäre nämlich ... ziemlich merkwürdig.«

Plötzlich steht Cade hinter mir.

»Hi«, sagt die Frau und tritt einen Schritt vor.

Cade wirkt verwirrt und peinlich berührt. »Tut mir leid«, sagt er. »Ich kann mich nicht an Sie erinnern.«

»Wir haben uns gestern Abend kennengelernt«, sagt die Frau. »In der Bar. Ich bin Alicia. Du meintest, ich könnte mal vorbeikommen und mir deine Plattensammlung ansehen. Ich steh auf Vinylplatten.« Sie hat blondiertes Haar und plappert munter drauflos wie ein Mädchen, das während der ganzen Schulzeit brav in die Sonntagsschule gegangen ist und sich dann im College, nachdem sie eine Weile mit einem Typen aus einer Band gegangen ist, ein Nasenpiercing hat machen lassen.

»Tut mir leid«, sagt Cade noch einmal. »Ich kann mich wirklich nicht erinnern. Ich, ich ...«

»Okay«, sagt sie und spuckt ihren Kaugummi auf den Gehweg. »Ich sehe, du bist ... beschäftigt. Na ja, du hast ja meine Nummer.« Sie zeigt auf seine Hose und grinst. »In der Hosentasche.«

Er schaut auf seine Hosentasche, dann sieht er mich an.

»Ruf mich einfach an.«

Ihre Stimme hallt in meinem Kopf wider und versetzt mich in blinde Wut. Ich ziehe Cade zurück in die Wohnung.

»In Big Sur hast du mir versprochen, den Rest deines Lebens mit mir zu verbringen. Da hast du nichts davon gesagt, dass zu deinem Leben auch fremde Frauen in pastellfarbenen Dessous gehören!« Ich lange in seine rechte Hosentasche und finde den Zettel. *Ruf mich an. Alicia, XX*, steht da unter ihrer Nummer.

»Wow«, sage ich und lege den Zettel auf den Sofatisch.

Ausnahmsweise ist Cade tatsächlich sprachlos. So hat er mich noch nie erlebt.

Am liebsten würde ich ihn anschreien wegen seines unentschuldbaren Verhaltens. Aber so schnell, wie die Wut über mich gekommen ist, so schnell ist sie wieder verflogen und einer tiefen Traurigkeit gewichen. Meine Augen füllen sich mit Tränen. »Ich hab's kapiert«, sage ich. »Ich bin dir nicht genug.«

»Ach, Kailey«, sagt er flehend. »Du bist mir mehr als genug. Du bedeutest mir alles.«

»Und was soll *das* dann?«, frage ich ungläubig. »Wer war das?«

»Das war niemand«, sagt er. »Hör zu, ich hab ein paar Geschäfte in den Sand gesetzt, und vielleicht hab ich in letzter Zeit ein bisschen zu viel getrunken.«

»Vielleicht? Cade, du bist jeden Tag spätestens am Mittag betrunken!«

Er seufzt. »Okay, ich habe gestern zu viel getrunken. Aber es ist nichts passiert. Du musst mir vertrauen. Ich werde dauernd von irgendwelchen Mädchen angequatscht. So ist das im Musikgeschäft. Das weißt du doch. Hab ich mich jemals auf irgendwas eingelassen?«

Ich hebe fragend die Hände. »Woher soll ich das wissen?«

»Aber du *weißt* es«, sagt er und nimmt meine Hand. »Du kennst mein Herz.«

Ich schüttle den Kopf. »Ich *kannte* dein Herz«, sage ich, schnappe mir Eddies Leine und mache sie an seinem Halsband fest. »Aber jetzt erkenne ich es kaum noch wieder.«

Mit einem schrecklichen Gefühl von Endgültigkeit gehe ich zur Tür. Adrenalin schießt durch meine Adern.

»Kailey, warte!«, ruft Cade hinter mir her. »Bitte, geh nicht! Nicht so!«

Ich drehe mich zu ihm um. Seine blauen Augen sehen so traurig aus. Ich liebe ihn so sehr, und ich werde ihn immer lieben. Aber jetzt muss ich gehen. Cade hat die Orientierung verloren, und ich kann ihm nicht länger den Weg weisen. Jetzt muss er allein seinen inneren Kompass finden.

Tränen laufen mir über die Wangen, als ich das Ende der Straße erreiche. Ehe ich um die Ecke biege, drehe ich mich noch einmal um in der Hoffnung, dass Cade hinter mir hergerannt kommt und meinen Namen ruft. Aber er ist nirgendwo zu sehen. Ich berühre kurz meinen Bauch, dann gehe ich mit Eddie weiter.

Dreiundzwanzig

13. Dezember 2008

Ryan nimmt meine Hand, als wir in Cabo aus dem Flugzeug steigen. Ich war noch nie in Mexiko, aber als ich jetzt hier ankomme, muss ich plötzlich an den letzten Tag in Cades Wohnung in Pioneer Square denken, als er mir gesagt hat, dass er gern mit mir nach Mexiko fahren würde. Nach Cancún. Wenn ich mich darauf eingelassen hätte, wäre mein Leben dann anders verlaufen? Ich atme tief ein. Die Luft ist warm und trocken, und ich bin froh, dass ich in letzter Minute anstatt der Jeans das weiße Leinenkleid angezogen habe. Als ich mein Handy einschalte, sehe ich, dass ich mehrere Voicemails habe, doch ich ignoriere sie, entschlossen, mich ganz auf das Hier und Jetzt zu konzentrieren und meine ganze Aufmerksamkeit Ryan zu schenken.

Wir fahren mit dem Taxi ins Hotel, wo uns der Portier mit Margaritas begrüßt. Dann führt er uns zu unserer Suite im dritten Stock mit Blick aufs Meer.

»Gott, ist das schön«, sage ich hingerissen, als wir eintreten.

»Ich dachte mir, dass es dir gefallen würde«, erwidert Ryan.

»Es ist perfekt«, sage ich, während ich mich umsehe. Die Suite ist modern und zugleich gemütlich eingerichtet. Auf dem luxuriösen Bett aus Mahagoniholz liegen Federbetten mit weißem, frisch gestärkten Bezug und weiße Kopfkissen mit Stickerei in Pink und Türkis. Das angrenzende, durch einen Vorhang abgetrennte Badezimmer ist mit einer einladenden Badewanne für zwei und einer Dampfdusche ausgestattet. Es ist alles exquisit, und doch versetzt es mir einen Stich, wenn ich daran denke, wie es Menschen ergeht, die auf der Straße leben, so wie Cade es jahrelang getan hat. Eine geteilte Welt, auf der einen Seite Schönheit, auf der anderen Finsternis, und in der Mitte eine klare Trennungslinie.

Auf der Minibar stehen eine Flasche bester Tequila, eine Schale mit Limetten und eine kleinere mit gesalzenen Cashewkernen. Ryan füllt zwei Gläser und tritt hinaus auf den Balkon mit dem im Prospekt versprochenen Infinity Pool. Ryan schlüpft in seine Badehose, ich ziehe mir schnell meinen blauen Bikini an, und dann lassen wir uns in das warme Wasser gleiten.

»Auf uns«, sagt Ryan lächelnd und hebt sein Glas.

»Auf uns«, sage ich und kippe meinen Tequila. Er brennt im Hals, doch in meinem Innern bereitet sich ein wohliges Gefühl aus.

Ich schaue zu, wie die Wellen an die Küste krachen. Sie sind wild und ungestüm und dreschen erbarmungslos auf den Sandstrand ein. Ich empfinde tiefe Ehrfurcht vor ihrer Kraft, überhaupt vor Kräften, die wir nicht kontrollieren können. Kräften, die die Sonne unter- und den Mond aufgehen lassen. Die für Ebbe und Flut verantwortlich sind. Ich denke daran, wie wir von bestimmten Menschen angezogen werden. Wie ich mich vor so vielen Jahren zu Cade hingezogen fühlte. Unsere Anziehung war magnetisch, unentrinnbar.

Natürlich habe ich mich auch zu Ryan hingezogen gefühlt, gleich von Anfang an – aber auf andere Weise. Zwischen uns ging alles ruhiger zu, gemächlicher. Ist die Beziehung deswegen besser und dauerhafter? Ich liebe Ryan sehr, aber unsere Wellen sind schon immer weicher gewesen. In unserem Meer zu schwimmen ist ungefährlich. Bei Cade war es anders. Da war der Wellengang so hoch, dass man den Strand hätte sperren müssen.

Ryan schmiegt sich an mich und legt mir einen Arm um die Taille. Wie immer beruhigt mich seine Anwesenheit, und ich lege den Kopf auf seine Schulter, genieße seine Liebe, atme sie ein, sonne mich in ihr.

»Ich bin froh, dass wir hergekommen sind«, sagt er und steckt sich einen Cashewkern in den Mund. »Manchmal muss man wegfahren, um sich bewusst zu machen, wie schön es zu Hause ist.«

Ich schaue ihn an. »Glaubst du etwa, dass mir unser gemeinsames Leben nicht gefällt?«

»Nein, das ist es nicht«, sagt er. »Wir träumen schon so lange von unserer gemeinsamen Zukunft. Sie ist wie ein Haus, das wir sorgfältig geplant und entworfen haben. Du hast die Fenster ausgesucht, ich die Haustür. Wir haben uns über die Tapeten und die Badezimmerfliesen gestritten, aber schließlich einen Kompromiss gefunden. Und jetzt könnte der Grundstein gelegt werden. Alle Genehmigungen liegen vor. Die Bagger stehen schon parat und die Betonmischer.« Er schaut mir tief in die Augen. »Aber ich glaube nicht, dass du bereit bist, das Fundament zu gießen.«

Er hat recht, und er weiß es. Und zum ersten Mal wird mir bewusst, dass ich diesen wunderbaren Mann verlieren könnte, wenn ich nicht aufpasse.

»Das Meer ist ziemlich aufgewühlt«, sagt Ryan. »Wollen

wir vielleicht runter an den Pool gehen? Der Wasserfall sah großartig aus im Prospekt. Ich würde ihn mir gern in natura ansehen.«

»Gute Idee«, sage ich. »Geh schon mal vor, ich komme gleich nach. Ich will mir nur was anderes anziehen und ein paar Sachen aus dem Koffer nehmen.«

»Alles, was du willst, Liebes«, sagt er lächelnd.

Mexiko ist wunderschön. Dieser Gedanke geht mir durch den Kopf, als ich am Pool auf einem Liegestuhl liege, während Ryan seine Bahnen schwimmt und der Barmann uns noch zwei Margaritas mixt. Aber all der Luxus, der mich umgibt, kann meinen Kummer nicht lindern.

»Haben Sie was dagegen, wenn wir uns hier hinsetzen?«, fragt jemand und zeigt auf die beiden leeren Liegestühle neben mir.

Ich blicke auf und sehe ein Paar vor mir, das etwa in meinem Alter ist. Sie trägt einen weißen Bikini und um die Hüften einen durchsichtigen, schwarzen Pareo. Er ist groß und braun gebrannt, trägt eine marineblaue Badehose und eine Ray-Ban-Sonnenbrille.

»Nein, überhaupt nicht«, sage ich. »Nur zu.«

»Danke«, sagt die Frau. »Ich bin Allie.«

»Hi, ich bin Kailey.«

Sie lächelt und trinkt einen Schluck von dem Fruchtcocktail in ihrer Hand.

»Sind Sie auch auf Hochzeitsreise?«

Ryan setzt sich auf den Liegestuhl neben mir und lächelt die beiden an.

»Nein«, antworte ich. »Wir machen ... nur Urlaub.«

Ryan beugt sich vor. »Wir heiraten demnächst«, sagt er. »Man könnte also sagen, wir üben schon mal.«

Allie lacht. »Auf die Idee ist Ray leider nicht gekommen«, sagt sie und schaut den Mann an ihrer Seite an. »Wir haben letztes Wochenende geheiratet.«

Ich spüre Ryans Blick auf mir. »Herzlichen Glückwunsch.«

»Werden Sie Ihre ... eigentliche Hochzeitsreise auch hierher machen?«

»Das wissen wir noch nicht«, sage ich. »Wir haben uns noch nicht entschieden.«

»Wirklich nicht?« Allie wirkt schockiert. »Wir haben diese Reise schon vor anderthalb Jahren gebucht«, sagt sie und legt ihrem Mann liebevoll einen Arm um die Taille. »Jedenfalls ist es toll, verheiratet zu sein. Ich liebe es, ›mein Mann‹ zu sagen, wenn ich von Ray spreche. Das ist für mich das Höchste.« Sie beugt sich zu mir vor und fügt in vertraulichem Tonfall hinzu: »Aber die Hochzeit zu planen hat auch einen Riesenspaß gemacht. Ich hatte zwölf Brautjungfern!«

»Das klingt ja nach einer großen Hochzeit«, sage ich.

»Ja, wir hatten sechshundert Gäste«, sagt Allie.

Plötzlich wird mir ein bisschen schummrig, und ich reibe mir die feuchten Hände. Hat der Barmann mir etwa eine doppelte Margarita gemacht?

»Mein Brautstrauß bestand aus Rosen und Fresien«, flötet Allie. »Und erst die Hochzeitstorte! Fünfstöckig mit Orchideen aus rosa und fliederfarbenem Fondant! Ein Stück davon haben wir eingefroren – für unseren ersten Hochzeitstag.«

Mein Herz pocht. Ich fühle mich, als wäre ich in einem engen Raum ohne Fenster und Türen eingeschlossen.

»Es war ein Traum«, fährt Allie fort. »Und ich hatte ein fantastisches Kleid. Wollen Sie ein Foto sehen?«

Nein. Ich will kein Foto von ihrem Hochzeitskleid sehen. Nein, ich will nicht über ihre Hochzeit reden und auch nicht über meine eigene oder über irgendeine romantische Liebesgeschichte mit Happy End.

Ich stehe abrupt auf. »Entschuldigt mich bitte. Ich ... ich glaube, ich habe zu viel Sonne abbekommen oder zu viele Cocktails getrunken. Oder beides. Ich fühle mich nicht besonders. Ich glaube, ich muss mich ein bisschen hinlegen.«

Mir dreht sich alles. Schweißperlen treten mir auf die Stirn.

»Ich komme mit«, sagt Ryan besorgt und nimmt meine Tasche.

»Gute Besserung«, ruft Allie mir mit einer Mischung aus Verwirrung und Besorgnis nach.

In unserer Suite sind gerade zwei Zimmermädchen dabei, das Bett zu machen. Ryan bittet sie höflich zu gehen, und ich lasse mich aufs Bett sinken.

»Hier«, sagt Ryan und setzt sich auf die Bettkante. »Trink einen Schluck Wasser. Es ist heiß draußen, du bist bestimmt dehydriert.«

Ich nehme das Glas und trinke es in einem Zug leer. Ach, wenn Wasser mein krankes Herz gesund machen könnte.

Zum Abendessen bestellt Ryan eine Flasche Wein von einem unserer Lieblingsweingüter im Napa Valley.

»Caymus«, sage ich, um gute Stimmung bemüht.

»Wie schön, dass die ihn auf der Karte haben, nicht wahr?«, sagt er.

Ich lächle bei der Erinnerung daran, wie er mich fünf Monate nachdem wir uns kennengelernt hatten, mit einem Kurztrip ins Napa Valley überrascht hat. Damals haben wir uns beide auf Anhieb in dieses kleine Weingut verliebt. Die kurvige Straße führte durch Wiesen voller Wildblumen, und ich habe Ryan gebeten anzuhalten, damit ich eine

Mohnblume pflücken konnte. Jetzt sehne ich mich nach dieser Zeit zurück.

Als der Kellner unsere Gläser füllt, bemerke ich das Pärchen vom Pool. Sie sitzen an einem Tisch am anderen Ende des Speisesaals und beugen sich gerade beide so weit über den Tisch, dass es aussieht, als würden sich ihre Nasen berühren.

»Mein Bruder fliegt zu unserer Verlobungsparty ein«, sagt Ryan, lässt seinen Wein im Glas kreisen und trinkt einen Schluck.

»Das freut mich«, sage ich, darauf bedacht, mir nicht anmerken zu lassen, dass ich die Verlobungsparty total vergessen hatte. Ryan hat für den Anlass den Festsaal im Serafina reserviert, einem Restaurant in Eastlake, das wir beide sehr mögen. Aber das Serafina war schon eins meiner Lieblingsrestaurants, lange bevor ich Ryan überhaupt kennengelernt habe. In Wahrheit ist jeder Quadratzentimeter der Stadt für mich voller Erinnerungen. Erinnerungen an eine andere Zeit.

»Und Gregory und Katie haben auch zugesagt«, fährt er fort. »Ich hätte nie gedacht, dass sie die lange Fahrt auf sich nehmen würden.«

Ich denke an all die Leute, die zu der Party kommen werden. Gregory und Katie. Mike und Lisa. Evie und Jonathan. Jan. Tracy. Ryans Chef. Das nette Pärchen aus unserer Straße, das gerade sein erstes Kind erwartet. Alle kommen, um unsere Liebe zu feiern. Mein Handy summt in meiner Handtasche, und ich nehme es heraus. Ich habe Dr. Branson meine Nummer gegeben und sie gebeten, mich anzurufen oder mir eine SMS zu schicken, falls etwas mit Cade wäre.

»Kailey«, sagt Ryan leise.

Ich blicke von meinem Handy auf. Es war nur eine SMS von Tracy.

»Ist es zu viel verlangt, wenn ich dich heute Abend für mich allein haben möchte?«, fragt er. »Ich möchte dich heute mit niemandem teilen. Nicht mit deinem Handy. Nicht mit deiner Vergangenheit. Und erst recht nicht mit deinem Exfreund, der dir vielleicht noch ziemlich am Herzen liegt.«

Ich ringe mir ein Lächeln ab und nehme seine Hand. »Natürlich ist das nicht zu viel verlangt«, sage ich und blinzle verstohlen ein paar Tränen fort. »Ich gehöre nur dir, Ryan.«

»Wirklich?«, fragt er zärtlich. Verletzlich.

»Ja«, sage ich und drücke seine Hand. »Ja.«

Es ist neun Uhr, als mich am nächsten Morgen das Klingeln meines Handys in der Handtasche weckt. Ryan hält mich fest umschlungen, und ich möchte am liebsten so liegen bleiben. In seinen Armen fühle ich mich sicher und geborgen. Aber das Handy gibt keine Ruhe. Ryan murmelt etwas, als ich mich aus seiner Umarmung löse.

Ich werfe einen Blick auf das Display. Eine unbekannte Nummer. »Hallo?«

»Kailey, hier spricht Dr. Branson. Tut mir leid, Sie zu stören, ich weiß, dass Sie im Ausland sind. Aber es geht um Cade.«

»Was ist passiert?«

Ryan setzt sich im Bett auf.

Dr. Branson räuspert sich. »Er ist verschwunden, und wir können ihn nicht finden.«

»Was soll das heißen, er ist *verschwunden?*«

»Wir haben hier rund um die Uhr Personal«, antwortet sie. »Die Schwester am Empfang war vermutlich gerade auf der Toilette, als er gegangen ist. Auf der Aufnahme der Sicherheitskamera sieht man, wie er heute Morgen gegen vier das Gebäude verlässt.«

»Das ist ja schrecklich«, sage ich.

»Ja«, sagt sie. »Aber es ist sicherlich kein Grund zur Panik. Vielleicht kommt er ja wieder zurück. Ich habe die Wachleute des Krankenhauses gebeten, die Augen nach ihm offen zu halten.«

Ich schaue durch die Balkontür nach draußen. Wellen überspülen den weißen Sandstrand. Alles ist ruhig und friedlich, aber mein Inneres ist in Aufruhr. Cade ist wieder auf der Straße. Und ich bin Tausende Kilometer weit weg.

»Ich komme zurück, ich nehme das nächste Flugzeug«, sage ich. »Ich finde ihn. Ich weiß, wohin er geht.«

»Ich weiß nicht, ob das wirklich nötig ist«, sagt Dr. Branson.

»Er würde dasselbe für mich tun«, entgegne ich.

Ryan sagt nichts, als ich das Handy ablege. »Cade ist verschwunden«, sage ich. »Wahrscheinlich hast du es mitbekommen.«

Er nickt und lehnt sich in die Kissen zurück. Ich weiß nicht, ob er besorgt oder sauer ist oder beides.

»Es tut mir schrecklich leid«, sage ich. »Aber ich muss zurück. Ich halte es hier nicht aus, wenn ich weiß, dass er wieder auf der Straße ist. Er ist verloren, Ryan. Er braucht meine Hilfe. Und ich weiß, dass es dir schwerfällt, das zu verstehen, aber ich muss ihm helfen.«

Ryan seufzt. »Natürlich möchte ich nicht, dass du zurückfliegst«, sagt er. »Aber du musst tun, was du tun musst. Unsere Beziehung fußt auf gegenseitigem Vertrauen und auf der Freiheit zu tun, was wir tun müssen.«

»Danke«, sage ich, während ich hastig packe.

Anschließend rufe ich bei der Fluggesellschaft an, um meinen Rückflug umzubuchen. Wenn ich mir sofort ein Taxi nehme, erwische ich noch den Flieger, der um elf Uhr nach Seattle geht.

Ich schlüpfe in meine Jeans und binde mir die Haare zu einem Pferdeschwanz zusammen. Dann setze ich mich zu Ryan auf die Bettkante.

»Am liebsten würde ich bleiben«, sage ich. »Aber ich muss weg.«

Er schaut mir in die Augen, dann zieht er mich an sich. »Tu, was du tun musst, Liebes.«

Mit Tränen in den Augen küsse ich ihn zum Abschied. »Danke. Du ahnst nicht, wie viel mir dein Verständnis bedeutet, Ryan.«

Vierundzwanzig

10. Oktober 1998

Die Schmerzen sind unerträglich.

»Atmen«, ermahnt mich Tracy, als sie in die James Street einbiegt, die zum Swedish Medical Center führt. »Wir sind gleich da.«

Ich hole tief Luft, dann schreie ich wieder vor Schmerzen auf. Die Handtücher unter mir sind längst klitschnass. Ich habe noch nie so viel Blut gesehen.

»Halt durch«, sagt Tracy. »Nur noch ein paar Minuten.«

Mir ist schwindlig, und ich fühle mich schwach. Ich weiß genau, was mit mir passiert. Das Kind, das Cade und ich gezeugt haben, ist dabei, meinen Körper zu verlassen, genau wie Cade mich verlassen hat. »Es tut so weh«, jammere ich. Aber in dem Moment denke ich, dass körperlicher Schmerz nichts ist im Vergleich zu dem Herzschmerz, den ich empfinde. Dass ich das alles allein durchstehen muss. Werde ich es schaffen?

»Ich bin bei dir«, sagt Tracy und biegt auf den Krankenhausparkplatz ein. »Es wird alles gut.«

»Ich hasse ihn!«, schreie ich, als mich die Schmerzen erneut zu zerreißen drohen. »Ich hasse ihn dafür, dass er nicht bei mir ist!«

»Atmen, Liebes«, sagt Tracy.

Sie kurbelt das Fenster herunter und ruft einem Krankenhausangestellten in einem blauen Kittel zu: »Wir brauchen einen Rollstuhl!«

Wenige Augenblicke später sind wir im Aufzug unterwegs in den dritten Stock. Benebelt nehme ich wahr, dass medizinisches Personal sich um mich kümmert.

»O Gott, sie verblutet!«

»Hol den Arzt!«

»Wo ist der Ehemann?«

»Schnell, eine Infusion!«

»Ihr Blutdruck sinkt.«

Es ist wie in einem Albtraum, in dem man schreien will und keinen Ton herausbringt. Ich bin allein mit meinen Schmerzen, den körperlichen und den seelischen. Ich stöhne und weine. Tracy spricht für mich. Sie drückt meine Hand und wischt mir den Schweiß von der Stirn. Schmerzen durchzucken mich wie Dolchstiche.

Ich spüre alles, obwohl ich am liebsten überhaupt nichts mehr spüren möchte.

»Tracy?«

»Ich bin bei dir.«

»Ich hab das Baby verloren, nicht wahr?«

Sie drückt meinen Arm. »Es tut mir so leid, Kailey.«

Ich wende mich ab und stöhne, als ein Arzt mit einer sanften Stimme und einer Brille mit dunklem Rand kommt, um mir eine Spritze zu geben. »Das ist gegen die Schmerzen«, sagt er.

Ich spüre den Nadelstich, und kurz darauf umfängt mich Stille. Ein Arzt und eine Krankenschwester hantieren zwischen meinen gespreizten Beinen und entfernen die Überreste dessen, was einmal mein Kind hatte werden sollen.

Als es vorbei ist, starre ich trübsinnig aus dem Fenster. Die Kirschbäume, die die James Street säumen, verlieren ihr Laub. Vor zwei Jahren bin ich mit Cade Hand in Hand hier entlang spaziert, als sie in Blüte standen. An einem Baum ist er stehen geblieben und hat einen Ast geschüttelt, sodass die Blütenblätter herabrieselten. »Regnet auf meine Geliebte«, hat er gesagt.

Ein Arzt betritt leise das Zimmer. »Verzeihen Sie«, sagt er. »Ich dachte, es würde Sie interessieren zu wissen ...«, er zögert, »dass es ein Mädchen war.«

Mein Herz beginnt zu pochen. Meine Tochter. Cades Tochter. Jetzt sind wir eine Familie, zusammengeschweißt durch dieses winzige Leben, das wir gezeugt haben. Aber er ist fort. Sie sind beide fort. Und die Welt ist düster.

Tracy nimmt meine Hand. »Ach, Kailey, es tut mir so leid.« Ich schließe die Augen und weine.

Fünfundzwanzig

15. Dezember 2008

Auf dem Flug nach Seattle finde ich keine Ruhe. Ich rutsche nervös auf meinem Sitz hin und her, kann mich nicht auf den Film konzentrieren, der im Flieger gezeigt wird, versuche vergeblich zu schlafen. Ich fühle mich nur hundeelend. Fliegen hat mich immer fasziniert, die Vorstellung, zehn Kilometer über der Erde zu sein, zwischen dem Hier und Dort zu schweben. Eigentlich nirgendwo zu sein. Normalerweise fühle ich mich wohl in diesem Nirgendwo, aber diesmal nicht. Der Pilot kann die Maschine gar nicht schnell genug fliegen, und während ich die Wolken von oben betrachte, mache ich mich verrückt vor Sorge. *Cade, ich komme. Ich komme.*

Ich renne vom Gepäckband zur Zollkontrolle, haste nach draußen und schnappe mir ein Taxi. Ich rufe im Krankenhaus an und lasse mich mit der Einrichtung verbinden, in der Cade untergebracht ist. Als sich dort niemand meldet, weise ich den Fahrer an, direkt zu dem Gebäude zu fahren. Ich bitte ihn zu warten und renne zum Empfangstresen. Cade ist noch nicht wieder aufgetaucht.

Ich lasse mich in die Stadt fahren, vorbei am Le Marché, vorbei an Cades alter Wohnung in Pioneer Square, dann sechsmal die Fourth und die Fifth Avenue rauf und runter.

»Soll ich Sie nicht lieber woandershin fahren?«, fragt der Taxifahrer, als wir an einer roten Ampel stehen.

Es ist die teuerste Taxifahrt meines Lebens, aber das ist mir egal. Ich bitte ihn, noch einmal eine Runde durch die Innenstadt zu drehen. Er tut es, aber Cade ist nirgendwo zu sehen.

»Fahren Sie mich nach Hause«, sage ich niedergeschlagen und gebe dem Mann meine Adresse.

Zehn Minuten später halten wir an. Ich bezahle, und der Taxifahrer hievt meine Reisetasche aus dem Kofferraum. Nachdem er weggefahren ist, gehe ich zum Haus. Meine Augen weiten sich, als ich auf den Stufen zur Veranda, im Schatten der Glyzine, eine Gestalt hocken sehe.

Ich lasse meine Tasche fallen. »Cade!«

Seine Miene hellt sich auf, als er mich sieht. »Hi«, sagt er.

»Was ist passiert? Warum bist du hier?«

Er reibt sich die Stirn. »Ich weiß es nicht. Du ... du hast mir gefehlt.«

Ein sonderbares Gefühl erfüllt mich. Als würde in meinem Innern etwas bersten. Es ist intensiv und überwältigend. »Wirklich?«

»Du warst so lange weg«, sagt er.

»Nur drei Tage«, erwidere ich und nehme seine Hände. »Als Dr. Branson mich angerufen und mir gesagt hat, dass du verschwunden warst, bin ich sofort zurückgekommen.«

»Tut mir leid«, sagt er. »Ich wollte nur ...«

»Ich gehe nicht wieder fort. Vorerst jedenfalls nicht. Nicht, bis es dir besser geht. Du machst so große Fortschritte. Das neue Medikament scheint gut zu wirken.«

Wir gehen ins Haus. Cade sieht sich um. »Ich erinnere mich. Immer mehr.«

»Woran erinnerst du dich? Erzähl's mir.«

Er lächelt. »An ... dich. Und an Schiffe.«

»Schiffe?«

Er nickt. »Wir sind einmal mit einer Fähre gefahren, oder? Zu einer Insel.«

»Ja«, sage ich, nehme mein Handy heraus und durchsuche meine Fotos, bis ich die Aufnahme finde, die Cade vor so vielen Jahren von mir auf der Fähre gemacht hat. »Erinnerst du dich daran?«

Er blinzelt, nimmt mein Handy und betrachtet das Foto eine ganze Weile. »Ja.« Er lächelt. »Es ist wie ein verschwommener Traum.«

»An dem Tag hast du mir das Leben gerettet, weißt du noch?«, frage ich.

Er nickt.

»Komisch, dass du Schiffe erwähnt hast, als ich dich gefragt habe, woran du dich erinnerst.«

Seine Miene verdüstert sich. Ich setze mich aufs Sofa, und er setzt sich neben mich.

»Was ist los?«

»Es gibt noch etwas, an das ich mich erinnere«, murmelt er.

»Woran denn?«

Er wirkt gequält, als würde er sich an etwas Schlimmes erinnern, das er am liebsten gleich wieder in die hinterste Ecke seines Bewusstseins zurückdrängen würde.

»Cade«, sage ich und lege ihm eine Hand auf den Arm, »erzähl's mir.«

Er starrt geradeaus. »Es war dunkel. Da war Wasser.« Seine Hand zittert. »Etwas hat mich am Kopf getroffen.«

»Etwas? Was denn?«

»Ich weiß es nicht«, sagt er. »Es war kalt. Überall krachten Wellen. Ich habe Blut geschmeckt.«

»Bist du dir ganz sicher? Dr. Branson hat gesagt, deine Erinnerungen würden zurückkommen, aber es könnte sein, dass sie ziemlich verwirrend wären.«

»Ich weiß nicht«, sagt er. »Kann sein.«

»Gibt es noch etwas, woran du dich erinnerst? Irgendwas Konkreteres?«

Er schweigt eine ganze Weile, und ich warte. Ich lasse ihm Zeit, sich zu erinnern.

»Princess«, sagt er.

»Wie?«

»Das stand auf dem Rumpf des Schiffs.«

»Ganz sicher?«

Er nickt. »Ich glaube ja. In dunkelblauen Buchstaben.«

Ich nehme mein Handy heraus und öffne ein Browserfenster. »Vielleicht ist es eine Marke.« Als Suchbegriff gebe ich »Princess« und »Jacht« ein, und wie erwartet gibt es eine Firma dieses Namens.

»Okay«, sage ich. »Ich werde mich da mal schlaumachen.«

»Was glaubst du, was das zu bedeuten hat?«, fragt Cade.

»Das weiß ich nicht«, antworte ich. »Aber ich werde es herausfinden, das verspreche ich dir.«

Ich bringe Cade zurück zu seinem Apartment. Gemeinsam fahren wir mit dem Aufzug in den dritten Stock.

Er macht mir eine Tasse Kaffee. Nachdem Dr. Branson mir grünes Licht gegeben hat, habe ich ihm eine Espressomaschine gekauft, und ich lächle erfreut, als er mir die dampfende kleine Tasse reicht. »Du hast immer so gern Kaffee getrunken«, sage ich.

»Ja?«

Ich lächle ihn verschmitzt an. »Du hast dir sogar eine

von diesen riesigen Espressomaschinen von La Marzocco gekauft, wie sie in Cafés benutzt werden.«

»Wirklich?« Er lacht.

»Ja, wirklich. Sie war rot.«

Er setzt sich auf das kleine Sofa, und ich setze mich neben ihn. Unsere Schenkel und unsere Arme berühren sich. »Wie war ich früher?«, fragt Cade, der plötzlich sehr nachdenklich wirkt.

»Du warst einzigartig«, sage ich. »Du warst ganz verrückt nach Musik und nach Martinis und nach mit Käse gefüllten Oliven.«

Er hebt die Brauen.

»Du bist gern gereist und warst gern unter Leuten und hattest tausend Schallplatten. Du konntest die witzigsten Geschichten erzählen. In den zwei Jahren, die wir zusammen waren, sind dir nie die Geschichten ausgegangen, und du hast mich immer zum Lachen gebracht.«

»Zwei Jahre«, sagt er, ein bisschen verwundert und ein bisschen wehmütig.

»Ja«, sage ich. »Und ich war jeden Tag glücklich, mit dir, selbst an den schwierigen letzten Tagen.«

»Warum waren sie schwierig?«, fragt er. Es ist, als stünde sein Gehirn in Flammen, es feuert so viele Fragen ab, dass er kaum nachkommt, sie in Worte zu fassen.

Ich erzähle ihm von Ereignissen bei Element Records. Wie er angefangen hat zu trinken. Ich erzähle ihm von James' Vorwürfen.

Er sieht mich an, und seine großen Augen sind so ernst, dass ich ihn am liebsten in die Arme nehmen und ganz fest an mich drücken würde. »Ich wünschte, ich könnte dich immer noch zum Lachen bringen«, sagt er. »So wie früher.«

»Ach, Cade«, sage ich, von Gefühlen überwältigt. »Ich bin so glücklich, dass ich dich wiedergefunden habe. Du hast mir so sehr gefehlt. Jeden Tag, seit du verschwunden warst. Ich habe die ganze Stadt nach dir abgesucht. Und ich habe nie aufgehört, nach dir zu suchen, auch wenn eine Stimme tief in meinem Innern mir gesagt hat, ich soll damit aufhören. Ich habe um dich getrauert, als wärst du gestorben. Ich musste mich von dir verabschieden. Und seitdem bin ich nicht mehr die, die ich vorher war.«

Er wischt mir zärtlich eine Träne von der Wange. »Was hast du in all den Jahren gemacht?«

Ich schlucke. »Ich habe in New York für eine Zeitschrift gearbeitet. Es war furchtbar. Mein Chef war ein Idiot, nicht auszuhalten.« Ich lache. »Und ich hatte Mäuse in der Wohnung.«

Er lächelt und hört mir aufmerksam und geduldig zu.

»Vor vier Jahren bin ich nach Seattle zurückgezogen, als meine frühere Chefin mir angeboten hat, wieder beim *Herald* zu arbeiten. Danach habe ich Ryan kennengelernt.«

Cade senkt den Blick.

»Tut mir leid, ich ...« Ich beende den Satz nicht. Ich weiß nicht, wie ich weitererzählen soll.

»Liebst du ihn?«, fragt Cade unvermittelt.

»Ja«, sage ich. Es ist die komplizierte Wahrheit.

Er nickt. »Ich hatte großes Glück.«

»Wie meinst du das?«

»Es ist ein großes Glück, dich in meinem Leben gehabt zu haben«, sagt er ernst und wehmütig.

»Aber du hast mich doch immer noch in deinem Leben. Und daran wird sich auch nichts ändern. Niemals.«

»Ich wünschte ...«

Ja, ich wünschte auch. Ich wünschte so sehr ...

Unsere Blicke begegnen sich, und ich spüre, wie sehr ich mich zu ihm hingezogen fühle. Ich schließe die Augen ganz fest. Es geht nicht. Es wäre nicht recht. Er ist nicht er selbst, und ich ...

Ich spüre seine Fingerspitzen an den Lippen und werde von Gefühlen überwältigt.

»Mach die Augen auf«, sagt er plötzlich mit derselben Leidenschaftlichkeit, die damals so typisch für ihn war. »Ich will, dass du mich siehst.«

Ich gehorche, und als er mich an sich zieht, protestiere ich nicht. Ich schmelze in seinen Armen dahin. Er zieht mich auf seinen Schoß. Unsere Körper schmiegen sich aneinander, und dann küsst er mich. Als unsere Lippen sich vereinen, wirbelt mir alles durch den Kopf, die Vergangenheit, die Zukunft ... aber es ist mir egal. Es gibt nur noch uns. Nur noch diesen Moment.

Plötzlich klopft es an der Tür, und ich löse mich aus seiner Umarmung. Nervös springe ich auf und richte mir das Haar, das ganz zerzaust ist.

Cade öffnet die Tür. Es ist Dr. Branson.

»Mr. McAllister«, sagt sie. »Schön, dass Sie wieder bei uns sind. Ich hoffe, Sie haben nicht vor, uns so bald wieder zu verlassen.«

Er schüttelt den Kopf, dann schaut er mich an.

»Hallo«, sage ich. »Ich wollte nur ein Weilchen bleiben, bis er sich wieder eingewöhnt hat.«

»Selbstverständlich«, sagt die Ärztin. »Ich möchte Sie auch nicht stören. Aber später würde ich gern ein paar Untersuchungen durchführen.«

Nachdem sie gegangen ist, stehen wir einen Moment lang schweigend da. Ich habe große Schuldgefühle und auch Angst. So gern ich zu ihm zurückkehren und wieder dort weitermachen würde, wo wir aufgehört haben, ich weiß, dass es nicht recht wäre. Ich werde Ryan heiraten.

»Es tut mir leid«, sage ich schließlich in das Schweigen hinein. »Das hätten wir nicht tun dürfen.«

Er wirkt verwirrt, doch dann nickt er.

Ich mache einen Schritt auf die Tür zu.

»Du könntest ... bleiben«, sagt er.

In seiner Stimme liegt so viel Sehnsucht, dass ich mich ihm am liebsten in die Arme werfen und zulassen möchte, dass er die Leere in meinem Herzen mit seiner Liebe füllt, der Liebe, die er mir einst so freimütig geschenkt hat. Aber ich kann nicht.

»Ich muss gehen«, sage ich. »Ich ...«

Er setzt sich und starrt aus dem Fenster.

»Bitte«, sage ich. »Ich würde am liebsten bleiben, aber ich ... kann einfach nicht.«

Er rührt sich nicht, als ich nach dem Türknauf greife.

»Ich komme morgen Nachmittag wieder her. Versprochen.«

Auf dem Heimweg klingelt mein Handy. Es ist Ryan, der aus Mexiko anruft.

»Hi«, sage ich. Ich fühle mich erschöpft und ganz weit weg, als hätte ich an einem einzigen Nachmittag drei Leben gelebt. Mein Herz ist schwer vor Schuldgefühlen.

»Na, hast du deinen Vagabunden wieder eingefangen?«, fragt Ryan.

Sein Ton gefällt mir nicht, aber ich weiß, dass ich kein Recht habe, sauer zu sein. »Ja«, sage ich. »Ich habe ihn gefunden und wieder im Krankenhaus abgeliefert.«

»Gut«, sagt er. »Ich wollte heute zurückfliegen, aber ich würde die Hotelkosten nicht erstattet bekommen, also kann ich genauso gut hierbleiben und die Sonne genießen.«

Regen prasselt auf meine Windschutzscheibe. Alles um mich herum ist grau. Das Licht. Die Wolken. Der Asphalt. Die ganze Welt – grau und trüb.

»Ist in Ordnung«, sage ich. »Bleib ruhig.«

»Ich liebe dich«, sagt Ryan. »Ich verstehe dich nicht immer, aber ich liebe dich.«

»Ich liebe dich auch«, sage ich, erschrocken über die Worte, die mir aus dem Mund kommen. Sie hallen in meinem Kopf wider, nachdem ich aufgelegt habe.

Ich umklammere das Steuerrad und fange an zu weinen.

Sechsundzwanzig

16. Dezember 2008

Die Reaktionen auf deine Serie brechen alle Rekorde«, sagt Jan am nächsten Morgen in der Redaktion. »Reichlich Futter für die Leserbriefseite.«

Ich seufze, weil ich an Ryans Projekte in Pioneer Square denken muss, deren Verwirklichung immer näher rückt. »Vielleicht sollten wir es dabei belassen. Schließlich habe ich beide Seiten beleuchtet. Sowohl die Fürsprecher der Obdachlosen als auch die Bauträger haben ihre Positionen deutlich gemacht.«

Jan schüttelt den Kopf. »Ein Teil fehlt noch.« Sie durchbohrt mich mit ihrem Blick. Ich weiß, dass sie recht hat.

»Wann gibst du mir die Geschichte zum Lesen?«

Ich weiß genau, worauf sie anspielt – den Artikel über Cade. Ich bin recht weit mit dem Text, aber er ist noch lange nicht fertig.

»Bald«, sage ich und betrachte das gerahmte Verlobungsfoto von Ryan und mir, das auf meinem Schreibtisch steht.

»Dieses Wochenende ist eure Verlobungsparty, nicht wahr?«

Ich nicke.

»Ich versuche, zu kommen«, sagt sie. »Wenigstens für ein Stündchen.«

Ich lächle.

»Kailey, du musst das nicht machen, wenn du es nicht willst.«

»Ich werde Ryan heiraten, Jan«, sage ich. »Ich heirate ihn, und du bist jetzt schon zu unserem zehnten Hochzeitstag eingeladen und auch zu unserer Silberhochzeit.«

Ich wende mich zum Gehen, ehe ich ihren Gesichtsausdruck sehen kann.

Ich bin mit Tracy zum Mittagessen verabredet. Sie erzählt mir von Trent, ihrem neuen Freund.

»Mir gefällt alles an ihm«, sagt sie. »Bis auf seinen Namen.«

Ich muss lachen. »Was hast du gegen Trent?«

»Alles«, erwidert sie. »Trents taugen nichts. Sie sind entweder total langweilige Buchhaltertypen mit geradem Pony oder hören Heavy Metal.«

»Dann scheinst du ja den besten Trent der Welt gefunden zu haben.«

»Genau«, sagt sie. »Er sieht gut aus und ist intelligent, und er hat ein Boot. *Und* vom astrologischen Standpunkt aus betrachtet, passen wir perfekt zusammen.«

»Ich freue mich für dich«, sage ich. »Bringst du ihn am Samstag mit zu unserer Verlobungsparty?«

»Na klar«, sagt Tracy. »Dann stell ich ihn dir vor. Ich hab es tatsächlich geschafft, den Abend freizubekommen, kannst du das glauben? Ich verrate dir aber nicht, ob ich dafür einen Mord begehen musste ...«

Ich schmunzle. »Das ist das Mindeste, was ich von meiner besten Freundin erwarte.«

Ich erzähle ihr von Cade – das heißt, alles bis auf das, was gestern in seinem Apartment passiert ist.

»Ryan scheint das ja alles locker wegzustecken«, sagt Tracy. »Er ist wirklich ein Goldstück.«

»Ja, das stimmt«, sage ich wehmütig.

Ich erzähle ihr, dass Cade sich erinnert, auf einem Boot gewesen zu sein.

»Ganz sicher?«

»Ich weiß nicht«, sage ich. »Seine Ärztin meint, dass die Erinnerungen kommen und gehen. Und dass sie nicht unbedingt immer zusammenpassen müssen.«

»Hm«, macht Tracy. »Ich hatte mal eine Patientin mit Amnesie. Bei ihr war es genauso, wie Cades Ärztin es beschreibt. Zum Beispiel war die Patientin sich ganz sicher, dass ein Erlebnis aus ihrer Kindheit sich an ihrem einundvierzigsten Geburtstag abgespielt hatte.«

»Und hat sie ihr Gedächtnis wieder vollständig zurückerlangt?«, frage ich, obwohl ich mich vor der Antwort fürchte.

»Sie hatte einen bemerkenswert geduldigen Mann. Der ist ihre ganze Vergangenheit so oft mit ihr durchgegangen, bis alle Lücken gefüllt waren«, sagt Tracy.

»Dafür haben wir vielleicht nicht genug Zeit«, sage ich. »Ich war damals nicht dabei, aber selbst wenn Cade sich nicht erinnert, was auf dem Boot passiert ist, muss es jemanden geben, der es weiß. Ich werde versuchen, es herauszufinden.«

Als ich im Krankenhaus eintreffe, sitzt Cade im Aufenthaltsraum und spielt mit einem anderen Patienten Schach. Er blickt auf und lächelt, als er mich sieht.

»Hi«, sage ich.

»Hi«, antwortet er.

Ich setze mich neben ihn und schaue den beiden zu. Cade gewinnt das Spiel.

»Nicht schlecht«, sage ich. Der andere Patient, ein älterer Mann, steht auf und geht.

»Wirklich merkwürdig, dass man sich an so was ganz plötzlich erinnert«, sagt Cade.

»Du machst riesige Fortschritte«, sage ich.

Er lächelt.

»Es ist bald Weihnachten«, sage ich. »Ich dachte, es wäre doch nett, einen kleinen Weihnachtsbaum in deinem Apartment zu haben.«

Seine Miene hellt sich auf.

»Hättest du Lust, mit mir zusammen einen auszusuchen?«

»Na klar«, sagt er.

Wir melden Cade am Empfang ab und fahren zu einem Parkplatz in Capitol Hill, wo Weihnachtsbäume verkauft werden. Neben dem Eingang steht ein großer aufblasbarer Schneemann.

»Wie gefällt dir dieser hier?«, frage ich und zeige auf eine kleine Tanne im hinteren Teil des Parkplatzes.

Er begutachtet das Bäumchen ausgiebig, dann nickt er. Der Parkplatz ist bevölkert von Familien und Paaren. Ein kleines Mädchen mit blonden Rattenschwänzen und pinkfarbenen Gummistiefeln flitzt zwischen den Weihnachtsbäumen hin und her.

»Grace!«, ruft ihr Vater lachend. »Ich hab dich genau gesehen!«

Cade schaut mich an, als er den Namen hört. Er erinnert sich, genau wie ich. Ich bekomme eine Gänsehaut.

Ich bezahle den Baum, und ein junger Mann bietet uns an, ihn auf meinem Dachgepäckträger zu befestigen, doch

Cade hält abwehrend eine Hand hoch. »Danke, ich mach das schon«, sagt er.

Ich schaue Cade zu, wie er den Baum festbindet. Er ist nicht mehr so kräftig wie früher, aber mindestens genauso entschlossen. Ich platze fast vor Stolz, als ich sehe, wie er das Seil um den Baum wickelt. »So, der fällt bestimmt nicht runter«, sagt er, als er fertig ist, und dreht er sich zu mir um. »Was meinst du?«

Aber ich denke nicht an den Baum. Mir ist es schnuppe, ob er in den Straßengraben fällt. Das Einzige, was mich interessiert, ist der Mann, der vor mir steht und der sich vor meinen Augen zu verwandeln scheint. Dieser Cade wirkt nicht wie ein Rehapartient.

»Soll ich vielleicht hinten noch mehr Seil drumbinden?«, fragt er. Die Weihnachtslichter über uns lassen seine Augen funkeln, und ich habe große Mühe, meine Tränen zurückzuhalten.

»Ach was«, sage ich, »das hält bestimmt.«

Wir fahren zu einem Drogeriemarkt, wo wir eine Lichterkette, rote und silberne Christbaumkugeln und einen Baumständer besorgen. Zum Schluss werfe ich noch eine Packung Lametta in den Einkaufswagen.

»Frohe Weihnachten«, sagt der Kassierer, als er mir das Wechselgeld herausgibt, das ich in eine Sammelbüchse für die Heilsarmee werfe, die neben dem Ausgang an der Wand hängt.

Mit dem Baum und dem Baumschmuck fahren wir im Aufzug zu Cades Apartment hoch. Während er den Baum im Ständer festschraubt, suche ich in dem Radio, das ich ihm vor ein paar Wochen geschenkt habe, einen Sender, der mir gefällt. Das Gerät ist natürlich kein Vergleich zu Cades früherer Anlage, aber es ist besser als nichts.

Als »White Christmas« von Bing Crosby erklingt, suche ich nicht weiter. Cade stellt den kleinen Baum vors Fenster, und gemeinsam drapieren wir die Lichterkette. Schweigend und voller Konzentration hängt Cade die Christbaumkugeln auf, und zum Schluss werfen wir noch das Lametta über die Äste.

Als der Baum fertig ist, schalten wir die Lichterkette ein und das Deckenlicht aus, setzen uns auf das kleine Sofa und bewundern unser Werk. Ich lehne den Kopf an Cades Schulter. Es fühlt sich ganz selbstverständlich an, so als wäre dieser Platz nur für mich gemacht und immer für mich da.

Meine Gedanken rasen. *Ryan. Die Hochzeit. Cades Genesung.* Es gibt so vieles zu tun, so vieles zu klären. So viele Entscheidungen müssen getroffen werden. Aber jetzt möchte ich nur den Moment genießen. Der kleine Weihnachtsbaum ist nicht perfekt, ebenso wenig wie das Leben. Er ist ein bisschen schief, und wir haben den Stern für die Spitze vergessen. Unter dem Baum liegen keine Geschenke. Und dennoch ist alles gut so.

Siebenundzwanzig

20. Dezember 2008

Ryan«, rufe ich aus dem Bad, wo ich mich gerade für unsere Verlobungsparty fertig mache. Ich kann mich kaum auf mein Kleid konzentrieren, das noch gebügelt werden muss, oder auf meine Haare, die ich mir aufdrehen will. »Kennst du einen Sachverständigen für Wirtschaftskriminalität?«

»Klar, wieso?«, sagt er und streckt den Kopf zur Tür herein.

»Wegen etwas, was ich über Cade rausgefunden hab«, sage ich.

Sein Gesichtsausdruck ändert sich auf der Stelle. »Ach so.«

»Ich habe den Verdacht«, fahre ich fort, »dass sein Geschäftspartner ihn übers Ohr gehauen hat.«

»Wow«, sagt Ryan. »Wenn das so ist, sollte man sich das mal genauer ansehen. Aber so ein Sachverständiger ist nicht billig.«

Ich weiß, dass es nicht fair ist, von Ryan zu erwarten, dass er für Cades Genesung irgendetwas aus seiner eigenen Tasche bezahlt. Ich bin schon froh, dass er nichts dagegen hat, dass wir Cades Behandlung im Krankenhaus übernehmen. »Vielleicht findest du ja jemanden, der bereit ist, auf Kommission zu arbeiten, also für einen Prozentsatz der Schadenssumme, wenn sie festgestellt und aufgetrieben wird.«

»Gute Idee«, sage ich, während ich die Diamantohrringe anlege, die Ryan mir letztes Jahr zum Valentinstag geschenkt hat.

Er nimmt sein Handy und geht seine Kontakte durch. »Hier«, sagt er. »Davis, Emmerson und Barrett. Wende dich an Bruce Barrett. Er ist Anwalt, aber er arbeitet eng mit ein paar Spezialisten für Wirtschaftskriminalität zusammen, die so was jeden Tag machen. Vielleicht lässt er sich ja auf deinen Vorschlag ein.« Er zuckt die Schultern. »Ich schicke dir die Kontaktdaten per SMS.«

»Danke«, sage ich.

Er mustert mich mit einem langen Blick. Könnte ich in seinen Kopf kriechen und Gedanken lesen, dann würde ich bestimmt sehen, wie sehr er sich wünscht, dass ich Cade endlich vergessen würde, dass ich es einfach den zuständigen Behörden und Einrichtungen überlassen, sich um ihn zu kümmern, dass ich aufhören würde, mich um ihn zu sorgen, und mich stattdessen auf mein Leben, auf unser Leben, konzentrieren würde. Aber ich kann nicht. Das wissen wir beide.

»Du siehst großartig aus«, sagt er voller Stolz, nachdem ich mein Kleid angezogen habe, schwarz mit einer Spitzenkorsage.

»Du auch«, antworte ich. Aber Ryan sieht immer großartig aus.

Als wir im Serafina ankommen, sind mindestens ein Dutzend unserer Freunde schon da. Am anderen Ende des Saals entdecke ich Tracy mit einem eleganten, grauhaarigen

Mann. Ich winke und gehe zu den beiden hinüber. Ryan bleibt am Eingang stehen, um sich mit einem Kollegen zu unterhalten, der eine aufgedonnerte Brünette am Arm hat.

»Aha«, ruft Tracy aus. »Tolles Kleid!«

»Danke«, sage ich lächelnd. »Sie müssen Trent sein.«

»Ja«, sagt Tracy. »Trent, das ist Kailey, meine beste Freundin.«

»Endlich lernen wir uns kennen«, sagt Trent und reicht mir die Hand. Sein Händedruck ist kräftig, seine Augen sind freundlich. Er ist mir sofort sympathisch.

»Ich habe gehört, Sie besitzen ein Boot«, sage ich. »Ein Segelboot?«

»Früher bin ich gesegelt«, erwidert er. »Aber jetzt bin ich über vierzig und faul.«

»Trent ist sehr bescheiden«, sagt Tracy. »Er hat eine fantastische Jacht.«

»Großartig!«, sage ich.

»Falls Sie vor Ihrer Hochzeit mal einen Tag freihaben, nehme ich Sie und Ihren Verlobten gerne mit auf einen Törn.«

»Das würde uns sehr freuen«, sage ich. Im selben Moment kommt Ryan und legt mir einen Arm um die Taille.

»Ich bin Ryan«, sagt er zu Trent. »Freut mich, Sie kennenzulernen.«

»Ganz meinerseits«, sagt Trent.

»Wir haben gerade über seine Jacht gesprochen«, sage ich zu Ryan. »Er lädt uns zu einem Törn ein.«

»Super«, sagt Ryan. »Ich bin praktisch auf Booten aufgewachsen. Ich hoffe, Kailey eines Tages überreden zu können, dass wir uns eins kaufen. Bis dahin lassen wir uns jederzeit gern auf Ihr Boot einladen.«

»Trent«, sage ich. »Kennen Sie zufällig die Marke Princess?«

»Princess Yachts? Aber sicher. Eine Spitzenmarke. Ich habe eine Sunseeker, aber Princess ist auch nicht zu verachten.«

Ryan winkt einem Kollegen zu, der gerade angekommen ist, und gibt mir einen Kuss auf die Wange. »Bin gleich wieder da«, sagt er.

Ich wende mich wieder Trent zu. »Falls jemand 1998 eine Princess Yacht besessen hat, gäbe es eine Möglichkeit, das rauszufinden?«, frage ich.

»Tracy hat mir erzählt, dass Sie für die Zeitung arbeiten«, antwortet er. »Sind Sie investigative Journalistin?«

»Ja, aber ich habe eher mit sozialen Themen zu tun als mit nautischen«, sage ich verschmitzt. »Das mit der Jacht ist eine persönliche Angelegenheit.«

»Also«, sagt er, »falls derjenige die Jacht neu gekauft hat, gibt es darüber Unterlagen. Ich habe einen Freund, der früher im Jachtgeschäft war. Ich frage ihn mal.«

»Das wäre ganz toll«, sage ich. »Vielen Dank.«

Es ist eine schöne Party. Überall um mich herum sehe ich strahlende Gesichter. Die Leute plaudern und trinken und amüsieren sich. Fast könnte ich vergessen, dass es sich um meine Verlobungsparty handelt und nicht um ein Treffen mit alten Freunden. Doch dann höre ich, wie jemand gegen ein Mikrofon klopft. Stille tritt ein.

»Ist das Ding eingeschaltet?«, fragt Ryan.

Alle lachen, und einer seiner Kollegen macht einen Witz, den ich nicht ganz mitbekomme.

»Also, dürfte ich vielleicht mal um eure Aufmerksamkeit bitten, ihr alten Zecher«, scherzt Ryan, »denn ich würde gern einen Toast ausbringen. Auf meine wunderbare zukünftige Ehefrau Kailey!«

Ich spüre, wie meine Wangen zu glühen beginnen, als sich aller Augen auf mich richten. Ich lächle, aber es fühlt sich gezwungen an, so als sträubten sich meine Gesichtsmuskeln, das Lächeln zustande zu bringen.

»Meine liebe Kailey«, fährt Ryan fort. »An dem Tag, an dem ich dich kennengelernt habe, war es um mich geschehen. Pfeil mitten ins Herz. Seither gehör ich dir. Und dafür gibt es tausend gute Gründe – dein Lächeln, deine Liebenswürdigkeit, die Art, wie du die Nase krausziehst, wenn du lachst, die Souveränität, mit der du Thymian von Estragon unterscheiden kannst.«

Ich strahle bei der Erinnerung an unser erstes Date, als ich ihn in meiner alten Wohnung in Belltown zum Essen eingeladen und ihm einen Vortrag über Küchenkräuter gehalten habe.

»Ich liebe so vieles an dir, dass ich es hier unmöglich aufzählen könnte. Und vor allem und ganz besonders liebe ich deine geistige Beweglichkeit und deine Herzenswärme. Und ich fühle mich zutiefst geehrt, dass du dich entschlossen hast, dein Leben mit mir zusammen zu verbringen.« Er räuspert sich. »Der Weg bis hierher war nicht immer einfach. Und du hast es zweifellos schwerer gehabt als ich.« Er hebt sein Glas. »Auf dich, Kailey, und auf alle Pläne, die nicht verwirklicht wurden, auf alle Misserfolge und Fehlschläge, und auf alle Umwege auf unserem Weg, ohne die das Leben, das wir führen, und die Liebe, die wir füreinander empfinden, nicht möglich wären. Enttäuschung ist nur ein Trittstein auf dem Weg zu besseren Zeiten.« Er wischt sich eine Träne aus dem Auge, dann schaut er mich an. »Ich bin so dankbar, Kailey, dass uns unsere Wege trotz aller Umwege, die jeder von uns gehen musste, am Ende zueinander geführt haben.«

Alle klatschen und bilden eine Schneise, damit ich zu Ryan gehen kann. Ich gebe ihm einen Kuss und hoffe, dass man nicht merkt, wie meine Unterlippe zittert. »Danke«, sage ich. »Das war eine tolle Rede.«

»Und ich habe jedes Wort ernst gemeint«, antwortet Ryan.

Sein Bruder kommt und klopft ihm auf die Schulter.

Ich arbeite mich durch die Menge zu Tracy vor und winke auf dem Weg Jan und einer Kollegin vom *Herald* zu.

»Trent musste schon gehen«, sagt Tracy. »Er hat heute seine Tochter.«

Ich zupfe an meinem Kleid, weil ich ihr nicht in die Augen sehen kann.

»Kailey, ich habe dich während Ryans Rede beobachtet. Seine Worte kamen wirklich von Herzen, aber an dir sind sie einfach abgeprallt.«

»Du irrst dich«, lüge ich, schaffe es aber nicht, das Zittern in meinem Kinn und meiner Unterlippe zu unterdrücken.

»Nein, ich irre mich nicht.« Sie legt mir eine Hand auf den Arm. »Kailey, ich bin deine beste Freundin. Wenn du zu mir nicht ehrlich sein kannst, zu wem willst du es dann sein? Kailey, du musst das nicht allein durchstehen.«

Ich nicke.

»Du kannst ihn nicht heiraten, Kailey.«

»Aber ich werde ihn heiraten«, sage ich mit hocherhobenem Kopf und schaue zu Ryan hinüber – er sieht so gut aus, er ist so selbstbewusst, so ... unglaublich. »Ich liebe ihn, Tracy. Ich liebe ihn wirklich.«

»Ja«, sagt sie. »Aber du weißt genauso gut wie ich, dass Liebe manchmal nicht ausreicht.«

Im nächsten Augenblick kommt Ryan auf mich zu. Ja,

auch wenn die Sache mit Cade ihn beunruhigt, hat er sich doch entschieden, mir voll und ganz zu vertrauen. Aber meine Unfähigkeit, mir über meine Gefühle klar zu werden, bereitet mir Bauchschmerzen.

»Hi«, sagt er und küsst mich auf die Wange.

»Wir haben gerade darüber gesprochen, wie schön deine Rede war«, sagt Tracy zu Ryan.

»Ja, sie war wirklich großartig«, sage ich, als ich meine Stimme wiederfinde.

Die Jazzband, die wir angeheuert haben, kehrt zurück und beginnt mit dem zweiten Set. Ich erkenne das Stück nicht gleich, doch dann fällt der Groschen. Es ist »All of Me«, der alte Song, den meine Großmutter so sehr geliebt hat.

All of me, why not take all of me?

Ich blinzle meine Tränen fort, als Ryan mich an sich zieht. Und in dem Moment weiß ich, dass ich, obwohl ich mir solche Mühe gebe, nie in der Lage sein werde, mich ihm ganz zu schenken.

Achtundzwanzig

22. Dezember 2008

Weil ein Mandant abgesagt hat, bekomme ich schnell einen Termin bei Bruce Barrett, dem Anwalt, den Ryan mir empfohlen hat. Um neun Uhr begrüßt er Cade und mich im Empfangsbereich der Kanzlei. Barrett ist ein korpulenter Mann mit grauem Haar und einem breiten Lächeln. Er trägt einen Tweedanzug und eine blaue Krawatte, und als er mir die Hand schüttelt, drückt er so fest zu, dass es fast wehtut.

»Danke, dass Sie sich Zeit für uns nehmen«, sage ich.

»Es ist mir ein Vergnügen«, erwidert er und führt uns durch einen kurzen Flur in ein Konferenzzimmer. Auf dem Tisch ist Frühstück angerichtet: trockene Bagels, nicht mehr ganz frische Trauben und Melonenstücke und Eier, die steinhart aussehen.

»Bedienen Sie sich«, sagt Barrett, als ein jüngerer und etwas ernster wirkender Mann hereinkommt.

»Vielen Dank«, antworte ich, »aber wir haben schon gefrühstückt.«

Er nickt. »Das ist Tom Lawton, einer unserer besten Sachverständigen für Wirtschaftskriminalität. Tom übersieht nichts, das versichere ich Ihnen.«

Wir nehmen Platz.

»Tja«, sagt Barrett und verschränkt die Hände, »das ist in der Tat ein interessanter Fall. Ich war so frei, Tom ins Bild zu setzen. Er hat heute Morgen schon mal ein bisschen recherchiert. Sie werden überrascht sein zu erfahren, was er in der kurzen Zeit bereits für Sie ausgegraben hat.« Er schlägt eine Aktenmappe auf und schiebt ein Blatt Papier über den Tisch, das ich in die Hand nehme. Cade starrt auf das Blatt, als wären die Buchstaben und Zahlen darauf Hieroglyphen.

»Mr. McAllister«, sagt Barrett. »Als Sie verschwunden sind, waren Sie ein reicher Mann.«

Cade schaut erst mich, dann Barrett skeptisch an.

»Ihnen gehörte die Hälfte von Element Records«, fährt Barrett fort, »außerdem ein Auto, Ihre Wohnung in Pioneer Square sowie Anteile an zwei Hochhäusern in der Innenstadt.«

Ich nicke. »Aber Element Records stand damals kurz vor dem Bankrott«, wende ich ein.

Barrett schüttelt den Kopf und lächelt breit. »Damals vielleicht, aber kurz darauf hat die Firma Millionen umgesetzt, die offenbar komplett in eine neue Firma übergegangen sind, die einem gewissen Mr. Keatley gehört.«

Ich sehe ihn fragend an. »Und was ist mit Cades Ersparnissen passiert? Mit seinen Anteilen an der Firma? Er kann doch sicherlich darauf zugreifen?«

»Im Moment nicht«, sagt Barrett. »Mr. McAllisters Vermögen ist gelöscht. Seine Wohnung ist damals an Element Records übergegangen, und diese Firma wurde vor einigen Jahren aufgelöst.«

Mein Herz schlägt schneller. »Das heißt, dass jemand sich das alles unter den Nagel gerissen hat?«

»Genau«, sagt der Anwalt.

Ich schüttle ungläubig den Kopf. »Aber wie war das möglich?«

»Ganz einfach«, sagt Barrett. »Stand Mr. Keatleys Name auf allen Urkunden, allen Verträgen? Hatte er eine Generalvollmacht? Konnte er über die Mittel verfügen?«

»Ich glaube, ja«, sage ich. »Er hat die Finanzen der Firma verwaltet. Cade war für den kreativen Teil zuständig.«

Barrett lächelt. »Na bitte.«

Tom, der junge Sachverständige, zieht ein weiteres Blatt Papier hervor und schiebt es über den Tisch. »Mr. McAllister, wir glauben, dass man Ihnen mindestens acht Millionen Dollar schuldet, möglicherweise auch mehr, wenn wir den aktuellen Marktwert Ihrer Wohnung und Ihrer persönlichen Besitztümer in Betracht ziehen.«

Cades Augen weiten sich. Ich drücke ihm unter dem Tisch die Hand.

»Ich sage das alles unter Vorbehalt«, sagt Tom. »Man schuldet Ihnen dieses Geld, aber ob es noch *existiert,* ist eine andere Frage. Und da es sich um einen äußerst komplexen Fall handelt, wird es schwierig sein, eine strafbare Absicht zu beweisen. Mr. McAllisters gesamtes Vermögen war verflochten mit dem von Element Records. Aber hinter all dem stecken konkrete Personen, und ich bin der Meinung, sie müssen zur Verantwortung gezogen werden.«

Ich hänge an seinen Lippen.

»Ich habe ein paar Erkundigungen eingezogen«, fährt Tom fort, »und eine Reihe von Überweisungen vom Firmenkonto auf ein Privatkonto gefunden.«

»Wissen Sie, wem das Privatkonto gehört?«

»Noch nicht, aber wir sind entschlossen, der Sache auf den Grund zu gehen.«

»Wir auch«, sage ich. »In unserem Telefongespräch sagten Sie, dass Sie zwanzig Prozent von allem berechnen, was Sie wiederbeschaffen können?«

»Das ist richtig«, sagt Barrett.

»In Ordnung«, sage ich und schaue Cade an, um zu sehen, ob er einverstanden ist.

Barretts Augen werden schmal. Von seinem Lächeln ist keine Spur mehr zu sehen, als er sich vorbeugt. »Ich rate Ihnen dringend davon ab, seinen ehemaligen Geschäftspartner zur Rede zu stellen«, sagt er. »Wenn wir diesen Fall lösen wollen, brauchen wir das Überraschungsmoment. Das heißt, wir wollen ihn mit der Hand in der Keksdose erwischen, wenn Sie verstehen, was ich meine.«

»Also ... ich habe bereits mit ihm gesprochen«, sage ich schuldbewusst.

»Haben Sie ihm auch gesagt, dass Sie einen Anwalt und einen Sachverständigen angeheuert haben?«

Ich schüttle den Kopf.

»Gut. Sorgen Sie dafür, dass er es auch nicht erfährt.« Er schaut erst Cade, dann mich an. »Und schützen Sie sich. Wenn so viel Geld im Spiel ist, kann jemand schon mal den Kopf verlieren und schlimme Dinge tun.« Mir läuft es eiskalt über den Rücken. »Passen Sie auf sich auf«, sagt er. »Und stochern Sie nicht auf eigene Faust in der Angelegenheit herum, überlassen Sie das uns!«

Als wir uns verabschieden, streckt Cade, der die ganze Zeit schweigend dagesessen hat, Barrett seine Hand hin, der sie kräftig schüttelt. »Danke, dass Sie mir helfen«, sagt Cade. Dann schaut er mich an. »Ich möchte mein altes Leben wiederhaben.«

Ich fahre Cade zurück zum Krankenhaus, und als er um zwei Uhr zu seinem Termin mit dem Neurologen geht, klopfe ich bei Dr. Branson an.

Sie blickt von ihrem Computer auf, als ich eintrete. »Hallo,

Kailey, schön, Sie zu sehen!« Hinter ihr an der Wand hängen ungefähr ein Dutzend künstlerische Darstellungen des menschlichen Gehirns. »Wie geht es Cade heute?«

Ich setze mich auf ihren Besucherstuhl. »Es geht ihm sehr gut«, sage ich. »Auf der Fahrt hierher hat er das Gedicht von Robert Frost aufgesagt, das mir so gut gefällt.«

Dr. Branson lächelt. »Welches denn?«

»Was Gold war, kann nicht währen.«

»Ah«, sagt sie. »Das ist auch eins meiner Lieblingsgedichte. Ich habe Literaturwissenschaft studiert, bevor ich mich für Medizin entschieden habe.« Sie schließt die Augen, um sich an den genauen Wortlaut zu erinnern. »›Aurora muss zum Tag sich klären ...‹«

Wir sagen die letzte Zeile gemeinsam auf. »›Was Gold war, kann nicht ewig währen.‹«

Dr. Branson lächelt. »Wie schön. Ich finde, es ist eine sehr realistische Beschreibung des Lebens, wenn auch ein bisschen pessimistisch.«

»Warum pessimistisch?«

»Was Gold war, kann nicht ewig währen«, sagt sie und lässt die Worte im Raum schweben. »Selbst das Gute ist nicht von Dauer. Das hat wohl jeder schon erfahren. Deswegen sollten wir es genießen, solange es da ist. Aber ich bin mir nicht sicher, ob ich das wirklich unterschreiben würde. Letztlich ist das Gute wohl doch von Dauer.«

»Meinen Sie?«, erwidere ich skeptisch. »Ich weiß nicht. Vielleicht ist das so mit allen schönen Dingen. Wir können sie nur einen Moment lang haben.« Ich denke an Blumen, die im Sommer erblühen und wieder verwelken, Blätter, die sich im Herbst golden färben, nur um dann verschrumpelt von den Ästen zu fallen. Eltern, die sterben. Liebe, die vergeht. In der Welt, in meinem Leben, ist nichts, was schön war und gut, von Dauer.

Dr. Branson schüttelt den Kopf. »Wenn ich das glauben würde, wäre ich keine Ärztin geworden, dann könnte ich nicht so fest daran glauben, dass das Gehirn heilen und sich wieder regenerieren kann. Sicher, nichts dauert ewig, aber das Gute kann von langer Dauer sein. Und ich sehe meine Aufgabe darin, dafür zu sorgen, dass es das tut.«

»Tja, Sie haben mich beinahe überzeugt«, erwidere ich lächelnd. »Was Sie bei Cade bewirkt haben, ist wirklich unglaublich.«

»Es ist in der Tat bemerkenswert, wie weit er in der kurzen Zeit gekommen ist«, sagt sie. »Hirnforschung ist eins der kompliziertesten Gebiete der Medizin. Wir wissen nicht, warum manche Patienten auf eine bestimmte Behandlung sehr gut und andere überhaupt nicht ansprechen. Cade hat wieder zu sprechen gelernt. Seine Erinnerung kehrt zurück, und wenn ich mir seine Scans ansehe, gibt es Anzeichen für eine Wiederherstellung aller wesentlichen Gehirnfunktionen.«

»Ja«, sage ich, »er ist fast wieder der alte Cade. Fast.«

Dr. Branson sieht mich nachdenklich an. »Und es kann sein, dass es immer bei dem ›fast‹ bleibt.«

Ich nicke und denke an den Cade, den ich einmal gekannt habe, den Mann, der gleich bei unserer ersten Begegnung mein Herz erobert hat, der mich so oft zum Lachen gebracht hat, der mich aus einer Laune heraus nach Big Sur entführt hat.

»Ich gehe davon aus, dass er weiterhin Fortschritte macht«, sagt Dr. Branson. »Normalerweise bestehen wir darauf, dass unsere Patienten das einjährige Programm komplett absolvieren, aber wir lernen auch dazu, und Cade könnte es guttun, aus eigener Kraft zurück in sein Leben zu finden. Wir sollten bald anfangen darüber zu sprechen, welche Vorstellungen er in Bezug auf Arbeit und Wohnungssuche hat und so weiter. Haben Sie schon einmal überlegt, auf welche Art von Stellen Cade sich bewerben könnte?«

»Stellen?«

»Ja, vielleicht eine Stelle als Hausmeister oder Aushilfe in einem Restaurant?«

Es fällt mir schwer, mir Cade beim Geschirrspülen in einem Restaurant oder beim Staubsaugen in irgendeiner Zahnarztpraxis vorzustellen. »Er hatte mal eine Firma, die Millionenumsätze gemacht hat«, sage ich.

»Ja, das ist richtig«, erwidert Dr. Branson unbeeindruckt. »Aber im Anfang wäre es gewiss besser für ihn, wenn er eine ... einfachere Tätigkeit verrichten würde.«

»Hm«, mache ich und denke an unser Gespräch mit dem Anwalt am Vormittag. Ich kann nur hoffen, dass es gelingt, wenigstens einen Teil von Cades Vermögen wiederzubeschaffen.

Dr. Branson steht auf. »Ich habe gleich eine Besprechung«, sagt sie.

Ich folge ihr in den Korridor. Sie lächelt mich an. »Das Gute kann von Dauer sein«, sagt sie. »Vergessen Sie das nicht.«

»Ich fass es nicht, er kommt tatsächlich zu unserer Hochzeit«, sagt Ryan am Abend am Küchentisch, den Blick auf seinen Laptop geheftet.

»Wer?«, frage ich und blicke von der zerkochten Lasagne auf, die Ryans Mutter für uns zubereitet und eingefroren hat. Ich habe vergessen, den Ofen vorzuheizen, und der Käse ist verbrannt.

»Josh Graham«, sagt Ryan. »Ein alter Freund von Yale. Er hat mir gerade eine E-Mail geschickt.«

»Den hast du noch nie erwähnt«, sage ich und sehe ihn verwundert an.

»Josh ist ein Kumpel aus meiner Studentenzeit«, sagt er. »Er wohnt jetzt mit seiner Frau und seinen beiden Kindern in New York. Er leitet einen Hedgefonds und verdient verdammt viel Kohle.«

Ich stelle mir die E-Mail von Josh Graham vor, in der er schreibt, dass er mit irgendeiner Geliebten kommt, und stochere abwesend in meinem Essen herum.

»Ist irgendwas, Liebes?«, fragt Ryan.

Ich seufze. »Ach, ich weiß nicht«, sage ich und zupfe an meinem Pullover, der am Hals ein bisschen juckt. »Ich denke grade, dass es vielleicht besser gewesen wäre, nur die Familie und unsere besten Freunde zur Hochzeit einzuladen.«

»Aber als wir darüber gesprochen haben, hast du nichts davon gesagt, dass du die Zahl der Gäste beschränken wolltest. Außerdem ist Josh ein enger Freund.«

»Ein enger Freund? Ich habe noch nie von ihm gehört, und es klingt so, als hättest du ihn seit dem Studium nicht mehr gesehen.«

»Ja, stimmt«, erwidert er ein bisschen gekränkt. »Aber wir mailen uns und telefonieren ab und zu. Außerdem ist er ein wichtiger Geschäftskontakt.« Er wendet sich wieder seinem Laptop zu.

»Geschäftskontakt?«, wiederhole ich ein bisschen schärfer als beabsichtigt. »Unsere Hochzeit dient jetzt also dazu, geschäftliche Verbindungen zu intensivieren?«

»Jetzt übertreib nicht, Kailey.«

Ich atme tief aus. »Hast du nicht gesagt, dass auch ein paar Kollegen deines Vaters kommen?«

»Die Hartmanns, ja«, sagt Ryan. »Aber die kenne ich schon, seit ich denken kann.«

»Also gut, meinetwegen«, sage ich. »Aber dein Vater hat gesagt, er möchte, dass wir einen Tisch für seine Angestellten reservieren. Wirklich, Ryan. Seine *Angestellten?*« Ich spüre Panik in mir aufsteigen. Ich habe das Gefühl, keine Luft mehr zu bekommen.

Ryan stöhnt. »Was erwartest du, Kailey? Meine Eltern bezahlen schließlich die Hochzeit.« Er steht auf und holt sich ein Bier aus dem Kühlschrank.

»Ich weiß«, sage ich. »Tut mir leid. Ich wollte dich nicht verletzen.«

Ehe Ryan etwas erwidern kann, klingelt mein Handy, und ich bin froh über den Vorwand, das Gespräch über die Hochzeit abbrechen zu können. Seit der Verlobungsparty ist die Stimmung zwischen uns angespannt, ständig geraten wir aneinander.

Ich kenne die Nummer, die auf meinem Display auftaucht. Es ist das Krankenhaus. Vielleicht Dr. Branson? Ich nehme das Gespräch an. »Hallo?«

»Hi, ich bin's, Cade.«

»Hi«, sage ich und schaue zu Ryan hinüber, der gerade etwas tippt.

»Tut mir leid, wenn ich störe«, sagt Cade.

Ich gehe ins Wohnzimmer. »Nein, nein, kein Problem. Was gibt's denn?«

»Ich ... ich ...«

»Was ist los, Cade?«

Ryan blickt von seinem Laptop auf, und unsere Blicke begegnen sich.

»Ich wollte dir nur sagen, dass du mir fehlst«, sagt Cade.

Die Worte durchbohren mein Herz. Ich muss daran denken, wie er mir zum ersten Mal gesagt hat, dass ich ihm fehle. Einen Monat nachdem wir uns kennengelernt hatten, hat er mich eines Abends angerufen und diese drei Worte gesagt, die mich regelrecht umgehauen haben. Es war ein Donnerstagabend, und ich saß auf meinem Sofa. Und jetzt höre ich wieder seine Stimme am Telefon. Das war damals in einem anderen Leben, und doch treffen mich seine Worte genauso wie vor all den Jahren, vielleicht noch mehr.

»Möchtest du, dass ich rüberkomme?«, frage ich, wohl wissend, dass Ryan zuhört.

»Wenn du kannst«, sagt er. »Wenn es dir nicht zu viel Mühe bereitet.«

»Kein Problem«, erwidere ich mit einem Blick auf die Uhr. Halb acht. »Ich kann um acht bei dir sein.«

»Das war Cade«, sage ich zu Ryan, nachdem ich aufgelegt habe. »Er ... es geht ihm nicht gut. Ich fahre kurz rüber, um nach ihm zu sehen.«

Ryan murmelt eine Antwort, ohne von seinem Laptop aufzublicken.

»Ich bleibe nicht lange«, sage ich.

Ich schnappe mir meine Schlüssel und meine Handtasche. Ryan sagt nichts zum Abschied.

Seattle sieht fantastisch aus heute Abend. Die Skyline glitzert über dem Lake Union, als ich die I-5 hinunterfahre, und mir wird bewusst, wie sehr ich diese Stadt liebe, mit all ihren Ecken und Kanten. Es war Liebe auf den ersten Blick, als Tracy und ich mit unseren ganzen Habseligkeiten im Kofferraum ihres Autos hier ankamen. Gleich zu Anfang habe ich mich in die verregneten Straßen verliebt, in den salzigen Meeresgeruch, die Sirenen der Fähren in der Elliott Bay, die Musik, die aus den Restaurants und Bars auf die Straße dringt. Ich hatte das Gefühl, das an jeder Ecke ein neues Talent, ein neuer Klang darauf wartet, entdeckt zu werden.

Aber meine Liebe zu Seattle ist untrennbar mit Cade verbunden. Jeder Song. Jedes Viertel, jedes kleine Café. Gemeinsam haben wir in der Stadt unsere Spuren hinterlassen, und ohne diese Erinnerungen könnte Seattle genauso gut Chicago sein oder Los Angeles oder New York oder jede andere Metropole auf der Welt. Cade ist Seattle. Und Seattle ist Cade.

»Hi«, grüße ich den Wachmann am Empfangstresen im Haus von Cades Apartment. Ich überlege krampfhaft, wie er heißt. Chris, glaube ich. Ja, Chris.

»Er wird sich freuen, Sie zu sehen«, sagt Chris. »Es geht ihm heute nicht so gut.«

»Was ist passiert?«

Chris beugt sich vor. »Irgend jemand hat ihn zu Tode erschreckt.«

»Was soll das heißen, zu Tode erschreckt?«

»Er war spazieren«, sagt Chris. »So um vier heute Nachmittag, und als er eine Stunde später zurückkam, war er völlig neben der Spur.«

»Darf er denn überhaupt allein spazieren gehen?«

»Dr. Branson hat gesagt, ja«, sagt Chris und zeigt auf das Abmeldeformular auf seinem Klemmbrett. »Sehen Sie, sie hat hier unterschrieben.«

Ich nicke. »Wissen Sie irgendwas Genaueres?«

»Er meinte, jemand wäre hinter ihm her gewesen. Jemand, der ihm an den Kragen wollte.«

»Glauben Sie, es war ein reales Erlebnis?«

Chris zuckt die Schultern. »Keine Ahnung, auf jeden Fall hatte er eine Heidenangst. Er hat sich dauernd umgesehen, ob ihm jemand folgte.«

»Das ist ja furchtbar«, sage ich. »Kein Wunder, dass er nicht allein sein will.«

»Gut, dass Sie gekommen sind«, sagt Chris, als ich zum Aufzug gehe. »Geben Sie mir Bescheid, falls Sie was brauchen.«

Als ich an Cades Tür klopfe, macht er sofort auf.

»Hi«, sage ich und umarme ihn.

»Hi«, sagt er und drückt mich fest an sich. »Tut mir leid.«

»Das braucht es nicht«, sage ich. »Ich bin froh, dass du angerufen hast. Und jetzt erzähl mir, was passiert ist. Jemand war hinter dir her?«

»Woher weißt du das?«

»Chris hat's mir erzählt.«

Er sieht mich verständnislos an.

»Der Wachmann unten.«

»Ach ja«, sagt er. »Draußen ist es gefährlich für mich, Kailey.«

»Wie meinst du das?«, frage ich. Wir setzen uns aufs Sofa.

»Jemand ist mir gefolgt. Als ich schneller gegangen bin, ist er auch schneller gegangen. Dann bin ich gelaufen, und er ist auch gelaufen.«

»Bist du dir ganz sicher, dass dieser Jemand hinter *dir* her war?«

»Ja, ganz sicher.«

»Hast du gesehen, wer es war?«

»Nein, es war zu dunkel.«

»Wir müssen dich schützen. Du darfst das Gebäude nur

noch in Begleitung verlassen. Ich weiß nicht, was das zu bedeuten hat, warum jemand dir etwas antun will, Cade, aber versprich mir, dass du im Gebäude bleibst, bis wir der Sache auf den Grund gegangen sind.«

Er nickt. »Ich bin froh, dass du hier bist. Die Welt fühlt sich besser an, wenn du bei mir bist.«

Ehe ich darauf etwas erwidern kann, klingelt Cades Handy. »Ich gehe ran«, sage ich.

»Hallo?«

»Kailey?«

»Ja?«

»Hier spricht Chris vom Empfang. Hier ist ein Mann, der Sie sprechen möchte.«

»Ein Mann? Wer?«

»Er sagt, er heißt Ryan.«

Was macht Ryan hier?

»Okay«, sage ich. »Ich komme.«

»Er ist schon auf dem Weg nach oben«, sagt Chris. »Ich wollte ihn aufhalten, aber er hat gesagt, er ist Ihr Verlobter.«

»Ja«, sage ich. »Schon in Ordnung.«

»Bin gleich wieder da«, sage ich zu Cade und gehe auf den Flur hinaus. Ryan tritt aus dem Aufzug. Sein Gesicht ist aschfahl.

»Was machst du hier?«, frage ich.

»Freut mich auch, dich zu sehen«, sagt er.

»Ryan, was ist los?«

Er wirft die Arme in die Luft. »Was los ist? Ich glaube, du weißt genau, was los ist.«

»Schsch«, sage ich. »Bitte. Er kann dich hören.«

»Es ist mir scheißegal, ob er mich hören kann, Kailey!«

Ich senke den Blick.

»Ich kann nicht mehr«, sagt Ryan. »Ich kann nicht länger so tun, als würde diese kleine Scharade mir nichts ausmachen. Du bist die Frau, die ich liebe, und seit einiger Zeit muss ich zusehen, wie du jede freie Minute, jedes bisschen Energie diesem Mann schenkst, während ich mich mit den Krumen zufriedengeben muss. Ich würde mich ja sogar mit den Krumen zufriedengeben, wenn ich wüsste, dass du mich wirklich liebst, wenn ich davon überzeugt wäre, dass du dein Leben mit mir verbringen willst, so wie ich mein Leben mit dir verbringen will.« Er schüttelt den Kopf. »Aber davon bin ich nicht mehr überzeugt. Im Gegenteil, ich glaube mittlerweile, dass dein Herz mir nie gehören wird, solange Cade lebt.«

Meine Augen weiten sich. »Das würdest du nicht tun, Ryan.«

»Was würde ich nicht tun?«

Bisher ist mir dieser hässliche Gedanke nie gekommen, aber ich habe auch Ryans Augen noch nie so sehr vor Zorn funkeln sehen. Ich habe ihn noch nie so aufgebracht erlebt. Und heute ist er später von der Arbeit gekommen. Mein Herz beginnt laut zu pochen. »Sag mir, dass du Cade nie etwas antun würdest.«

Er schüttelt den Kopf. »Wovon redest du?«

»Jemand hat Cade heute verfolgt. Jemand, der ihm etwas antun wollte.«

Er schüttelt immer noch den Kopf. »Ich fasse es nicht. Selbst jetzt. Selbst jetzt, wo ich vor dir stehe und dir von meinen Ängsten erzähle, bist du nur um *ihn* besorgt? Schlimmer noch, du beschuldigst *mich,* ich hätte versucht, ihm etwas *anzutun?*«

Ich mache einen Schritt auf ihn zu. »Aber ich ...«

»Schon gut«, sagt er und zwingt sich zu lächeln. »Ich weiß, dass dir das schwerfällt. Und letztlich wollte ich es dir nur leicht machen. Ich wollte nur, dass du glücklich bist. Und wenn du mit Cade glücklich bist, dann solltest du bei ihm bleiben.«

»Ryan, bitte, ich ...«

»Leb wohl, Kailey. Ich liebe dich. Ich werde dich immer lieben. Es tut mir leid ... Es tut mir leid, dass ich nicht der Richtige für dich bin.«

Ehe ich ihn bitten kann, nicht zu gehen, ist er im Aufzug verschwunden.

Ich sinke auf die Knie und breche in Tränen aus.

Nach einer Weile stehe ich mühsam auf. Ich wische mir die Tränen von den Wangen. Ich werfe einen Blick durch Cades Tür. »Cade?« Das Apartment ist leer.

»Cade!«, rufe ich. Dann sehe ich einen Zettel auf dem Sofatisch.

Meine allerliebste Kailey,

du hast mich gerettet, und dafür kann ich dir nur danken, indem ich nicht dein Leben zerstöre. Es ist Zeit für mich zu gehen.

Ich werde dich immer lieben, egal wie nah oder fern wir uns sind.

Cade

»Nein!«, schreie ich. »Cade, nein!«

Er muss die Treppe hinuntergeschlichen sein, als ich mit Ryan gesprochen habe. *Hat er alles gehört? Ist er verwirrt?*

Ich warte nicht auf den Aufzug, sondern renne die Treppe hinunter. Meine Schritte hallen im Treppenhaus wider. Unten angekommen, stürze ich an den Empfangstresen. »Ist Cade rausgegangen?«

Chris nickt. »Vor ungefähr fünf Minuten.«

Ich schüttle den Kopf. »Warum haben Sie ihn nicht aufgehalten?«

»Wir haben zwar An- und Abmeldeformulare hier, aber wir können die Patienten nur bitten, sie zu benutzen. Letztlich entscheiden sie selbst darüber.«

Ich nicke ernst. »Hat er gesagt, wo er hinwollte?«

»Nein, aber er ist da langgegangen«, sagt Chris und zeigt in Richtung Innenstadt. Mir wird flau im Magen.

Es ist schon nach zehn, als ich schließlich nach Hause fahre. Ich habe überall nach Cade gesucht, aber diesmal scheint er tatsächlich verschwunden zu sein. Ryan ist auch weg. Sein Auto steht nicht in der Einfahrt, und als ich das Haus betrete, liegt eine Einsamkeit in der Luft, die sich so endgültig anfühlt, als hätte eine Ära geendet, einfach so, ohne dass ich es bemerkt oder darum gebeten hätte. Einfach vorbei.

Ich gehe in die Küche, und irgendwie weiß ich, dass Ryan morgen früh nicht am Frühstückstisch sitzen wird. Ich kann mich nicht einmal erinnern, wann ich ihm zuletzt ein Omelett gemacht habe. Am Sonntag? Am vorletzten Dienstag? Mit Spinat oder Frühlingszwiebeln oder Pilzen? Ich denke an alle unsere letzten Male. Der letzte Kuss. Das letzte Mal, dass wir im Wohnzimmer getanzt haben oder uns an einem Samstagmorgen geliebt haben, während draußen die Vögel zwitscherten. Das letzte Mal, dass wir Händchen gehalten oder zusammen gelacht haben. Ich möchte mir alle Einzelheiten einprägen und um sie trauern.

Und doch frage ich mich, ob er nicht mit ein Grund dafür war, dass Cade heute verschwunden ist. Hat Ryan ihm Angst gemacht? Kann es sein, dass er ihm etwas angetan hat? Nein, unmöglich. Oder? Die Welt fühlt sich grausam und traurig und verwirrend an, als wäre alles, was ich liebe, nur noch eine Handvoll Sand, der mir durch die Finger rieselt, so sehr ich mich auch bemühe, jedes einzelne Korn festzuhalten.

Ein Klopfen an der Haustür reißt mich aus meinen Gedanken, und ich falle aus allen Wolken, als ich aufmache und James vor mir steht. Es hat angefangen zu regnen. Seine Haare sind ganz nass und kleben ihm im Gesicht. Er wirkt besorgt.

»Tut mir leid, wenn ich störe«, sagt er. »Du hast neulich mal erwähnt, dass du in Wallingford wohnst, und es war nicht schwer, deine Adresse zu googeln.«

»Ich weiß gar nicht, was ich sagen soll.«

»Kailey, wir müssen reden«, sagt er mit flehendem Blick.

Am liebsten möchte ich ihn wegschicken. Ich traue ihm nicht, und ich weiß nicht, was ich mit ihm bereden soll. Aber etwas in seinen Augen sagt mir, dass ich mir zumindest anhören sollte, was er mir zu sagen hat.

Ich führe ihn ins Wohnzimmer und bitte ihn, Platz zu nehmen. Er lässt sich so schwer aufs Sofa fallen, als lastete das Gewicht der ganzen Welt auf seinen Schultern. Er hat dunkle Ränder unter den Augen. Er sieht erschöpft und alt aus. »Ich weiß nicht, wo ich anfangen soll«, murmelt er.

Mein Herz schlägt schneller. Ich weiß nicht, was er mir erzählen wird, aber ich habe den Verdacht, dass es eine lange, schmerzliche Geschichte sein wird. »Sag mir einfach, was du mir zu sagen hast«, fordere ich ihn auf.

Er schaut mich an und nickt. »Die Beziehung zwischen Cade und mir war immer sehr kompliziert«, sagt er. »Das weißt du ja.«

»Ja, das weiß ich.«

Er holt tief Luft. »Element Records war unser Baby. Wir waren beide sehr stolz darauf, und jeder von uns hat seine Fähigkeiten in die Firma eingebracht.« Er blickt wehmütig zur Decke hoch, während ich ihm einen Whiskey einschenke. »Cade hatte eine ganz besondere Gabe. Ein untrügliches Gespür für Talente. Ich hab ihm immer gesagt, dass er so was wie einen sechsten Sinn hätte. Er konnte einen Raum betreten und den nächsten Kurt Cobain förmlich riechen. Lange Zeit sah es so aus, als würde sich alles, was er anfasste, in Gold verwandeln, und naiverweise habe ich geglaubt, das könnte ewig so weitergehen. Aber das war natürlich Unsinn. Das Leben verläuft in Kurven. Es geht auf und ab. Cade hatte eine Pechsträhne. Anfangs war es nur eine Band hier und eine da. Er hat eine Gruppe unter Vertrag genommen, den Jungs einen Riesenvorschuss gezahlt, und dann haben wir anstatt hunderttausend nur zehntausend Alben verkauft. Oder wir haben fünfzigtausend in das Marketing für eine Künstlerin gesteckt, die nach zweitausend verkauften Platten in der Versenkung verschwunden ist.« Er nickt. »So was kam immer wieder vor. Aber Cade wollte immer mehr und mehr investieren. Er hat sich ein Bein ausgerissen, er glaubte, wir stünden kurz davor, den nächsten Riesenhit zu landen. Er hat mich beschworen, ihm zu vertrauen und mir keine Sorgen zu machen.«

»Aber irgendwann hast du ihm nicht mehr vertraut.«

»Genau«, sagt James. »Er hatte seinen Biss verloren, und dazu kam, dass er angefangen hatte zu trinken. Erst war es der Alkohol, dann kamen die Tabletten. Er ist völlig abgedreht, Kailey.«

»Ich weiß«, sage ich. »Ich war dabei. Aber war es wirklich so schlimm, wie du es darstellst?«

»Ja und nein«, sagt James. »Ich muss dir etwas sagen, das ich schon viel zu lange mit mir herumtrage.«

»Ach?«

Er reibt sich die Stirn. »Ich hätte ihm helfen können. Schließlich war ich sein bester Freund. Aber meine Ängste haben mich davon abgehalten.«

»Deine Ängste?«

»Alexis«, sagt er. »Sie war in ihn verliebt.«

»Wie bitte?«

Er nickt. »Du hast nichts davon mitbekommen. Niemand hat etwas mitbekommen. Aber ich wusste die ganze Zeit Bescheid. Ich habe es jedes Mal gespürt, wenn sie mit mir zusammen war. Alle haben immer Cade bevorzugt. Das hat mich mit der Zeit fix und fertig gemacht. Ich war immer nur der Zweitbeste.« Er seufzt. »Und als Cade abgestürzt ist, war das für mich die Gelegenheit, endlich aus seinem Schatten zu treten. Ich wollte Alexis und allen anderen zeigen, was wirklich in mir steckt.« Er lässt den Kopf hängen. »Ich war so ein Narr.«

»Wow«, sage ich und muss daran denken, wie Alexis Cade damals angesehen hat. Ich hatte für Bewunderung gehalten, was in Wirklichkeit Liebe gewesen war. Hat er ihre Gefühle erwidert? Ich muss mich schütteln. »Ich weiß wirklich nicht, was ich sagen soll.«

»Wir wissen beide, dass Cade damals neben der Spur war«, sagt James. »Der Suff. Sein unstetes Verhalten. Hätte er irgendwann die Kurve gekriegt? Vielleicht. Ich weiß es nicht.« Er seufzt. »Aber ich musste etwas unternehmen. Also habe ich angefangen, die Firma in eine neue Richtung zu lenken, habe Popmusiker unter Vertrag genommen. Als wir Cade rausgeworfen haben, habe ich nicht damit gerechnet, dass ihn das derart fertigmachen würde. Ich dachte, er würde eine Weile brauchen, um sich zu berappeln, und dann vielleicht ein neues Label gründen. Aber es war eine Katastrophe. Wenn du glaubst, dass ich all die Jahre keine Schuldgefühle hatte, dann irrst du dich gewaltig.«

Ich beuge mich vor. »Was genau ist mit Cade passiert, James? Du weißt es doch, oder?«

Er nickt ernst. »Es hatte den Anschein, als würde die Lage sich bessern. Ich hatte ein paar vielversprechende Bands unter Vertrag genommen. In dem Jahr sah es so aus, als würden wir Gewinn machen. Es war August, und ich hatte mir von meinen Ersparnissen ein Boot gekauft. Die *Stella May*.«

»Am ersten August habe ich Cade zum letzten Mal gesehen - bis ich ihn in diesem Herbst wiedergefunden habe«, sage ich und schlucke. Es war der Tag, an dem ich ihm sagen wollte, dass ich schwanger war. »Mag ja sein, dass du damals zuversichtlich warst, aber ich war am Boden zerstört.«

»Das weiß ich, und das macht es mir noch schwerer, die Geschichte zu erzählen«, sagt James. Er lässt einen Augenblick verstreichen. »Alexis und ich wollten die Jungfernfahrt zu einem ganz besonderen Ereignis machen und hatten deswegen nicht nur eine komplette Crew angeheuert, sondern auch Kellner mit Smoking und Fliege. Als wir gerade ablegen wollten, ist Cade aufgetaucht. Er war betrunken und streitsüchtig, als er an Bord kam. Es war mir überhaupt nicht recht, dass er gekommen war. Er war wütend und hat ein paar hässliche Dinge zu Alexis gesagt, die sie wahrscheinlich ihr Lebtag nicht vergessen wird.« Er holt tief Luft. »Ich habe versucht, ihn zu beruhigen, aber alles wurde noch schlimmer, und dann ist die Situation aus dem Ruder gelaufen. Ich weiß nicht, wer angefangen hat, aber am Ende haben wir uns richtig geprügelt. Wir haben uns gegenseitig blutig geschlagen, und dann habe ich den entscheidenden Treffer gelandet. Cade hatte eine Riesenplatzwunde an der Stirn.«

»Seine Narbe«, murmle ich. »Das erklärt es.«

James nickt. »Alles war voll Blut. Alexis hat uns angefleht, wir sollten aufhören. Sie hat immer gesagt, wir wären wie zwei Brüder, die sich ihr Leben lang stritten, aber diesmal waren wir beide zu stur, um nachzugeben. Keiner wollte sich für seine Fehler entschuldigen. Wir hatten es zu weit getrieben.«

»Warum habt ihr keine Hilfe geholt?«

»Ich wünschte, das hätte ich getan, Kailey«, bringt er mühsam hervor.

»Aber du hast es nicht getan, und es ist etwas passiert.«

»Das ist es ja gerade«, sagt er mit einem Seufzer. »Ich habe Cade an Land abgesetzt. Gemeinsam mit einem Kellner habe ich ihn von Bord gezerrt, und dann haben wir ihn auf dem Kai abgelegt.«

»Ein Kellner mit einer Fliege?«

»Ja«, erwidert James ernst.

»Du hast ihn blutig, wie er war, da liegen lassen?«

»Das war feige von mir, aber damals dachte ich, ich wäre im Recht«, sagt James. »Alexis war schwanger, Kailey. Das hatte ich gerade am Tag davor erfahren. Was wäre passiert, wenn man mich wegen Körperverletzung angezeigt hätte? Ich war dabei, Vater zu werden, und ich konnte überhaupt nicht einschätzen, was auf mich zukommen würde. Ich musste meine Familie beschützen.« Er seufzt. »Versteh doch, er ist einfach auf mein Boot marschiert und hat meine Party gesprengt. Natürlich war mir nicht klar, dass er so schwer verletzt war.«

Er betrachtet seine Hände, als würde immer noch Cades Blut an ihnen kleben.

»Du sagst, er hatte eine Platzwunde an der Stirn«, hake ich nach. »Aber im Arztbericht von 1998 steht, dass er ein Schädel-Hirn-Trauma hatte. Wie erklärst du dir das?«

James schüttelt den Kopf.

»Keine Ahnung, Kailey. Ihm muss in der Nacht damals noch etwas anderes zugestoßen sein. Ich trage diese Schuld schon so lange mit mir herum. Als du neulich zu mir ins Büro gekommen bist und mir gesagt hast, dass er lebt, war ich total schockiert. Cade war niemand, der einfach abhaut. Er war immer zur Stelle. Und als er plötzlich verschwunden war, bin ich vom Schlimmsten ausgegangen.«

Ich schüttle den Kopf. »Ich weiß nicht, was ich sagen soll, James.«

»Ich war's nicht, Kailey.«

Meine Augen weiten sich. »Wenn du es nicht warst, wer war es dann?«

»Ich wünschte, ich könnte es dir sagen.«

»Was ist mit dem ganzen Geld? Hast du Cades Geld? Er besaß mindestens acht Millionen an dem Abend, als er verschwunden ist. Ich habe einen Anwalt angeheuert. Er wird versuchen, so viel wie möglich von dem Geld wiederzubeschaffen.«

»Das ist nur recht und billig«, sagt James und atmet tief aus. »Ach, Kailey, ich stecke so tief da drin.«

»Wie meinst du das?«

Er reibt sich die Stirn. »Das Geld ist noch da. Es ist gut investiert. Ich werde natürlich kooperieren.«

»Kannst du dir vorstellen, wer die Absicht gehabt haben könnte, Cade etwas zuleide zu tun?«

Er schüttelt den Kopf. Plötzlich sieht er mich erschrocken an. »Wo ist Cade jetzt?«

»Ich weiß es nicht. Mein Verlobter hat mich heute Abend wegen Cade zur Rede gestellt und sich von mir getrennt. Cade hat alles mit angehört und dann ... ist er verschwunden.«

»Wir müssen ihn finden«, sagt James eindringlich. Sein Gesichtsausdruck ist voller Sorge.

Neunundzwanzig

22. Dezember 2008

Wo könnte er bloß sein?«, frage ich James, als wir zu seinem Auto laufen. »Ich habe schon in der Innenstadt nach ihm gesucht, an seiner alten Wohnung, an den üblichen Orten.«

»Ich habe eine Idee«, sagt er, plötzlich hellwach. »Wir fahren ins Zentrum.«

Ich schnalle mich an, dann rufe ich Dr. Branson auf dem Handy an. »Hallo, hier ist Kailey.«

»Hallo, Kailey, ist alles in Ordnung?«

»Nein«, sage ich. »Cade ist verschwunden.« Ich berichte ihr von dem Vorfall am Nachmittag und von Cades Angst, dass ihm jemand etwas antun will.

»Ja, das ist beängstigend«, sagt sie. »Aber es ist unwahrscheinlich, dass jemand hinter Cade her ist. Diese Panikattacken kommen bei Hirntraumapatienten häufig vor. Während des Heilungsprozesses ist das Gehirn vergleichbar mit einer alten Schallplatte, die einen Sprung hat und ein und dieselbe Stelle immer wiederholt.«

»Sie meinen also, Cade hat sich das alles nur eingebildet?«

»In gewisser Weise«, sagt Dr. Branson. »Aber für ihn ist das alles natürlich sehr real.«

Ich nicke. »Ich werde ihn finden und zu Ihnen zurückbringen.«

»Ihre Liebe zu diesem Mann ist grenzenlos, Kailey.«

Ich bekomme eine Gänsehaut. Wir haben nie über meine Liebe zu Cade gesprochen, aber sie weiß es. Natürlich weiß sie es.

»Ja, da haben Sie recht«, erwidere ich nach einer nachdenklichen Pause.

James fährt mit quietschenden Reifen auf die Schnellstraße. Mein Herz pocht heftig. Er nimmt die Ausfahrt Stewart Street und tritt das Gaspedal durch. »Der Markt«, sagt er. »Da muss er sein.«

»Pike Place?«

»Ja«, sagt er. »Cade hat den Pike Place Market immer geliebt.«

Natürlich. Der Pike Place Market. Die Erinnerungen stürzen auf mich ein. Unsere Marktspaziergänge an lauen Abenden. Der kleine Weinladen, den Cade so sehr mochte. Der Fischhändler, mit dem er sich angefreundet hat, nachdem sie festgestellt hatten, dass sie beide eine Vorliebe für Steinbutt hatten. Der Straßenmusiker, dem er jeden Freitagnachmittag zwanzig Dollar zugesteckt hat. Und dann sehen James und ich uns an und rufen wie aus einem Mund: »Die Telefonzelle!«

James parkt in der Nähe des kultigen Sparschweins aus Bronze am Eingang zum Markt. Die regennassen Pflastersteine glitzern im Licht der Straßenlaternen. Eine Reihe beleuchteter Weihnachtsbäume säumt den Eingang, und unter dem Schild über dem Eingang hängt eine weihnachtliche Girlande.

James und ich springen aus dem Auto und rennen los. Wir schauen nach rechts, dann nach links. Ich bin schon lange nicht mehr hier gewesen, und ich weiß auch, warum. Zu viele Erinnerungen. »Wo lang?«, frage ich. Der Markt, auf dem es normalerweise von Menschen nur so wimmelt, ist jetzt eine Geisterstadt, in der sich nichts regt bis auf die Tauben auf den Dächern der Buden.

»Da runter«, sagt James.

Jetzt erinnere ich mich wieder. Eine Treppe runter, einen schwach beleuchteten Weg entlang, vorbei an der alten Kneipe, die er geliebt hat, und an dem Gewürzladen, vor dem es nach Zimt und Curry duftet, steht die Telefonzelle, knallrot mit der Aufschrift *Telephone* in großen, schwarzen Lettern. Ein echter Import aus London.

Natürlich die Telefonzelle. Cade hat immer geschworen, dass er hier besser denken könne. Er hat diese Telefonzelle so geliebt, dass er sich 1998 genauso eine für seine Wohnung in Pioneer Square gekauft hat.

Obwohl es dunkel ist, können wir eine Gestalt erkennen, die in der Telefonzelle auf dem Boden hockt und zu schlafen scheint.

»Cade!«, rufe ich und beschleunige meine Schritte. Als ich die Tür aufreiße, hebt er den Kopf. Unsere Blicke begegnen sich, und ein Lächeln breitet sich auf seinem Gesicht aus, das jedoch gleich wieder verschwindet, als er James hinter mir bemerkt.

»Keine Angst, Cade«, sage ich. »Ich habe mit James gesprochen. Wir sind gekommen, um dir zu helfen.«

Er steht auf und kommt zögernd aus der Telefonzelle heraus.

»Tut mir leid, Mann«, sagt James und macht einen Schritt auf Cade zu. »Ich wünschte, es wäre anders gelaufen. Ich werde für den Rest meines Lebens damit klarkommen müssen.«

Cade nickt. »Ich erinnere mich.«

»Ja, Cade, ich weiß«, sagt James mit Tränen in den Augen. »Ich bereue zutiefst, was ich getan habe und ebenso, was ich unterlassen habe. Aber ich werde es wiedergutmachen, das verspreche ich dir.«

Hinter uns sind schwere Schritte zu hören, und als wir uns umdrehen, kommt ein Polizist auf uns zu.

»Alles in Ordnung hier?«, fragt er, den Blick auf mich gerichtet.

»Alles ins bester Ordnung«, sage ich, was er mit einem Nicken zur Kenntnis nimmt, bevor er seinen Rundgang fortsetzt. Ich möchte gern glauben, dass das, was ich gesagt habe, die Wahrheit ist.

»Mir ist wieder eingefallen, was an dem Abend nach unserem Streit passiert ist«, sagt Cade.

Wir hören ihm beide aufmerksam zu.

»Irgendwie hab ich es nach Hause geschafft«, fährt er fort. »Und dann habe ich mit Ivan eine Weile auf einer Bank gesessen.«

»Ivan!«, rufe ich aus. »Das war doch der Obdachlose, der immer vor dem Haus geschlafen hat, wo du gewohnt hast. Du hast ihm mal eine Decke gegeben, und an Silvester hast du ihm deine Lederjacke geschenkt.«

Cade nickt. »Ein Mann ist gekommen. Er wollte Geld, aber ich hatte nichts dabei. Ivan war alt, er hatte Angst. Ich hab ihm gesagt, er soll mit mir kommen, ich würde ihn an einen sicheren Ort bringen. Dann sind wir gegangen, und da hört meine Erinnerung auf.«

»Das Letzte, was du in deinem früheren Leben getan hast, war, einem Bedürftigen zu helfen«, sage ich. »Das ist der Cade, den ich kenne.«

»Ich bin kein Heiliger«, sagt Cade. »Und ich muss Verantwortung übernehmen für das, was ich getan habe. Mein

Leben ist mir entglitten.« Er schaut mich an. »Meine Liebe ist mir entglitten.«

Ich kämpfe mit den Tränen.

»Ich will mein Leben zurück«, fährt Cade mit einem Blick voller Zärtlichkeit fort. »Ich möchte die Zeit nachholen, die wir verloren haben.«

»Das werden wir«, versichere ich ihm.

James beobachtet uns voller Rührung, die Hände tief in den Taschen vergraben. »Und ich habe meinen besten Freund im Stich gelassen.« Er schluckt schwer. »All das Geld, die Firma. Ich zahle dir alles zurück, was dir rechtmäßig gehört, Mann. Darauf gebe ich dir mein Wort.«

Cade nickt. Er wirkt erschöpft. Aber seine Augen funkeln, sie versprühen ein Feuer, das ich seit 1998 nicht mehr gesehen habe. Sind seine Lebensgeister wieder erwacht? Ich bin voller Hoffnung.

»Kannst du mir verzeihen?«, fragt James mit zitternder Stimme.

»Das habe ich längst«, sagt Cade und macht einen Schritt auf seinen Freund zu. Sie umarmen sich, und ich wische mir eine Träne fort.

»Als ersten Akt in meinem neuen Leben und auch in eurem«, sagt James und schluckt schwer, »bringe ich euch jetzt nach Hause. Ist das ein guter Anfang?«

Ich schaue erst Cade, dann James an. »Ja, das ist ein guter Anfang.«

James lässt uns am Krankenhaus aussteigen und winkt zum Abschied. Cade nimmt meine Hand, und als wir in den Aufzug steigen, fühle ich mich zugleich verloren und aufgehoben, ängstlich und beschützt.

»Bleib heute Nacht bei mir«, flüstert Cade mir ins Ohr,

als wir sein Apartment betreten. Seine Berührung fühlt sich an wie ein Stromstoß, der durch meinen Körper fährt, und instinktiv zucke ich vor ihm zurück. Aber als er mich an sich zieht, gebe ich mich ihm hin.

Und so sind wir also wieder zusammen. Sein Krankenhausapartment ist kein Zuhause, ebenso wenig wie das Haus in Wallingford, das mir und dem Mann gehört, den ich heiraten wollte. Aber irgendwie weiß ich, dass mein Zuhause da ist, wo Cade ist. Vielleicht habe ich das ja auch schon immer gewusst.

Das Apartment ist dunkel, nur die Lichter der Stadt erhellen es ein bisschen. Unser Seattle. In dem Hochhaus gegenüber dem Krankenhaus hat jemand sein Fenster mit einer Lichterkette eingerahmt, und ich lächle bei der Erinnerung daran, wie Cade vor vielen Jahren das Treppenhaus vor seiner Wohnung mit Weihnachtslichtern geschmückt hat.

Es spielt keine Musik, aber wir hören eine Melodie. Unsere Melodie. Und während wir uns im Takt wiegen, denke ich, wie weit Cade gekommen ist. Es ist ein harter Kampf, und vielleicht wird es das immer bleiben. Zwei Schritte vor, einer zurück. Gedächtnislücken. Vage Erinnerungen. Verlorene Jahre. Sprachprobleme. Verwirrung. Damit wird Cade leben müssen, und das ist mir bewusst, und ich akzeptiere es. Weil ich diesen Mann liebe. Mit Haut und Haar.

»Cade«, sage ich. »Ich muss mit dir über etwas reden.«

Er haucht mir einen Kuss auf die Wange.

»Ich habe etwas über dich geschrieben, für den *Herald*, es ist ein Artikel über deine Geschichte. Aber es ist mehr als das, es ist eigentlich eine Geschichte über alle, die auf der Straße gelandet sind, die den Halt in ihrem Leben verloren haben, deren Leben anders verlaufen ist als geplant.« Ich schaue ihn an. »Ich muss den Artikel nicht veröffentlichen, ich …«

»Du kannst ihn ruhig veröffentlichen«, sagt er. »Es ist genauso gut deine Geschichte wie meine.« Er küsst meinen Hals, und seine Lippen wandern zu meinem Kinn, zu meinen Wangen. Und dann zieht er mich fest an sich, so wie er es früher gemacht hat, einen Arm um meine Taille, eine Hand in meinen Haaren.

»Cade«, flüstere ich. »Es gibt noch etwas. Etwas, das ich dir schon vor langer Zeit erzählen wollte.« Erneut füllen meine Augen sich mit Tränen. »An dem Tag, als du verschwunden bist, da wollte ich dir sagen …«

»Was denn, mein Herz?«, fragt er, ganz so, wie er früher mit mir gesprochen hat. Er drückt sein Gesicht in die Mulde zwischen meiner Schulter und meinem Kinn.

»An dem Tag in deiner Wohnung in Pioneer Square wollte ich dir etwas ganz Wichtiges sagen.«

»Was denn?«

»Ich war schwanger«, sage ich. »Ich hatte es gerade erst erfahren. Ich wollte es dir sagen, aber dann …« Ich wische mir die Tränen von den Wangen. »Aber dann haben wir uns gestritten, und dann, na ja, dann bist du verschwunden.«

Er nimmt meine Hand.

»Ich hatte eine Fehlgeburt«, schluchze ich. »Es war so furchtbar, alles daran war furchtbar, aber das Schlimmste war, dass du nicht bei mir warst.«

Er schluckt schwer und schaut mir tief in die Augen, dann hält er mich lange fest in den Armen. Seine Umarmung sagt alles. *Es tut mir leid. Ich liebe dich. Ich wünschte, wir könnten die Zeit zurückdrehen und das Leben leben, das uns geraubt wurde.*

Wir reden nicht. Es gibt keine Worte. Kein einziges würde jetzt passen. Es gibt nur die Liebe, die Kraft, die uns über all die Jahre, die wir getrennt waren, fest aneinander gebunden hat.

Ich schmelze dahin, als er wieder meinen Hals küsst, und drücke mich an ihn. Ich kann ihm gar nicht nah genug kommen. Ich konnte diesem Mann noch nie nah genug kommen.

Daran muss ich denken, als er mein T-Shirt hochschiebt, sodass das eintätowierte *toujours* auf meiner Schulter zum Vorschein kommt. Ich denke an alles, was ich mir für uns erträumt habe. Die Kinder, die wir gemeinsam großziehen würden. Die Blumen, die wir in unserem Garten am Meer pflanzen würden. Die Familienfotos, für die wir posieren würden, wie wir vor der Kamera herumalbern und Fratzen schneiden würden. Ein Leben voller Partys, Lachen und Musik. Vor allem Musik.

Cade geht auf die Knie und knöpft meine Jeans auf, und als seine Lippen meine Haut berühren, erbebt mein ganzer Körper.

»Ich habe nie aufgehört, dich zu lieben«, flüstere ich.

»Ich habe dich immer geliebt«, antwortet er.

Für immer. Meine Augen füllen sich mit Tränen.

Er hebt mich hoch, unsere nackten Oberkörper berühren sich, und als er mich auf dem Bett absetzt, küssen wir uns, als wäre es das Letzte, was wir im Leben tun werden. Und vielleicht ist es das ja auch. Was wissen wir schon von morgen? Wenn ich etwas gelernt habe, dann, dass man nie wissen kann, ob es ein Morgen gibt, und, schlimmer noch, dass der Mensch, dem man sein Herz geschenkt hat, bei Sonnenaufgang verschwunden sein kann und mit ihm ein Teil von einem selbst.

Aber jetzt ist er hier, mein Geliebter ist bei mir, ich atme seinen Atem, spüre seine Haut. Seine Hände erkunden jeden Zentimeter meines Körpers. Ich schnappe nach Luft und stoße lustvolle Schreie aus.

Und als unsere Körper sich vereinen, weiß ich, dass ich bis zum Ende meines Lebens nichts anderes will als das. Alles, was ich will, ist diese Liebe. Ich will sie jeden Tag. Ich will sie morgens und abends. Ich möchte sie atmen. Ich möchte darin ertrinken. Und ich denke, wie unglaublich und wunderbar es ist, dass unter Millionen Menschen nur ein einziger einen so tief berühren kann.

Als Cades Körper sich über meinem hebt und senkt, schließe ich die Augen und bete, dass er mich nie wieder verlässt. Ich bete, dass seine Liebe, die so schön und so wahr ist, mich bis in alle Ewigkeit begleiten wird.

Dreißig

Anderthalb Jahre später

Sieh dir das an«, sage ich zu Cade und zeige aus dem Zugfenster. Die französische Landschaft ist überwältigend schön, genauso schön, wie ich sie von der wunderbaren Reise in Erinnerung habe, die ich als Kind mit meinen Großeltern gemacht habe. »So etwas findet man in Amerika einfach nicht.«

Er lächelt und drückt meine Hand, als wir an einer Weide vorbeifahren, auf der vereinzelte wollige Schafe stehen. In einiger Entfernung steht ein halb zerfallenes Herrenhaus, das selbst in seinem baufälligen Zustand würdevoll aussieht, als schwelgte es in Erinnerungen an rauschende Feste mit köstlichen Speisen und gutem Wein.

Frankreich. Kaum zu glauben, dass wir hier sind. Zusammen. Und bald werden wir in der Normandie aus dem Zug steigen und mit dem Auto zu einem kleinen Haus am Meer fahren, das von nun an unser Zuhause sein wird.

Kurz bevor ich im vergangenen Jahr beim *Herald* aufgehört habe, ist der letzte Artikel meiner Serie über Pioneer Square erschienen. Es hat mir gefallen, mich mit einem Artikel zu verabschieden, der sehr persönlich und zugleich kritisch war. Ich habe Cades Geschichte aufgeschrieben, mit all ihren Facetten. Und ich habe auch meine eigene Geschichte aufgeschrieben. Ich habe zwar keinen Preis dafür gewonnen, aber Jan war begeistert. Und Cade auch. Ebenso wie Hunderte von Lesern, die mir geschrieben haben. Ryan konnte den Deal für Pioneer Square nicht mehr unter Dach und Fach bringen. Die Immobilienkrise kam dazwischen. Aber er hatte einen Anteil daran, dass das Fernsehstudio des KGW-Nachrichtensenders in Portland planmäßig in Betrieb genommen werden konnte. Das Obdachlosenheim neben dem Gebäude, wo Cade früher gewohnt hat, ist geblieben. Wir haben es gemeinsam gerettet.

Bruce Barrett, unser Anwalt, konnte mit Unterstützung von James und Alexis mehr als zehn Millionen Dollar wiederbeschaffen, und als das Geld auf Cades Konto überwiesen war, entschlossen wir uns, unser geliebtes Seattle für immer zu verlassen und ein neues Leben anzufangen.

»Normandie«, sagten wir wie aus einem Mund, nachdem Cades Angelegenheiten geregelt waren. Und damit stand der Entschluss fest.

»Möchtest du etwas?«, fragt Cade und steht auf. »Ich hole mir ein Sandwich und eine Flasche Wasser.« Er spricht langsamer als früher. Sein ganzes Leben hat sich verlangsamt, aber es erfüllt mich mit großem Stolz, dass er es so weit geschafft hat, und Dr. Branson glaubt, dass sein Zustand sich mithilfe medizinischer Betreuung immer weiter verbessern wird.

»Ja, vielleicht ein Croissant?«, sage ich lächelnd. Zu erleben, wie er immer unabhängiger wird, ist großartig, aber auch fast ein wenig beängstigend. Einerseits gehört das zu seinem Heilungsprozess, andererseits mache ich mir natürlich Sorgen. Was, wenn er wieder verschwindet? Wenn er vergisst, wo er hingehört?

Nachdem er sich auf den Weg zum Speisewagen gemacht hat, denke ich an das Leben, das wir in Frankreich führen werden. Ich werde in unserer kleinen Küche köstliche Mahlzeiten zubereiten und bei offenen Fenstern den Geruch des Meers und den Duft unseres kleinen Kräutergartens genießen. Jeden zweiten Mittwoch werde ich Cade zu einem Neurologen in Paris begleiten, dem besten in Frankreich, wie Dr. Branson mir versichert hat. Und – ich lege eine Hand auf meinen Bauch, in dem ein neues Leben heranwächst – wir werden unser Kind gemeinsam großziehen. Unser Kind. Ich weiß es noch nicht lange, und am liebsten hätte ich es ihm gleich gesagt, als der Test positiv ausfiel, aber dann habe ich mich entschlossen, noch abzuwarten und ihn damit zu überraschen, wenn wir in unserem neuen Haus sind. Außerdem wollte ich nicht, dass er sich während der Umzugsvorbereitungen Sorgen macht.

Ich betrachte den Ring an meiner linken Hand. Platin mit winzigen Saphiren und Brillanten. Er hat Cades Großmutter gehört. Es ist ein einfacher Ring, jedenfalls im Vergleich zu dem Ring mit dem riesigen Diamanten, den Ryan mir geschenkt hat, aber ich liebe ihn sehr. James hat ihn in Cades Schreibtischschublade bei Element Records gefunden und ihn all die Jahre aufbewahrt.

Ryan mitzuteilen, dass ich Cade heiraten würde, hat mir fast das Herz gebrochen. Ich habe es nicht fertiggebracht, es ihm am Telefon zu sagen. Ich wusste, dass ich es ihm persönlich sagen musste und nicht warten durfte, bis er es von gemeinsamen Freunden erfuhr. Also bin ich an einem Donnerstagabend zu ihm gefahren. Er saß auf der Veranda, ein Glas Whiskey in der Hand, in dem ein dicker Eiswürfel aus dem speziellen Eiswürfelbehälter schwamm, den ich ihm letztes Jahr zu Weihnachten geschenkt hatte. Die Rosen, die ich im Vorgarten gepflanzt hatte, waren längst vertrocknet. Ryan sah schlecht aus. Es hat mir einen Stich versetzt, ihn so zu sehen.

»Hi«, habe ich zu ihm gesagt und bin vorsichtig auf ihn zugegangen.

»Hi.« Einen winzigen Moment lang erhellte sich seine Miene, doch dann starrte er wieder in sein Glas und trank einen Schluck. Das Klimpern des Eiswürfels im Glas betonte die große Leere zwischen uns.

»Ich bin vorbeigekommen, um dir zu sagen ...«

»Ich weiß es längst«, fiel er mir ins Wort. »Du brauchst es nicht zu sagen. Du heiratest ihn.« Er nickte und trank einen großen Schluck Whiskey.

»Ryan, es tut mir so leid«, sagte ich mit Tränen in den Augen.

Unsere Blicke begegneten sich, und einen Moment lang habe ich das Leben vor mir gesehen, das wir zusammen hätten führen können. Die Freude. Die Kinder. Die Abendessen, die Feste, die Partnerschaft. Es wäre ein schönes Leben gewesen, ja, aber es wäre ein Leben ohne Cade gewesen.

»Tatsache ist«, sagte Ryan mit zitternder Stimme, »dass ich nicht weiß, ob ich je darüber hinwegkommen werde.« Er seufzte. »Ich werde dich immer lieben, und deswegen kann ich dich sogar lieben, obwohl du mich verlassen hast.«

»Ach, Ryan«, sagte ich und konnte mich gerade noch beherrschen, ihn nicht in die Arme zu nehmen.

»Ich muss dich gehen lassen«, sagte er und stand auf. »Also geh jetzt.«

Ich konnte ihn nur anstarren.

»Geh bitte«, sagte er mit Tränen in den Augen. »Bevor ich dich anflehe zu bleiben.«

Mit verschleiertem Blick sehe ich die französische Landschaft vorbeifliegen. Trotz all der Trauer über die Trennung von Ryan war ich glücklich, als Cade und ich uns das Jawort gegeben haben. Es war eine kurze Zeremonie in ganz kleinem Rahmen in einer Kapelle auf der Insel Bainbridge. Tracy und ihr Freund waren da, meine Großmutter auch. Wir hatten gerade erfahren, dass Cades Tante Fay verstorben war, aber sie war trotzdem bei uns, das habe ich gespürt.

Cade sah umwerfend aus in seinem Anzug. Ich hatte ein einfaches weißes Satinkleid mit Schnürung im Rücken an, und mein Brautstrauß bestand aus weißen Lilien. Es war rundherum perfekt. Na ja, fast.

Als wir aus der Kapelle kamen, stand Ryan da, an seinen weißen BMW gelehnt. Der Mann, der mir einmal so vertraut gewesen war, war auf einmal ein Geist aus der Vergangenheit. *Warum war er gekommen?* Mir schlug das Herz bis zum Hals. *Hatte er bei der Trauung zugesehen und gehört, wie Cade und ich uns das Jawort gaben?*

»Geh zu ihm, rede mit ihm«, sagte Cade mit jener Selbstsicherheit, die einem nur die wahre Liebe verleiht. »Es ist in Ordnung.«

Unter Tränen schaute ich meinem Mann in die Augen. »Wirklich?«

»Natürlich«, sagte er. »Er hat auf dich aufgepasst, als ich es nicht konnte.«

Es stimmte. Ryan hatte mich wirklich geliebt. Ich nickte, ließ Cades Hand los und überquerte den Parkplatz.

»Hi«, sagte ich, als ich auf ihn zuging, in meinem schlichten Hochzeitskleid, das kein Vergleich war zu der aufwendigen Kreation von Vera Wang, die ich auf meiner Hochzeit mit Ryan hatte tragen wollen. Ich hatte immer noch meinen Brautstrauß in der Hand und dachte, wie sehr es Ryan schmerzen musste, mich so zu sehen. Eine Braut, deren Bräutigam nicht er war.

»Du siehst großartig aus«, sagte er. »Ich habe immer gewusst, dass du die schönste Braut sein würdest.« Er seufzte. »Ich habe es gewusst, aber ich wollte es mit eigenen Augen sehen.«

Ich musste schwer schlucken und kämpfte mit den Tränen. Am liebsten hätte ich ihm eine Hand an die Wange gelegt und mit der Fingerspitze die weiche Stelle an seiner Schläfe gestreichelt, so wie ich es früher immer gemacht hatte. Aber diese Zeiten waren vorbei. Er wusste es. Ich wusste es.

Ich habe ihn angelächelt und ihm noch einmal gesagt, wie leid mir alles tat.

Er hat genickt, und bevor er in seinen Wagen gestiegen ist, hat er gesagt: »Ich hoffe, er liebt dich ebenso sehr wie ich.«

Als Ryan an dem Tag wegfuhr, hätte ich am liebsten losgeheult wie ein Kind.

»Danke«, sagte Cade, als ich zum Auto zurückkam.

»Wofür?«, fragte ich und legte den Brautstrauß auf den Rücksitz.

»Dafür, dass du mich gewählt hat«, sagte er, während das Geräusch von Ryans Auto langsam verklang.

Ich wischte mir die Tränen von den Wangen und dachte an all die Menschen, denen wir auf unserem Weg begegnet waren, und an den Beatles-Song »In My Life«, der diese Erfahrung so treffend beschreibt. Ich liebe Cade mehr als jeden anderen Menschen. So einfach ist das.

Cade kommt mit Kaffee und Croissants aus dem Speisewagen zurück, und plötzlich bin ich überwältigt von einem

Gefühl der Dankbarkeit. Dankbarkeit dafür, wie das Leben sich entwickelt hat, für die lange, gewundene Straße, die uns wieder zusammengeführt hat.

Wir steigen in einem kleinen Bahnhof aus, stapeln unser Gepäck auf einem Kofferkuli und nehmen ein Taxi, das uns zu dem kleinen Haus bringt, das wir gekauft, aber noch nie zuvor betreten haben.

»In zwanzig Minuten müssten wir da sein«, sagt Cade und hält dem Fahrer sein Handy hin, auf dessen Display eine Karte zu sehen ist. Der Fahrer brummt etwas auf Französisch, das ich nicht verstehe – mein Schulfranzösisch reicht leider nicht aus. Aber ich habe ja jetzt viel Zeit zum Üben.

Die Sonne geht bald unter, aber wenn wir uns beeilen, sehen wir unser neues Heim vielleicht noch bei Tageslicht. Warme Luft strömt in die offenen Fenster, als wir über die kurvenreiche Küstenstraße fahren. Wir kommen durch eine kleine Stadt, danach wird die Landschaft karg, und nur noch vereinzelte Natursteinhäuser wachen stolz und geheimnisvoll über die Küste.

Mein Herz beginnt heftig zu pochen, als die von normannischen Zypressen gesäumte Straße – unsere Straße – eine Rechtsbiegung und dann eine Linkskurve macht. Und als wir die Bäume hinter uns gelassen haben, liegt unser Haus direkt vor uns. Die Mauern aus hellem Sandstein wirken massiv und zugleich weich und irgendwie heimelig. Die Haustür, passend zu den Lavendelbüschen zu beiden Seiten violett gestrichen, wirkt sehr einladend.

Wir bezahlen den Taxifahrer, und dann stehen wir Hand in Hand vor unserem neuen Zuhause.

»Zu Hause«, flüstert Cade. Er führt mich zur Tür, schließt sie auf und trägt mich über die Schwelle, wie unsere frisch vermählten Großeltern es vielleicht vor langer Zeit getan haben.

»Ach, Cade«, sage ich, als er mich absetzt, »es ist einfach perfekt.«

Wir gehen durch das kleine Haus und öffnen die Fenster, um die Meeresluft hereinzulassen. In dem gemütlichen Wohnzimmer, von dem aus man direkt in die Küche gelangt, gibt es einen offenen Kamin. Ich fahre mit den Händen über die vielbenutzte hölzerne Arbeitsplatte in der Küche und kann es kaum erwarten, den alten Herd in Betrieb zu nehmen. Verträumt stelle ich mir all die Quiches und Cassoulets vor, die ich hier in den nächsten Jahrzehnten zubereiten werde.

In das größere der beiden Zimmer im ersten Stock würden mehrere Betten passen, vielleicht sogar mehrere Etagenbetten für unsere Kinder, eins, vielleicht zwei, und für unsere Freunde. Jetzt wird es erst mal unser Kinderzimmer sein. Mir wird ganz warm ums Herz, als ich mir vorstelle, wie Cade unser Baby in den Armen hält. Ich denke an Tracy. Sie ist inzwischen verlobt, und vor einer Woche hat sie mir erzählt, dass sie schwanger ist – mit Zwillingen. Ich lächle. Wie merkwürdig und überraschend das Leben sein kann.

Das andere Zimmer ist etwas kleiner, aber bezaubernd, mit großen Fenstern, von denen aus man einen Blick auf das Meer hat. »Das wird unser Schlafzimmer«, sage ich zu Cade, der sich gleich auf das Bett legt, um die Matratze zu testen. Ich lege mich neben ihn.

»Nicht schlecht«, sage ich. Natürlich ist noch viel zu tun. Die Wände müssen gestrichen werden. Wir müssen Möbel kaufen. Vorhänge müssen ausgesucht und aufgehängt werden. Aber Cade hat recht, es fühlt sich jetzt schon an wie unser Zuhause.

Wir gehen raus auf die Terrasse. Der Strand ist so nah, dass der Wind kleine Sandhaufen am Rand des Gartens angeweht hat. »Sieh mal«, sage ich und zeige auf einen Terrakottakübel neben dem Tisch und den Stühlen aus Teakholz. »Ein kleiner Zitronenbaum.«

Die Wellen brechen sanft an der Küste. Die Sonne geht unter, und der Horizont leuchtet orangefarben. Ich betrachte Cade. Er kann den Blick gar nicht vom Meer losreißen. Es ist, als riefe es ihn. Ich nehme seine Hand. »Du musst vorsichtig sein«, sage ich. »In der Highschool warst du vielleicht ein guter Schwimmer, aber vergiss nicht, dass du das Schwimmen erst wieder lernen musst.« Ich weiß, das hört sich an, als wäre ich seine Mutter und nicht seine Geliebte, aber seine Kopfverletzung hat dazu geführt, dass ich einen ausgeprägten Beschützerinstinkt entwickelt habe, den ich wohl nicht wieder werde ablegen können.

Er lächelt. »Es gibt eine Million Dinge, die ich wieder lernen muss, meine Süße«, sagt er und nimmt meine Hand. »Ich setze das Schwimmen auf die Liste.«

Ich erwidere das Lächeln.

»Eins nach dem anderen«, sagt er.

»Genau«, erwidere ich.

»Was meinst du, wie weit es bis zu diesem Strand ist?«

»Zu welchem Strand?«, frage ich verwirrt.

Er zeigt auf das Medaillon, das ich an der goldenen Kette um den Hals trage. »Zu dem, wo dein Großvater diese Muschel gefunden hat.«

Ich zeige nach Westen. »Ich glaube, es sind zwei oder drei Kilometer in die Richtung. Ich schlage vor, wir machen einen Spaziergang dorthin, sobald wir die Koffer ausgepackt haben.«

Er nickt. Wir setzen uns auf die Bank am Rand der Terrasse. Ich lehne den Kopf an seine Schulter. Keine Liebe ist perfekt. Und ich ahne, dass meine Liebe zu Cade immer etwas Einsames haben wird. Etwas Reumütiges und Trauriges. Einen Schmerz, der nie ganz vergehen wird. Doch das Schlimmste ist jetzt überwunden. Es war ein Riesenberg. Und wir haben ihn gemeinsam erklommen.

»Wir haben's geschafft«, sage ich und schmiege mich an Cade.

»Ja«, sagt er lächelnd, den Blick auf das Meer geheftet.

Er gehört mir, und ich gehöre ihm. Wenn man mich fragt, wie lange ich ihn lieben werde, dann lautet die Antwort: solange Sterne am Himmel stehen, solange es Sand am Strand gibt.

Toujours.

Anmerkung der Autorin

Liebe Leserinnen und Leser,
1994 war ich sechzehn Jahre alt. Ich hatte kurze, platinblond gefärbte Haare und besaß die Schlüssel für einen grünen VW-Käfer Baujahr '69 (den ich mir für neunhundert Dollar von dem Geld gekauft hatte, das ich mit Babysitten verdient hatte) sowie einen Karton voller Musikkassetten. Ich wohnte in einem verschlafenen, verregneten Vorort von Seattle und nahm an den Wochenenden die Fähre ins Stadtzentrum, wo sich Musiker wie Kurt Cobain und Eddie Vedder herumtrieben. Wir saßen in Cafés, hingen in Plattenläden herum oder – wenn unsere Eltern es erlaubten, nachdem wir sie von einem Münztelefon aus angefleht hatten – hörten uns in Capitol Hill irgendeine Band an. Inspiriert vom Kultfilm *Singles* trugen wir Klamotten vom Trödel (Flanellhemden, Fünfzigerjahre-Kleidchen, weite Strickjacken), gingen mit Jungs aus den Bands aus und tranken zu viele Lattes. Unser Motto lautete: Musik, Kaffee und Freiheit. Es war unser Nirvana.

Aber die Zeit ist nicht stehen geblieben. Ich bin aufs College gegangen und habe Journalistik studiert. Ich habe meine Doc Martens weggegeben und meine Gitarre (auf der ich nie besonders gut war) gegen einen Laptop eingetauscht. Ich habe geheiratet, Kinder bekommen und eine schmerzhafte Scheidung durchlitten. Aber ich habe immer wieder auf diese Zeit, auf diese Szene zurückgeblickt. Die Musik. Die Cafés. Die verregneten Nachmittage, die wir mit viel Kaffee und erbärmlichen Gedichten überstanden. Das efeubewachsene Backsteinhaus in Pioneer Square, an das ich mich so gut erinnere. Und daran, wie ich in den Neunzigerjahren erwachsen wurde.

Heute sitze ich an einem sonnigen Nachmittag in meinem Büro in Seattle. Ich habe sieben Romane geschrieben (zehn, wenn man die mitzählt, die ich weggeworfen habe) und denke über *Schmetterlinge im Winter* nach, meinen achten Roman. Als ich mit der Arbeit an diesem Buch begann, stellte sich sehr schnell wieder die alte Faszination ein, die Seattle auf mich ausgeübt hat, als die Stadt für kurze Zeit zum Nabel der Rockmusikwelt wurde. Ich wollte die Geschichte in den Straßen und den Cafés ansiedeln, bei den Menschen, die ich kannte und so sehr liebte (und immer noch liebe). Das Seattle der Neunzigerjahre wird immer einen Platz in meinem Herzen haben, und ich hoffe, ich bin ihm wenigstens ein bisschen gerecht geworden.

Auch wenn die Landschaft meiner Zeit als Heranwachsende den Hintergrund dieser Geschichte bildet, gibt es doch auch noch andere Quellen der Inspiration. Vor etwa zwei Jahren fuhr ich eines Tages aus einem Parkhaus im Zentrum von Seattle. Der Anstieg zur Seventh Avenue war steil, und als ich gerade auf die Straße einbiegen wollte, musste ich scharf bremsen wegen eines zottelbärtigen Obdachlosen, der in diesem Moment vor der Ausfahrt den Bürgersteig entlangging.

Als sich unsere Blicke trafen, überkam mich das Gefühl, dass wir uns kannten – das deutliche Gefühl, dass wir uns Jahre zuvor auf dem College kennengelernt hatten. Aber wie sollte das möglich sein? Wie hätte jemand, der das Physikum bestanden hatte, zum Obdachlosen werden sollen? Wie konnte ein Typ, der in seinem früheren Leben keine Party ausgelassen hatte, wie sollte so einer seine schicken Klamotten und eine hübsche Eigentumswohnung gegen Lumpen und einen Schlafsack auf der Straße eingetauscht haben?

Er war schon um die nächste Ecke verschwunden, bevor ich mein Fenster runterkurbeln und ihn nach seinem Namen fragen konnte. Außerdem hatte ich meine Kinder im Auto. Auf der Heimfahrt musste ich die ganze Zeit daran denken, wie unsere Blicke sich begegnet waren, und in meinem Herzen begann sich eine Geschichte zu entwickeln – die von Cade und Kailey.

Was hätte ich an Kaileys Stelle getan? Wie würde ich mich angesichts einer so bedeutenden und herzzerreißenden Situation entscheiden? Wie würden sich andere Menschen entscheiden? In meinem Roman habe ich mit diesen Fragen gespielt, und dabei ist mir bewusst geworden, dass ich trotz allen Herzeleids, das ich selbst erfahren habe, an die Liebe glaube und dass ich das für immer tun werde.

Alles Liebe
Sarah

Dank

Diesen Roman habe ich nach einer der deprimierendsten Zeiten meines Lebens geschrieben. Mein Leben war in jeder erdenklichen Weise auf den Kopf gestellt worden, und ich bemühte mich nach Kräften, damit klarzukommen und mir wenigstens einen Hauch von Lebensfreude zu bewahren. Ich danke ganz besonders meinen Freunden und meiner Familie dafür, dass sie Geduld mit mir hatten, an mich geglaubt und mich daran erinnert haben, dass jedes Ding seine Zeit hat, dass ich die Regenzeit überstehen und dass danach wieder die Sonne scheinen würde.

Dank schulde ich auch meinem Verlagsteam, das mich unterstützt hat, als ich an diesem Roman gearbeitet habe, während ich gleichzeitig mein Leben in den Griff bekommen musste. Dank an Elisabeth Weed und Jenny Meyer, meine langjährigen Agentinnen, die vom ersten Tag an mich geglaubt haben und immer noch an mich glauben. Zu tiefem Dank verbunden bin ich auch all den wundervollen Menschen bei Random House und Ballantine, Shauna Summers, Jennifer Hershey und dem ganzen Team für ihre Nachsicht und dafür, dass sie mich beim Schreiben dieses Buchs begleitet haben.

Mein Dank gilt Denise Roy, Katie Hunger, Jane Green, Jane Porter und so vielen anderen, die mich bei diesem Projekt mit ihrem Wissen, ihrem Beistand, ihrem Rat und ihrer Ermutigung unterstützt haben.

Meiner Mutter und meinem Vater, meiner wunderbaren Familie, der einzigartigen Claire Bidwell Smith und meiner Schar von Freundinnen, die mit mir gelacht und geweint und mir in den schwierigen Zeiten die Hand gehalten haben – ich danke euch allen.

Und natürlich meinen drei Jungs, Carson, Russell und Colby – auf dass ihr die wahre und wunderbare Liebe finden und nicht zögern werdet, wenn es so weit ist. Und Brandon: Danke für deine Liebe und dafür, dass du mir zeigst, wie schön es ist, wieder zu lieben.